W0412266

D'une mort lente

Déjà parus du même auteur

Série « Jana Berzelius »

Marquée à vie
Sommeil blanc

EMELIE SCHEPP

D'une mort lente

Traduit du suédois par
RÉMI CASSAIGNE

Harper
Collins
NOIR

Titre original :
PRIO ETT

© 2018, Emelie Schepp.
© 2019, HarperCollins France pour la traduction française.

Tous droits réservés, y compris le droit de reproduction de tout ou partie de l'ouvrage, sous quelque forme que ce soit.

Toute représentation ou reproduction, par quelque procédé que ce soit, constituerait une contrefaçon sanctionnée par les articles 425 et suivants du Code pénal.

Cette œuvre est une œuvre de fiction. Les noms propres, les personnages, les lieux, les intrigues, sont soit le fruit de l'imagination de l'auteur, soit utilisés dans le cadre d'une œuvre de fiction. Toute ressemblance avec des personnes réelles, vivantes ou décédées, des entreprises, des événements ou des lieux, serait une pure coïncidence.

HARPERCOLLINS FRANCE
83-85, boulevard Vincent-Auriol, 75646 PARIS CEDEX 13
Tél. : 01 42 16 63 63

www.harpercollins.fr

ISBN 979-1-0339-0231-7— ISSN 2551-0096

À papa

La femme a rouvert les yeux pour me regarder en face. Ses mains se sont mises à frapper désespérément dans le vide, comme si elle venait de réaliser ce qui allait lui arriver.

Je voyais son étonnement, son interrogation, et je lui ai chuchoté qu'il n'y avait pas d'autre issue, qu'il était trop tard, qu'elle en avait déjà trop vu.

Elle aurait dû garder les yeux fermés, la curieuse, elle n'aurait pas dû voir l'anneau.

— Pardon, ai-je dit en pressant mes mains contre son nez et sa bouche, mais qu'aurais-tu fait à ma place ?

Elle n'a pas répondu. Naturellement.

Juste une nouvelle tentative de se dégager, une dernière tentative désespérée. Son corps lourd rebondissait sur la civière. Elle a essayé d'attraper mes mains, et ses doigts ont couru sur mes bras, de plus en plus frénétiquement. Ses ongles me labouraient la peau. Mais j'ai tenu. En serrant plus fort. Plus fort.

Elle a tenté de crier, j'ai entendu un gargouillis, mais elle n'y arrivait plus, ses forces commençaient à s'épuiser, elle a cligné des yeux plusieurs fois sans que coule aucune larme.

Et là – enfin – c'est arrivé, elle a réalisé que c'était la fin. Son cerveau s'est vidé de tout, affreusement lessivé.

Aucun bruit, rien qu'un souffle quand elle a abandonné. Quand son corps s'est enfin détendu et immobilisé.

J'ai ôté la main de sa bouche et écouté le silence. Souri. Car c'était si simple, si parfait, si évident.

Certes, c'était là un écart, mais malgré tout un début. Et je me réjouissais de la suite.

Comme un enfant.

MERCREDI

1

Philip Engström appuyait ses mains sur le plan de travail noir dans la salle du personnel aux urgences de Norrköping. Une fenêtre ouverte laissait entrer un peu d'air frais printanier. Il se servit une tasse de café à la machine et s'y réchauffa les mains, avant de traverser la pièce pour se couler au fond d'un des canapés.

Il lui restait encore une heure avant la fin de son service, mais il avait déjà très envie de fermer les yeux, de pouvoir s'assoupir un moment, ne serait-ce que quelques minutes.

Il savait qu'il n'aurait pas dû y songer, mais il avait besoin de se ressaisir après les événements stressants de la nuit et, soudain, il avait piqué du nez, englouti par le sommeil, et avait rêvé d'une cascade qui tombait en tourbillonnant.

Il entendit alors quelqu'un l'appeler, au loin, sursauta, tâtonna sur la table en renversant son café.

— Mais enfin, Philip !

— Salut, Sandra, dit-il, mal réveillé.

Sandra Gustafsson était à deux mètres de lui, une main sur la taille. Elle était blonde, avec des yeux aussi verts que leurs blouses. Elle était ambulancière urgentiste, la dernière d'une longue série de recrues récentes. Elle était compétente, travaillait dur, tout en se souciant de ses collègues.

— Toujours fatigué ?

— Pas du tout, dit Philip en se levant pour éponger le café

renversé avec une quantité inutile d'essuie-tout, avant de se rasseoir sur le canapé.

Elle le regarda étouffer un bâillement, puis alla remplir deux tasses à la machine à café. Il ne put s'empêcher de sourire quand elle lui en tendit une.

Il but une petite gorgée et lorgna sa montre.

— Bientôt l'heure de rentrer à la maison, dit-elle.

— Ouais, répondit-il.

— Tu ne veux pas parler, avant de partir ?

Elle s'assit dans le fauteuil en face de lui. Son corps était ferme et athlétique.

— De quoi ?

— De la patiente qui est morte.

— Non, pourquoi je voudrais ? lança-t-il en prenant une autre gorgée de café.

Il se sentait encore vaseux, et se dit qu'il faudrait bientôt qu'il reprenne sa santé en main. Le travail le faisait dormir trop peu et il était tout à fait conscient que son sommeil aurait dû être plus régulier, qu'il ne pouvait se contenter d'une heure par-ci par-là.

— C'était étrange comme situation, dit-elle.

— C'était un infarctus ordinaire, de quoi on parle, là, merde ?

— La patiente aurait pu survivre.

— Mais ça n'a pas été le cas, c'est bon ?

Philip écouta le ronronnement de la machine à café. Pensa à la patiente, et sentit ses mains trembler.

— Je voulais juste savoir comment tu te sentais, après ça, dit-elle.

— Sandra, fit-il en posant sa tasse sur la table. Je sais que tu soutiens tes camarades, mais ce genre de psychologie de comptoir ne marche pas avec moi.

— Donc, tu ne veux pas parler ?

— Non, je te l'ai déjà dit.

— Je pensais juste que…

— Qu'est-ce que tu pensais ? Qu'on aurait pu se tenir par la main tous en cercle et s'embrasser ? Tu voudrais qu'on se mette aussi en tenue de yoga ?

— D'après la procédure…

— Laisse tomber. Je bosse comme ambulancier depuis cinq ans, je connais très bien les procédures.

— Alors tu sais aussi qu'il n'est pas normal de s'endormir pendant sa garde.

Un long silence se fit.

— Imagine que quelqu'un vienne à l'apprendre, chuchota-t-elle.

— Personne ne le saura, dit-il. Ça relève du devoir de réserve.

— Quoi ?

Il regarda alentour pour s'assurer que personne ne pouvait les entendre.

— Tu as parfaitement compris ce que j'ai dit.

— Mais enfin, on ne peut pas faire comme ça, argua-t-elle.

Philip la regarda dans les yeux.

— Pourquoi pas ?

— Ça ne va pas la tête, tu es complètement…

— Je comprends que ça puisse te sembler bizarre.

— Bizarre ? C'est complètement dingue, oui !

Il se tourna vers la porte en se disant qu'il voulait quitter la pièce, maintenant, tout de suite. Il voulait du calme, du silence, et surtout être débarrassé de Sandra.

— Je suis désolée, Philip, je ne peux pas. C'est toi qui as merdé, pas moi.

— Je ne merde jamais, que ce soit bien clair. Et ce n'est pas pour ça qu'elle est morte.

— Y crois-tu toi-même ?

Philip la dévisagea, se passa la main dans les cheveux en respirant à fond pour tenter de se calmer.

— OK, dit-il au bout d'un moment. On va faire comme ça. Si

contre toute attente quelqu'un apprenait que je me suis endormi pendant une garde, je promets de me dénoncer moi-même.

— Mais moi, alors ?

— Tu me charges, tu dis que tu avais peur de le signaler parce que tu es nouvelle, et tout ça. Fais-les bien pleurer.

Elle se contenta de le regarder.

— On est d'accord ? demanda-t-il.

— Oui, dit-elle tout bas. Mais tu devrais te prendre en main. Encore un truc de ce genre, et je te dénonce.

— Merci, lâcha-t-il en posant la main sur son épaule.

— Je suis sérieuse.

— Je sais, répondit-il en se levant.

La procureure Jana Berzelius était assise jambes croisées sur une des chaises à l'entrée du studio d'enregistrement. Elle attendait son tour de venir s'asseoir près de Richard Hansen, animateur de la matinale de Radio P4 Östergötland.

Au signe de Hansen, elle entra sans bruit rejoindre la place indiquée. Un casque sur les oreilles, elle l'entendit lancer le sujet suivant, les gangs criminels.

— Extorsions de fonds, vols, agressions au marteau, au couteau et à l'arme automatique. La violence des gangs continue d'augmenter. Jana Berzelius, vous avez pendant plusieurs années dirigé des enquêtes préliminaires concernant la grande criminalité organisée ici, à Norrköping. Quelle est à votre avis la raison de cette augmentation de la violence ?

Jana se racla la gorge.

— Pour commencer, rappelons que nous parlons ici du nombre des délits signalés. L'augmentation statistique de la criminalité n'est pas la même chose que son augmentation réelle. Cependant…

— Vous voulez dire que les statistiques mentent ?

— Ce que nous observons, c'est que la violence organisée des gangs augmente en Suède, en même temps que la violence diminue globalement dans la société.

— Et à quoi est due cette recrudescence de la violence des gangs ?

— Il y a plusieurs explications.

— Donnez-en quelques-unes.

Elle se pencha en avant.

— Vous avez en fait mentionné la principale en annonçant le sujet, et je ne peux qu'être d'accord : l'accès plus facile aux armes à feu et l'accentuation de la ségrégation sociale et économique sont en l'espèce des facteurs déterminants.

— Comme vous le savez, à la rédaction, nous avons cartographié les gangs criminels de Norrköping, poursuivit Hansen en regardant ses notes. Nos reportages sur les activités des gangs, les trafics d'armes, de stupéfiants et d'êtres humains rencontrent un grand succès. Un an après notre premier documentaire, il n'y a pas beaucoup d'amélioration dans ce domaine. Peu de jugements prononcés, peu d'affaires même faisant l'objet d'un procès : beaucoup affirment que le système judiciaire ne marche pas bien en Suède. Avons-nous des raisons de nous inquiéter ?

— Il existe toujours des risques d'erreur dans la chaîne judiciaire qui, dans le pire des cas, peuvent conduire à des jugements erronés ou même à l'absence de condamnation.

— Est-ce qu'un procureur partisan peut constituer un tel risque ?

— Oui, tout comme une enquête manipulée, des rapports d'expertise erronés ou de faux témoignages. Qu'il s'agisse de risques réels pouvant mener à une erreur judiciaire, personne ne peut le nier, même pas moi en tant que procureure.

— Et comment réagissez-vous aux voix qui s'élèvent pour réclamer un durcissement des peines, par exemple pour les crimes violents ?

— Nous ne pouvons pas prouver que des peines plus lourdes entraînent une réduction de la criminalité. En revanche…

— Aux États-Unis, l'alourdissement des peine a conduit à…

— Mais maintenant, nous parlons de la Suède et de Norrköping, précisa Jana.

Hansen regarda à nouveau ses notes.

— Selon l'opposition, réaffûter l'appareil répressif est un objectif important de la politique judiciaire. Avez-vous des commentaires ?

— La mission première d'une politique judiciaire devrait être de travailler à augmenter les possibilités de prévenir la criminalité.

Hansen leva les yeux vers elle.

— Dans le procès dit du « panier à salade », de hauts chefs de la police et des hommes d'affaires sont mis en examen pour corruption et trafic de drogue et on peut s'attendre à les voir condamnés à de lourdes peines de prison.

— C'est exact.

— D'après ce que je comprends, l'affaire est à la fois complexe et inhabituelle. En plus de la violence particulièrement brutale des faits, il s'agit donc de fonctionnaires du plus haut rang ayant abusé de leur pouvoir de façon criminelle.

— Vous parlez du chef de la police nationale Anders Wester, dit Jana. Mais pour le moment notre vision de l'affaire n'est pas complètement claire, tous les suspects n'ont pas encore été entendus...

— C'est exact, mais ne pourrait-on pas malgré tout imaginer qu'il faille des peines plus sévères pour une affaire aussi unique, afin de marquer les esprits en affirmant la gravité de ce type de criminalité aux yeux de la société ? Il s'agit en outre ici de la confiance en l'institution policière.

— Je ne peux pas faire de commentaire, je n'instruis pas le dossier.

— Mais vous êtes d'accord sur le fait que le système pénal est une façon pour la société de signifier la gravité de tel ou tel agissement ?

— Oui, mais, encore une fois, rien ne prouve que des peines plus sévères entraînent aussitôt moins de crimes.

— Donc, si je vous comprends bien, nous devrions consacrer

davantage de moyens à la prévention, ce serait là la seule façon de diminuer la criminalité.

— Oui, naturellement.

— Sur quoi fondez-vous cette conclusion ?

Jana le regarda droit dans les yeux.

— Sur mon expérience.

L'infirmier Mattias Bohed traversait avec sa collègue Sofia Olsson le secteur 11 de l'hôpital de Vrinnevi. Devant la chambre 38, le vigile Andreas Hedberg était assis, dos droit, mains jointes. Il sourit timidement à Sofia en les voyant approcher, tout en se levant pour ouvrir la porte.

Quand ils furent dans la chambre, Hedberg referma la porte à clé derrière eux.

Dans cette chambre sous haute surveillance était soigné depuis trois mois Danilo Peña. Mattias ne savait sur ce patient que ce qu'il en avait lu sur Internet, qu'il était mêlé à l'affaire du « panier à salade » et soupçonné de plusieurs meurtres, la plupart commis sur des jeunes filles venues de Thaïlande. Les personnes choisies pour le soigner avaient reçu des instructions strictes, entre autres que personne ne devait rester seul avec lui dans la pièce.

— Tu as oublié d'éteindre ? demanda Sofia en voyant la lampe allumée près du lit.

— Non, dit-il. Je ne crois pas.

— En tout cas, il faut que tu fasses attention à ne pas laisser de lampe allumée. Il doit faire sombre dans la chambre quand nous n'y sommes pas.

— Pardon, dit-il tout en sachant qu'il n'était pas responsable.

La chambre était petite : à part l'équipement médical y logeaient un lit, une table de nuit et une chaise.

Sofia sortit un petit flacon de verre qu'elle agita soigneusement avant d'en aspirer le liquide au moyen d'une seringue.

— Au fait, tu as su qu'il s'était réveillé hier ? demanda-t-elle.

— Tu plaisantes ?

— Oui, répondit-elle avec un sourire.

— Tu essaies de me faire peur ?

— Non, mais je veux que tu fasses attention. Pas de lampe allumée quand on s'en va.

Le patient était silencieux et inerte sur le lit, mais on devinait la lente respiration qui soulevait sa cage thoracique. Il était étendu de tout son long sur le dos, les bras sous la couverture.

Mattias gardait ses distances, même s'il savait le patient profondément endormi.

— Qu'est-ce que tu as ? Mais c'était juste une blague, dit Sofia en remarquant sa nervosité. Tu sais bien qu'il n'a jamais donné le moindre signe de réveil. Il ne bouge pas, il est toujours couché comme ça à chacune de nos visites.

— Mais un jour, il va se réveiller, et ce jour doit approcher, non ?

— Mais relax, détends-toi.

— Non mais, sérieux, qu'est-ce qu'on fait s'il se réveille ?

— Il ne va pas se réveiller.

Elle vint près du lit et dit à voix basse au patient que c'était l'heure de sa piqûre.

— Pourquoi tu lui parles, s'il ne t'entend pas ?

— Je ne sais pas, l'habitude, peut-être ?

La seringue dans la main gauche, elle écarta la couverture de la droite.

— Tu m'aides ?

Il s'approcha du lit, se plaça près d'elle et nettoya la peau à l'alcool. Passa et repassa le coton sur la peau inerte de l'avant-bras. Le corps de Danilo Peña lui semblait tout mince. Il devait avoir perdu beaucoup de masse musculaire depuis qu'il était à l'hôpital.

Mattias fit le tour du lit, jeta le coton à la poubelle et regarda Sofia s'apprêter à enfoncer l'aiguille dans l'avant-bras de Danilo.

— Fais de beaux rêves, dit-elle.

Au même instant, la main de Danilo tressaillit. Sofia recula aussitôt d'un pas, laissant tomber la seringue à terre. Qui roula sous le lit.

— Il est réveillé ? demanda Mattias.

— Non. Ses yeux sont vaseux, son regard dans le vague. Il dort toujours. Mais je n'étais pas prête à ce que… je veux dire, j'ai juste été surprise.

Elle se pencha pour ramasser la seringue. Tendit le bras sous le lit, sans pourtant l'atteindre.

— Elle est plus près de ton côté, tu peux la récupérer pendant que j'en prépare une autre ?

Mattias tourna un regard inquiet vers le patient, puis s'agenouilla. En regardant sous le lit, il vit les jambes et les pieds de Sofia.

La seringue avait roulé contre le mur, tout au fond. Sa plaque et les stylos dans sa poche de devant le gênaient pour ramper sous le lit.

Alors, il perçut un choc au-dessus de lui. Il les chercha des yeux, mais les jambes de Sofia avaient disparu.

— Sofia ? lâcha-t-il en se relevant, la main crispée sur la seringue.

La décharge d'adrénaline fut immédiate quand il vit la couverture repliée et le lit vide.

Et, sur la chaise, Sofia, à moitié étendue.

Bras pendants, les yeux clos.

Il la regarda fixement, son cœur battant si fort que le sang lui tambourinait aux oreilles. Alors seulement, il songea à appuyer sur l'alarme, ou à appeler le vigile, mais son corps ne lui obéissait pas.

Il recula d'un pas, se retourna lentement et découvrit le patient absolument immobile derrière lui, à deux pas seulement, les poings serrés et le regard sombre.

Mattias agrippa la seringue de plus belle en la levant, comme pour se défendre.

— N'y pense même pas, dit Danilo d'une voix sourde en faisant deux pas vers lui.

Mattias le repoussa du bras, mais son geste était beaucoup trop prévisible et lent. Danilo lui attrapa le bras et le tordit. Ça lui fit terriblement mal.

— Qu'est-ce que vous voulez ? gémit Mattias. Dites seulement, je peux vous aider…

La douleur dans son bras le fit taire. Impossible de résister davantage, la seringue glissa de sa main par terre.

— Déshabille-toi.

— Quoi ?

— Déshabille-toi.

— OK, OK, dit Mattias, sans pourtant bouger.

Son corps était comme paralysé, incapable du moindre geste.

Ce n'est que lorsque Danilo répéta qu'il comprit et ôta sa chemise par la tête. Un stylo en tomba.

— Le pantalon aussi.

Mattias tourna le regard vers la porte.

— Il faut que je te fasse un dessin ? Grouille.

Le coup arriva sans lui laisser le temps de réagir. Il se passa la main sur la bouche et sentit du sang chaud couler entre ses doigts.

Danilo se baissa et ramassa la seringue.

— Je vous en prie, dit Mattias, je ferai tout ce que vous voudrez…

— Le pantalon.

Mattias déboutonna son pantalon blanc, le baissa jusqu'aux genoux. Essaya de sortir une jambe, mais sa tennis blanche se coinça, il perdit l'équilibre et tomba sur le côté. Il se fit mal à la hanche en heurtant le sol, mais continua à tirer sur la jambe de son pantalon.

Il finit par réussir à ôter chaussures et pantalon. Il avait la chair de poule. Il songea à son fils Vincent, toujours si lent à se déshabiller. Il fallait toujours lourdement insister quand c'était l'heure du bain ou d'aller se coucher. Il se promit de ne plus l'embêter avec ça. Jamais plus, songea-t-il, les pleurs lui montant à la gorge.

— Tu as oublié les chaussettes. Allez !

Mattias déglutit, ôta ses chaussettes et tourna le regard vers Danilo.

— J'ai une famille, un fils…

— Lève-toi, dit Danilo.

Mattias tituba, mais parvint à rester debout, haletant, tremblant.

— Et maintenant ?

— Couche-toi, siffla Danilo.

— Dans le lit ?

— Dans le lit.

Les draps étaient encore chauds quand il posa sa tête sur l'oreiller. Il était mal installé, mais n'osait pas bouger.

Danilo se pencha pour ramasser la chemise, et l'enfila rapidement. Le pantalon bâillait à sa taille. Puis il se tourna vers Mattias. Écarta le drap et approcha la seringue de son torse nu, un centimètre au-dessus du cœur.

— C'est l'heure de ta piqûre, dit-il avec un sourire.

Mattias regarda l'aiguille acérée. Puis tout alla trop vite pour qu'il puisse réagir. Il sentit sur sa poitrine comme une piqûre d'insecte, puis une coulée glacée dans ses veines.

Une tache rouge commença à s'échapper du trou d'aiguille, tachant le drap blanc.

Il aurait dû avoir peur, mais ne ressentait rien, ne pouvait rien faire d'autre qu'observer et enregistrer.

Danilo dit quelque chose, mais ses paroles semblaient provenir du fond d'un tunnel. Mattias le vit rajuster la chemise, ramasser le stylo tombé par terre, le placer dans sa poche de devant et se regarder dans le miroir. Il passa les mains dans ses cheveux avant de se tourner à nouveau vers Mattias.

— Fais de beaux rêves.

Puis il se dirigea vers la porte, la déverrouilla. Mattias entendit la porte s'ouvrir et se refermer.

Sa dernière pensée fut : *C'est en train de se passer.*

Puis il le sentit arriver. Le silence.

Ensuite le froid. Il commença dans les pieds et les mains. Se répandit lentement dans les jambes, les bras, la tête et le cœur.

Et enfin ce fut le noir.

2

Numéro caché.

Jana Berzelius soupira, rejeta l'appel et retourna le portable sur la table. Elle répondait rarement, presque jamais même, aux numéros cachés, ne voulait pas qu'on la dérange.

Elle avait quitté la radio à pied, était redescendue jusqu'au pont de Järnbro, avait récupéré sa serviette chez elle, puis pris la voiture jusqu'au bureau du procureur.

Elle releva la manche gauche de sa veste, jeta un œil au cadran de sa montre.

Son portable sonna à nouveau.

Elle le retourna, vit que l'appel provenait encore d'un numéro caché.

Au même moment, on frappa à la porte en verre. Elle leva le regard et vit son collègue Per Åström, tout sourires. Il lui fit un signe de la main.

Elle appréciait sa compagnie et, de temps en temps, ils dînaient ensemble. Per était pratiquement la seule fréquentation qu'elle s'autorisait. Elle n'aimait pas socialiser, n'éprouvait pas le besoin de voir les autres juste pour les voir. Pour elle, la conversation avait une fonction presque exclusivement professionnelle. Au tribunal, elle n'avait aucun problème à se lancer dans de longs exposés pour présenter les faits, mais avoir une conversation d'ordre privé était un défi pour elle. Un défi qui ne l'intéressait pas. Le privé, elle le gardait pour elle.

Per frappa à nouveau. Et mima : « Je peux entrer ? »

Elle regarda son portable qui sonnait, puis Per, devant sa porte. Si elle le laissait entrer, beaucoup de minutes de travail seraient gâchées – elle avait déjà perdu une matinée entière à la radio. Et puis Per était rarement concis, et même regarder ostensiblement sa montre ne lui ferait pas comprendre qu'elle avait autre chose à faire que de l'écouter.

Le choix était donc simple.

Elle leva le regard et secoua la tête à l'adresse de Per, ce qui parut le surprendre. Puis elle tourna légèrement son fauteuil, posa son portable contre son oreille et répondit.

— Bonjour, ici le médecin chef Alexander Eliasson.

Sa voix était étrangement calme. Il ajouta :

— Je dérange ?

Elle fronça les sourcils.

— C'est à quel sujet ? demanda-t-elle.

— Je suis désolé d'appeler ainsi, mais… je voudrais que vous veniez à l'hôpital.

— Pourquoi ?

— Cette nuit, une ambulance a été appelée à la maison de vos parents à Lindö, et…

— Comment va-t-il ?

— Je crains que…

— Mon père, comment va-t-il ?

— Il ne s'agit pas de votre père.

— Pardon, je croyais que…

Elle inspira à fond.

— J'ai essayé de le joindre toute la matinée, dit le médecin chef. Nous sommes amis depuis longtemps, voyez-vous.

— Père a des difficultés à communiquer en ce moment, dit-elle.

— Oui, je sais, et je m'inquiète beaucoup de ce qui lui est arrivé.

— Il se l'est infligé lui-même.

Elle regarda par la fenêtre des oiseaux s'élever haut par-dessus les toits.

— Donc, c'est à quel sujet ? répéta-t-elle.

— J'ai peur que l'ambulance ne soit pas arrivée à temps.

Quelques secondes passèrent tandis qu'elle essayait de structurer ses pensées.

— Vous parlez de ma mère ? souffla-t-elle.

— Oui, en effet, dit le médecin chef. Et je suis vraiment désolé, mais... Margaretha est décédée.

Le soleil avait percé l'épaisse couverture nuageuse, et les arbres nus jetaient leur ombre maigre sur l'asphalte. Le commissaire Henrik Levin se gara sur une place de stationnement, tout contre une Volvo, et resta là, les mains sur le volant. Il vit les voitures de police et comprit que les techniciens de la police scientifique étaient déjà sur place.

La police avait ratissé toute la zone et rassemblé les enregistrements de toutes les caméras de vidéosurveillance routière. La recherche de Danilo Peña battait son plein.

— Hé ho ! Tu comptes rester assis là toute la journée, ou quoi ?

Mia Bolander avait ouvert la portière côté passager et lui fit une mine lasse. Henrik coupa le contact, descendit de voiture et se dirigea avec Mia vers l'entrée principale.

Il n'arrêtait pas de regarder autour de lui. Éliminant les gens qui les suivaient d'un regard curieux, éliminant la vive lumière bleue qui balayait le bâtiment, éliminant les policiers en uniforme campés de part et d'autre de la porte tournante, il laissa ses yeux traverser le grand parking jusqu'au petit bosquet, fouillant arbres et rochers comme s'il tentait de distinguer quelque mouvement entre les différents bâtiments de l'hôpital.

— Il est sûrement déjà loin, dit Mia, qui avait enregistré son regard. Mais il a dû lui falloir un sacré sang-froid pour sortir comme ça, à pied, par la grande porte.

— Si c'est bien ce qu'il a fait, dit Henrik. Deux bus sont partis du secteur, quatre taxis, une vingtaine de véhicules privés et une ambulance, mais personne ne l'a vu.

— A-t-on installé des barrages aux sorties ? demanda-t-elle.

— Trop tard pour ça.

— Et les bus ?

— On les a repérés, mais ça n'a rien donné.

— Les navettes ?

— Rien là non plus.

— Et les taxis ?

— Tous contrôlés : Taxikurir, Taxi Norrköping, Vikbolands Taxi… mais hélas… rien…

— Comment va-t-on l'attraper, alors ? dit-elle en souriant.

— L'avis de recherche est déjà lancé à l'échelle nationale. Mais il pourrait très bien encore être dans l'enceinte de l'hôpital.

— Mais c'est peu vraisemblable, dit Mia en fronçant le nez. Et le vigile ?

— Toujours disparu. Probablement enlevé par Danilo.

D'un geste machinal, Henrik souleva la rubalise au-dessus de sa tête, la tint pour faire passer Mia, puis se dirigea d'un pas lourd vers le secteur 11.

Il plissa les yeux dans la lumière éblouissante du puissant projecteur qui sortait par la porte de la chambre 38 et aperçut la technicienne de la police scientifique Anneli Lindgren accroupie au milieu de la pièce. Sa combinaison blanche de protection crissa quand elle se releva. Elle ôta son masque et les salua de la tête.

Henrik entra dans la chambre, suivi de Mia. Ils regardèrent les lieux. L'air était surchauffé, une empreinte de main rouge vif était visible par terre.

— Nous avons relevé des empreintes de pied de Danilo Peña qui indiquent qu'il descend du lit là – Anneli montra le côté droit du lit —, attaque l'infirmière et l'assomme. Elle s'effondre sur la chaise où elle a été retrouvée.

— Et l'infirmier ? demanda Mia.

— Il était couché dans le lit.

— Dans le lit ?

Anneli hocha la tête.

— Il était nu, ajouta-t-elle.

Henrik mit les mains dans ses poches et tourna le regard vers la porte.

— Donc Danilo Peña force Mattias Bohed à se déshabiller et à se coucher dans le lit, il enfile sa tenue d'infirmier et quitte la chambre.

Henrik gagna lentement la porte et regarda dehors. Vit le personnel de l'autre côté des portes vitrées, au bout du couloir. Croisa leurs regards interrogatifs.

Il arrivait de temps en temps qu'on boucle un hôpital. La dernière fois, à Vrinnevi, c'était huit mois plus tôt, quand un homme avait reçu deux balles dans la jambe devant un nouveau restaurant du centre de Norrköping. La police avait aussitôt bouclé l'accueil des urgences pour que le personnel puisse travailler en paix. Deux véhicules de police avec huit hommes surveillaient les lieux, ce qui était la procédure standard dans un tel cas.

Mais boucler un service entier n'était pas la procédure standard.

— Peña quitte donc la chambre, répéta Henrik en sortant dans le couloir, et il attaque le vigile, sans le laisser sur place.

— Parce qu'il le voulait sans doute comme otage, dit Anneli. Mais personne ne les a vus, en tout cas pour le moment.

Henrik regarda le plafond en se passant la main sur le menton.

— Donc il sort du service grâce au vigile, mais sûrement pas en faisant tout le chemin jusqu'à l'entrée principale…

— Non, il est probablement descendu par un escalier de secours, là-bas, dit Anneli en montrant l'autre bout du couloir.

— Montre-moi.

Ils traversèrent le service, passèrent devant plusieurs chambres et s'arrêtèrent devant une porte.

— Nous n'avons pas encore eu le temps d'inspecter les ascenseurs, dit Anneli. Oh ! mais regarde ici.

Elle lui indiqua, sur le chambranle de la porte, des traces très nettes de doigts trempés de sang.

— Il faut que j'y retourne, dit-elle.

— OK, dit Henrik, qui écouta ses pas s'éloigner tandis qu'il observait les traces de doigts.

Précautionneusement, il ouvrit la porte, descendit doucement un étage plus bas et s'arrêta devant une autre porte qu'il examina soigneusement.

Au moment de la pousser, il avisa une nouvelle trace de doigt sanglante.

Lentement, il poussa la porte du secteur 9.

Plus loin, dans le couloir, quelqu'un suivait une émission de décoration. On entendait de la musique, mêlée aux quelques mots d'un présentateur qui semblait fabriquer une échelle. En passant, Henrik vit une femme d'âge mûr assise dans un fauteuil, avec un pantalon à fleurs, les yeux rivés à un téléviseur.

Il passa devant d'autres chambres, toutes closes.

Tout au bout du couloir, il découvrit la porte entrouverte d'une remise.

Il regarda autour de lui, écouta les coups de marteau de l'émission en se demandant combien de civils pouvaient se trouver dans les parages. C'est alors qu'un gémissement retentit dans la remise.

Il sortit son arme et retint un temps sa respiration. Puis il poussa la porte de la main gauche. Il s'avança de quelques pas, l'arme braquée dans le noir.

— Police ! cria-t-il en sentant son cœur s'emballer, avant de bien vite baisser son arme.

Ce n'était pas Danilo Peña.

C'était le vigile.

Sans prêter attention au feu rouge, Jana Berzelius traversa Albrektsvägen et roula bien trop vite sur Gamla Övägen.

Elle n'arrêtait pas de penser à la conversation qu'elle venait d'avoir avec le médecin chef Alexander Eliasson, lui annonçant la mort de Mère.

Un sentiment irréel l'envahissait, et elle s'étonnait de plus en plus de sa réaction. Mère était l'une des rares personnes avec qui elle avait eu ce qui ressemblait à une relation.

Mais l'avait-elle aimée ?

Non, probablement pas.

Juste après avoir appris la nouvelle, elle aurait voulu se défouler, pousser un grand cri ou casser quelque chose d'un coup de pied. Mais elle était restée debout dans son bureau, muette et immobile, comme si elle ne voulait pas laisser entrer la douleur, comme si la douleur n'avait pas le droit de prendre place en elle. Ensuite, et sans un mot à personne, elle avait quitté le bureau du procureur, inspiré profondément l'air printanier et s'était assise au volant de sa voiture.

Une fois arrivée à Vrinnevi, elle remarqua une importante intervention policière au niveau de l'entrée principale, mais elle n'y prêta pas grande attention et entra à l'accueil des urgences.

Un homme au front très dégagé et à la barbe gris clair lui tendit la main et la salua aimablement.

— Bonjour, je suis Alexander Eliasson. Nous nous sommes parlé au téléphone.

Elle se présenta.

— Je souhaiterais connaître la cause du décès, dit-elle.

— Oui, je le comprends, dit gentiment Alexander. Margaretha est morte d'un infarctus. L'ambulance a beau être arrivée très vite sur place, il n'a pas été possible de la sauver. Comme vous le savez, l'infarctus est la cause de décès la plus courante en Suède.

Jana hocha la tête.

— Qu'en dites-vous, proposa-t-il, allons-nous… la voir ?

Jana hocha à nouveau la tête.

Ils suivirent un couloir. Elle n'avait pas hâte qu'arrive l'instant qui approchait et, pourtant, elle aurait voulu en avoir fini. Elle marchait plusieurs mètres derrière le médecin chef. Il se retournait à intervalles réguliers en essayant de lui sourire, mais elle ne croisait pas son regard.

— C'est dur, je sais, dit-il. Mais, en même temps, c'est une partie importante du travail de deuil. J'ai souvent entendu dire que cette rencontre avec le défunt procurait une sorte de libération, un soulagement.

Elle ne répondit pas.

— Mais il y a bien sûr diverses façons de ressentir, penser et réagir face à ce qui nous attend tous. Surtout s'agissant d'un parent. Vous étiez proches, votre mère et vous ?

Il fit encore une dernière tentative, mais abandonna au bout d'un moment, voyant qu'elle n'était pas d'humeur à bavarder.

Elle se concentrait exclusivement sur ses pas. Regardait les grains de poussière qui volaient à la dérive, leur danse lente dans le couloir vide, en songeant aux petites vagues invisibles qui traversaient son corps à chaque pas.

— Avez-vous déjà vu une personne décédée ? demanda le médecin chef en arrivant à l'entrée de la morgue.

Elle garda le silence, et il marmonna quelque chose quand il tendit la main pour tourner la poignée.

La porte de la petite pièce s'ouvrit lentement. Il la laissa entrer la première, et elle sentit sur elle son regard inquisiteur. Que cherchait-il ? Des larmes, de l'inquiétude ? Ou bien était-ce de la panique, des supplications, des prières qu'il voulait entendre ?

Elle l'ignora, se plaça au milieu de la pièce, impassible.

La pièce était jaune. Lino, murs, grille de ventilation. Puis une table et deux chaises, un tableau représentant un ciel bleu au-dessus d'une vallée. Une pièce sans personnalité.

Une pièce pour la mort.

Margaretha Berzelius gisait sur une civière, couverte d'un linceul blanc. Une petite main pâle sortait du drap. Des tendons s'y dessinaient sous la peau. Les lunettes à fines montures de Mère avaient disparu. Ses yeux étaient fermés, son menton pendait.

— Je suis terriblement, terriblement désolé, dit le médecin chef en avançant une chaise, mais Jana se contenta de secouer la tête.

— On a fini ? demanda-t-elle.

— Rien ne presse, dit-il, prenez votre temps.

Jana sentit les muscles de sa mâchoire se contracter.

— Merci, dit-elle. Mais j'ai vu ce que je voulais voir, je veux m'en aller, maintenant.

Philip Engström glissa la clé dans la serrure de son pavillon de plain-pied de Skarphagen et la tourna. Il entra, alluma et s'arrêta, le temps que la porte se referme en claquant derrière lui.

Le silence lui permit de constater que Lina n'était pas à la maison. Avait-elle cours ? Ou bien travaillait-elle son mémoire à la bibliothèque ? Il ne se rappelait pas.

Il inspira lentement par le nez, sentit les odeurs familières et lâcha son sac par terre. Il était passé à la salle de sport après le travail, avait soulevé un peu de fonte et chassé quelques kilomètres sur le tapis de course. Mais quand il n'avait plus éprouvé qu'épuisement, il avait abandonné, était descendu du tapis et était rentré chez lui.

Il poussa un grand bâillement en ôtant ses chaussures et son blouson. Gagna la salle de bains, fit sauter un cachet de Sobril de sa plaque et l'avala avec une gorgée d'eau. Puis fit de même avec un Imovane, qu'il plaça le plus loin possible sur sa langue pour éviter le goût.

Depuis plus de dix ans maintenant, il avait du mal à dormir mais, tant qu'il prenait des cachets, il tenait le coup. Certes, il dormait d'un sommeil chimique sans profondeur, et peut-être sans réel repos. Mais au moins il dormait.

En s'essuyant les mains, il sentit son annulaire nu dans la serviette. Il leva la main et constata qu'il ne portait pas son alliance. Quand l'avait-il vue, la dernière fois ? Dans la salle de repos ? Dans l'ambulance ? Au vestiaire ? Il ne s'en souvenait pas.

Et merde !

Philip alla dans la chambre, se glissa sous la couette et ferma les yeux.

Trois tentatives de se détendre.

Quatre, cinq, six.

Mais impossible. Plusieurs fois il se tourna, se tordit dans le lit, puis se débarrassa d'un coup de pied de la couette, pour la remonter aussitôt.

Bordel !

Cette conversation avec Sandra n'avait rien fait pour le calmer. Elle pensait bien faire, il le savait, mais, si elle n'était pas devenue une amie proche de sa Lina, il n'aurait jamais supporté ses sermons.

Bien sûr, dans certains cas, ça faisait du bien de parler avec les autres. Mais là, qu'y avait-il à dire ? Rien. Absolument rien.

Ni à Sandra ni à Lina.

À vrai dire, il y avait une seule personne avec qui il pouvait vraiment parler. Pas de sentiments, bien sûr, mais de tout le reste. Katarina Vinston, sa collègue, qui était non seulement d'une compagnie très agréable, mais aussi une infirmière urgentiste très compétente.

Katarina et lui avaient passé beaucoup d'heures ensemble, avaient eu de nombreuses longues conversations sur la route, mangé et fait du sport ensemble entre les sorties en urgence. Leur relation professionnelle s'était même transformée en amitié.

Philip tendit le bras pour ramasser par terre son pantalon et, même si les cachets allaient d'une seconde à l'autre commencer à agir, il fit glisser son portable de sa poche pour l'appeler sur Facetime. Quand elle répondit, il fronça aussitôt les sourcils. La belle femme aux cheveux sombres avait disparu, ne restait qu'une personne au visage blême et aux joues creusées.

— Ça faisait un bail, dit-il.

— Une semaine, dit-elle doucement. Pas si longtemps.

— Tu es plus moche que dans mon souvenir, mais je suis en tout cas content de te voir.

Elle éclata de rire.

— Je suppose que je devrais te demander comment tu vas.

— Mieux, dit-elle.

— Mieux, c'est-à-dire bien ?

— Oui, je serai là demain pour notre service du matin.

— Tu en as de la chance.

Elle rit de plus belle, et Philip vit ses yeux scintiller.

— Mais je serais bien restée encore un peu à la maison, dit-elle.

— Pourquoi tu dis ça ?

— Tu le sais bien, je suis fatiguée de travailler. Pas toi ?

— Non, je peux travailler aussi longtemps qu'on veut, pourvu que le boulot soit intéressant.

— Et tu trouves qu'il l'est ?

— Oui, je trouve. Je connais tous les collègues, et ils me connaissent. Je me plais avec eux, et eux… comment dire…

— Ils se plaisent avec toi ?

— Oui.

— Et c'est important ?

— Comment dire ? Ils ont besoin de moi, dit Philip d'une voix ferme en croisant son regard pensif. Sans moi, le service ne marcherait pas.

— Et Richard Nilsson ? demanda-t-elle soudain.

— Quoi, qu'est-ce qu'il a ?

— On m'a proposé de le remplacer dans son service, mais j'ai dit non. Il est malade, lui aussi ?

— Aucune idée. Soit il est bien enrhumé, soit il est chez lui avec sa bonne femme et ses gosses, devant la télé, qu'est-ce que j'en sais, putain.

— Donc c'est toi qui as accepté ?

— *Yes*, j'y retourne ce soir, à 8 heures.

— Et donc tu commences une garde de vingt-quatre heures ?

— Ce n'est pas interdit.

Elle le regarda longtemps de ses yeux bleu clair avant de lancer :

— Je ne sais pas comment tu fais.

— Ce n'est pas un problème, dit-il en souriant à son tour.

Son large sourire ne devait pas être convaincant, car elle secoua la tête.

— Rien n'est jamais un problème pour toi, hein ?

— Eh non.

— Mais je risque d'avoir un problème avec toi si tu ne dors pas maintenant.

— Qu'est-ce que tu veux dire ?

— Je veux dire que je veux un collègue en forme demain matin à 8 heures. Surtout si tu as l'intention de travailler cette nuit. Dors, maintenant.

— C'est difficile quand il fait jour.

— Essaie, au moins.

— Oui, oui, dit-il. À demain.

Et elle disparut. Philip posa le téléphone sur son ventre en sentant son corps engourdi. Il regarda le pot de fleurs sur le rebord de la fenêtre, vit les feuilles osciller : les cachets commençaient à agir.

Jana Berzelius avait souvent vu la mort de près. Mais découvrir le corps blême de sa mère sur une civière d'hôpital était autre chose. C'était trop près et elle n'y était pas préparée.

Que l'infarctus soit la cause de décès la plus courante en Suède lui importait peu. Elle ne pensait qu'à une chose : son chagrin de savoir sa mère disparue – pour toujours. Et ce chagrin la surprenait.

Elle appuya le coude contre l'intérieur de la portière et décida qu'il était inutile de tourner autour du pot. Mère était morte, autant le lui annoncer tout de suite. Père devait être mis au courant.

Elle doubla une camionnette, s'engagea sur un rond-point et continua sur Lindövägen. Accéléra, pied au plancher, pour passer devant un bus de ligne orange et rouge qui allait quitter son arrêt. Il la klaxonna plusieurs fois.

Elle se gara devant la grande maison blanche de Lindö, les mains moites. Elle ouvrit dans un cliquetis de clés.

Dans l'entrée, une odeur écœurante de renfermé la prit à la gorge. Un instant, elle sentit la panique palpiter dans sa poitrine, elle ne voulait pas être là, ne voulait pas sentir cette puanteur douceâtre de pourriture.

Mais elle n'avait pas le choix.

Il fallait qu'elle lui dise.

Les paumes toujours moites, elle déboutonna son manteau et le pendit au crochet de laiton.

Jana jeta un œil à l'enfilade de pièces et se dirigea vers la cuisine. Il faisait sombre dans la maison, mais la lumière du soleil s'infiltrait à travers les rideaux et se reflétait au plafond.

Un curieux craquement retentit quelque part dans la maison.

Elle s'arrêta, tendit l'oreille.

À nouveau quelque chose. Un bruit lourd, répétitif. Ça ne ressemblait pas à des pas, plutôt le raclement de quelqu'un qui avance en traînant lentement les pieds.

Elle alla dans la cuisine. Les bras croisés sur la poitrine, elle regarda longtemps le fauteuil roulant.

Il était là.

Misérable, gris et vieux.

— Bonjour, Père, dit-elle.

L'enquêteur en chef Gunnar Öhrn ouvrit une canette de Coca-Cola qu'il se dépêcha de boire, comme s'il craignait que les bulles ne disparaissent. Henrik et Mia avaient pris place à côté de lui contre le mur, près de la fenêtre. C'était l'après-midi, ils étaient seuls dans la salle à manger du personnel.

— Putain, ce que c'est rageant d'être à nouveau à la poursuite de ce foutu Peña, dit Mia en sirotant son café.

— Mais le hangar à bateaux, là où tu l'as arrêté, est-ce qu'il aurait pu y retourner ? proposa Henrik.

— Ça m'étonnerait, dit Mia. Bien sûr, il est sacrément dérangé, mais pas débile à ce point. Arkösund est bien le dernier endroit où il irait se réfugier.

Gunnar soupira.

— Mais comment a-t-il pu rester endormi pendant trois mois et se lever comme ça, d'un coup ? Vrinnevi devait mal avoir évalué son état. Pourquoi est-il resté comme ça si longtemps ?

— J'ai parlé avec un des médecins, dit Henrik. Il y a eu des complications postopératoires, une fuite.

— Quoi ? fit Gunnar. Une fuite ?

— Ça s'est mis à fuir là où son intestin avait été recousu, si j'ai bien compris les explications du médecin, dit Henrik. On a entre autres administré à Danilo du Stesolid, un relaxant musculaire et calmant…

— Qui a fait faire un gros dodo à Mattias…, précisa Mia.

— Oui, le Stesolid fait somnoler. Mais, plantée dans le thorax, une seringue risque de toucher le cœur ou les poumons. On peut en mourir si on ne fait rien.

— Donc on peut constater que Mattias Bohed a eu de la chance, dit Gunnar. Et le vigile, que raconte-t-il ?

— Rien d'intéressant, dit Henrik.

Anneli Lindgren entra dans la pièce et les salua de la tête en haussant les sourcils.

— Vous faites une réunion ?

— Plutôt informelle, dit Henrik.

Elle prit une tasse dans un placard et la remplit d'eau chaude. Gunnar essaya d'ignorer Anneli, faisant comme si son ex-compagne n'était pas entrée dans la pièce.

— C'est bien Anders qu'il s'appelle, le vigile ? demanda-t-il.

— Andreas, dit Henrik.

— Pardon, je…

Gunnar but trois lentes gorgées de Coca. En attendant qu'Anneli quitte la pièce avec sa tasse de thé.

— Bien. Où en étions-nous ? dit-il quand ses pas se furent estompés dans le couloir.

— Le vigile s'appelle Andreas Hedberg, quarante-quatre ans, dit Henrik. Assez peu expérimenté, il ne travaille apparemment comme vigile que depuis quelques mois.

— Et il risque d'arrêter, après ce qui vient de lui arriver, dit Mia.

— Pourquoi avait-on placé un bleu pour garder cette porte ? demanda Gunnar. Est-ce qu'on a fait les vérifications ? Il ne pourrait pas être de mèche avec Peña ?

— Et avoir été assommé en guise de remerciement, tu veux dire ? ironisa Mia.

— Probablement pas, dit Henrik. Mais on va l'interroger dans l'après-midi.

— Est-ce qu'on ne devrait pas publier son nom ? se demanda

Gunnar. Je suppose que les médias sont déjà sur le coup. Difficile de boucler l'entrée de Vrinnevi sans se faire remarquer.

Henrik fronça les sourcils.

— Qu'est-ce que tu veux dire ?

— Que Danilo doit être considéré comme dangereux.

— Mais on avait déjà lancé un avis de recherche le concernant, lors de l'enquête précédente, dit Henrik d'un air sombre. De quoi on va avoir l'air si on recommence ?

— Oui, mais est-ce qu'on a le choix ? demanda Mia. Combien de temps on va pouvoir cacher que c'est Danilo Peña qui a échappé à la surveillance de la police, à ton avis ? S'il arrive quelque chose pendant sa « permission », on sera vraiment dans la merde. Ça suffit pas déjà comme ça ?

— Tu as raison, Mia, dit Gunnar en posant sa canette vide sur la table. Mais je pense comme Henrik qu'il vaut mieux travailler encore un peu sans faire de vagues.

— Bien, dit Henrik. Concentrons-nous pour le retrouver avant que les médias aient capté qu'il s'est enfui, histoire de démontrer que notre nouvelle organisation de la police marche.

Gunnar ricana.

— Bon, dit-il alors. Rassemblez-moi tout ce qu'on a sur Danilo.

— Qu'est-ce que tu veux savoir ? demanda Henrik.

— Tout. C'est reparti.

3

Philip Engström fixait le plafond. Il pensait au curieux rêve qu'il venait de faire. Il était dans un musée et y avait regardé un homme totalement immobile dans une cage en verre, tout habillé de blanc. Chose désagréable, cet homme lui ressemblait.

Il cligna des yeux et concentra son regard sur la lampe au plafond. Quand il finit par la voir nette, il s'étira dans le lit, saisit son portable sur la table de nuit et vit qu'il était 5 heures de l'après-midi. Il vit aussi le texto de Lina, y jeta un œil et sortit du lit.

Lentement, il enfila un T-shirt tout en gagnant la cuisine. Comme d'habitude, la porte du réfrigérateur résistait, et il dut la tirer à deux mains pour arriver à l'ouvrir. Son regard glissa sur le paquet de beurre, la bouteille de ketchup, les cornichons marinés.

Au moment où il prenait la brique de lait pour vérifier la date de péremption lui parvint la voix de Lina :

— Chéri ? Tu es à la maison ?

Il n'avait pas la force de répondre. Il entendit la porte d'entrée se refermer, but trois gorgées de lait et remit la brique au frais. Quand elle entra dans la cuisine, il se tenait sans rien dire devant la table.

— Ah, bien, tu es déjà levé, dit-elle. Bien dormi ?

— Oui, marmonna-t-il.

Elle lui caressa le bras, l'embrassa sur la joue et posa un sac plastique blanc sur la table.

— J'ai acheté de quoi dîner. Thaï.

— Ah bon.

— Curry rouge.

— On fête quelque chose, ou bien ? demanda-t-il avec lassitude.

— Non, mais je ne voulais pas perdre de temps à faire la cuisine, c'est tout. Je me disais qu'on pourrait utiliser ce temps à autre chose.

Philip sentit son bras autour du sien et la regarda. Le texto qu'elle lui avait envoyé comportait juste quatre mots : « Ce soir soirée câlins. » Cela voulait dire qu'ils allaient coucher ensemble une ou peut-être deux fois au cours de la soirée. Quand ils s'étaient mariés, trois ans auparavant, ils avaient effectué une longue batterie d'examens approfondis pour comprendre leur difficulté à procréer. L'enquête avait démontré qu'il n'y avait chez eux aucun obstacle médical à avoir un enfant par eux-mêmes. Ils avaient sans doute juste besoin d'un peu de calme.

Cela n'avait pas donné de résultat pour le moment, mais Lina avait établi un planning de leurs rapports sexuels calé sur ses périodes d'ovulation. Trois jours avant jusqu'à trois jours après, elle avait la plus grande probabilité de tomber enceinte.

Aujourd'hui, c'était trois jours avant, et ils allaient coucher ensemble, conformément au planning. Pas parce qu'ils en avaient envie. Voilà à quoi ressemblait leur vie.

— On doit le faire, déclara-t-elle.

— Je sais bien, dit-il.

Mais il ne voulait pas penser à la routine, pas aujourd'hui, surtout pas maintenant. Il espérait que son sourire figé ne le trahirait pas. Mais si.

— Tu ne veux pas ?

— Si.

— Sûr ?

— Oui ! lâcha-t-il, beaucoup plus fort qu'il ne l'aurait voulu.

Elle sursauta, mais ne le regarda pas, plongea les yeux au fond du sac, fixa les barquettes d'aluminium et leurs couvercles fumants.

— Écoute…, dit-il. Pardon.

— Ça va, dit-elle avec un haussement d'épaules de déception, en prenant une des barquettes.

Il suivait ses mouvements, éprouva un soudain vertige et ferma les yeux un bref instant quand il commença à voir ses mains en double. Quand il les rouvrit, il croisa son regard interrogatif.

— C'est peut-être mieux de manger maintenant, dit-elle en sortant la deuxième barquette du sac.

C'était à son tour de l'arrêter.

— Mais tu…, lança-t-il.

Elle secoua la tête, si fort que ses cheveux châtains lui tombèrent sur les yeux. Il s'approcha d'elle, lui souleva le menton et l'embrassa sur la bouche, juste un peu. Promena ensuite les mains sur sa joue et autour de son cou. Il la regarda, un sourire dans les yeux. Il savait qu'il n'y avait qu'une seule façon de la contenter.

Il pressa ses lèvres contre les siennes et, cette fois, elle répondit à son baiser. Il laissa descendre ses mains le long de son dos, fouilla sous ses vêtements, passa sur ses seins soyeux, vers sa culotte.

Ils pouvaient aussi bien le faire ici, sur la table, debout contre le mur ou sur le sol de la cuisine, pour lui ça n'avait aucune importance. Pourvu que ce soit fait.

Il sentit alors les mains avides tirer sur son T-shirt. Elle respirait plus fort et plus vite, par le nez. Il la plaqua contre le mur, sentit son corps frémir et l'embrassa à nouveau.

— Viens, dit-il alors en lui tendant la main.

— On ne mange pas ? demanda-t-elle en la prenant.

— Si, mais on commence par le dessert.

Jana Berzelius regardait son père et son auxiliaire de vie dans la cuisine de la villa de Lindö. Père tenait maladroitement une fourchette qu'il portait avec concentration vers sa bouche. Mais sa main semblait vivre sa vie propre, et la nourriture finit sur ses joues et son menton.

Certes, Mère lui avait dit que les repas prenaient du temps, car Père avait récemment recommencé à s'alimenter seul, mais Jana n'aurait jamais imaginé le voir un jour manger comme un bébé, avec une bavette et des restes de nourriture tout autour de la bouche.

Il fit à nouveau tout tomber, s'apprêta à prendre une nouvelle bouchée, mais l'auxiliaire l'arrêta. Elle sourit, lui prit sa fourchette, qu'elle remplit d'un peu de purée.

— Ouvre la bouche, dit-elle doucement.

Mais il refusa, détourna la tête en serrant les lèvres comme un enfant rétif. Elle tapota la fourchette contre sa bouche.

— Allez, ouvre la bouche, Karl.

Jana n'avait aucune envie de rester là à le regarder lutter avec la nourriture. Elle quitta la cuisine sur la pointe des pieds.

Elle monta l'escalier, emprunta le couloir et poussa la porte du bureau de son père. Observa les rayonnages, le bureau et les tableaux au mur.

Ça s'était passé dans cette pièce.

Elle avait essayé de l'en empêcher. L'empêcher de se tirer une balle dans la tête. La balle avait dévié, abîmé le lobe gauche du cerveau, ce qui avait provoqué des troubles moteurs.

Elle entra dans la pièce et contourna le bureau. Vit le fouillis de papiers et songea que rien n'était plus comme avant. L'ordre strict qui avait toujours été sa signature avait disparu.

Elle feuilleta lentement les factures d'eau, d'électricité ou de ramassage des ordures. Dates diverses, pêle-mêle.

Un tas de papiers, sans structure.

Elle commençait à les ranger en tas bien alignés quand elle entendit un raclement de gorge dans son dos. Elle leva les yeux et vit l'auxiliaire de vie dans l'embrasure de la porte.

— Oui ? lâcha sèchement Jana, irritée par ses regards curieux.

— Vous êtes sa fille, Jana, n'est-ce pas ? Je n'ai pas eu le temps de vous saluer comme il faut à la cuisine. Je suis Elin Ronander.

— Je ne voulais pas déranger le repas, dit Jana.

— Et je suis désolée de vous déranger à présent, mais je me demandais juste où était Margaretha.

Jana soupira, Elin le remarqua.

— Excusez-moi de vous poser la question, dit-elle. Mais elle laisse toujours un mot sur la table de la cuisine quand elle va quelque part, et ce matin, quand nous sommes rentrés, il n'y avait rien. J'ai appelé, mais…

— Où étiez-vous ?

— À Örebro, au centre de rééducation. Karl y va de temps en temps.

Jana croisa son regard.

— Depuis combien de temps êtes-vous responsable de mon père ?

— Depuis qu'il est rentré de l'hôpital. Margaretha m'a engagée.

— Donc vous le connaissez bien ?

— Je le soigne, je ne le connais pas vraiment.

— Bien, car je veux avoir un avis objectif, je veux savoir exactement comment il va et ce qui va lui arriver.

Plusieurs plis se formèrent sur le front d'Elin tandis qu'elle ôtait ses lunettes pour les frotter contre son pull.

— Il a fait de grands progrès ces dernières semaines, dit-elle.

— Et comment se présente son avenir ?

— Je ne peux pas vous répondre.

Jana saisit un tas de papiers, le tassa deux fois sur la table.

— Sera-t-il un jour entièrement rétabli ?

Elin soupira en rechaussant ses lunettes.

— Pour lui, la rééducation sera lente et pénible, mais je note sans arrêt des améliorations sensibles. Voilà seulement une semaine, il était incapable de se lever sans aide de son fauteuil roulant. Ce matin, il a même pu faire quelques pas tout seul.

— La réponse est donc oui ?

— Écoutez, il est très difficile de se prononcer mais, si tout se passe comme il faut, il pourra à nouveau se promener dans son jardin.

— Mais la parole ?

— Naturellement, il doit aussi s'entraîner pour ça. Tous les jours.

— Je ne peux pas venir très souvent.

Jana souleva le tas de papiers, fit le tour du bureau et passa devant Elin.

— Mais les stimulations sont cruciales pour qu'il réapprenne à parler, dit celle-ci, et il est important qu'un proche soit le plus disponible possible.

— Encore une fois, il m'est difficile de me libérer, dit Jana.

— Margaretha va donc devoir porter un lourd fardeau, mon contrat ne dure encore qu'environ deux mois.

Jana s'arrêta en lui tournant le dos.

— Je veillerai à prolonger ce contrat si vous prenez la pleine responsabilité de ce processus de rééducation. Ça vous va ?

— Oui.

— Bien, dit Jana. Et il y a aussi autre chose.

— Oui ?

— Dites à Père que sa femme est morte.

Anneli Lindgren était dans la cage d'escalier. Elle leva la main pour frapper. C'était bizarre d'être comme une étrangère devant sa propre porte. Elle ouvrit sa veste et passa la main sur son chemisier dans une tentative d'y lisser les plis formés au cours de la journée.

Gunnar ouvrit, sans même la regarder.

Cette fois non plus.

— Tout est dans la chambre, dit-il en laissant la porte ouverte tandis qu'il retournait à la cuisine.

Elle sentit l'odeur de graillon et aperçut une poêle vide sur la plaque de cuisson. Il y avait un pot de confiture d'airelles et deux assiettes sales sur la table de la cuisine.

— Tu ne mets pas la hotte ? demanda-t-elle.

— Il y a six cartons, dit-il en revissant le couvercle de la confiture. Ils sont juste devant la porte.

— Adam sait que je suis là ?

— Adam ! appela Gunnar de toutes ses forces.

— Là, maintenant, il est au courant, dit Anneli en souriant pour tenter de détendre l'atmosphère.

Mais Gunnar ne sourit pas, ne dit rien. Elle sentit ses joues rougir, et se tortilla.

— Bon, je m'y mets, alors ?

— C'est ça, dit-il.

Elle gagna la chambre en songeant que l'appartement était en désordre. Un robinet gouttait dans la salle de bains. Dans le séjour, la télécommande traînait par terre, les piles à côté.

Les cartons étaient empilés à côté du placard. Quatre dans un tas, deux dans l'autre. Le premier ne pesait presque rien, ne contenait probablement que des vêtements. Le second n'en était que plus lourd, et elle peina en les descendant à la voiture.

Au fond, elle ne voulait pas entendre parler de ces cartons. Leur contenu lui était devenu étranger et insignifiant.

Elle s'arrêta pour reprendre son souffle, posa la main contre la vitre fraîche, ferma les yeux, sentant le froid se répandre dans ses doigts.

En elle, une voix répétait : *C'est ta faute ! Tout ça, c'est ta faute !*

Et c'était vrai.

C'était sa maudite faute si elle était forcée de quitter l'appartement qu'ils avaient acheté ensemble à peine six mois plus tôt.

Elle avait pensé qu'il lui serait facile de trouver un autre logement, mais le marché avait changé. Les offres en accession à la propriété étaient rares, et les files d'attente pour les locations n'avaient jamais été aussi longues.

Devoir appeler sa mère pour lui demander si elle pouvait provisoirement venir habiter chez elle n'était pas son rêve. Bien sûr, ce n'était pas la première fois. Mais, à l'époque, elle avait vingt, vingt-deux ans.

À présent, elle en avait cinquante-quatre.

Quand elle eut chargé le dernier carton dans la voiture, elle trouva Adam qui l'attendait dans l'entrée.

Sa peau était couverte de boutons d'acné et sa frange coiffée avec une raie de côté cachait tout son œil droit. Il avait ses écouteurs blancs pendus autour du cou et son portable à la main.

— Tu es prêt ? demanda-t-elle.

— *Yes*, dit-il d'un air las en passant devant elle.

— Au revoir ! lança-t-elle vers l'intérieur de l'appartement, mais seul le silence lui répondit.

Elle descendit deux marches, s'arrêta en songeant qu'elle devrait retourner le voir, dire quelque chose, lui expliquer que ce n'était pas juste, que c'était aussi sa maison, qu'elle avait le droit de rester.

Elle aurait voulu rester, recommencer, oublier son faux pas et aller de l'avant.

— Maman ?

La voix d'Adam résonnait dans la cage d'escalier. Il s'était arrêté quelques marches plus bas, avait levé un des deux écouteurs et la regardait d'un air interrogatif.

— Tu viens ?

— J'arrive.

Elle soupira, jeta un dernier regard vers ce qui n'était plus sa porte, puis continua de descendre.

Jana Berzelius traversa la rue et s'engagea dans les étroites ruelles de Knäppingsborg. Dans les vitrines se serraient des serviettes, des oreillers et des pots de fleurs décorés de branches et de feuilles. Le tout dans des nuances de bleu et de vert.

Arrivée chez elle, elle pendit son manteau et alla dans sa chambre avec son portable. Elle vit que Per Åström avait appelé, mais ne prit pas la peine d'écouter son message. Il se demandait sûrement pourquoi elle avait quitté le bureau si hâtivement aujourd'hui, et elle n'avait aucune envie de s'expliquer : la mort de Mère était une affaire privée.

Elle jeta son portable sur le lit, se déshabilla en sous-vêtements et se drapa d'une robe de chambre.

Elle avait pensé réchauffer de la soupe à la tomate, mais n'avait finalement pas envie de manger. Elle sortit plutôt une bouteille de bordeaux blanc dont elle se servit un demi-verre.

Après deux gorgées, elle appuya le verre glacé contre son front. Elle voulait se rafraîchir et calmer les pensées qui recommençaient à tourner dans sa tête. La colère l'avait envahie et, d'habitude, c'était la colère qui la faisait se sentir invincible, forte, mais, cette fois, elle la faisait se sentir faible. Car la mort de Mère lui avait fait penser à la mort d'une autre femme.

Jana écarta le verre de son front et regarda au fond. Elle voyait les cercles concentriques que formaient les vibrations de ses mains tremblantes. Elle but encore une gorgée en essayant de freiner ses pensées. Elle savait que si elle ne les arrêtait pas, elles feraient resurgir le souvenir de sa mère.

De sa mère biologique.

Elle ne voulait pas penser à elle, elle n'y avait pas pensé depuis plusieurs années. Mais, à présent, impossible de s'en empêcher.

Elle porta le verre à sa bouche, s'apercevant à peine qu'elle avalait. Elle avait déjà été engloutie par les souvenirs et se trouvait à présent dans un espace exigu et étouffant, en train de traverser l'Atlantique. Elle était assise à côté de sa maman et n'arrêtait pas de demander s'ils n'étaient pas bientôt arrivés. Son papa lui avait dit de se taire, de se taire comme tous les autres occupants du container.

Ils étaient en route vers un nouveau pays, la Suède, avec le rêve d'une vie nouvelle, meilleure.

Elle se souvenait combien son cœur battait à l'ouverture du

container. Dehors, trois hommes, des armes à la main. Ils avaient choisi sept enfants. Elle se rappelait encore comme on l'avait tirée par le bras, loin de sa maman et de son papa.

C'était la dernière fois qu'elle les voyait.

Les hommes avaient pointé leurs armes droit vers l'espace étroit et étouffant, et elle n'oublierait jamais le fracas des détonations. Mais le pire était sans doute le silence qui s'était installé quand les hommes avaient reculé d'un pas pour observer le résultat.

Jana déglutit douloureusement et se gratta la nuque. Passa les doigts sur les lettres déformées qui y avaient été incisées pour former le nom « KER ».

Peut-être avait-elle commis une erreur en entreprenant de fouiller son passé ? Peut-être aurait-il mieux valu s'en abstenir ?

Plusieurs années durant, elle avait rassemblé des informations. Elle avait rempli carnet après carnet, noté et dessiné des souvenirs tirés de ses rêves et cauchemars, et de toutes ces notes avait lentement surgi une image effrayante de son enfance.

Elle avait été formée pour devenir enfant-soldat, une machine à tuer.

Mère n'en avait jamais rien su, mais Père savait tout.

Pour se protéger, il avait trouvé l'endroit où elle avait caché ses cartons pleins de carnets et de notes, et les avait cachés ailleurs.

Mais maintenant qu'il était si malade, qui savait où se trouvaient toutes ces informations ? Qui veillait à ce qu'elles ne tombent pas entre de mauvaises mains, où elles pourraient leur être dommageables, à lui comme à elle ?

Qui ? se demanda Jana en portant à nouveau le verre à sa bouche.

Henrik Levin referma doucement la porte d'entrée. Il pendit sa veste et entra dans la cuisine. Dans la chambre à coucher, au premier étage, il entendait les cris de Vilgot et la voix douce d'Emma. Elle lui faisait des *chut*, lui disait qu'il était l'heure de dormir.

Henrik sourit tout seul, gravit l'escalier, glissa un œil dans la chambre et vit Emma debout, Vilgot dans les bras. Son visage fin était pâle et ses cheveux, d'habitude attachés, étaient pour une fois libres. Il continua jusqu'à la chambre de Felix, lui caressa les cheveux et lui chuchota bonne nuit. Puis il entra dans la chambre de Vilma, où il écrasa une pièce de Lego.

— Merde ! lâcha-t-il.

— Papa, tu as dit un gros mot.

— Tu ne dors pas ? fit-il en se penchant au-dessus du lit, où il vit cligner les grands yeux de Vilma.

— Tu as dit *merde*, lança-t-elle.

— Ne dis pas ça.

— Mais tu l'as dit.

— Il ne faut pas dire de gros mots.

— Mais pourquoi tu en as dit un, alors ?

— Parce que ça m'a fait mal au pied.

— On ne dit pas *aïe*, dans ce cas-là ?

— Si, mais des fois on dit des gros mots quand on se fait mal, ou quand on est fâché ou fatigué.

— Pourquoi ?

— Parce que. Et maintenant, mademoiselle la questionneuse, c'est l'heure de dormir.

Henrik la borda et lui embrassa le front. Il referma doucement la porte.

Emma se retourna quand il entra dans la chambre.

— Salut, dit Henrik. Comme tu es jolie.

— Merci, murmura Emma.

Henrik posa précautionneusement la main sur la petite tête de Vilgot.

— Ça s'est bien passé, aujourd'hui ?

— Non. Il dort beaucoup trop peu. Je me souviens que Felix et Vilma pouvaient dormir des heures d'affilée. Vilgot ne dort jamais plus d'un quart d'heure chaque fois. Je n'arrive à rien faire de mes journées, et je ne vois pas comment je vais réussir à organiser le déménagement.

— N'y pense pas pour le moment. Les déménageurs viennent vendredi de la semaine prochaine, et la société de nettoyage le week-end suivant. Il ne reste plus que les cartons à faire.

— Ce n'est pas que ça, dit-elle en berçant Vilgot. Je me sens stressée. Je sais que je ne devrais pas, mais je passe mes journées à tourner en rond à la maison, à voir tout ce qu'il faudrait faire. Toi, tu en es dispensé.

— Oui, dit-il, mais j'ai un peu d'autres choses en tête en ce moment. Un homme s'est enfui de l'hôpital aujourd'hui.

— De l'hôpital ? Qui ça ?

— Tu te souviens de Danilo Peña ?

— Oui, bien sûr. C'est lui qui s'est enfui ?

— Oui.

— Aïe. Et vous le cherchez, j'imagine ?

— Oui, partout.

— Et toute la journée ?

Henrik croisa son regard.

— Oui.

— Et ce sera à moi de tout faire pour préparer le déménagement, soupira-t-elle.

— Pas forcément.

Henrik baissa les yeux et visualisa la scène : l'infirmière agressée, la seringue dans la poitrine de l'infirmier, les traces de doigts sanglants, le vigile dans la remise. Un homme violent dans la nature.

Vilgot geignit, ce qui ramena Henrik à la réalité.

— Passe-le-moi, dit-il à Emma.

— Tu es sûr ?

— Tu as besoin de manger.

— Et toi ?

— Je mangerai après toi.

Emma quitta la chambre sur la pointe des pieds.

Henrik cala Vilgot dans ses bras et le berça. Saisit ses petites mains, lui caressa la tête. Puis il promena son regard à travers la pièce et se remit à penser à Danilo Peña.

Soudain, son échine frissonna, comme si quelqu'un le regardait par-derrière. Il se retourna et observa par la fenêtre le jardin sombre. La lueur du réverbère le plus proche arrivait jusqu'au bord de la pelouse, devant le pavillon.

Il ne parvenait pas à mettre le doigt sur l'origine de ce brusque malaise, mais un frisson glacé lui remonta le long du dos quand il songea que Danilo était là, dehors, quelque part.

Les branches du pommier ployèrent sous le vent. Et, l'instant d'après, des feuilles tombèrent d'un buisson proche de la maison. Comme si quelqu'un venait tout juste de passer.

Il regarda à nouveau Vilgot, qui s'était endormi. Son cœur battait fort lorsqu'il coucha son fils dans son lit à barreaux. Il quitta alors la chambre et redescendit en faisant un détour par l'entrée pour vérifier que la porte était bien fermée.

À double tour.

La soupe à la tomate bouillait.

Jana Berzelius laissa la casserole sur la plaque à induction, mais baissa un peu la température. Elle n'avait toujours pas faim, mais se dit qu'il valait quand même mieux manger quelque chose. Elle saisit d'un geste vif le tranchoir à large lame sur le porte-couteaux, se coupa une tranche épaisse du pain noir qui lui restait de la veille et s'en mit un bout dans la bouche. Pour se tenir compagnie, elle alluma la télévision murale.

Elle fuit un débat sur l'allaitement, zappa une émission d'humour, secoua la tête devant un dessin animé pour enfants en finnois et passa sur la quatrième chaîne au moment où, la publicité finissant, le journal allait commencer.

Elle ôta la soupe à la tomate frémissante de la plaque quand elle entendit son portable sonner dans la chambre. Elle alla le chercher et regarda un moment le numéro familier.

Deux fois déjà aujourd'hui, elle avait ignoré Per Åström. Cette fois, elle se sentit obligée de lui répondre.

— Je pense que tu m'évites, dit-il en parlant fort pour se détacher du bruit de fond.

— Qu'est-ce qui te fait penser ça ?

— D'abord, tu ne m'as pas laissé entrer dans ton bureau aujourd'hui, ensuite, tu n'as pas répondu à mes messages.

— J'ai été occupée. Il y a une chose qui…

— Je t'entends à peine, l'interrompit-il.

— Non, rien.

— En tout cas, j'ai attendu ton retour.

Jana soupira, ouvrit un placard, y attrapa une assiette creuse.

— Mais pourquoi ? dit-elle.

— Je voulais te confier quelque chose au sujet d'une personne qui t'intéresse peut-être…

— Une personne ?

— Oui, qui s'est enfuie.

— Mais qui ?

— Danilo Peña.

L'assiette lui échappa des mains et se brisa en plusieurs morceaux. Elle essayait de comprendre ce que signifiaient les paroles de Per, mais elle avait du mal à maîtriser ses pensées parties en vrille. Quoi ? Danilo, enfui ? Ça ne pouvait pas être vrai, il avait dû dire un autre nom.

— Répète ça, dit-elle en s'efforçant de garder son calme.

— Tu te souviens bien de Danilo Peña, quand même ? Les Thaïlandaises, le trafic de drogue ?

— Je m'en souviens, lâcha-t-elle.

— Il s'est échappé de l'hôpital ce matin.

Elle se pencha en avant, s'appuya d'une main au plan de travail de la cuisine.

— Et que dit la police ?

— Pour le moment, ils n'ont aucune idée de là où il a pu passer, mais ils pensent qu'il est encore en ville. Je t'en parlerai au dîner, si tu veux.

— Au dîner ?

— Mais oui ? Je t'ai pourtant laissé un message pour t'inviter. À venir chez moi manger du filet de bœuf, ce soir.

— Ah oui… je ne crois pas que ce soit une si bonne idée.

— Mais il faut quand même que…

— … que je mange, je sais.

Soudain, elle entendit un craquement et se figea. Lentement, elle sortit de la cuisine, observa la pénombre de l'entrée, les vêtements et les chaussures, puis continua dans la chambre.

— Allô ? fit Per.

— Oui ? dit-elle en regardant dans la chambre.

— Tu n'as même pas besoin de venir à pied. Je peux venir te chercher en voiture, te raccompagner chez toi ensuite.

— Tu habites à cinq cents mètres d'ici, Per.

— Comment peux-tu refuser un filet de bœuf ?

— Je ne sais pas…, répondit-elle en regagnant la cuisine, où la lueur de la télévision teintait le sol de rouge, bleu et blanc.

— Parfois, c'est difficile de te comprendre, déclara-t-il.

Elle réalisa alors qu'elle se taisait à nouveau.

— On en parle demain, dit-elle avant de raccrocher.

Elle regarda les débris de l'assiette cassée puis les ramassa, un à un, pour les jeter à la poubelle.

Elle s'approcha alors du plan de travail pour se couper une autre tranche de pain, mais le couteau avait disparu.

Elle le chercha du regard, pensant l'avoir remis dans le porte-couteaux, mais la fente était vide.

Elle baissa le son de la télévision, tendit l'oreille, mais n'entendait que sa propre respiration.

D'une main ferme, elle saisit un autre couteau, le serra fort et se déplaça lentement vers l'embrasure sombre de la porte du séjour.

L'adrénaline l'aidait à se concentrer : elle était de plus en plus persuadée qu'elle n'était pas seule dans l'appartement.

Elle balaya la pièce du regard, devinant le contour des meubles, s'approcha du mur, hésita, mais tendit malgré tout la main vers l'interrupteur et alluma.

Ce fut comme si son corps gelait.

Elle resta figée, sans pouvoir bouger, sans réellement comprendre ce qu'elle voyait.

L'homme assis sur le canapé lui sourit.

— Comme on se retrouve, dit-il.

Danilo.

4

La jupe noire en nylon était remontée trop haut à la taille. Elle tira dessus, sachant qu'elle était trop courte pour être convenable, mais, chez Harry's, peu importait les convenances. Il s'agissait avant tout de mettre en valeur ses longues et jolies jambes.

Ce que Mia Bolander avait depuis longtemps compris qu'elle n'avait pas.

Mais elle avait au moins son sourire.

Elle traversa la voie du tramway en claquant des dents, car elle n'avait pas pris de blouson. Le ticket du vestiaire était trop cher, vingt couronnes par soir, ça faisait plusieurs centaines par mois.

Le vent frais du soir jouait dans ses cheveux tandis qu'elle obliquait vers Sandgatan. Elle regarda les grues du chantier en songeant que ces blocs de béton nu allaient bientôt se transformer en appartements hors de prix. Au rez-de-chaussée, il y aurait un local commercial, probablement une pizzeria.

Sacrément original.

Les doigts engourdis, elle dépassa Strömparken en essayant d'imaginer qu'elle était dans un pays chaud, comme l'Espagne, en route pour une boîte ou un bar sans devoir se geler les miches.

Au bout de cinq minutes, elle arriva enfin.

Il y avait foule devant chez Harry's. Elle estima la queue à une trentaine de personnes. Hommes et femmes en chaussures basses et talons hauts, chemises cintrées et décolletés profonds, jeans élimés et robes à paillettes.

Une bonne soirée, en somme.

Mia se fraya un passage, et le videur la salua de la main. Quelques-uns sifflèrent et grommelèrent en la voyant doubler. Une femme seule qui fendait une foule : là, elle attirait l'attention.

Là, ils pouvaient la voir.

Les hommes.

La musique était tonitruante à l'intérieur du bar. Elle s'y enfonça lentement et avisa un petit groupe d'une dizaine de personnes, surtout des hommes.

Elle se tint à distance, les fixa en silence, mais un large sourire aux lèvres. Posa son regard plusieurs secondes sur chacun d'entre eux en préparant les questions qu'elle pourrait leur poser. Avoir une alliance ou des enfants n'était pas un obstacle. Au contraire. Cela donnait matière à des questions comme : C'est quoi le prénom de tes enfants ? C'est des jumeaux ? Ils ont quel âge ? Ils vont à la crèche ? Comment s'appelle ta femme ? Vous êtes mariés depuis longtemps ?

Et elle connaissait d'avance les réponses, par exemple que l'homme en question était très accro à sa femme, une graphiste très douée, qu'il adorait ses jumeaux, qu'on lui avait opéré la jambe deux fois et qu'il aimait les modèles réduits d'avion.

Très bien. La plupart voulaient seulement parler. D'eux-mêmes. Et ceux-là étaient les meilleures proies.

Les pires étaient les hommes qui se croyaient obligés de montrer leurs muscles. Ces types-là, elle les évitait toujours.

Elle évitait aussi de parler d'elle. Mais, bien sûr, elle répondait aux questions qu'on lui posait. Il s'agissait d'être polie et aimable.

Et de sourire.

Globalement, il aurait été exagéré de dire que Mia Bolander recherchait une compagnie durable. En tout cas, elle ne voulait pas en donner l'impression. Il y avait eu un certain turnover. Les hommes qu'elle ne supportait pas après la première nuit avaient été mis au rancart. Et ceux qu'elle laissait rentrer avec elle plusieurs fois de suite appartenaient peut-être à la catégorie « tordus à cheveux longs ».

Peut-être en irait-il autrement ce soir ?

Elle redressa le dos, se cambra un peu et sourit de plus belle.

Elle se sentait inspirée et prête.

Préparée à la question la plus importante – et à la réponse.

— Tu baises ?

— Compte là-dessus.

Son peignoir s'était ouvert, laissant voir son soutien-gorge. Mais Jana Berzelius ne bougeait pas, n'osant quitter Danilo des yeux.

Sa barbe avait poussé, ses cheveux étaient quelques centimètres plus longs. Il portait une tenue d'infirmier et une paire de tennis blanches. Il avait posé un sac devant lui.

— Qu'est-ce que tu fais ici ? demanda-t-elle.

Il se leva et s'avança vers elle, mâchoire serrée. Elle vit qu'il tenait le tranchoir, et serra son couteau de plus belle. Recula de quelques pas pour garder sa distance, être prête.

— Tu m'as abandonné près du hangar à bateaux…, dit-il.

Elle ne répondit pas, pour ne pas exciter la haine qu'il nourrissait à son égard.

L'expression de Danilo changea. Ses yeux s'assombrirent.

— … et je suis juste venu te montrer comment je vois les choses, dit-il en s'approchant, le couteau toujours à la main.

L'attaque fut rapide.

Mais elle leva la main droite pour la bloquer. Brûlure de la lame aiguisée qui lui entailla l'avant-bras.

Elle lâcha son couteau, mais ne le quitta pas des yeux, et vit qu'il revenait à la charge. Et alors seulement, il lui sembla que tous ses sens s'éveillaient. Avec un hurlement, elle renversa d'un coup de pied la table basse et la poussa jusqu'à ce que Danilo finisse par terre, le plateau blanc de la table sur lui. Une bougie se renversa, un verre se brisa.

Elle passa à l'attaque et le frappa de toutes ses forces au visage.

Il répliqua, la poussa de côté et se dégagea de sous la table. Elle se débarrassa de son peignoir, ramassa son couteau et se rua sur lui. Mais il fit exactement le même mouvement, si bien que leurs bras se bloquèrent net.

Ils se regardaient maintenant les yeux dans les yeux.

Elle son couteau sur la gorge de Danilo. Lui son couteau sur la sienne.

— Nous avons un problème, siffla-t-il. *Tu* veux *me* voir mort. Et *je* veux *te* voir morte. Alors, on fait comment ?

Elle respirait vite, regardait les gouttes de sueur sur les tempes de Danilo.

Ils étaient bien trop près l'un de l'autre, ce qui rendait difficile pour elle de prévoir son mouvement suivant.

— Je ne sais pas, dit-elle. Je ne vois pas de bonne raison de ne *pas* te tuer.

— Mais je peux t'en donner une, répondit-il.

Elle le regarda. Elle était tentée d'attaquer une dernière fois, mais quelque chose la retint.

Le sang coulait de la plaie de son bras en serpentant comme autant de vers rouges, et gouttait par terre depuis le creux du coude.

— Les cartons, dit-il. Tes carnets, tes notes.

Elle le regarda. Son expression changea alors, il baissa son couteau et la fixa très calmement.

Elle s'efforça d'évaluer la situation ; n'étant pas du tout préparée à le voir battre en retraite, elle attendit quelques secondes, puis recula de deux pas et baissa elle aussi son couteau.

— Je ne sais pas de quoi tu parles, fit-elle.

— Oh ! si, tu sais. Et tu veux les récupérer.

— Tu ne sais rien, dit-elle en ramassant son peignoir sans le quitter des yeux.

Le tissu raviva la douleur de son bras.

— Il se trouve que je sais, dit-il.

Elle serra la ceinture aussi fort qu'elle put autour de sa taille et reprit le couteau en main.

— Qu'est-ce que tu veux, en fait ?

— Je pensais à un échange de services.

— Un échange ?

— Les cartons, contre la permission de rester ici.

— Hein ?

— Les cartons, contre la permission de rester ici.

— Tu es sérieux ?

— Oui.

— Impossible.

— Pourquoi ?

— Tu es traqué, Danilo. La police te cherche partout.

— Je sais bien, et c'est pour ça que la meilleure cachette est ici.

Elle sentait sa colère monter, elle avait du mal à rester immobile.

— Non, dit-elle en secouant la tête.

— Je reste ici jusqu'à ce que ça se tasse un peu, argua-t-il. Tu es procureure, personne ne soupçonnera quelqu'un comme toi.

— Impossible ! Tu comprends ? Impossible !

— Tu veux récupérer les cartons, non ? Ce qu'ils contiennent ne doit être vu par personne.

— Tu oublies une chose. Ils renferment aussi des informations sur toi.

— Oui, mais c'est moi qui les ai, pour le moment. Et puis ça m'importe beaucoup moins qu'à toi. Si je ne peux pas rester ici, je veillerai à envoyer ça à toutes les personnes intéressées.

— Tu ne peux pas faire ça.

— Notre grand méchant Karl n'apprécierait certainement pas que la vérité s'étale au grand jour. Pense à tout ce qu'il nous a fait, à toi, à moi, et à tous les autres enfants arrivés par containers. Pense à tous ceux qu'il a couverts, à tous les procès qu'il a manipulés, pense à…

— Tu es concerné toi aussi.

— Et alors ?

— C'est tout ce que tu trouves à dire ?

— Pour moi, il n'y a pas eu d'alternative. Je n'ai pas eu de famille riche pour m'adopter, m'offrir une bonne formation et du travail. Tu as tiré le gros lot, Ker.

— Ne m'appelle pas comme ça.

— Si tu ne veux pas que quiconque soit au courant, il te suffit de me laisser rester.

Elle avança d'un pas, tenta de respirer calmement, mais l'agressivité la tenait toujours d'une main de fer.

— S'ils m'arrêtent, tu peux dire adieu à ton boulot de procureure, adieu à ton bel appartement…

Elle le dévisagea. Chercha à déceler une altération, mais son expression demeurait imperturbable.

— Tu mens, dit-elle, tu n'as pas les cartons.

— Je les ai.

— Père les a ! C'est lui qui les a pris.

— Erreur, Jana. Ton père et moi.

— Pourquoi je te croirais ? Là-bas, à Arkösund, quand je t'ai interrogé, tu ne savais rien.

— Tu sais bien que si.

Jana le regarda, la respiration précipitée.

— Alors, je comprends pourquoi mon père te considérait comme un risque. Pourquoi il aurait voulu t'éliminer.

— Peut-être mais, maintenant, je suis le seul à savoir où sont les cartons.

Les yeux de Jana s'étrécirent.

— Je ne te crois toujours pas, dit-elle. Montre-les-moi.

Le sourire de Danilo disparut.

— Si tu crois sérieusement que j'allais t'apporter les cartons dans du papier-cadeau, avec un pompon, il va falloir changer d'idée.

— Mais je veux une preuve que tu les as vraiment.

— Tu cherches seulement à gagner du temps.

— C'est vrai.

Danilo se tut. Puis il s'avança vers elle. Elle ne bougea pas, campée sur le sol, sentant ses muscles se contracter à son approche. Elle le laissa venir. Mais son couteau était prêt.

Il se pencha alors pour lui siffler au visage :

— Est-ce que ceci suffira, comme preuve ? dit-il en sortant de sa poche un papier en lambeaux.

Elle le prit, fixa la page de carnet qu'elle tenait. C'étaient ses mots, constata-t-elle, écrits d'une main d'enfant, voilà bien des années.

— Je reste, dit-il, et tu ne peux rien y faire.

Elle serra le couteau. Elle aurait désespérément voulu l'utiliser, mais savait qu'elle était obligée de lâcher prise et d'abandonner l'idée.

Il avait raison, elle ne pouvait rien faire d'autre.

Pas pour le moment.

22 août

Ça a commencé aujourd'hui, dès la première récréation. Martin et moi, nous nous sommes cachés dans un coin de la cour pour regarder les autres. Tout le monde me fixait avec un air tellement bizarre. Ils faisaient des messes basses, me montraient du doigt, riaient. J'ai dit à Martin qu'on ferait mieux de retourner en classe, mais, en ouvrant la porte, nous sommes tombés sur un débile de prof qui nous a dit qu'il était interdit de rester à l'intérieur pendant la récréation, alors nous avons été forcés de ressortir et de nous mettre dans ce coin.

Ensuite, ils ont continué en cours d'histoire. Pendant que Holger inscrivait au tableau les noms des rois de Suède, ça s'est mis à chuchoter. Ça avait commencé tout au fond, du côté de Camilla et Markus, et c'est bientôt passé d'oreille en oreille. Plus Holger restait au tableau en nous tournant le dos, plus le ragot avait le temps de se répandre. Chacun écoutait, hochait la tête et pouffait avant de faire passer, et ceux qui n'avaient pas encore entendu trépignaient d'impatience.

Quand mon tour est enfin venu, Linus s'est penché vers moi et m'a chuchoté : « Petite merde. »

Je n'ai rien dit. Je savais qu'ils voulaient que je réagisse, mais je ne l'ai pas fait. J'ai juste continué à regarder Holger qui écrivait, écrivait, et je me fichais qu'ils me regardent, je me fichais des mots méchants qu'ils lâchaient, mais c'était dur.

J'ai passé l'après-midi à l'hôpital. Il fallait encore faire un contrôle. Je trouve que ça sent bon, là-bas, mais je ne l'ai dit à personne.

D'ailleurs, je ne crois pas avoir dit quoi que ce soit, tout le temps que nous y avons passé. J'ai plutôt regardé le médecin, son visage pâle, et écouté ses mots plus pâles encore. Il essayait de demander pardon, a dit comprendre qu'on puisse être désespéré. Il a déclaré que ce n'était pas une consolation, mais qu'il était rare, très rare que de telles opérations échouent ainsi.

Mais à quoi bon lui pardonner ? Lui qui m'a tout pris. Lui qui m'a pris ma vie.

Le médecin n'avait pas de réponse. Il restait là, tête baissée. Incapable de rien dire sur ce que nous réservait l'avenir. Mais il pensait que tout irait bien, malgré tout.

Maman ne le croyait pas. Je l'ai vu dans ses yeux. Mais elle n'a rien dit. « Ne t'inquiète pas », m'a-t-elle lancé en quittant l'hôpital. Elle vient encore de le répéter. Avant de s'endormir. Il faut que je dorme moi aussi, maintenant, car demain est un autre jour. Un putain d'autre jour de merde à l'école.

JEUDI

5

Aida Norberg était assise dans le bus du matin. Elle rentrait chez elle après son service de nuit au McDonald's. Sur le siège voisin, son collègue Melvin Axelsson déblatérait, déclarant qu'il était crevé, qu'il avait passé son temps à courir dans tous les sens sans trouver le temps de boire.

— Nan mais allô, quoi ? On travaille dans un vrai sauna ! Comment tu supportes ça, merde ?

Elle ne répondit pas, le laissa continuer à râler et regarda par la fenêtre. La vitre était rayée et sale, mais elle devinait les silhouettes des gens, dehors.

À Eneby centre, elle dit au revoir à Melvin, descendit du bus et les vit plus distinctement : enfants en trottinette, hommes d'affaires en voiture et étudiants avec leurs sacs à dos.

Elle dégaina son portable et commença à remonter la rue. Il y avait une mise à jour d'Instagram, elle fit défiler les nouveaux filtres, mais se dit qu'il n'y avait pas une si grande différence par rapport aux versions précédentes.

Elle changea d'application.

Facebook. Facebook. Facebook.

Quelqu'un l'avait ajoutée à un groupe intitulé « Perspectives féministes ». Elle ne voulait faire partie d'aucun groupe, elle en sortirait à la première occasion, mais elle était presque arrivée chez elle, il ne restait plus qu'à traverser la rue.

Un tramway jaune au châssis vert approchait. Les détritus virevoltaient dans son sillage. Les wagons la doublèrent lentement, puis continuèrent jusqu'à la prochaine station.

Elle remit son portable dans sa poche, traversa les voies et entra dans la cour entre les deux immeubles. S'arrêtant devant le perron, elle leva les yeux vers les fenêtres sombres de son appartement. Comme d'habitude, elle ressentait une inquiétude à rentrer chez elle. Serait-ce encore une journée de coups violents, de pleurs misérables suivis d'un silence assourdissant ?

Elle n'en voulait plus.

Elle n'en pouvait plus d'écouter les dérobades malsaines de sa mère. Ni de la voir la moue aux lèvres et couverte de bleus.

Aida resta un moment devant le perron à essayer de rassembler ses idées. Le rêve d'un logement à elle, au calme, elle le caressait depuis longtemps. Beaucoup de ses amis avaient déjà leur propre appartement, studio avec kitchenette. Mais s'enfuir était une chose. C'en était une tout autre de laisser sa petite sœur.

Elle introduisit sa clé dans la serrure et s'apprêtait à la tourner quand elle vit que c'était ouvert. Elle entra en fronçant les sourcils.

Le sac à dos de Sara était encore suspendu dans l'entrée, ainsi que son blouson.

Elle n'était pas partie à la maternelle ce matin.

Quand Aida pendit son propre blouson, elle perçut un bruit, un faible gémissement. Elle regarda en direction de la chambre qu'elle partageait avec Sara. Ce bruit et la porte fermée l'inquiétèrent.

Était-il là ?

Le corps sous haute tension, elle se dirigea vers la chambre. La porte était fermée à clé, la clé dans la serrure. Elle avait si souvent tourné cette clé, mais toujours de l'intérieur. Là, quelqu'un avait fermé de l'extérieur.

Elle déglutit et ouvrit.

Le store était tiré et la lampe en forme de lune souriante au-dessus du lit de Sara était éteinte.

— Sara ? chuchota-t-elle dans le noir.

Pas de réponse, mais le gémissement augmenta. Elle alluma au plafond.

Blottie dans le lit blanc, presque entièrement cachée sous une couette, sa petite sœur, ébouriffée, la regardait d'un œil vitreux. Elle exprimait plus d'étonnement que de terreur, comme des millions d'autres fois, lorsqu'elles avaient été contraintes d'entendre les violences dans la pièce voisine. Mais les tremblements de son corps étaient plus violents que d'habitude.

Quelque chose de nouveau avait eu lieu dans l'appartement. Qu'avait-il fait, cette ordure ?

— Viens, dit-elle en tendant les bras vers sa petite sœur.

Mais Sara se dégagea.

— Calme-toi, murmura-t-elle en l'entourant de ses bras.

Mais Sara se tortilla, se débattit et finit par se dérober à son étreinte pour se terrer encore plus loin sous la couette. En continuant de gémir.

Aida tourna les yeux vers la porte, et ce fut peut-être à cet instant qu'elle comprit.

Elle se leva, les jambes tremblantes, et sortit de la chambre, l'oreille aux aguets. Plusieurs pensées, certaines pires que les autres, traversèrent son esprit avant qu'elle parvienne dans la salle télé et tente de prendre la mesure du spectacle qui l'y attendait.

Elle resta plantée là, au milieu de la pièce, incapable de bouger, les jambes engourdies.

Après coup, elle ne sut pas dire ce qui l'avait le plus effrayée. Si c'était sa mère sur la chaise, en sang, la tête pendante. Ou ses mains coupées, sur le sol.

*
* *

Philip Engström quitta son rêve en sursaut. Avant d'être complètement réveillé, il s'entendit lui-même dire avec un sourire :

— Des meringues.

L'alarme avait été donnée. Il sortit les jambes du lit, regarda son bipeur et vit qu'il s'agissait d'une priorité maximale. En d'autres termes, il disposait de quatre-vingt-dix secondes pour se mettre en route dans l'ambulance avec sa collègue.

Ça avait été une nuit stressante, avec pas moins de neuf alarmes et pas une once de sommeil. Il était à présent 8 heures, et la deuxième partie de sa garde de vingt-quatre heures avait commencé.

Quand il arriva à l'ambulance, Sandra l'y attendait.

— Putain, qu'est-ce que tu fais là ? demanda-t-il.

— Monte, dit-elle en prenant le volant.

Philip se massa le crâne, sauta à bord et attacha sa ceinture.

— Où est Katarina ?

Sandra démarra en trombe, nota l'adresse de l'immeuble à Eneby qui s'affichait en premier sur l'écran et brancha gyrophare et sirène. Philip commença en même temps à lire à voix haute les éléments transmis par la centrale des secours.

— Une femme a perdu connaissance. Forte hémorragie au niveau des poignets. Apparemment, ses deux mains manquent. La police est en route.

— Les mains manquent ? répéta Sandra.

— Oui, dit Philip.

— Tentative de suicide ? Accident ? Il y a quelque chose là-dessus ?

Il secoua la tête.

Ils passèrent devant le parking de l'hôpital, sortirent sur Gamla Övägen, direction le centre. Philip regarda la zone industrielle, les clôtures et les barbelés autour des propriétés.

— Pour répondre à ta question, Katarina est apparemment toujours malade, dit Sandra.

— Bizarre, j'ai pourtant parlé avec elle hier. Elle me disait qu'elle serait de retour aujourd'hui.

— Oui mais, tu sais, il ne faut pas plaisanter avec un burn-out. Je crois qu'elle n'arrive pas à gérer le stress.

— C'est vrai, ce n'est pas donné à tout le monde.

— Mais toi, tu y arrives, non ?

De gros nuages s'accumulaient dans le ciel, obscurcissant la route. Le compteur marquait 125 kilomètres/heure.

— Tu sais à qui tu parles, hein ? dit-il. Le stress n'a pas prise sur moi.

Sandra poussa un profond soupir.

— Parfois, tu es un vrai robot, Philip. Tu ne trouves pas que c'est pénible quand il s'agit d'enfants ? demanda-t-elle.

— Non, puisque je les aide.

— Moi, en tout cas, je trouve ça pénible. J'ai des palpitations chaque fois, et j'ai peur de ne pas être à la hauteur, de ne pas pouvoir aider, de ne pas être efficace.

— On dirait une prof quand tu emploies des mots comme *efficace*, dit-il.

Sandra sourit.

— Tu n'as jamais éprouvé ça ?

— Non.

Il se passa la main dans les cheveux.

— À propos, dit-il, tu n'aurais pas vu traîner une bague en or au boulot ?

— Non, comment ça ?

— J'ai perdu la mienne.

— Tu as perdu ton alliance ? La classe, fit-elle en souriant.

— Je sais, merci de retourner le couteau dans la plaie.

Il appuya son coude contre la portière et regarda par la fenêtre. Sentit les secousses du véhicule et ferma un moment les yeux.

— Tu devrais arrêter les cachets, dit-elle.

— Pourquoi je prendrais des cachets ? grommela-t-il.

— Je ne sais pas…

— Tu trouves que j'ai besoin de prendre des cachets ?

— Non, mais…

— Est-ce que ça arrangerait tout ?

— Tu trébuches sur les mots, dit Sandra. Ça se voit que tu carbures à quelque chose.

— Je suis juste fatigué, on n'a pas le droit d'être fatigué ?

Elle ne répondit pas, ou alors si. Philip ne savait pas. Il se trouvait déjà à la frontière entre rêve et réalité.

Elle se sentit mal en enfilant sa veste. Jana Berzelius se regarda dans le miroir du dressing. La porte de sa chambre était fermée à clé. Non qu'elle ait peur, mais parce qu'elle voulait réfléchir en paix. Elle avait réfléchi toute la nuit à la situation, à lui. À Danilo. Au fait de l'avoir chez elle.

Pour le moment, aucun avis de recherche n'avait été publié, heureusement : quelqu'un aurait pu l'avoir vu près de chez elle, et reconnu.

Pendant ses heures de veille, elle l'avait entendu se déplacer d'une pièce à l'autre, ouvrir le réfrigérateur, tirer la chasse d'eau, puis, enfin, le silence. Probablement s'était-il endormi, mais elle ne voulait pas savoir où. Sur le canapé, par terre ou sur la chaise longue.

Comment avait-il fait pour entrer ? Par une fenêtre, ou en crochetant la serrure de la porte d'entrée sans qu'elle l'entende ?

En colère, elle attacha le premier bouton de sa veste en songeant qu'elle aurait dû faire plus attention, voir, entendre quelque chose. Mais elle avait été prise complètement au dépourvu, et elle détestait ça. Elle détestait qu'il soit aussi imprévisible, que ses mouvements soient si difficiles à anticiper, qu'il ait toujours réussi à franchir n'importe quelle ligne de défense. Elle détestait son comportement culotté, compétent, hostile, tendu. Elle détestait que ce soit lui qui dicte les règles.

D'une certaine façon, Danilo était sans éducation, il avait tout appris de sa propre expérience, par habitude. Appris à naviguer dans *sa* réalité. Aucune norme ne le freinait.

Mais elle non plus.

Voilà pourquoi sa façon de réagir l'avait déjà trahie. Qu'elle ne l'ait pas tué lui avait prouvé combien il était important pour elle de récupérer les cartons.

Et il le savait.

Elle soupira, éteignit la lampe et quitta son dressing.

— Philip ! fit Sandra. Concentre-toi, maintenant.

— Je suis réveillé ! cria-t-il dans l'habitacle.

Il croisa la mine grave de Sandra et comprit qu'elle l'avait appelé plus d'une fois. Ils étaient déjà arrivés à Eneby.

— Prends la mallette, dit-elle en descendant de l'ambulance.

Philip se frotta le visage, saisit la mallette de secours et, la civière entre eux deux, ils montèrent jusqu'au deuxième étage.

Sur la dernière marche était assise une jeune femme, ou plutôt une adolescente, le portable collé à l'oreille. Elle portait un T-shirt gris et un jean troué. Elle avait les cheveux noirs et une aile tatouée sur l'avant-bras droit, commençant au poignet et finissant au coude.

En voyant Philip et Sandra, elle ôta le téléphone de son oreille et se leva. Son T-shirt était couvert de sang et son visage blême, son regard aux abois et ses yeux injectés de sang.

— Maman est là-dedans, dit-elle en indiquant la porte ouverte. Dépêchez-vous, vous devez l'aider. Ses mains… Ils m'ont dit qu'il fallait que je l'étende, mais ses bras sont attachés et je n'arrive pas à les détacher, j'ai essayé, mais je n'y arrive pas.

Son corps tremblait.

— Comment s'appelle ta maman ? demanda Philip en observant la jeune fille.

— Shirin.

— Et toi ?

— Aida.

Philip et Sandra la suivirent dans une pièce meublée entre autres d'un canapé de cuir, d'un tapis rond et de longs rideaux. Sur une chaise était assise une femme presque inconsciente, tête pendante, portant un pull noir et un pantalon léopard.

— Mais bordel qu'est-ce que…, lâcha Philip en échangeant un regard avec Sandra.

En même temps, il entendit la voix d'Aida derrière lui.

— Elle était comme ça quand je suis rentrée, hoqueta-t-elle. Il y a tellement de sang… Mon Dieu, je ne veux pas voir ça…

Les deux mains de la femme, tranchées, étaient par terre à cinquante centimètres de la chaise où elle était attachée. Des menottes en plastique blanches entouraient chaque bras, serrées si fort qu'elles entaillaient la peau. Le sang gouttait lentement des poignets et, à en juger par la quantité de sang répandu par terre, cette femme souffrait d'une hémorragie sévère.

Philip se précipita, s'assura que les voies respiratoires étaient dégagées, posa une main sur son front, deux doigts sous son menton, puis pencha sa tête légèrement en arrière. Au même instant, il se dit que son visage avait quelque chose de familier.

— Shirin, dit-il. Tu m'entends ?

Elle ne répondit pas.

Il plaça une oreille tout près de la bouche de la femme, baissa les yeux vers son thorax et vit qu'elle respirait.

— Qu'est-ce qui t'est arrivé ? Qui t'a fait ça ? dit-il.

Tout en cherchant son pouls, il continua de lui parler.

Il appuya les doigts contre son cou pour essayer de se faire une idée de la force et de la fréquence de son pouls. Mais il sentait à peine les battements.

— Shirin, dit-il, mais elle ne répondit rien.

Ce n'est que lorsqu'il la prit par les épaules et qu'il la secoua doucement qu'elle réagit.

— Il faut la détacher, dit-il à Sandra, derrière lui. Ça urge.

— Comment fait-on ?

— Je ne peux pas couper les menottes avant d'avoir stoppé l'hémorragie.

Philip ouvrit la mallette, en sortit un tensiomètre, plaça la manchette sur l'avant-bras droit de la femme, ferma la valve et pompa jusqu'à la surpression.

La circulation était coupée.

Maintenant, il fallait aussi qu'il stoppe le flux artériel de l'autre bras. Problème : il n'y avait qu'une manchette dans la mallette de secours.

— Merde, il me faut..., lança-t-il, mais il n'acheva pas sa phrase en voyant Aida dans l'embrasure de la porte, qui leur tournait le dos.

— Mon Dieu, mon Dieu, mon Dieu, chuchotait-elle.

Pour la première fois depuis longtemps, Philip sentit son cœur battre.

L'odeur métallique du sang était entêtante. Il lui fallait de quoi poser un second garrot. Il se leva.

— Philip, dit Sandra, mais il avait déjà quitté la pièce.

Il dévala l'escalier jusqu'à l'ambulance. Il y dénicha un garrot tourniquet et remonta avec. En revenant dans la pièce, il vit qu'Aida s'était recroquevillée en position fœtale dans un coin du canapé, agrippant un oreiller à s'en faire blanchir les poings.

Il plaça le garrot autour du bras gauche de la femme et serra le tourniquet. Au moment de le bloquer, il entendit une voix.

— Maman...

La voix n'était pas celle de l'adolescente. Elle était plus claire.

Philip fut pris de court en voyant une petite fille debout sur le seuil, le regard effrayé. La frange sur le côté, les cheveux ébouriffés. Elle portait une chemise de nuit bleu clair imprimée à l'effigie de la princesse Elsa, du film *La Reine des neiges*.

— Tu devais rester dans notre chambre, dit Aida en se levant. Retourne dans la chambre.

Elle la tira par le bras, mais la fillette résista.

Philip et Sandra échangèrent un regard avant de revenir à la femme.

La mâchoire serrée, Philip défit les liens.

— Aide-moi, dit-il en faisant signe à Sandra de saisir avec lui le corps lourd de Shirin.

Ils comptèrent tout haut :

— Un, deux, trois.

Précautionneusement, ils la placèrent sur la civière. Ils travaillaient en silence, car ils savaient ce qu'il fallait faire. La situation était très critique.

— Les mains…, dit Sandra en montrant de la tête les moignons restés par terre.

— Il nous faut des sacs, répondit Philip.

Il ouvrit la mallette, en sortit deux sachets à fermeture, ramassa les mains, mais, à cause du sang, l'une des deux glissa et lui échappa.

— Merde, merde, merde, dit-il tout bas en faisant une nouvelle tentative.

Impassible, il posa les sacs à côté du corps de Shirin. Et avec Sandra il compta à nouveau jusqu'à trois avant de soulever la civière.

Alors la filiette fit pipi dans sa culotte. Une flaque se forma sous ses pieds nus.

— Maman…, gémit-elle en se mettant à piétiner dans son urine.

Aida la prit dans ses bras et l'entraîna hors de la pièce.

— Nous devons y aller, dit Philip à Aida. La police arrive.

— Allez-y, dit-elle, je reste ici. Avec Sara.

Philip sentit dans ses bras le poids de la civière tandis qu'ils descendaient pas à pas l'escalier.

En bas, ils croisèrent deux policiers en uniforme qui se dirigèrent aussitôt vers l'appartement.

Une fois à bord de l'ambulance, Philip brancha l'ECG à triple dérivation. En temps normal, il aurait posé une voie veineuse périphérique. Mais, en raison de l'importante perte de sang, il n'avait aucune chance de trouver une veine assez grosse.

Il observa la patiente, son thorax. Il bougeait à peine.

Il envisagea la perfusion intraosseuse, écarta alors la couverture et regarda le tourniquet. Il examina plusieurs fois le garrot et vit que quelque chose ne collait pas. Il était desserré.

Et seulement alors il réalisa qu'il ne l'avait pas verrouillé correctement.

En ôtant la couverture, il découvrit ce qu'il craignait de voir. L'hémorragie n'avait pas été stoppée, le sang avait continué à couler du poignet gauche, s'accumulant sur la civière, sous son corps.

— Bordel ! s'exclama-t-il.

— Qu'est-ce qui se passe ? Comment ça va ? lança Sandra par la trappe de l'habitacle.

— Je n'arrive pas à stopper l'hémorragie !

Elle croisa son regard dans le rétroviseur. Contourna ensuite une camionnette qui ne s'était pas donné la peine de libérer la voie.

Philip tira sur le garrot, glissa, réessaya.

Une secousse lui fit perdre prise.

— Tu peux conduire droit, non ? cria-t-il en saisissant à nouveau le garrot.

Il tira, tira. Chaque seconde était décisive, à présent. Le front en sueur, la bouche sèche, il parvint enfin à placer le garrot. Mais, au moment de verrouiller le tourniquet, il prit conscience du son de l'ECG.

Un son continu.

Et il comprit que celui-ci annonçait la mort de la patiente.

6

Le rideau en plastique de protection flotta quand Mia Bolander entra dans le séjour de l'appartement d'Eneby. Elle mesura la pièce du regard. Mètre à mètre, elle en estima la hauteur, la largeur et la longueur. Trente mètres carrés, se dit-elle. Plus grand que son séjour à elle.

Mais cette pièce avait du papier peint bleu. Des bibelots sur les appuis de fenêtre et un canapé de cuir où boulochait une couverture.

Quand elle entrait sur des scènes de crime dans des maisons ou des appartements, il y avait la plupart du temps du verre cassé, des meubles renversés. Mais, ici, tout semblait en ordre. C'était d'autant plus étrange de voir la mare de sang par terre. Le chaos au milieu de l'ordre.

Que diable s'était-il donc passé ?

Elle suivit du regard les traces de pied rouges, on aurait dit que quelqu'un avait glissé dans le sang.

— Ce sont des empreintes de chaussettes, dit Anneli Lindgren, qui s'était relevée. Quelqu'un s'est déplacé en chaussettes, puis les a ôtées pour continuer pieds nus. Apparemment pointure 36.

— Ça pourrait être sa fille aînée, dit Henrik.

Mia regarda à nouveau à terre.

— La victime s'appelait Shirin, hein ?

— Oui, dit Henrik. Shirin Norberg, quarante-deux ans, est née et a grandi en Iran. Deux filles, Aida, dix-huit ans, et Sara, cinq ans. Était mariée à Magnus Norberg, mais il est mort dans un accident de voiture l'année de la naissance de Sara.

— Il y a une grande différence d'âge entre les filles, ont-elles le même père ?

— Oui, Magnus est le père des deux.

Anneli alla prendre son appareil photo.

— Et c'est l'aînée qui l'a trouvée ? demanda Mia.

— Oui.

— Putain. Imagine, trouver sa mère attachée à une chaise, les mains coupées.

— Impossible d'imaginer ça, dit Henrik.

Mia regarda Anneli, qui revenait son appareil autour du cou.

— On a quelque chose sur Shirin ? s'enquit Mia, mais Henrik secoua la tête.

— Tu as vérifié le fichier ?

— Oui, il n'y avait rien.

— Le centre d'aide aux femmes ?

— Rien là non plus.

— OK, donc aucun historique connu la concernant. Mais elle est née en Iran et a eu les deux mains coupées. Qu'est-ce qu'on a, là, un crime d'honneur ?

Henrik croisa son regard, mais ne répondit pas.

— J'ai lu quelque chose sur les voleurs à qui on coupe les mains en punition, dit Anneli tout en prenant des photos.

Henrik hocha la tête, toujours silencieux, comme occupé par une pensée.

— Bon, alors, on va à Vrinnevi jeter un coup d'œil au corps ? proposa Mia.

— Il a déjà été transféré à l'institut médico-légal, déclara Henrik.

— Ils ont fait vite, dit Mia.

— Oui, le personnel des urgences est toujours pressé de se débarrasser des corps.

— Allons regarder quelques photos, alors.

— Sûr, dit Henrik, mais commençons d'abord par appeler un procureur.

L'escalier descendant au garage semblait interminable. Jana Berzelius accéléra sur les dernières marches.

Elle avait prévu de rester travailler chez elle aujourd'hui, mais, après le coup de téléphone de son supérieur, le procureur principal Torsten Granath, c'était évident, il fallait qu'elle se rende immédiatement à l'hôtel de police. Elle n'avait pas d'autre choix que de laisser Danilo seul chez elle.

Son lourd sac lui sciait l'épaule. Elle y avait entassé tout ce dans quoi elle ne voulait pas qu'il fourre son nez, comme son ordinateur, ses papiers et dossiers. C'était déjà bien assez que Danilo se soit installé dans son appartement. Une cachette idiote.

Elle avait du mal à se défaire de la sensation désagréable de le savoir chez elle, et ne savait pas bien comment gérer ça. Adulte, elle avait toujours vécu seule, dormi seule, mangé seule. Jamais reçu de visite. Jamais ouvert sa porte à personne.

Quand elle était sortie de chez elle, Danilo l'avait regardée partir. Les bras croisés, avec sur le visage ce qui ressemblait à un ricanement. Mais il n'avait pas dit un mot, et elle non plus. Elle avait juste croisé son regard, fantasmant de saisir son cou entre ses mains et de serrer jusqu'à ce qu'il suffoque.

Elle lui aurait volontiers brisé tous les os, et l'aurait plus volontiers encore effacé de la surface de la Terre. Mais le tuer n'était pas une option – pas pour le moment.

Elle sentit quelques gouttes de pluie sur son visage en sortant de la voiture pour se diriger vers l'hôtel de police.

La porte automatique chuinta quand elle parvint au bon étage. Une forte odeur de détergent flottait dans le couloir. De longues bandes d'humidité serpentaient là où était passée la cireuse. Henrik

Levin la rattrapa, elle entendit ses pas longtemps avant qu'il ne lui adresse la parole.

— Ah, c'est bien que tu aies pu venir si vite. On commence tout de suite en salle de réunion.

— Bien, dit Jana.

— Ça a l'air lourd. Je porte ton sac ?

— Je ne préfère pas.

Mia Bolander leva les yeux et soupira en voyant Jana Berzelius et Henrik Levin entrer dans la salle de réunion où elle était déjà installée en compagnie de Gunnar Öhrn et du technicien Ola Söderström.

Cette foutue Jana Berzelius, pensa Mia. La sale arriviste. Belle, brillante, intéressante, charmante, en pleine ascension dans la vie.

N'avaient-ils vraiment personne d'autre pour diriger l'enquête préliminaire ?

Dès le début, Mia n'avait pas aimé Jana. Mais pourquoi, en fait ? Parce qu'elle était bourgeoise, hautaine et raide ? Jana était le meilleur élément du bureau du procureur, très douée pour l'instruction des enquêtes préliminaires, c'était indéniable, mais aurait-elle été ne serait-ce qu'un peu moins compétente, elle n'aurait depuis longtemps plus fait partie de l'équipe, à cause de son snobisme. Normalement, Mia aurait refusé de travailler avec quelqu'un comme Jana, mais il n'y avait plus rien de normal dans la police.

Ni dans sa vie.

Mia regarda ses mains et gratta de l'ongle du pouce le vernis qui s'écaillait.

Un sentiment d'absurdité avait commencé à naître en elle. Ce n'était pas qu'elle se soit mise à douter d'elle-même, elle se savait bonne enquêtrice. Son coefficient d'élucidation était dans l'ensemble bon, son travail la stimulait.

Le problème n'était pas son travail dans la police, elle n'avait aucune intention d'en changer. Au contraire, elle aurait volontiers pris de l'avancement. Elle pouvait être vraiment, mais vraiment en colère en voyant des femmes qui, malgré des résultats prometteurs, restaient à la traîne avec leurs gros ventres et leurs gosses pendus à leurs basques. Surtout quand elles considéraient leur maternité à la fois comme un obstacle à leur carrière et un prétexte pour se dérober. Mais elle pouvait se mettre tout autant en colère contre ces hommes qui, cherchant désespérément à refouler toute vie familiale, titubaient chez Harry's, une chope de bière dans une main et leur carte bancaire dans l'autre, et tentaient de se rassurer en draguant des nanas qui auraient pu être leurs filles.

Mia les avait vus à l'œuvre, pas plus tard qu'hier soir.

Ils étaient nombreux, mais deux l'avaient en tout cas remarquée, et étaient venus voir de plus près sa jupe en nylon noir et le haut moulant qui dévoilait non seulement ses bras musclés, mais aussi une paire de seins qui avait toujours rendu les hommes un peu fous.

Elle leur avait souri, mais moins sûre d'elle que d'habitude. Leurs regards libidineux ne l'inquiétaient pas : ce qui l'inquiétait, c'était qu'ils ne se comportent pas comme les hommes en goguette en avaient l'habitude à ces heures relâchées de la soirée. Ils l'avaient regardée, mais sans rien dire, sans prendre d'initiative. Aucun d'eux n'avait essayé de l'embrasser dans le cou, de lui passer le bras autour des épaules en lui chuchotant qu'elle avait de sacrés beaux seins.

Et c'était surtout ça qui l'irritait en voyant cette sale arriviste chichiteuse faire son entrée dans la salle de réunion.

— Bien, dit Henrik en frappant la table de l'index. Commençons. Shirin Nordberg a donc été retrouvée inconsciente dans son appartement pour ensuite décéder des suites de l'extrême violence qu'elle avait subie. Son corps était couvert de bleus et ses deux mains ont été tranchées. Regardez.

Il fit un signe de tête à Ola, qui pianota sur son ordinateur. Quelques images furent projetées au mur.

Mia regarda la morte, son visage blême et ses lèvres sèches. Ses bras le long de ses flancs.

Mais c'est la photo de ses mains coupées qui finit par lui faire ouvrir la bouche.

— Mais enfin, fit-elle avec un grand geste, c'est vraiment horrible.

— Oui, dit Henrik en levant les yeux.

— Comment peut-on en arriver à mutiler quelqu'un comme ça ?

— C'est une question tout à fait légitime, répondit Henrik. Je pense qu'il existe plusieurs motivations plausibles, comme le sadisme, le désir, le pouvoir, la vengeance…

Il pointa l'index vers le corps nu et regarda Jana.

— … tu vois ?

Jana hocha la tête en suivant son doigt. Mia promena elle aussi son regard sur les grands bleus visibles sous les côtes, aux hanches, sur les cuisses et les tibias.

— Elle était donc attachée, dit-elle, et il semble que quelqu'un l'ait violemment frappée.

— Avons-nous une théorie sur l'origine de ces blessures ? demanda Jana.

— Le corps est chez Björn Ahlmann, on verra quand il aura le temps d'y jeter un coup d'œil. Mais ces mains, là, déclara Henrik en soupirant, ça fait partie des pires choses que j'aie jamais vues, et…

— Quoi ? fit Mia.

— Non, rien.

— Si, dis voir. Qu'est-ce que tu penses du mode opératoire ?

— Je pense trop, mais je veux d'abord entendre des faits dans la bouche de Björn.

— Il ne pouvait pas nous en dire davantage ? demanda Jana.

— Non, pas pour l'instant, mais j'espère qu'il va s'y mettre rapidement, car nous avons affaire à un type vraiment monstrueux, comme vous le comprenez, dit Henrik en montrant une autre photo du corps.

— On dirait une brûlure à la poitrine, dit Jana.

— Oui, et souvent des violences de cette nature sont le fait d'un proche. Mais son mari est mort voilà cinq ans.

— Et maintenant ?

— Pas de relations, à notre connaissance.

— Comment comptez-vous alors avancer ?

— On va commencer par entendre ses enfants.

— Vas-y, dit Jana. Immédiatement.

Immobile sur le canapé de la salle du personnel, il reposait ses jambes sur la table basse. Elle était dans un des fauteuils et serrait nerveusement ses mains. Philip Engström et Sandra Gustafsson évitaient de se regarder.

— Qu'a dit la chef ? demanda-t-elle au bout d'un moment.

— Je ne sais pas, je n'ai pas encore parlé avec Eva.

— Pourquoi ?

Il soupira.

— Il n'y a rien à dire, et puis j'aurais eu le temps quand, d'après toi ?

— Tu sais qu'on est tenu de signaler toute défaillance évidente…

— Mais merde, Sandra, tu ne vas pas recommencer !

— Tu avais promis de te dénoncer toi-même…

— Si je faisais une erreur, oui.

— D'accord, mais pour revenir à cette défaillance…

— Il faudrait peut-être un peu définir ce concept, la coupa Philip. Une défaillance peut être un manque d'habitude, un manque de formation, un manque de formation continue, de mauvaises conditions de travail ou un mauvais matériel. Et en l'occurrence, il s'agit d'un tourniquet qui n'a pas fonctionné.

— J'ai supposé que…

— Qu'est-ce que tu as supposé ? Que c'était ma faute ? Désolé de te décevoir, Sandra. Ce n'était pas moi, le problème, mais le garrot. Et qui se soucie d'une malheureuse compresse quand un patient a eu les deux mains coupées ?

Le silence se fit dans la pièce. Silence complet. Sa respiration était de plus en plus lourde, il avait des bouffées de vertige. D'une seconde à peine, mais il savait que c'était un signe précurseur : il lui fallait un cachet. Il aspirait à sentir l'engourdissement venir, aspirait à sentir son corps se détendre.

— Tu ne reconnaîtrais jamais une erreur, hein ?

Elle le regarda, la mine grave, et il se dit que ses yeux étaient encore plus verts quand elle était en colère.

— Je n'ai jamais eu à me le demander, dit-il, puisque je n'en fais jamais.

Jana Berzelius comptait se rendre tout de suite au bureau du procureur, mais elle resta dans sa voiture garée, le moteur tournant à vide.

Elle hésitait. Elle n'avait absolument aucune envie de se rendre au bureau des pompes funèbres, mais personne ne s'en chargerait à sa place. Et il fallait le faire.

Bien entendu, elle avait toujours su qu'un jour son père et sa mère s'en iraient, mais elle n'aurait jamais cru que sa mère disparaîtrait aussi soudainement.

Aussi n'avait-elle pas la moindre idée de ce que sa mère aurait souhaité : cercueil, psaumes, pierre tombale… Et c'était peut-être aussi bien, cela lui laissait les coudées franches pour décider à quoi ressemblerait la cérémonie.

Elle coupa le contact et descendit de voiture en songeant que cette démarche lui aurait paru moins désagréable s'il s'était agi de l'enterrement de Danilo.

Une sonnette retentit quand elle poussa la porte des pompes funèbres.

Une femme apparut de derrière une porte qui donnait sur une

salle du personnel. Permanentée et portant une robe de couleur claire à fleurs.

— J'arrive tout de suite, dit-elle la bouche pleine, asseyez-vous.

Jana fit quelques pas, regarda le local qui respirait la tristesse et sentit que l'air était beaucoup trop chaud et humide. Le bureau des pompes funèbres était au coin d'Hospitalsgatan et de Gamla Rådstugugatan. La fenêtre sur rue était équipée de persiennes, dont les lamelles créaient une atmosphère sombre. Un porte-revues présentait diverses brochures aux titres de circonstance : *Organiser un enterrement*, *L'Inventaire après décès*, *Archives d'une vie*. En fait, Jana n'aimait pas le nom de cette agence de pompes funèbres, Le Sablier, qui semblait vouloir rappeler à chacun que ses jours étaient comptés.

La porte se rouvrit.

— Je suis Anna-Lena Hanberg, dit la femme en tendant la main.

— Jana Berzelius.

Elles se serrèrent la main.

— Comment puis-je vous aider ? demanda Anna-Lena en inclinant la tête de côté.

— Il s'agit d'une consultation. Ma mère vient de s'en aller.

— Aviez-vous pris rendez-vous ?

Jana secoua la tête.

— Ce n'est pas grave. Venez, installons-nous dans ce bureau.

Anna-Lena la précéda dans une pièce plus petite. Jana regarda les fauteuils bleus autour de la table ronde en teck, le magnétophone posé sur une commode et les peintures à l'huile qui décoraient les murs.

Anna-Lena s'assit, plaça devant Jana un dossier intitulé *Dernier repos* et ouvrit un bloc-notes.

— J'aimerais commencer par vous dire qu'il est important que vous sachiez que vous et votre famille n'êtes pas seuls.

— Je suis seule.

— Pas de frères et sœurs ?

— Non. Et mon père n'est pas en état de venir.

— Pas de famille ?

— Non, je suis seule responsable de cet enterrement.

— Je comprends, mais sachez que nous sommes là pour vous épauler. Il est important d'oser traverser son deuil, d'oser l'éprouver pleinement, et de ne pas refouler ses sentiments. Tôt ou tard, il faudra de toute façon les affronter.

— Je vous crois, dit Jana.

— Sachez aussi que nous sommes là pour vous aider dans les questions pratiques.

— En fait, je n'ai qu'une question. Au plus vite, quand peut avoir lieu un enterrement ?

— Cela dépend un peu. Le plus souvent, un enterrement s'organise dans les deux semaines qui suivent le décès. Votre maman a-t-elle laissé des souhaits concernant la cérémonie ?

— Non.

— Y avez-vous réfléchi ?

— Non.

— Alors, autant que nous voyions cela ensemble point par point.

— Je veux un enterrement dans l'intimité.

— Bien, ça, c'est noté.

— Ça ne suffit pas ?

Anna-Lena se passa les cheveux derrière l'oreille et se racla la gorge.

— Il reste encore quelques points à voir, dit-elle, comme le style du faire-part, le choix des fleurs et de la musique. Cela se passera-t-il à l'église, dans la chapelle du crématorium, dans un local paroissial, ou en plein air ? Et avec quel type de cercueil ? Taille, couleur, matériel ? Type de literie, décoration, couverture, oreiller et draps fournis par vous ?

— Je suppose que je vais en avoir pour un moment, dit Jana.

Anna-Lena lui sourit vaguement.

— Une première visite prend environ deux heures et demie, déclara-t-elle.

Jana regarda sa montre, ce qu'Anna-Lena remarqua.

— J'ai toute une liste de questions, s'excusa-t-elle. C'est inévitable.

— Et je ne peux pas l'emporter chez moi ?

— Non, désolée. Alors, qu'en dites-vous ? On s'y met ?

— Tu es vraiment sûr qu'elle est au courant de notre visite ? demanda Mia Bolander quand Henrik Levin eut sonné à la porte pour la deuxième fois.

Il hocha la tête.

— Oui, je lui ai parlé au téléphone. Elle bégayait un peu, mais a promis d'être là.

Mia mit les mains dans ses poches.

— Au fait, comment ça va, le déménagement ?

— Bien, je crois.

— Et c'est pour quand ?

— Vendredi, la semaine prochaine. Tu n'aurais pas envie de nous donner un coup de main ?

Elle haussa les épaules.

— Bien sûr, si tu offres une bière.

— Ça dépend.

— Ça dépend de quoi ?

— Du prix du cadeau de pendaison de crémaillère que tu nous offres.

Mia haussa les sourcils.

— Je blaguais, dit-il. Nous ne voulons pas de cadeau. Ça suffit largement que tu nous aides.

Henrik sonna à nouveau et ils restèrent côte à côte, silencieux, jusqu'à ce qu'ils entendent enfin du bruit à l'intérieur. D'abord une quinte de toux, puis des pas.

La porte s'ouvrit en laissant passer une odeur particulière, mélange de fumée et de poil mouillé.

Maria Ashour leur sourit, dans sa robe brune. Elle avait une énorme poitrine qu'elle laissait pendre librement sous l'étoffe.

— Dé-dépêchez-vous, dit-elle en repoussant du pied un chat qui tentait de filer dans la cage d'escalier.

Elle le prit ensuite dans ses bras avant de les conduire à la cuisine.

— Aida est dans la chambre d'amis. Je v-vais la chercher.

Henrik et Mia s'assirent. La table était couverte d'une nappe brodée, avec dessus une coupe et une poupée russe. La vue sur Norrköping devait être grandiose, mais les rideaux étaient tirés. Henrik tourna les yeux vers le sol, où une bouteille de vin et trois bouteilles en plastique vides traînaient dans un coin. Il y avait aussi de grosses boules de poils de chat.

— Ou-oui, ç-ça fait longtemps que j'aurais d-dû les jeter, dit Maria, qui était revenue.

Elle était sur le seuil, le bras autour d'Aida.

— Sara joue dans la chambre. Nou-nous ne lui avons pas encore annoncé.

— Laissez-la jouer, dit Henrik.

— Viens, ma grande, dit-elle en guidant la jeune fille vers la table.

Aida s'assit, regarda d'abord Henrik, puis Mia, à nouveau Henrik et encore Mia.

Ses cheveux humides pendaient sur son visage. Elle portait un pull en laine, une jupe plissée et des bas noirs. Son vernis à ongles était écaillé, ses lèvres sèches. Elle semblait éprouvée, mais malgré tout posée.

— Bonjour, Aida, dit Henrik.

— Bonjour, marmonna-t-elle de l'autre côté de la table.

— V-voulez-vous qu-quelque chose à boire, avant de commencer ?

— Non merci, dit Henrik. Nous n'allons pas rester longtemps.

— N'hésitez p-pas à d-demander, en tout cas.

Henrik se tourna vers Aida.

— Nous sommes venus poser un certain nombre de questions au sujet de votre mère.

— Je sais.

— Nous comprenons votre chagrin.

Aida hocha la tête.

— Ça va, ici, avec votre grand-mère ?

— Ça va.

— B-bien sûr qu'elle v-va habiter ici, chez sa mamine, dit Maria en caressant les cheveux d'Aida. Oui, c'est co-comme ça qu'elle m'appelle. J-je ne la laisserai p-pas habiter ailleurs, j-jamais de la vie. Je t-trouverais ça pas n-normal.

— Je comprends, dit Henrik en joignant les mains sur la table.

Il observa Aida, en se disant qu'il serait difficile de deviner son âge d'après sa seule apparence.

— Vous travaillez ? demanda-t-il.

— Oui, dit Aida, j'ai eu la chance de décrocher un job juste après le bac.

— Aida est douée, je vous le dis. Les meilleures notes p-partout. J-je suis si fière d'elle.

Henrik opina brièvement du chef, impressionné par une jeune femme aussi motivée.

— Nous aurions besoin de parler avec Aida en privé, dit-il en se tournant vers Maria.

— J-je m'en vais, dit-elle. V-viens, Noppe, l-laissons-les tranquilles.

Elle ramassa un chat par terre et quitta la cuisine.

— Pouvez-vous nous parler un peu plus de Shirin, déclara Henrik une fois la porte refermée. Quelle était sa profession ?

— Elle était aide-soignante, dit Aida. À Vrinnevi.

— Alors elle faisait les trois huit, n'est-ce pas ?

— Oui, c'est exact.

Aida hocha plusieurs fois la tête.

— Et que faisait-elle en dehors de son travail ?

— Ce qu'elle faisait ? Pas grand-chose, elle restait surtout à la maison. Elle dormait, regardait la télé, tout ça.

— Et à quoi ressemblait son cercle de connaissances ? demanda Henrik. Elle fréquentait, je veux dire, elle avait beaucoup d'amis ?

Aida se redressa et le regarda.

— Non, elle restait surtout à la maison.

— Et elle n'avait pas de relation, à votre connaissance ?

— Une *relation* ? répéta Aida en inspirant à fond. Non, elle n'en avait pas.

— Avez-vous une idée de qui pourrait lui avoir fait du mal ?

Aida fixa le plafond, comme si elle avait besoin de réfléchir. Puis elle secoua la tête.

— Non, aucune idée, dit-elle, l'air soucieuse.

Henrik regarda Mia, qui avait rapproché d'elle et ouvert la poupée gigogne : elle contenait cinq poupées de plus en plus petites.

— Aida…, déclara-t-il, attirant l'attention de la jeune fille. Nous aimerions vous entendre raconter ce qui s'est passé quand vous êtes rentrée chez vous.

Aida commença à se tortiller sur son siège.

— C'est dur d'en parler.

— Nous comprenons très bien, dit Henrik, mais il est essentiel pour nous de vous entendre.

— Qu'en dites-vous ? fit Mia en réassemblant la poupée. Essayons de parler de ce qui est pénible. Nous savons que vous avez quitté votre travail, vous êtes rentrée et… ?

— La porte était ouverte.

— Ouverte ? demanda Henrik. Ouverte, ou juste pas fermée à clé ?

— Pas fermée à clé, dit-elle en croisant brièvement le regard de Henrik. Mais je l'ai ouverte et je suis entrée.

— Quelle heure était-il, alors ?

— Juste après 8 heures du matin.

— Bien, et ensuite ?

— J'ai ôté mon blouson, enlevé mes chaussures, et, là, j'ai remarqué que la porte de notre chambre était fermée et je me suis dit… eh bien, j'ai trouvé ça bizarre, tout simplement.

— Et quand vous dites « notre chambre », vous voulez dire… ?

— À Sara et moi. Nous partageons une chambre.

— Vous avez pensé que c'était Sara qui avait fermé ?

— Non, la chambre était fermée de l'extérieur. Et c'était ça qui était bizarre. Maman ne fermait jamais…

Aida déglutit et inspira par le nez.

— … et puis j'ai entendu Sara à l'intérieur et j'ai ouvert la porte. En fait, elle aurait dû être à la maternelle. En la voyant, j'ai compris qu'il s'était passé quelque chose et j'ai essayé de lui parler, de la tenir, tout ça. Puis je suis allée dans le séjour, et c'était là que maman… C'était là qu'elle était.

— Votre maman était-elle seule dans l'appartement quand vous êtes rentrée ? demanda Mia.

— Sara était là.

— Oui, mais à part elle, y avait-il quelqu'un dans l'appartement ?

— Non, je vous l'aurais dit.

Henrik se prit le front et réfléchit.

— Votre maman était grièvement blessée, dit-il.

— Oui.

À présent, les lèvres d'Aida tremblaient.

— Je me suis approchée d'elle, mais je ne savais pas quoi faire. Elle me regardait et il y avait du sang sur elle, partout, et ses mains… ses mains étaient…

Aida porta la main à sa bouche pour réprimer un haut-le-cœur.

— A-t-elle dit quelque chose ?

Aida hoqueta derrière sa main, mais ne put finalement pas se retenir. Elle se leva en hâte et quitta la cuisine.

— J-je vais la chercher ? demanda Maria, qui était apparue à la porte.

— Non, dit Henrik. En revanche, nous aurions besoin de vous parler, à vous et aussi à Sara.

Le silence se fit un instant, puis elle dit :

— Non.

— Non ?

Henrik haussa les sourcils, se sentant désarçonné par cette réponse.

— V-vous pouvez me parler, m-mais pas à Sara, dit Maria.

— Mais il nous faut lui parler, dit Mia. Vous bousillez notre enquête si vous ne nous laissez pas le faire. Vous ne voulez pas savoir qui a assassiné votre fille, hein ?

— M-mais Sara est si petite.

— Nous avons du personnel spécialisé dans l'audition des enfants, dit Henrik.

— J-je comprends, mais non…

Maria secoua la tête.

— Allez, quoi, insista Mia. Pourquoi ne pouvons-nous pas lui parler ?

Henrik se passa la main dans les cheveux.

— Nous respectons le fait que vous cherchiez à protéger Sara, dit-il, mais, dans le cas présent, il est très important que nous puissions lui parler.

— J-je v-vais y réfléchir.

— Très bien, dit-il, et sachez bien que tout ce que nous voulons, c'est trouver qui a fait ça à Shirin.

— M-moi aussi.

— Vous-même, avez-vous une idée de qui cela pourrait être ?

— N-non, non, mais celui qui…

Maria leva les yeux au plafond en marmonnant quelque chose d'inaudible.

— Pardon, que dites-vous ?

— J-j'ai dit que celui qui a fait ça à m-ma f-fille brûlera en enfer.

*
* *

Jana Berzelius regarda sa montre et constata que la conversation au bureau des pompes funèbres avait duré beaucoup trop longtemps. Trop de questions, et elle n'avait pas su dire où la cérémonie devait avoir lieu. Il lui fallait plus de temps pour décider d'un endroit où enterrer Mère.

Au lieu de se rendre au bureau du procureur pour travailler quelques heures, elle décida de rentrer chez elle, si peu désireuse qu'elle soit de revoir Danilo.

Elle prit le volant et roula jusqu'à sa place de parking de Knäpingsborg. Elle se gara, prit son sac, puis se ravisa et le laissa dans la voiture.

Moins de deux minutes plus tard, elle était devant la porte de son appartement. Elle tourna la clé dans la serrure, ouvrit la porte et tendit l'oreille.

Lentement, elle entra.

D'habitude, le courrier était étalé sur le paillasson, mais elle le trouva jeté sur la table de la cuisine. L'avait-il ouvert ?

Elle essaya de ne pas s'enflammer, de ne pas se mettre en colère, de respirer calmement, mais l'idée que Danilo ait touché à son courrier lui donnait un sentiment de claustrophobie.

Par terre, dans le séjour, il faisait des pompes. Il s'arrêta au milieu d'un mouvement et la regarda. Son visage était rouge et tendu, il s'était visiblement donné à fond.

Il ouvrit la bouche comme pour dire quelque chose mais, en la voyant passer devant lui sans s'arrêter, il se tut. Elle gagna sa chambre, ferma la porte et s'assit sur le lit.

La stratégie de l'ignorer n'était pas bête, se dit-elle avec un sourire intérieur, pas bête du tout.

*
* *

Henrik Levin posa sa tasse de café sur la table et observa Mia Bolander. Elle avait le regard fixé au loin, à travers la vitrine du salon de thé, là où la vieille ville étendait ses boutiques.

— Je ne sais pas par quel bout prendre ce meurtre, dit Henrik.

— Moi non plus, dit Mia d'une voix étouffée. Mais il y a quelque chose de fou, de bestial. Je crois que c'est l'œuvre d'un sadique.

— Sur quoi te fondes-tu ? demanda Henrik avec lassitude.

Mia le regarda.

— Qu'est-ce que tu crois !? s'exclama-t-elle avant de se forcer à nouveau à baisser la voix. Les mains de la victime ont été tranchées, ça t'a échappé ?

— Non, dit Henrik.

L'ayant comme collègue depuis des années, Henrik était parvenu à la conclusion que Mia Bolander avait un bon et un mauvais côté. Son bon côté était d'être une femme solide, avec une large expérience et une habitude des enquêtes complexes. Son mauvais côté, c'était d'être quelqu'un d'assez égocentrique, grande gueule et bien trop directe pour ne pas déranger toute personne normalement constituée.

Et ça gênait Henrik.

Pas tout le temps mais, là, oui.

Mais bon, il était fatigué et savait que commenter son manque de tact, en plus d'être inutile, risquait plutôt d'empirer les choses.

Il mordit dans son sandwich pâté de foie-cornichons et mâcha lentement avant d'avaler sa bouchée. Pendant ce temps, il reconnut que Mia avait raison, malgré tout. Ce meurtre pouvait être considéré comme bestial, et on ne voyait pas tous les jours des membres coupés.

— À quoi tu penses ? demanda-t-elle.

Le pli entre ses yeux avait disparu maintenant qu'elle le regardait fixement en haussant les sourcils.

— Au déroulement des faits, dit-il. Une personne s'est introduite dans l'appartement de Shirin pour lui trancher les mains de sang-froid – devant sa plus jeune fille.

— Oui, c'est drôlement tordu, admit Mia. Si son intention avait seulement été de la tuer, le meurtrier aurait aussi bien pu lui tirer une balle dans la tête. *Bang*. Vite fait, bien fait. Au lieu de quoi il l'a attachée.

Henrik mordit une autre bouchée de son sandwich.

— Quelqu'un voulait la faire souffrir.

— Et ce quelqu'un devait être un proche, dit Mia. Comme la plupart des meurtriers.

— Absolument, mais le problème est que des proches, il n'y en a pas, puisque Shirin n'avait ni amis ni petits amis. En tout cas selon Aida.

— Les parents ne racontent pas toujours tout à leurs enfants, non ?

Henrik tripota son sandwich entre le pouce et l'index.

— Mais Aida semble tellement mûre, d'une certaine façon, dit-il. Elle aurait su. Elle a l'air très consciente, elle ne plane pas comme tant d'ados.

— Tu trouves ? dit Mia.

— Pas toi ?

Elle haussa les épaules.

— Tu n'es peut-être pas d'accord avec moi, mais je lui ai presque trouvé un ton d'adulte.

— De gamine montée en graine, tu veux dire ? fit Mia.

— Si tu veux.

— Elle a peut-être eu un peu trop à assumer la responsabilité de sa petite sœur.

— Oui, en effet, c'est d'abord de sa petite sœur qu'elle s'est inquiétée en entrant dans l'appartement, n'est-ce pas ? dit Henrik. Elle était concentrée sur elle, comme si elle avait peur qu'il lui soit arrivé quelque chose.

— Où veux-tu en venir ?

— Je ne sais pas bien, je ne suis juste pas convaincu qu'Aida nous ait dit tout ce qu'elle savait. Sur la situation de la famille. Elle avait l'air si posée, si résignée, alors qu'elle venait de perdre sa maman.

— Comment aurait-elle dû être ? demanda Mia. On peut réagir de différentes façons.

— Oui, mais elle aurait dû être davantage choquée, je trouve. On a l'impression qu'elle cache quelque chose, et…

Henrik saisit son sandwich, le porta à sa bouche mais le reposa.

— Nous aurions vraiment besoin d'entendre la petite sœur. Elle était quand même à la maison quand ça s'est passé… Je ne comprends pas que nous ne puissions pas lui parler, de quoi a peur sa grand-mère, à la fin ?

— Que quelque chose de sacrément gênant soit révélé, probablement.

— Comme quoi, par exemple ?

— Qu'est-ce que j'en sais, moi !

— Mais si tu n'y étais pas allée si fort, on aurait peut-être pu obtenir un petit entretien, malgré tout, dit Henrik.

Mia se redressa sur son siège.

— Quoi, ça va être ma faute, c'est ça ?

— Non, je ne dis pas ça, Mia, je trouve juste rageant de ne pas pouvoir parler à la fillette. Quelqu'un l'a enfermée. Probablement pas sa mère, et il est donc très possible, et même vraisemblable, que la fillette ait vu le meurtrier. Il faudrait vraiment qu'on puisse lui parler.

— OK, la situation est drôlement frustrante, dit Mia. Mais ne va pas dire que c'est ma faute.

— Pour la deuxième fois, Mia, ce n'est pas ce que j'ai voulu dire. Concentrons-nous pour le moment sur d'autres façons de faire.

— Est-ce que le porte-à-porte a donné quelque chose ?

— Non, mais nous avons enfin mis la main sur le voisin qui habite l'appartement mitoyen. On va l'interroger plus tard ce soir.

Henrik mordit une grande bouchée de sandwich.

— Et ses collègues ? demanda Mia.

— Nous ne les avons pas encore tous entendus, mais, visiblement, elle était assez souvent absente du boulot. À part ça, pas d'informations très intéressantes pour le moment.

— Alors, comment continuons-nous si nous ne pouvons pas parler à Sara ?

— N'oublie pas que nous avons encore deux personnes importantes à entendre.

— Qui ?

— Le personnel de l'ambulance.

7

Philip Engström fit sauter un Sobril de la plaque. Il mit le cachet dans sa bouche, prit de l'eau au creux de ses mains et avala.

Ses mains humides sur le visage, il s'assit sur le siège des toilettes et essaya un moment de rassembler ses idées.

Il l'avait reconnue, il l'avait déjà rencontrée quelque part.

Ou n'était-ce qu'une impression de *déjà-vu* ?

Il frissonna et vit que quelqu'un appuyait sur la poignée de la porte. Très loin, il entendit une voix qui l'appelait et distingua un mot comme *interrogatoire*. Mais combien de temps était-il resté dans les toilettes du personnel ?

Merde, il fallait qu'il se ressaisisse.

Il leva les mains devant lui. Leurs tremblements avaient diminué.

Lentement, il se leva et se lava à nouveau le visage.

Avait-il vraiment été négligent en ne serrant pas ce garrot correctement ? Il était presque certain de l'avoir verrouillé, mais sa mémoire le trahissait. Encore une fois.

Peut-être était-ce la faute du tourniquet, peut-être n'aurait-il pas pu la sauver, elle serait morte de toute façon.

Tandis qu'il s'essuyait les mains, il se répéta qu'il y avait très peu de signalements au sein du personnel ambulancier. On était tellement proches dans le travail qu'il en fallait beaucoup pour dénoncer un collègue. Les erreurs commises n'étaient tout simplement jamais relevées. Et jamais on n'allait se signaler soi-même quand personne d'autre n'était au courant. En tout cas, ça se passait comme ça avec les anciens collègues.

Mais Sandra était nouvelle, et Philip ne savait pas trop comment la prendre. Elle avait dit qu'elle n'hésiterait pas à le dénoncer s'il commettait encore une erreur. Mais il n'avait pas commis d'erreur. C'était un garrot qui avait craqué. Pas lui.

Il remit ses mains devant son visage.

Il les regarda à nouveau.

Elles étaient à présent parfaitement immobiles.

Jana Berzelius ferma l'eau chaude, sortit de la douche et drapa la serviette autour de son corps. Elle ouvrit la porte de la salle de bains et regarda dans l'entrée. Le soleil du soir dessinait des motifs abstraits sur le parquet. Puis elle se glissa vers sa chambre.

— Pourquoi es-tu si nerveuse ? Je t'ai déjà vue nue.

Danilo lui souriait, les bras croisés sur la poitrine.

Elle se dépêcha de passer devant lui et s'enferma dans sa chambre. Se répéta qu'elle devait faire comme s'il n'existait pas.

L'ignorer, l'ignorer, l'ignorer. C'était la seule façon de supporter cette terrible épreuve.

Elle sortit des sous-vêtements propres d'un tiroir. Enfila la culotte, lâcha la serviette et attacha le soutien-gorge. Elle eut le temps de se dire qu'il fallait mettre du noir en vue du dîner du soir quand elle vit un mouton de poussière glisser sur le parquet. Elle se tourna vers la porte et aperçut une ombre dans l'embrasure.

— Qu'est-ce que tu fabriques ? demanda-t-elle.

— Je te regarde, dit-il depuis l'autre côté de la porte.

— Arrête ça.

— Sinon quoi ?

Devant son ironie sourde, elle se sentit vraiment irritée. D'abord, elle avait rompu sa promesse de ne pas lui parler, ensuite il n'avait visiblement pas compris ce qu'elle lui avait dit. Mais il y avait d'autres façons de communiquer.

La plupart comprenaient la douleur. Même Danilo.

Elle attendit pour s'habiller que l'ombre ait disparu. Les cintres grincèrent sur leur portant quand elle les écarta. Elle hésita entre tailleur et pantalon, et finit par choisir un costume qu'elle avait acheté voilà bien six mois, mais porté une seule fois. En enfilant le pantalon, elle sentit les muscles de ses bras contractés. Elle s'efforça de se calmer avant de quitter sa chambre.

Danilo était assis dans la cuisine, et elle devina son regard sur elle en passant, comme s'il s'attendait à ce qu'elle vienne vers lui.

Les chaussures à talons lui semblèrent froides.

— Où tu vas ? lança-t-il.

Mais elle ne répondit pas. Elle prit son manteau et quitta l'appartement.

Mia Bolander était assise à côté de Henrik Levin dans une des salles d'interrogatoire de l'hôtel de police. Elle passa les mains sur son pull à grosses côtes et s'affaissa un peu sur son siège. Regarda Philip Engström, assis juste en face d'elle.

— Nous venons de parler avec votre collègue, Sandra Gustafsson. Parlons tout de suite de ce qui s'est passé ce matin, déclara Henrik. D'après ce que nous avons compris, vous étiez les premiers sur place, n'est-ce pas ?

— Oui, dit Philip.

— Et nous vous remercions de nous avoir si rapidement fourni vos empreintes digitales et vos prélèvements d'ADN.

— Nous suivons la procédure, c'est tout, répondit-il.

Mia observa l'homme devant elle : il avait l'air athlétique. Probablement pratiquait-il un sport régulier, ne buvait-il que de l'eau et évitait-il l'alcool, la junk-food et les bonbons, pour se maintenir en forme parfaite. Mais quel intérêt de sauver des vies si on ne vit pas soi-même ?

— Décrivez-nous la scène quand vous êtes arrivés dans le logement.

— À notre arrivée, la fille était là, dans l'escalier. L'aînée. Elle nous attendait. Ensuite, en entrant dans l'appartement, nous avons vu la patiente assise, attachée sur une chaise, et ses mains étaient... eh bien... coupées.

— Et par « patiente », vous voulez dire Shirin Norberg ?

— Elle s'appelait Norberg ? demanda Philip.

— Oui ? dit Mia.

— OK.

— Pourquoi demandez-vous, vous la connaissiez ?

— Non, non, répondit en riant Philip. J'ai dû la confondre avec quelqu'un d'autre.

Mia le regarda et hocha lentement la tête.

— Y avait-il quelqu'un dans l'appartement, quand vous y étiez ?

— Oui, la fillette, Sara, fit Philip.

— Et à part elle ? dit Henrik.

— Personne d'autre, que je sache.

— En êtes-vous sûr ?

— Oui, déclara-t-il. Nous étions surtout concentrés sur la patiente, mais il n'y avait personne d'autre dans l'appartement.

— D'accord, dit Henrik. Comment avez-vous perçu l'état d'esprit de l'aînée ?

— Son état d'esprit ? répéta-t-il en réfléchissant. Elle devait être triste, bouleversée.

— Mais comment s'est-elle comportée ? insista Henrik. A-t-elle dit quelque chose ?

— Elle est surtout restée le visage caché dans les mains, elle ne voulait pas regarder.

— Est-ce qu'elle a dit quelque chose ?

— Non, pas vraiment. Elle nous a dit qu'elle avait essayé de détacher les bras de sa mère, mais c'était sans doute trop pour elle. Et je la comprends. Moi-même, j'avais à peine la force de regarder. Ces mains, ça semblait irréel, d'une certaine façon. Je ne comprends pas comment on peut faire une chose pareille.

— Nous non plus, dit Henrik.

— Mais je me demandais, déclara Mia, comment se fait-il que vous ayez laissé Aida et Sara seules ? Alors que leur mère venait visiblement d'être victime d'une agression violente, vous les avez laissées seules dans l'appartement ? Était-ce la bonne décision ?

— C'était notre décision, affirma Philip. Nous savions que des policiers arrivaient, nous les avons même croisés dans l'escalier. Ça peut sembler horrible, mais nous devions d'abord nous concentrer sur la patiente. Notre métier, c'est quand même de sauver des vies.

— Oui mais, cette fois-ci, vous n'y êtes même pas arrivés, dit Mia.

— Non, répondit Philip, c'est vrai.

Le filet de chevreuil rôti au romarin était découpé en tranches rose pâle.

— Comme ça a l'air bon, dit Per Åström en prenant l'assiette que lui tendait la serveuse.

— À la différence du filet de bœuf, dit Jana en faisant tourner deux fois son verre de vin.

Per portait un costume noir et une chemise blanche. C'était le soir, bientôt 7 heures, et le restaurant Durkslaget était presque complet.

La table, avec chandelles, était dressée près d'une fenêtre.

— Dis-le franchement, tu ne voulais pas venir chez moi.

— Je voulais t'épargner la peine de faire la cuisine, dit-elle.

— Je t'en prie, j'avais déjà acheté tous les ingrédients.

— Comme ça, ton dîner est prêt pour demain.

— Est-ce que je peux t'inviter, alors ? Il y aura de la glace en dessert.

— Je n'aime pas la glace.

— Est-ce qu'il y a quelque chose que tu aimes, dans l'absolu ?

— Manger en silence.

— Rien que pour ça, je ne vais pas arrêter de parler.

— Regarde comme j'ai l'air étonnée.

— En effet.

— Santé.

Ils trinquèrent, burent et commencèrent à manger. Le filet de chevreuil était servi avec un baklava de pommes de terre et pistaches, des petits pois à l'étouffée et une sauce à la crème.

— Au fait, tu t'en es bien tirée à la radio, dit Per.

— Tu trouves ?

— Mais oui. Aucun doute là-dessus. Tu as, comment dire, une autorité naturelle, tu as complètement désarmé le journaliste. On sentait que tu maîtrisais ton sujet. Tu t'exprimes d'une façon compréhensible pour l'auditeur. Et tu as une voix faite pour la radio.

— Émouvant.

Per rit et passa la main dans ses cheveux blonds.

— Je suis d'accord avec l'idée que la mission première de la justice est de prévenir la criminalité. Et j'estime qu'il faudrait durcir les exigences de preuve.

— Ah ?

— Tu as bien entendu parler de ce père de famille libéré après neuf ans de prison ?

Jana hocha la tête. Cette affaire avait suscité une grande attention médiatique. Un homme de soixante-six ans avait été condamné à quatorze ans de prison pour une agression aggravée sur sa fille. Plusieurs années durant, il l'aurait violée plus de deux cents fois. L'homme l'aurait en outre torturée avec des lames de rasoir et des cigarettes. Mais, tandis qu'il purgeait sa peine, on s'est aperçu que sa fille avait porté des accusations similaires contre d'autres personnes, dont un policier.

Per s'essuya la bouche avec sa serviette.

— Et une nouvelle expertise médico-légale a démontré que les blessures que le père était censé avoir causées à sa fille ne collaient pas non plus. Il a obtenu la révision de son procès et a été libéré. Et il a réclamé une indemnité record.

Jana haussa les sourcils.

— Ah ?

— Devine combien.

— Je ne sais pas. Combien ?

— Il est difficile d'estimer la valeur d'une souffrance, mais il a réclamé 19 millions et a obtenu une indemnité de 12,6 millions. La plus forte somme jamais versée par la Chancellerie.

— Les procès de ce genre sont problématiques, dit Jana.

— Oui, c'est souvent parole contre parole, et ce que je veux dire, c'est que ce qui est arrivé à ce père peut très bien arriver à un autre. Voilà pourquoi les exigences de preuve devraient être durcies. Encore ?

Per lui présenta la bouteille de vin.

— Oui, merci.

— Dis-moi maintenant à quoi tu penses, fit-il en lui remplissant son verre. Et ne viens pas me dire que tu ne penses à rien, parce que tu connaissais exactement le montant de cette indemnité, c'est juste que tu ne t'es pas donné la peine de répondre.

Jana posa ses couverts dans son assiette, but une gorgée de vin et regarda Per. Ses yeux vairons croisèrent les siens. L'un bleu, l'autre brun brouillé.

— Je me demande combien d'innocents sont aujourd'hui en prison, lança-t-elle.

— Je ne sais pas, dit-il. Ils prétendent tous l'être, non ?

— Exactement comme Danilo Peña.

Jana fit un peu traîner ces mots, saisit son verre et but une autre gorgée de vin. Elle savait qu'elle prenait un risque en mentionnant son nom, aussi avala-t-elle lentement en attendant la réaction de Per.

— Danilo Peña, oui, dit-il en coupant son dernier morceau de viande. Pourquoi parles-tu de lui ? Tu penses qu'il est innocent ?

Jana secoua la tête et but encore une gorgée. Allait-elle continuer à l'interroger ? Ou en rester là ?

— Tu m'as dit qu'il s'était enfui. Tu en sais davantage ?

Per haussa les épaules.

— La police l'a cherché partout. Autrefois, il avait un appartement à…

— Söder…

Jana s'interrompit. Per la regarda en fronçant les sourcils.

— … Södertälje, oui, opina-t-il. Mais il n'est plus connu à cette adresse. Et il n'a pas de parents, pas de famille, probablement pas beaucoup d'amis, et pas de domicile. Il est comme une ombre.

— Mais où est-il, alors ?

— Encore en ville, pense la police. Et moi aussi. Mais ne t'inquiète pas, il va bientôt être repris.

— Je ne suis pas inquiète.

— Dommage.

— Pourquoi ?

— J'aurais pu te serrer contre moi en te disant que tout allait bien se passer.

— Per…

— Jana ?

— Arrête ça.

— On peut bien rêver, non ?

— Je ne préfère pas.

— D'accord, alors je prends l'addition.

— Non, c'est moi.

— Mais c'est moi qui t'ai invitée.

— C'est toujours toi qui m'invites. Laisse-moi payer.
— Si je te connais bien, ça ne sert à rien de protester.
— Tu apprends, dit-elle en faisant signe au serveur.

Philip Engström défit sa ceinture et laissa son pantalon tomber par terre. Il eut froid, la chair de poule aux jambes. Il était 20 heures passées et il était bien content, malgré cet entretien avec la police, de terminer sa garde à l'heure. Travailler aux urgences, c'était comme une loterie : soit on avait de la chance et on pouvait partir à temps, soit on avait la poisse et une alarme tombait juste avant l'heure. Dans ce cas, pas d'autre choix que de sauter dans l'ambulance.

Il ôta sa blouse en se disant que seuls les losers avaient des horaires fixes. Dans ce boulot, il fallait rester disponible, faire passer les besoins des autres avant les siens.

En ouvrant la porte de son casier au vestiaire, il songea au personnel des urgences de Ludvika qui, voilà quelques années, avait refusé de suivre les directives et changé d'équipe en pleine intervention. Ils avaient été appelés auprès d'un homme d'une soixantaine d'années souffrant de douleurs thoraciques. Après examen, il avait été décidé de le transporter à l'hôpital de Falun. Mais le temps de travail de l'équipe d'ambulanciers touchait à son terme et, pour ne pas faire d'heures supplémentaires, ils avaient changé d'ambulance et de personnel à Ludvika, ce qui avait entraîné un retard d'au moins quinze minutes. À l'arrivée à Falun, le patient était inconscient, et il n'avait pas été possible de le sauver.

Philip enfila son jean et se débattit avec son T-shirt qui tire-bouchonnait dans le dos. Il regarda ensuite son portable en songeant à Katarina Vinston. Il l'avait appelée, mais elle ne lui avait pas donné de nouvelles de la journée. Où diable était-elle donc passée ?

Il rangea son portable dans sa poche, attrapa son blouson, referma son casier et quitta le vestiaire. Au moment où il posait le pied sur la première marche de l'escalier, il entendit une voix :

— Philip ?

Il s'arrêta, se retourna et vit sa chef Eva Holmgren qui lui tendait la main.

— Oui ? fit-il.

Sur son visage, il vit un sourire stressé. Elle vint jusqu'à lui et posa la main sur son épaule.

— Il faut que je te parle, dit-elle.

La température avait chuté sous les dix degrés quand Jana Berzelius et Per Åström sortirent du restaurant.

— On marche ? proposa Per en fourrant les mains dans ses poches.

Ils partirent côte à côte. Jana remonta le col de son manteau quand ils s'engagèrent dans Kvarngatan. Ils continuèrent à travers le quartier de l'Industrie, où la plupart des fenêtres étaient éteintes. Elle songea que c'était là, parmi ces bâtiments industriels caractéristiques de la ville, que, voilà un peu plus de trois mois, elle avait aperçu Danilo. Elle l'avait suivi, par curiosité, puis avait été mise K-O et menacée :

« Tu ne dois plus m'approcher », avait-il dit.

Et aujourd'hui, c'était lui qui était venu la trouver.

— Merci pour cette soirée, déclara Per, interrompant le fil de ses pensées. Quand puis-je t'inviter ? Pour un filet de bœuf, sans glace en dessert ?

Elle lui lança un regard las.

— Bon, d'accord, je comprends, dit-il. Mais je peux bien au moins t'inviter à déjeuner demain à La Poissonnerie ?

— Peut-être, répondit-elle.

Ils firent encore un bout de chemin ensemble. Elle repensa à Danilo. Même si elle se doutait bien que la police allait le chercher en ville, c'était désagréable d'en avoir la confirmation. En particulier parce que cela signifiait des patrouilles dans les rues et sur les places.

— Tu es bien silencieuse, dit Per en interrompant à nouveau ses pensées.

— Oui.

— Et tu as l'air pressée.

— Non.

— Et si on ralentissait, alors ?

Elle ralentit de mauvaise grâce. Ils marchèrent ainsi vers Holmentorget et s'arrêtèrent sous un réverbère.

Elle croisa son regard et vit que ses yeux souriaient.

— Merci pour cette soirée…, fit-il en se balançant d'un pied sur l'autre.

— Tu l'as déjà dit.

— Mais je voulais le dire encore.

Elle le vit faire un pas en avant et éprouva une soudaine envie de tourner les talons et de s'enfuir.

— Au revoir, lâcha-t-elle.

Elle tourna les talons et s'enfuit.

Philip Engström s'étira le dos dans le fauteuil de visite et observa Eva Holmgren. Elle était assise derrière son grand bureau, qui était propre et en ordre, avec juste quelques dossiers et post-it jaunes.

— Il s'est passé pas mal de choses, ces derniers temps, fit-elle en baissant les yeux vers les papiers qu'elle avait devant elle.

— Oui…, dit Philip en la regardant, sur la réserve.

Ses bras étaient fins et ses mains couvertes de taches de rousseur. Elle portait un T-shirt et un bracelet d'argent au poignet.

Elle leva les yeux et l'interrogea du regard.

— Est-ce que je devrais m'inquiéter ?

— À quel sujet ? Tu penses à ce qui s'est passé à Eneby aujourd'hui ?

— Ça aussi, mais je pense surtout à ce rapport que j'ai reçu, d'où il ressort que Sandra et toi êtes intervenus avec un retard inhabituel auprès d'une patiente souffrant d'un problème cardiaque hier matin. D'après le central des urgences, vous avez reçu l'alerte à 5 h 44' 38".

— Oui ? dit-il, la respiration lourde.

— Et quand êtes-vous arrivés sur place ?

— C'était l'intervention à Lindö, c'est ça ? Il nous a bien fallu dix minutes pour y arriver.

— Dix minutes ? s'étonna-t-elle.

— Tu veux aussi les centièmes de seconde ?

Il se demandait où elle voulait en venir, inquiet de la voir se diriger vers ce dont il ne voulait pas parler.

— Et que s'est-il passé ensuite ? s'enquit-elle en prenant un stylo.

— On a chargé, on est repartis.

— Vraiment ?

— Oui.

Elle se passa la main sur la bouche.

— Comment se fait-il alors qu'il vous a fallu le double de temps pour revenir à l'hôpital ? demanda-t-elle en se mettant à tambouriner sur la table avec son stylo.

Elle frappait régulièrement, comme un tic-tac d'horloge. Le corps poisseux de sueur, il cherchait une réponse convenable, il ne fallait pas se presser.

— Dix minutes pour arriver, chargement, puis vingt minutes pour rentrer, constata Eva. On peut se demander pourquoi tant de temps pour rentrer à l'hôpital ?

— Oui, dit-il.

— J'ai aussi parlé à Sandra, qui elle non plus n'a pas de bonne explication. Mais je vois que tu as pris plusieurs gardes de vingt-quatre heures le mois dernier.

— Mais ça n'a rien à voir, dit-il.

— Tout le monde n'arrive pas à assurer de si longues gardes, déclara-t-elle.

— Et pourtant, tu en mets dans ton planning, dit-il.

Eva le regarda en plissant les yeux.

— Quand je relis les procès-verbaux des réunions annuelles de concertation, je ne vois pas une seule personne faire ne serait-ce qu'une allusion à la pénibilité des gardes de vingt-quatre heures. Je sais que vous prenez volontiers ces longues gardes parce qu'elles vous donnent de plus longues périodes de récupération. Mais vu le tour que ça prend, vous devez vous aussi assumer vos responsabilités avant de prendre tel ou tel horaire.

Philip baissa les yeux, sentant qu'elle l'observait.

— Je vais faire attention à ma façon de m'exprimer, dit-elle. Je peux dire qu'une garde de vingt-quatre heures est extrêmement éprouvante, tu le sais bien. Mais ce qui m'inquiète, c'est que ce soit dû à d'autres facteurs. On ne peut pas boire d'alcool et travailler comme ça, mais je suppose que tu le comprends.

— Je ne bois pas, s'offusqua-t-il.

— Peut-être pas, dit-elle. Mais je dois désormais t'avoir à l'œil.

— Comment ça, *m'avoir à l'œil* ? Qu'est-ce que tu cherches ?

— Je veux que tu fasses du bon boulot, dit-elle. Certains signes indiquent que tu ne supportes pas le stress de ce job. C'est moi, ton employeur, qui suis responsable si tu fais un faux pas.

8

Durant quatre minutes et trente-deux secondes, elle avait écouté la musique classique qui sortait d'une chaîne de la taille d'un four à micro-ondes. Elle allait sans doute devoir écouter ça encore une bonne heure. *Flinguez-moi*, pensa Mia Bolander en se grattant le front. Henrik et elle se trouvaient chez Göran Karlgren, qui habitait dans l'appartement voisin de Shirin Nordberg à Eneby.

— Et voilà, dit Göran en posant sur la table un plateau de cafés. Servez-vous.

— Merci, fit Henrik en prenant une tasse. Il ne fallait pas.

— Pensez-vous. Du sucre ?

— Non, merci, répondit Mia en buvant directement une gorgée. Vous n'en prenez pas ?

— Non, dit Göran, je ne bois jamais de café si tard le soir.

Henrik se racla la gorge.

— Merci de nous recevoir, lança-t-il.

— Un retraité devrait avoir tout son temps, mais je n'ai jamais eu aussi peu de temps libre. Bref, je vous écoute. Vous aviez beaucoup de questions au sujet de la voisine, si je comprends bien.

— Euh, dit Mia en posant sa tasse. Cette musique, on ne pourrait pas…

— Elle m'apaise l'esprit et constitue un terreau fertile pour les pensées constructives, proclama Göran avec un sourire.

Mia lui sourit à son tour, irritée.

— Vous avez déclaré avoir entendu du bruit provenant de l'appartement de Shirin.

— Oui, de temps à autre, mais principalement des chamailleries verbales.

— Que voulez-vous dire par « chamailleries » ?

— Je ne sais pas bien l'expliquer, dit Göran, mais, de temps en temps, je les entendais hausser la voix.

— Étiez-vous chez vous hier ? demanda Mia.

— Non, je ne peux pas dire ça. C'était le grand ménage à l'association de jardinage, et j'ai dû rentrer à peu près à la même heure qu'aujourd'hui.

— Et avez-vous là aussi entendu des chamailleries ?

— Non.

— Et quand vous êtes rentré, avez-vous vu quelque chose ?

— Non, rien de particulier, enfin, que voulez-vous dire ?

— Je veux dire quelque chose d'inhabituel, une voiture, une personne, ce genre-là.

— Non, tout avait l'air comme d'habitude.

Henrik but son café.

— Avez-vous déjà rencontré Shirin ? demanda-t-il.

— Oui, dans l'escalier, quelquefois.

— Et comment vous a-t-elle semblé ?

— Comme le sont la plupart des gens. Stressée.

— Était-elle seule, quand vous l'avez vue ?

— Oui.

— Et ses filles, avez-vous été en contact avec elles ?

— Pas directement, mais la grande passe souvent par la cour. Elle me salue gaiement de la main. Je trouve ça positif. La petite, en revanche, on la voit plus rarement.

— Ah bon ?

— Eh bien, elle est un peu farouche de nature, c'en serait presque inquiétant.

— Comment ça, inquiétant ?

— Elle est souvent seule. Quand elle descend à la buanderie, par exemple. C'est apparemment elle qui s'occupe de la lessive, car elle porte souvent de ces sacs bleus IKEA informes, pleins de linge. Je ne trouve pas vraiment normal pour un petit enfant de devoir descendre seul à la buanderie.

Il poussa un grand soupir.

— Et à Noël dernier, je l'ai vue rentrer avec un œil au beurre noir.

— Un œil au beurre noir ? s'étonna Henrik.

— Oui, pas très marqué, il pouvait donc dater de quelques jours déjà. Mais ce qui m'a paru bizarre, c'était qu'elle avait l'air d'essayer de me le cacher.

— Comment ça ?

— En gardant une main dessus. Mais je l'ai quand même bien vu.

— Et comment avez-vous réagi ? Lui avez-vous dit quelque chose ?

— J'ai été indigné, bien sûr. Mais je ne lui ai rien dit, elle s'est dépêchée de filer. Je me suis dit que je devrais peut-être avertir les services sociaux, faire un signalement, vous savez.

— Et l'avez-vous fait ?

— Non. J'ai croisé Shirin dans la cour juste après, et j'ai saisi l'occasion pour lui en parler. J'ai eu l'impression qu'elle prenait mon inquiétude au sérieux.

— À vous entendre, vous pensiez que cette famille avait besoin d'aide. Y avait-il d'autres éléments laissant penser que tout ne tournait pas rond ?

Göran se gratta la joue avant de poursuivre :

— Eh bien, il y avait bien de temps en temps des choses bizarres. Et peut-être qu'aujourd'hui, au vu de ce qui s'est passé... Je ne sais pas, mais la petite avait l'habitude de rester quelquefois seule dans l'escalier. Parfois aussi, elle se cachait pour que je ne la voie pas.

— Et pourquoi faisait-elle ça, à votre avis ?

— Je ne sais pas… peut-être pour être seule. Je me suis dit que les enfants devaient faire ça, mais j'ai un peu oublié. Les miens sont adultes, maintenant.

— Cette musique…, coupa à nouveau Mia en désignant la chaîne.

— Merveilleuse, n'est-ce pas ?

Göran sourit à nouveau.

— Vraiment, dit Mia en se tassant davantage dans son fauteuil, ce qui en fit craquer le cuir.

— Et vous avez donc entendu des disputes dans l'appartement, ou plutôt des chamailleries verbales, comme vous dites ? insista Henrik.

— Oui, dit Göran en se figeant. Ils ne faisaient plus de bruit depuis un moment, mais il y a quelques jours j'ai à nouveau entendu les chamailleries. J'ai entendu Shirin hausser la voix et crier.

— Savez-vous quelle heure il était ?

— Sans doute comme aujourd'hui, vers les 8-9 heures du soir. Mais ce n'était pas si inhabituel, j'avais déjà entendu ça auparavant.

— Souvent ? demanda Henrik.

— Par périodes, plusieurs fois par semaine.

— Par semaine ?

— Oui.

— Mais vous n'entendiez que Shirin.

— Non. Que le père des enfants est mort, je suis au courant, alors j'ai dû penser que c'était un petit ami ou quelque chose comme ça, avec qui elle aimait se chamailler, mais…

— Mais vous ne savez pas qui ? dit Henrik en se passant la main sur le menton.

— Non, je ne l'ai pas croisé directement, mais je l'ai vu, ça oui, et…

— Donc, si nous vous demandions de le décrire, vous pourriez ?

— Dans une certaine mesure, en tout cas.

— Et quand l'avez-vous vu pour la dernière fois ?

— C'était là que je voulais en venir. Je l'ai vu arriver dans l'escalier l'autre jour, s'approcher de la petite et lui frapper l'arrière de la tête. Elle n'avait pas l'air choquée, plutôt triste, ou apeurée. Shirin est arrivée derrière, elle a dû voir ce coup. Mais elle n'avait pas l'air de réagir, elle est juste rentrée dans l'appartement, tête basse. Puis on n'a plus rien entendu.

— Comment avez-vous vu tout ça ?

— Par le judas de ma porte.

Elle entendit un tintement à la cuisine en entrant dans l'appartement. Jana Berzelius quitta ses chaussures à talons et contrôla que la porte était bien fermée avant d'aller dans la cuisine.

Danilo y était assis, un verre d'eau posé devant lui sur la table. Il leva les yeux vers elle. Son regard noir avait disparu. Ses yeux avaient une autre expression, impénétrable.

— Vous avez passé une bonne soirée ? demanda-t-il.

Elle aurait dû l'ignorer, mais, peut-être à cause du vin qu'elle avait bu, elle s'entendit répondre :

— Qu'est-ce que tu veux dire ?

— Toi et ce... Per Åström, vous avez passé une bonne soirée ?

Elle lorgna du coin de l'œil le plan de travail et le râtelier à couteaux, puis alla s'asseoir en face de lui.

— Qu'est-ce que ça peut te faire ?

Il haussa les épaules, saisit le verre de la main gauche et descendit légèrement la droite vers ses genoux.

— Tu as fouillé dans mon portable ?

Il la regarda en ricanant.

— Je t'ai toujours dit de faire attention, Jana. Ne laisse pas ton portable dans ta chambre la prochaine fois que tu vas sous la douche. Et il est peut-être temps de changer ton code PIN.

Elle serra les poings.

— Du calme, dit-il.

— Je suis calme, fit-elle.

— Tu n'as pas l'air.

— Qu'est-ce que tu crois, que je vais t'attaquer ?

— J'ai peur que tu me fasses du mal, dit-il d'une voix contrefaite, avant de boire une gorgée d'eau. À cause de cette histoire de téléphone.

— C'est pour ça que tu pointes un couteau vers moi, sous la table ?

Danilo la regarda, interloqué.

— Comment le sais-tu ?

— D'abord, tu es droitier. Normalement, tu boirais ce verre en le tenant de la main droite. Ensuite, il manque un couteau dans le râtelier. Comme il ne traîne pas sur le plan de travail, je suppose qu'il est dans ta main.

— Simple mesure de précaution. Réponds à ma question, maintenant : avez-vous bien dîné, toi et Åström ?

— Ça ne te regarde pas, dit-elle en se levant.

— Peut-être pas, rétorqua-t-il, mais tu ferais bien d'arrêter de le voir.

— Quoi ?

— Tu ferais bien d'arrêter de le voir.

— Nous sommes collègues, nous…

— Justement, la coupa-t-il. S'il s'avère que tu complotes dans mon dos, Jana, je tuerai Per. Je lui trancherai la gorge jusqu'aux cervicales. J'espère que tu piges.

18 janvier

À nouveau un jour de merde ordinaire. Thomas, notre prof de maths, m'a indiqué une table où m'asseoir. Six autres y étaient déjà. Quand j'ai tiré ma chaise, Stephanie a éloigné la sienne. Et Linus est passé de l'autre côté de la table, pour ne pas être assis à côté de moi. J'ai baissé les yeux pour ne pas me mettre à pleurer. Ils auraient été trop contents de voir ça.

Mais en sortant des maths, je n'ai pas pu me retenir. J'ai éclaté en larmes avant même d'arriver aux toilettes. Le proviseur est passé à ce moment et a posé la main sur mon épaule. Il m'a demandé pourquoi je pleurais, et je lui ai dit. J'ai raconté ce que la classe m'avait fait. Le proviseur est alors allé voir Linus, qui a nié s'être déplacé pour m'éviter. C'était soi-disant juste pour mieux voir au tableau.

Je n'aurais jamais rien dû dire : ça ne peut qu'empirer, maintenant. Je le sens. Linus va cafter aux autres. C'est sans doute déjà fait.

Les professeurs disent que je dois me concentrer sur le travail scolaire. Mais en cours, je ne pense qu'à la récréation suivante. Comment m'y rendre invisible. C'est plus difficile qu'on ne le pense. D'habitude, j'attends que tout le monde soit sorti de la classe. Puis je me dépêche d'aller m'enfermer aux toilettes. Je ne veux plus rester dans le coin de la cour.

En travaux manuels, aujourd'hui, j'ai fini mon étoile. Je l'ai peinte en bleu, j'ai écrit mon nom dessus et passé un lacet à travers. Camilla a dit qu'elle était aussi moche que moi. Remarque typique d'elle. C'est elle, aussi, qui me l'a piquée et cachée. Mais j'ai fini par la retrouver. Dans la poubelle du couloir devant la salle de chimie.

J'ai rapporté l'étoile à la maison. Maman l'a trouvée jolie. Elle voulait l'accrocher à la fenêtre, pour qu'elle nous éclaire à jamais, pour que l'amour soit éternel. Notre amour.

J'espère qu'elle le pense. Car c'est difficile de le savoir. Difficile de savoir quoi que ce soit, dans ce monde pourri. Tout ce que je sais, c'est que ça fait mal. Que ça entraîne un fauteuil roulant, des griffures au visage, des appels à l'aide et plein de médicaments. Et je voudrais juste fermer les yeux, me boucher les oreilles pour faire taire tous les cris, tous les appels, ne pas entendre tous les gros mots.

Je pense parfois à papa, il arrive qu'il me manque, malgré tout. Et d'ailleurs j'ai davantage peur, désormais, peur de la solitude. Et c'est la nuit que j'ai le plus peur. Cette nuit, j'ai rêvé que maman pouvait me voir, me tenir, m'aimer – pour toujours.

Je ne veux rien d'autre.

VENDREDI

9

La lumière du matin filtrait par les persiennes métalliques. Jana Berzelius, couchée sur son lit, fit plusieurs tentatives pour ne pas penser à Danilo. Ces dernières vingt-quatre heures, elle avait passé deux fois plus de temps dans sa chambre qu'en temps normal. Non qu'elle ne s'y plaise pas. Sa chambre était luxueuse tout en étant spartiate. Mais avec Danilo dans son appartement, cette pièce s'était transformée en une sorte de prison.

La nuit passée, elle avait même rêvé de lui. Elle était assise sur le sol de terre humide d'une cave sombre, elle avait froid aux jambes, froid aux fesses. Elle sentait encore ce froid, car elle avait été assise ainsi dans la réalité, recroquevillée, le cœur battant.

Dans son rêve, elle cherchait une stratégie pour vaincre l'obscurité, mais la panique finissait malgré tout par s'emparer d'elle. Elle avait balayé le vide de sa main tendue, à la recherche de quelque chose à quoi se tenir, et l'avait alors découvert. Danilo. Il avait sursauté quand sa main l'avait effleuré, et elle l'avait senti qui tremblait autant qu'elle. Ils n'avaient aucune idée de combien de temps ils allaient rester dans cette cave, mais savaient qu'une fillette y avait précédemment été laissée, seule, et que, lorsque la porte avait été rouverte, au bout de plusieurs jours, elle était morte de faim.

« Mauviette », voilà ce qu'on en avait dit d'elle.

Ni Jana ni Danilo ne voulaient qu'on les traite de mauviettes. Aussi s'étaient-ils pris par la main dans cette cave froide. Ils s'étaient tenus ainsi pour montrer qu'ils ne courbaient pas l'échine, même dans le noir.

Ils avaient alors sept ans. Et survécu à leur première épreuve d'endurance.

Jana écarta la couette de son corps en songeant que les souvenirs de leur enfance commune avaient à présent pénétré ses rêves. Elle ne voulait pas ça. Ne voulait pas penser à Danilo. Mais elle avait beau essayer de l'ignorer, elle n'arrivait pas à s'en débarrasser. Pas même dans ses rêves.

Et voilà qu'il menaçait en plus de tuer Per.

Elle se leva lentement du lit. Ce n'était pas le fait qu'il menace de le tuer qui l'inquiétait le plus. C'était qu'elle savait qu'il le ferait, s'il s'y sentait contraint.

Il n'hésiterait même pas.

Nu dans la cuisine, Philip Engström regardait le cachet au creux de sa main. Il repensait à son entretien avec Eva Holmgren. Avaient-ils vraiment mis vingt minutes à revenir à l'hôpital avec cette femme victime d'un infarctus ? Vingt minutes, c'était inexplicablement long, il était bien d'accord. Mais que dire ?

Certes, il avait pris un cachet cette nuit-là, mais ça n'aurait pas dû le faire dormir. Ou se serait-il trompé, confondant Sobril et Imovane ?

Ce qui expliquerait aussi qu'il ne sache plus où était passée son alliance. Il avait cherché au boulot, dans les vestiaires, dans la salle du personnel, dans toutes les salles de repos. Cherché partout à la maison, sans la retrouver.

Je devrais arrêter de prendre cette merde, pensa-t-il en posant le cachet sur sa langue. Il essuya l'eau autour de sa bouche avant de regagner la chambre. Lina s'était retournée, elle était sur le dos, jambes en l'air. Elle serrait les fesses et le suivait des yeux.

— Qu'est-ce que tu fabriquais ? dit-elle.

— Rien ! Mais *toi*, qu'est-ce que tu fiches ?

— J'ai entendu dire qu'on maximisait ses chances de tomber enceinte en restant au lit une demi-heure après.

— Qui dit ça ?

— Je l'ai lu dans un journal. Ce n'est pas vraiment une vérité scientifique. Mais ils écrivaient qu'on pouvait faire un compromis, rester un moment, dix minutes, quelque chose comme ça. Et si possible sur le dos, avec peut-être un oreiller sous les fesses ou en pédalant en l'air, comme ça…

Elle se mit à gigoter.

— Ça non plus, ce n'est pas prouvé par la science, mais ça semble logique d'essayer, non ?

Elle se mit à pédaler de plus belle, s'attendant à voir Philip se mettre à rire. Mais il n'en fit rien. Il plongea sa tête dans l'oreiller en écoutant la pluie tambouriner contre la fenêtre.

— Qu'est-ce que tu fais ?

— Je pense.

— À quoi ?

— Qu'il pleuvait la première fois qu'on a fait l'amour.

Lina pouffa. Elle se coucha sur le côté, la tête appuyée sur la main, puis, l'air grave, elle le regarda un long moment.

— Qu'est-ce qu'il y a ? demanda-t-elle. Qu'est-ce qui s'est passé ?

— Rien.

— Si, raconte. Je vois bien qu'il y a quelque chose.

Le lit tangua quand elle se rapprocha. Elle se mit à lui caresser le torse.

— Mon Dieu, ce que tu sues, dit-elle.

Il prit sa main dans la sienne, l'immobilisa, la pressa contre sa joue.

— Mais qu'est-ce que tu as ? reprit-elle.

— Rien.

— Mais il y a quelque chose.

— Non.

— Si, allez, dis-le, maintenant. Dis ce qu'il y a, mon chéri. Il faut que je te tire les vers du nez ?

Elle lui sourit, l'embrassa sur la bouche, passa une jambe au-dessus de lui, serra son corps nu contre le sien. Il essaya de garder sa main dans la sienne, mais elle la libéra et lui pinça un téton.

— Arrête ! dit-il en sortant du lit.

— Où vas-tu ? fit-elle, déçue.

— Manger.

— Moi aussi, j'ai faim. Tu me fais aussi griller un toast ?

— Bien sûr.

Il quitta la chambre et regagna la cuisine. La fenêtre était ouverte et, malgré le rebord mouillé, il n'alla pas la fermer. Il saisit le verre qu'il avait laissé sur le plan de travail, fit couler le robinet tandis qu'il buvait de grandes gorgées d'eau.

Il allait reposer le verre quand il se mit à penser à Katarina.

Comment pouvait-elle être encore malade ? Elle n'en avait pas l'air quand il lui avait parlé au téléphone avant-hier. Et pourquoi ne donnait-elle pas de nouvelles ?

— Alors, ce toast ? lança Lina depuis la chambre.

— Ça vient ! dit Philip en sortant son portable.

Il composa alors le numéro de Katarina.

Anneli Lindgren se leva de son matelas jeté à même le sol, le dos meurtri. Elle ouvrit les rideaux et plissa les yeux vers la rue pluvieuse. Jadis, elle restait ainsi à la fenêtre, elle entendait Gunnar arriver, sentait ses mains autour de son corps, écoutait sa respiration. Mais c'était une autre époque, une autre fenêtre.

Elle envisagea d'aller voir Adam, de se coucher près de son fils, de le tenir dans ses bras en lui demandant s'il avait fait des rêves pendant la nuit, comme elle pouvait le faire quand il était plus petit.

Mais elle resta là. Se disant que ça n'allait pas, d'habiter comme ça chez sa mère. Elle avait dit à Adam que c'était provisoire, que papa et elle avaient juste besoin de se séparer un moment, de prendre une pause. Les adultes avaient parfois besoin de pauses.

Adam avait pris la chose avec calme. Peut-être était-il habitué, ça faisait déjà plusieurs fois que Gunnar et elle se séparaient. Mais ils s'étaient toujours retrouvés et avaient réemménagé ensemble. D'habitude, elle savait où elle en était avec lui.

Mais, cette fois, elle était forcée d'admettre que tout était différent. Les larmes lui montèrent aux yeux en songeant qu'elle avait perdu le contrôle, laissé ses sentiments la gouverner. Et trompé Gunnar.

Pourrait-il lui pardonner un jour ?

Sa maison, son homme lui manquaient, pouvoir se blottir contre lui dans le lit chaud, sentir sa poitrine bouger, l'entendre ronfler dans son sommeil.

Elle sécha ses larmes, la paume humide. Elle saisit son portable et commença à rédiger un message, mais l'effaça et reposa le téléphone.

De toute façon, il ne répondrait pas.

Jana Berzelius était sur le seuil de sa chambre. L'appartement était silencieux, à part la pluie qui crépitait contre la fenêtre.

En se rendant dans la salle de bains, elle l'aperçut. Couché sur le canapé du séjour, les yeux clos, il semblait dormir. Ses vêtements étaient par terre, ses tennis détachées et son sac fermé.

Il ressemblait à une cible vivante, sur le fond blanc des coussins. Elle pensa aux couteaux, à la cuisine, aurait voulu en tenir un dans la main pour pouvoir, de toutes ses forces, le lui plonger à travers le corps.

Le tuer à mains nues la tentait aussi.

Une fois, elle avait tué un homme de cette manière. Lui avait écrasé la pomme d'Adam d'un revers de la main, comme on le lui avait appris. Mais c'était loin, elle était jeune. Et morte de peur. Aujourd'hui, elle n'était pas morte de peur. Juste furieuse.

— Qu'est-ce que tu veux, Jana ?

Danilo chuchotait presque.

Elle leva les yeux vers lui. Il avait ouvert les yeux et plongé la main sous un des coussins.

— Je ne crois pas que tu veuilles une réponse, fit-elle.

— Tu n'as pas besoin de répondre, dit-il. Je sais déjà ce que tu veux. Me tuer serait un *petit* problème. Mais ensuite, tu aurais un *gros* problème. Et à tout prendre, reprit-il en sortant de sous le coussin un pistolet qu'il pointa sur elle, je crois que tu estimes plus important de récupérer ce qui t'appartient que de me tuer. Ça te coûte beaucoup moins de me laisser vivre.

Elle resta immobile, sans même cligner des yeux.

— Si tu me tues, poursuivit-il, ta vie et ta carrière cesseront dans la seconde. Alors laisse-moi, maintenant.

— Je te hais.

— Oui, c'est ce que tu dis toujours, dit-il en replaçant le pistolet sous le coussin, avant de refermer les yeux.

Elle gagna la salle de bains et, vite, s'y enferma.

Elle avait la chair de poule en entrant sous la douche. Elle resta un long moment sous le jet brûlant avant de se draper le corps dans une serviette-éponge et les cheveux dans une autre.

Le pot blanc était au milieu du placard. Une faible odeur de citron se répandit dans la pièce quand elle s'enduisit vigoureusement de crème le visage, les bras et les lettres cicatrisées sur sa nuque. Elle referma le couvercle du pot, le remit à sa place et tendit la main vers la brosse à dents électrique qu'elle rangeait toujours à côté.

Mais elle n'y était pas.

Elle la chercha du regard et la trouva tout en bas du placard.

L'idée qu'il ait utilisé sa brosse à dents la mit hors d'elle. Elle s'en empara et la lança contre le carrelage. Puis se maudit de ne pas avoir définitivement mis fin à ses jours près de ce hangar à bateaux trois mois plus tôt, quand il avait vraiment été à sa merci. Tout ceci lui aurait été aujourd'hui épargné.

*
* *

Une fois n'était pas coutume, la cage d'escalier de l'hôtel de police était déserte. Profitant du silence, Henrik monta doucement jusqu'au troisième étage. Là, il croisa Mia Bolander qui poussa un grand bâillement. Elle avait enfilé un pull en laine grise, et ses fins cheveux blonds, électrisés, se dressaient sur sa tête.

— Bonjour !

Gunnar Öhrn passa en trombe, un pli profond au front.

— Déjà sur le pont ? lança Henrik.

— Oui, dit Gunnar. Les médias écrivent à tort et à travers sur la nouvelle organisation. Non seulement on a des crimes à élucider, mais il faut en plus répondre aux questions qui demandent comment on va s'y prendre. Mais comment je vais pouvoir leur répondre, merde, alors que j'ai un organigramme avec des nouveaux dont je ne comprends même pas les titres ?

— Comme la coordinatrice, Britt Dyberg ? demanda Henrik.

— Par exemple, dit Gunnar.

— Putain, c'est qui, cette Britt Dyberg ? fit Mia en passant la main dans ses cheveux pour tenter de les aplatir.

— Une *coordinatrice*, répondit Gunnar.

— Ça, c'est un sacré titre, dit Mia. Qu'est-ce qui arrive à la police ?

Gunnar se passa les mains sur le visage, ce qui lui fit rougir la peau.

— Tu as l'air démoralisé, déclara Henrik.

— Oui, parce qu'on a créé de toutes pièces un chaos dans l'organisation – va savoir pour combien de temps– qui va forcément entraîner des problèmes d'efficacité. Le but était de rapprocher davantage les policiers des citoyens, mais, si on n'arrive pas à se débarrasser de l'administration, rien ne va changer, on aura des policiers occupés à faire de la paperasse au lieu d'aller empêcher les crimes.

— J'ai beaucoup entendu dire qu'à la base ça fonctionnait, fit Mia. Au niveau de la direction, ça a l'air drôlement fumeux.

— Mais nous avons au moins une nouvelle chef de district, dit Henrik. Carin Radler.

— Merci de le mentionner, ça n'arrange pas franchement mon moral, fit Gunnar.

— Attention à ce que ça ne soit pas contagieux, dit Mia.

— Peu importe, répondit Gunnar. Tout le monde va déjà si mal, et ce n'est pas étonnant quand on voit que nous, à des postes d'encadrement, censés prendre au quotidien des décisions rapides, on est pas vraiment à notre place. À côté de mon titre, ils ont ajouté : *Délégué*. Personne ne sait qui a le droit de prendre des décisions, personne ne sait sur quoi travailler, ni avec qui, et donc il ne se passe rien. Et ça vaut pour tout le pays, il y a des chefs qui n'ont pas encore reçu leur affectation, et sont donc obligés de rester sur la touche à regarder faire.

— Donc ils traînent en se roulant les pouces ? demanda Mia.

— En gros, dit Gunnar. Le pire, c'est pour ceux qui ont passé la barre des cinquante ans, on n'en veut même plus pour conduire une voiture de patrouille, ils se retrouvent à faire la permanence au violon et à répondre au téléphone.

— J'étais pourtant parmi ceux qui avaient prêté une oreille intéressée quand le comité de suivi était descendu en province nous expliquer que, dans la nouvelle organisation, toutes les décisions seraient prises au plus près du terrain, dit Henrik.

— Que veux-tu dire par là ? demanda Mia.

— Que c'était une bonne idée.

— Une bonne idée, oui, renchérit Gunnar. Mais qu'il a été impossible de réaliser. Toutes les décisions sont centralisées à Stockholm, où il doit être bien difficile de tenir compte des spécificités régionales. Ça fonctionne aussi mal que je l'imaginais, pire même.

Il se tut quand Anneli passa dans le couloir.

— Je sais que tu n'aimes pas en parler mais, pour changer de sujet, dit Henrik, si tu permets, comment ça va, entre vous ?

— Entre Anneli et moi ?

— Oui.

— Notre relation, c'est comme la police après la réorganisation : le vide.

Mia rit.

— Et que vas-tu faire pour y mettre bon ordre ? s'enquit-elle.

— Le tout est de redéfinir les rôles, et ça demande beaucoup de volonté.

— Là, je parlais de votre relation.

— Moi aussi, dit-il.

À cet instant, le portable de Henrik se mit à sonner.

— Excusez-moi, lança-t-il en quittant le couloir.

Philip Engström fourra le dernier morceau de pain grillé dans sa bouche avant de retomber au fond du canapé. Lina était couchée à côté, et tous les deux regardaient la matinale de TV4, où un panel d'invités débattaient des participants à l'émission *Let's dance.*

Lina tendit la main vers sa tasse de thé posée sur la table basse, mais fut interrompue par une violente quinte de toux.

— Ça va ? s'inquiéta-t-il, content de se changer les idées et de ne plus penser au boulot.

— Je ne sais pas ce que j'ai, dit-elle. Je suis terriblement fatiguée. Je suis peut-être enceinte.

— Enceinte !?

— Je plaisantais.

— Ce n'est pas un sujet de plaisanterie.

Elle pouffa et l'embrassa, souleva son bras et se blottit tout contre lui.

— J'en ai vraiment envie, dit-elle.

— Moi aussi, répondit-il en lui caressant les cheveux.

— Imagine qu'on y arrive ? Alors on aura quatre enfants, hein ?

— Quatre ? Jamais de la vie.

— Au moins trois, en tout cas.

— Je serais déjà content qu'on en ait un, dit-il. Pourquoi veux-tu en avoir autant ?

— Parce que je t'aime. J'aime l'idée d'avoir des enfants avec toi. J'aime essayer de faire un enfant avec toi. J'aimerais être enceinte avec toi. Accoucher avec toi…

— Ne t'emballe pas, dit-il en retirant la main de ses épaules.

Il se redressa et sentit son regard sur son dos.

— Les enfants, c'est bien le sens de la vie, non ? poursuivit-elle en lui caressant le dos d'un doigt.

— Mouais, dit-il en se levant du canapé.

— Où vas-tu ? demanda-t-elle.

— Il faut que je règle un truc… au boulot, fit-il, la mine préoccupée.

— Mais tu travailles tout le temps !

Elle semblait déçue.

— Tu ne pourrais pas rester ? ajouta-t-elle. On passerait la journée comme ça, sur le canapé, à manger devant la télé et à se faire des câlins.

— Je ne peux pas, il faut que j'y aille, dit-il en enfilant un pantalon et un T-shirt qui traînaient par terre.

Il entendit le soupir de Lina en sortant du séjour.

— Fini le sexe, alors ? lança-t-elle.

— Pas maintenant. Ce soir, peut-être.

— Sandra passe ce soir.

— Et pourquoi ? dit-il en se retournant.

— Mais on devait se faire une bouffe avec elle, tu as oublié ?

— Non, non, bredouilla-t-il. Mais c'est toujours ici, vous ne pourriez pas le faire chez elle, pour une fois ?

— Sauf que là, on a décidé qu'elle venait pour six heures et demie. Mais on aura peut-être le temps d'un petit coup rapide juste avant ?

— Bien sûr, dit-il en attrapant ses clés de voiture.

***

L'eau dégoulinait des façades et des gouttières.

Jana Berzelius se dirigeait d'un pas rapide vers l'hôtel de police, concentrée sur sa respiration. Elle ne portait que sa serviette, son ordinateur et ses dossiers étant restés dans sa voiture. Mais au fond, peu importait ce qu'elle essayait de lui cacher. Il avait déjà réussi à fouiner dans son portable, parcouru ses messages et ses mails, et même utilisé sa brosse à dents. Elle frissonna.

Que Danilo surgisse maintenant dans ses rêves l'inquiétait encore plus. Il y était déjà apparu, mais jamais avec une telle intensité et aussi distinctement que la nuit passée.

Elle regarda le sol en songeant qu'elle avait neuf ans quand ces cauchemars avaient commencé. Les nuits étaient alors devenues un supplice. Dès que Père et Mère lui avaient dit bonne nuit et avaient éteint la lumière, elle s'ingéniait à garder les yeux ouverts toute la nuit. Elle n'avait jamais rallumé, toujours laissé la chambre dans le noir. Ce n'était pas du noir qu'elle avait peur, mais de ses rêves.

Elle n'avait jamais eu peur de choses imaginées, mais de ce qu'elle avait vécu enfant.

Elle avait tenté de ravaler cette peur, fait comme si elle n'existait pas, et s'était forcée à veiller pendant la nuit. Mais, à la fin, elle ne pouvait plus lutter. Elle s'endormait. Et rêvait.

Chaque fois qu'elle se réveillait, son corps frêle était couvert de sueur. Elle s'asseyait dans son lit, rapprochait ses jambes de son menton et essuyait ses larmes d'un revers de la main.

Jana traversa à un passage pour piétons et se souvint que Père verrouillait sa porte de l'extérieur, pour l'empêcher de venir dans leur chambre la nuit.

Mais ça ne l'empêchait pas.

Sans bruit, doucement, elle sortait par la fenêtre pour entrer dans leur chambre.

Mère dormait toujours sur le côté, la respiration si légère qu'on l'entendait à peine. Jana se glissait jusqu'au lit, plaçait sa main devant la bouche de Margaretha et sentait un chatouillement quand elle soufflait.

Elle faisait alors le tour du lit sur la pointe des pieds, jusqu'au côté de Père, plaçant ses mains à deux centimètres de son visage. Elle sentait son haleine sortir par grandes bouffées de sa bouche.

Puis elle se recroquevillait par terre et attendait.

Attendait qu'arrive la peur.

Ils ne se sont jamais doutés de ma présence, songea-t-elle en poussant la porte de l'hôtel de police. Ils n'ont jamais eu la moindre idée de mes rêves.

Mais tout était consigné dans ses carnets et, pour l'heure, c'était ce qui comptait le plus pour elle. Elle était prête à tout pour les récupérer.

Henrik Levin venait de refermer la porte de son bureau quand son portable sonna.

— Henrik, dit-il en s'asseyant.

— Tu as du temps ? demanda le légiste Björn Ahlmann. Pour le corps de Shirin Norberg ?

— Tu as fini ton rapport d'autopsie ?

— Presque.

— Dis voir, dit Henrik en pressant son portable plus près de son oreille, tout en contemplant le dessin emmêlé des rues, du réseau de tram et des lignes de bus qui s'étendait sous lui.

— Il ne s'agit pas d'un viol ni d'une tentative de viol. En revanche, elle a fait l'objet d'une extrême violence. L'agression a visé les bras, les jambes et les reins. Les mains, comme tu le sais, ont été tranchées.

— Avec quoi ?

— Sans doute une scie à fil.

— C'est-à-dire ?

— Un ustensile chirurgical qu'on utilise pour couper les os. C'est un long fil dentelé muni de poignées.

Henrik laissa son regard remonter le long de la sinistre façade, de l'autre côté de la rue.

— Était-elle droguée ? demanda-t-il.

— Je n'ai pas encore les résultats de toutes les analyses, dit Björn.

— L'ADN ?

— Je ne peux pas t'en dire plus pour le moment. Mais je voudrais attirer ton attention sur la dimension temporelle. Les bleus sur son corps sont apparus bien avant, et sans relation avec le sectionnement des mains.

— Combien de temps avant ?

— Je dirais dans les quatre jours, au moins.

Les deux mains sur le volant, Philip Engström engagea son Audi A5 sur l'E4, direction Klinga. Juste avant la sortie, sa jauge d'essence se mit à clignoter dans le rouge et il s'arrêta en passant à une station-service. Le lecteur de carte bancaire bipa fort quand il saisit son code.

Après dix litres, il raccrocha la pompe, reprit le volant, dépassa le circuit de karting, tourna à gauche dans Linköpingsvägen puis encore à gauche, dans un petit chemin de gravier qui menait à une zone appelée Borg Boklund.

La maison de Katarina Vinston était sur une petite hauteur, à gauche du chemin. Sur la gauche, à peine visibles, se trouvaient deux autres maisons.

Philip se gara sur le bas-côté, ouvrit la portière et resta d'abord là debout, une jambe encore dans la voiture.

Une maison rouge aux coins blancs. Toutes ses fenêtres étaient sombres : il ne put s'empêcher de se dire qu'elle semblait presque abandonnée.

Quand il s'éloigna de la voiture, le gravier crissa sous ses chaussures. Il poussa la grille et remonta la pelouse vers la maison. Un balai-brosse était appuyé à la porte d'entrée.

Il sonna, attendit un moment et sonna à nouveau. Enfonça la poignée, une fois, deux, mais la porte était fermée à clé.

Il tendit l'oreille vers la maison, mais n'entendit que le sifflement dans les arbres. Tout était silencieux, un silence inquiétant.

Il glissa un œil par l'étroite fenêtre de l'entrée. Essaya de voir quelque chose à l'intérieur, mais ne devina qu'un vestibule avec des manteaux pendus, un papier peint à fleurs, une cuisine avec une longue table et des chaises en bois, un tapis tissé. Il ne voyait pas au-delà.

Il sonna encore une fois, attendit, puis recula sur le perron. Il regarda alentour s'il y avait quelqu'un à qui demander, mais il ne vit qu'un chevreuil immobile à l'orée du bois, tête dressée. Et les deux autres maisons, un peu plus loin, mais il aurait été ridicule d'y aller. D'en faire tout un plat.

Il commença par hésiter, mais monta sur la plate-bande et, sur la pointe des pieds, regarda par la fenêtre. Il ne vit que du noir.

Il ressortit de la plate-bande et fit le tour de la maison. À l'arrière se trouvait une véranda vitrée dont la porte était également fermée.

Il resta deux minutes sur le chemin à observer la maison. Il lui téléphonait, mais tombait chaque fois sur son répondeur.

Il sortit de sa poche une plaque de cachets, en fit sauter un qu'il avala avant de se rasseoir dans la voiture.

Il ne pouvait se défaire de l'impression que cette maison était entièrement abandonnée, comme si personne n'y habitait, et, tout le chemin du retour vers Norrköping, il ressassa la même question :

Où était passée Katarina ?

10

— Ce que nous dit Björn Ahlmann, déclara Gunnar Öhrn en appuyant ses coudes sur la table de la salle de réunion, c'est donc que les bleus sur le corps de Shirin Norberg sont antérieurs de quelques jours à son amputation ?

La réunion durait depuis seulement cinq minutes, mais il faisait déjà chaud dans la pièce. Henrik Levin sirotait son café, Mia Bolander tortillait une mèche blonde autour de son index, Ola Söderström se balançait sur son siège et Jana Berzelius et Anneli Lindberg regardaient toutes deux Henrik.

— C'est bien ça ? dit Gunnar.

— C'est ça, approuva Henrik en posant son gobelet. Les bleus que présente son corps n'ont pas été infligés au moment où on lui a coupé les mains. Et d'après Björn, il ne fait aucun doute qu'elle a subi des violences antérieures. Certains signes suggèrent qu'elle a été exposée à des sévices systématiques pendant une longue période.

Le silence se fit. Gunnar promena son regard sur les visages rassemblés autour de la table, croisa un instant celui d'Anneli sans s'y attarder.

— Et les mains ? reprit-il.

— Ah oui, fit Henrik, les mains ont probablement été amputées au moyen d'une scie à fil, un instrument chirurgical. Mais…

— Pardon de vous interrompre, dit Jana en faisant tourner son stylo dans ses mains, mais cet éventuel petit ami décrit par le voisin, nous n'en avons aucune trace ? Avez-vous vérifié son ordinateur, ses téléchargements, les sites visités, si elle a chatté ?…

— Bien sûr, répondit Henrik.

— Et son portable ?

— Je l'ai épluché, dit Ola. Elle y avait effacé tous les SMS.

— Pourquoi ?

— Si tu regardes ça, ajouta Ola en posant une liasse de papiers sur la table, tu vas sûrement comprendre pourquoi.

La liste de ses communications, sur quatre pages.

Jana la parcourut rapidement du regard.

— Shirin recevait donc plusieurs fois par jour des messages menaçants, dit-elle.

— Menaçants ? ricana Mia en s'emparant de la liasse. Ce sont carrément des menaces de mort.

Elle lut à voix haute :

— « Les filles comme toi ne valent rien, les filles comme toi ont besoin de mecs comme moi. À ce soir, sale pute. »

Mia feuilleta la liste et reprit :

— « T'as intérêt à me laisser entrer. Sinon je vais te réveiller en pleine nuit, et te tuer, et tout le monde s'en foutra. » Et encore : « T'oses pas répondre ? Ah, ah, t'es vraiment répugnante et pathétique. Réponds, putain. Réponds ! »

Mia laissa tomber les papiers sur la table.

— Le gendre idéal, celui qui a envoyé ça.

— Et qui est-ce ? demanda Gunnar.

— Malheureusement, dit Ola, tous ces messages viennent d'une carte prépayée.

— Aucun autre numéro repérable, dans la liste ? s'enquit Mia.

— Non, dit Ola, quelques appels reçus et passés avec sa fille aînée, Aida, mais rien d'autre.

— Aida sait peut-être qui a envoyé ces menaces ?

— Elle avait l'air de ne pas être au courant de grand-chose quand on lui a parlé, n'est-ce pas, Henrik ? dit Mia. D'ailleurs, elle n'avait pas non plus l'air si triste que ça. Soit elle ne ressentait rien, soit elle n'avait tout simplement pas encore réalisé que sa mère était morte.

— Oui, elle a eu un comportement un peu étrange, c'est vrai, dit pensivement Henrik. Presque comme si elle s'attendait à ce que sa mère meure. D'une certaine façon, elle est bien trop posée.

Le silence se fit dans la pièce.

Gunnar joignit les mains sur la table.

— Ou alors elle a été menacée pour se taire.

— J'achète, dit Mia. Mais dans ce cas, M-m-maria Ashour a été menacée elle aussi. Car je trouve sacrément bizarre qu'elle n'ait pas été au courant des violences que subissait sa propre fille. Et c'est complètement dingue de ne pas nous laisser interroger la cadette. Elle n'a rien dit qui tienne la route de tout l'entretien que nous avons eu avec elle.

— On pourrait en déduire qu'Aida et Maria tentent de cacher quelque chose, déclara Henrik. Mais je ne sais pas bien ce qu'elles auraient à y gagner.

— Oui, j'ai beaucoup de mal à voir comment Maria aurait pu fermer les yeux sur ces mauvais traitements à répétition, dit Mia. Ce n'est pas crédible, merde.

Ce fut au tour de Gunnar de hocher la tête.

— Bon. Mais les mains ? Qu'est-ce que vous en pensez ? Pourquoi les trancher ?

Tous se turent.

— Un putain de sadique, si tu veux mon avis, dit Mia au bout d'un moment.

— Une punition, dit Anneli.

— Oui, en tout cas, elle a sans doute souffert, fit Henrik.

Jana posa son stylo sur la table.

— Mais le voisin a certifié que Shirin recevait quelqu'un chez elle. Et il a en plus vu cet homme, si je t'ai bien compris, Henrik.

— En effet, dit Henrik, le voisin a vu cet homme avec Shirin et la cadette, Sara. Un homme aux larges épaules et aux cheveux noirs. Sa description n'est peut-être pas terrible, mais il l'a vu par le judas de sa porte.

— Dans tous les cas, on n'en sort pas : Sara a vu des choses qu'elle ne devrait pas avoir vues, dit Gunnar. Cela fait d'elle un témoin clé.

— Exact, dit Mia.

— Et si on ne nous laisse pas l'interroger, nous pouvons en tout cas parler avec Aida en attendant, dit Gunnar. Je propose qu'on la convoque pour un nouvel interrogatoire. On commence par ça.

Elle s'efforçait d'avoir l'air détendue, mais craignait de ne pas bien y arriver. Aida Norberg regarda à la dérobée le policier qui lui faisait face. C'était le même gentil policier que la dernière fois, Henrik Levin. Ils étaient dans la petite pièce d'interrogatoire de l'hôtel de police.

Aida glissa ses mains entre ses cuisses et les frotta doucement l'une contre l'autre. La chaise était dure. Le dictaphone était posé devant elle sur la table minuscule. Elle le regarda une ou deux fois avant de vite rebaisser les yeux.

— Nous avons besoin de te poser quelques questions complémentaires, dit le policier.

— OK, dit-elle avant de déglutir.

— Et autant aller droit au but, poursuivit-il. Nous savons que quelqu'un menaçait ta maman. Nous avons retrouvé des SMS qu'elle avait effacés de son portable. Le voisin a même vu ta mère recevoir la visite d'un homme.

Elle cligna plusieurs fois des yeux, puis continua à se frotter les mains.

— Je voudrais que tu parles en toute franchise, Aida. Qui est cet homme ? Qui la menaçait ?

— Je ne sais pas, dit-elle en secouant la tête.

— Essaie, c'est important.

— Je ne peux pas.
— Pourquoi ?
— Je ne peux pas, c'est tout.
Elle sentit ses épaules se crisper.
— Est-ce que quelqu'un t'a menacée ?
— Non.
— Sûre ?
— Oui.
— Est-ce que quelqu'un t'a fait du mal ?
— Non.
— Il faut nous raconter.
— Je sais, dit-elle, le cœur battant. Mais il n'y a rien à raconter.

— C'est une huître, dit Henrik Levin à voix basse. Il est assez évident qu'elle nous cache quelque chose.

Il était dans le couloir avec Jana, qui avait suivi l'interrogatoire depuis la pièce voisine.

— Je suis d'accord, dit Jana. Il y avait de la peur dans ses yeux.
— Tu as remarqué ?
— Oui.
— Et quelle impression elle t'a faite ?
— Eh bien, comme tu l'as déjà mentionné, elle était posée, dit Jana.

Les néons accentuaient les traits du visage de la procureure. Son teint était pâle, son cou long et mince.

— C'est curieux, dit-il.
— Tout le monde n'a pas un tempérament émotif, dit-elle.
— Peut-être, mais quand même…

Il croisa les bras, leva un instant les yeux vers le plafond. Puis il se pencha en avant et dit :

— Aida ne nous donnera jamais le nom du meurtrier. Même si elle sait, elle ne dira rien.

— Tu penses que non ?
— Oui, elle l'aurait déjà fait.
Il la regarda.
— Est-ce que tu aurais parlé, si quelqu'un avait menacé de tuer ta famille ? demanda-t-il.
— Je n'ai pas de famille, dit-elle en croisant son regard.
— Mais si tu en avais une ?
— Il y a quelque chose qui s'appelle l'obligation de témoigner.
— Oui, bien sûr. Mais prendrais-tu le risque ?
— Ça dépend des circonstances.
— Sans doute, fit Henrik en relâchant ses bras.
Il baissa les yeux, regarda ses chaussures et réfléchit un moment.
— J'aimerais vraiment pouvoir interroger la petite sœur, dit-il alors.
— Oui, je pense qu'on doit le faire. Appelle Mikaela Lundin.
— Même si la grand-mère, Maria, s'y oppose ?
— Oui, dit Jana. Eu égard à la gravité du crime, et conformément au principe de proportionnalité, j'estime qu'il est fondé en droit de procéder à l'audition de la cadette. Elle peut nous aider à trouver le meurtrier. Pour moi, son témoignage pèse lourd et, par rapport aux autres éléments de preuves, cette audition est nécessaire. Je veux que tu en informes Maria.

Philip Engström traversa la salle de sport, droit vers la ligne des tapis de course. Il grimpa sur l'un d'eux et saisit fébrilement son poids et la distance souhaitée. Il commença à courir en rebondissant.
Sur l'écran de télévision mural, en face de lui, une femme tenait un livre pour enfants sur les Indiens. Cela le fit se souvenir de toutes les histoires que son père lui avait racontées quand il était petit. Des histoires de tentes dans des forêts solitaires, de sentiers à travers les terres sauvages, de hordes de bisons au galop et de cris d'oiseaux dans le ciel. Ses histoires étaient réalistes et détaillées.

Il trouvait ironique que ses souvenirs des récits racontés par son père dans sa petite enfance soient plus vifs que ceux qu'il gardait de l'homme lui-même. Son père avait surtout travaillé. Travaillé en restant dans son coin. *Travaillé en restant dans son coin*. Philip fut frappé de constater que cette phrase décrivait aussi son propre comportement.

Quel genre de mari était-il, absorbé par les priorités de son travail ? Avec les cachets pour meilleurs amis ?

Alors qu'il sentait son pouls augmenter, un homme entra dans la salle de sport. Philip le connaissait de vue, sans plus, il avait l'habitude de traîner là. Il reconnut sa silhouette. Dos large, bras musculeux, mais jambes frêles.

— Ma grand-mère court plus vite que toi, mec, dit l'homme en empoignant des haltères.

— Quoi ? lança-t-il en le dévisageant sans cesser de courir.

— J'ai dit que ma grand-mère court plus vite que toi. Et elle a une prothèse de la hanche.

— Qu'est-ce que tu racontes, bordel ?

— Putain, calmos, c'est juste une blague.

— Au moins, moi, je me défonce, dit Philip.

— Moi, quand je me défonce, c'est au pieu avec ma copine, rétorqua-t-il en ricanant.

Irrité, Philip commença à appuyer sur le réglage de la vitesse. Il aurait dû en rire, au lieu de quoi il était furieux.

Il appuya fort, sans pourtant parvenir à accélérer. Il pressa plusieurs boutons, et finit par ne plus savoir sur quoi il appuyait. Le fait de ne pas réussir à réfléchir correctement l'effrayait et le faisait se sentir raté.

À la longue, il commençait à collectionner les échecs. Mauvais fils, qui avait trahi son père en ne marchant pas dans ses traces ; mauvais mari, qui avait trahi Lina en ne réussissant pas à la mettre enceinte. Et voilà qu'il avait trahi une patiente. Deux, si on comptait aussi la femme à l'infarctus.

Ce n'était pas son premier échec professionnel. Sa plus grande erreur, il l'avait commise dix ans plus tôt, mais son cerveau avait ses limites et, après s'être quelques minutes débattu avec les tourments du passé, il se referma tout seul. Ses pensées avaient tout simplement disparu. Philip appuya sur le bouton STOP et descendit du tapis.

L'enquêtrice spécialisée dans les mineurs au sein de la section investigation, Mikaela Lundin, était assise dans un fauteuil bleu, dans la petite pièce de huit mètres carrés. Habillée d'un pantalon clair et d'un fin corsage, elle avait les cheveux blonds, les sourcils clairs et un grain de beauté au menton. Sara Norberg, un peu de biais en face d'elle, installée dans un fauteuil identique, balançait doucement les pieds.

On avait montré à Sara la caméra placée dans un angle du plafond, mais elle avait déjà oublié sa présence. Pantalon à rayures bleues et blanches, T-shirt rose à manches longues, peluche cheval sur les genoux. Cheveux et frange mal peignés.

Assis dans des fauteuils de bureau dans la pièce voisine, Henrik Levin et Jana Berzelius suivaient l'interrogatoire.

Tout était enregistré et indexé sur ordinateur.

— Quel joli cheval, dit Mikaela. Tu aimes jouer avec les chevaux ?

— Oui-i, dit Sara en caressant sa peluche.

— Tu es déjà montée sur un cheval ?

— Non.

Mikaela attendit un moment, laissa la fillette caresser plusieurs fois le cheval avant de continuer.

— Quel âge as-tu ?

Sara leva la main en ouvrant ses cinq doigts.

— Alors, tu as cinq ans ?

La fillette hocha la tête.

— Avec qui tu habites ? demanda Mikaela.

— Maman.

— Comment est ta maman ?

— Je sais pas.

Mikaela se rapprocha un peu de Sara pour essayer de croiser son regard, mais la petite fille gardait les yeux sur sa peluche.

— Sara, est-ce que tu pourrais me parler un peu de ta maison, de ta sœur…

La fillette appuya le museau du cheval contre son nez.

— Me parler un peu de ta sœur… ou de ta grand-mère ? poursuivit Mikaela.

— Aida a un tatouage, là, dit Sara en montrant son bras. Elle a dit que ça a fait mal.

Mikaela observa Sara tandis qu'elle appuyait à nouveau le museau du cheval contre son nez, plus longtemps cette fois.

— Comment c'est, chez toi ? demanda-t-elle.

— J'habite chez grand-mère, maintenant.

Sara posa le cheval sur ses genoux.

— C'est parce que maman dort.

— Maman dort ?

Sara hocha la tête.

— Oui, elle dort.

— Qu'est-ce que tu fais chez ta grand-mère ? dit Mikaela.

— Aida et moi, on joue à cache-cache.

— Où tu te caches, d'habitude ?

— Sous le lit.

— C'est ta meilleure cachette ?

— Oui-i. Maman aussi se cache.

— Pourquoi elle se cache, maman ?

— Je ne sais pas.

Sara haussa les épaules sans lever les yeux.

— Mais est-ce que tu peux me dire où maman se cache ? demanda Mikaela.

— Quand elle saigne ?

— Elle saigne ? Pourquoi maman saigne ?

— Le chéri de maman.

— Est-ce que maman est ta chérie ?

— Maman, c'est pas ma chérie.

— Non ?

— Non.

Sara caressa le cheval, d'abord dans le sens du poil, puis à rebrousse-poil.

— Sara ?

— Oui ?

— Est-ce que tu vois que la porte de cette pièce est fermée ?

— Oui.

— Est-ce que la porte de ta chambre est fermée, d'habitude ?

— Oui.

— C'est toi qui la fermes ?

— Non. Aida la ferme.

— Est-ce que quelqu'un d'autre qu'Aida la ferme, d'habitude ?

Sara secoua la tête et caressa à nouveau le cheval, un peu plus vite cette fois.

— Comment s'appelle ton cheval ? demanda Mikaela.

— Il s'appelle Cheval, dit-elle en levant pour la première fois les yeux vers Mikaela. J'ai soif.

— Il y a de l'eau, là, si tu veux.

Mikaela lui approcha le verre.

— Je veux du sirop.

— Tu aimes le sirop ?

— Oui.

— Quel sirop tu aimes ?

— Le sirop rouge.

— Le sirop de fraise ?

— Oui.

Sara sourit, faisant apparaître de profondes fossettes.

— Vous avez l'habitude de boire du sirop, chez toi ?

— Oui.

Son sourire disparut.

— Mais maman n'aime pas le sirop, dit-elle. Elle aime le café. J'aime pas ça moi.

— Les enfants n'aiment pas le café, dit Mikaela.

— Le café, ça fait mal.

Mikaela déglutit.

— Pourquoi ça fait mal ?

— Là, dit Sara en montrant sa poitrine.

— Tu as eu du café là ?

Sara hocha la tête.

Mikaela tenta de croiser son regard, mais c'était impossible. La fillette ne voulait plus parler de ça.

— Est-ce qu'il s'est passé autre chose chez toi que tu veux raconter ? dit-elle.

— Oui-i, dit Sara.

— Tu peux raconter ce qui s'est passé ?

— Maman saigne.

— Pourquoi maman saigne ?

— Le chéri de maman.

— Qui c'est, le chéri de maman ?

— Ted.

11

— Oh ! quelle sale histoire, et la fillette est si petite, dit Anneli Lindgren quand Henrik eut fait un résumé rapide des auditions des deux filles de Shirin Norberg.

Toute l'équipe était rassemblée autour de la table de réunion.

— Et pour nous, c'est encore plus la misère, puisque nous n'avons que le nom « Ted », déclara Henrik. Elle n'a plus dit grand-chose après ça.

— Pour autant qu'elle ait dit la vérité, dit Gunnar. Elle a peut-être inventé le nom.

— Ted a l'air authentique, assura Henrik, et je ne crois pas non plus qu'elle ait inventé cette histoire de café, même si ça ne veut pas forcément dire grand-chose… et le sang, nous savons qu'elle en a vu. Je suis absolument convaincu que ce Ted est une piste importante.

— OK, dit Mia. Donc il ne nous reste plus qu'à découvrir qui est ce Ted, où il se trouve, et pourquoi il a tué Shirin. Mais tu vas nous arranger ça les doigts dans le nez, Ola ! Cherche un peu sur Internet.

— J'y travaille, fit Ola, et merci pour le conseil, je vais *chercher un peu sur Internet.*

— Bien, dit Gunnar en frappant du poing sur la table. Cherche-moi tous les Ted de Norrköping et des environs, et tout de suite.

Ola hocha la tête et quitta la table.

— Anneli, tu vois avec le fichier central si les empreintes digitales sur le lieu du crime donnent quelque chose. Compris ?

Elle avait entendu sa voix, savait qu'il la regardait, mais n'avait pas le courage de croiser son regard. En temps normal, elle n'aurait pas réagi à un tel ordre, mais ses joues s'empourprèrent, comme si elle s'était fait gronder. Où était passée sa confiance en elle ?

— Compris ? répéta-t-il, un peu plus durement cette fois, et elle hocha lentement la tête.

— Bon, alors on s'y met, dit-il. C'est le moment de se bouger un peu les fesses.

Les chaises raclèrent le sol quand tous se levèrent. Ils quittèrent la pièce, un à un, et Anneli s'apprêtait à faire de même quand, en levant la tête, elle vit qu'il ne restait plus que Gunnar.

Elle suivit ses gestes des yeux. Il rassemblait ses papiers, avec un soin inhabituel.

Peut-être voulait-il faire durer cet instant, profiter de ce qu'ils se retrouvaient tous les deux ?

Elle gâcherait tout en se levant.

Elle resta donc assise.

— Et qu'est-ce que tu penses de son histoire, est-ce que Sara dit la vérité, ou n'est-elle qu'une enfant en état de choc qui affabule ? demanda Henrik Levin en sortant dans le couloir avec Jana Berzelius.

— Elle n'a pas besoin d'affabuler. Elle a déjà vécu pas mal de choses, dit Jana. Maintenant, il nous faut rassembler le plus vite possible tout ce qu'on peut sur ce Ted.

— Tu penses que c'est lui qui a mutilé Shirin ? Mais nous ne savons pas encore si elle était proche de ce type.

— Autrement, comment interpréter « le chéri de maman » ?

— Oui, bien sûr, dit pensivement Henrik. Mais nous ne savons rien de ce Ted. Sara l'a nommé en racontant que maman saignait… *Ça*, ça en fait un suspect à mes yeux, pas juste le fait qu'il est son chéri.

— Parce que tu penses que ce meurtre concerne autre chose que leur relation ? demanda Jana.

— Oui, le mode opératoire est par trop suspect, ça renvoie à autre chose qu'un simple conflit amoureux. Je dirais qu'attacher quelqu'un à une chaise et lui trancher les mains est une forme de violence rituelle ou perverse.

Henrik s'arrêta devant son bureau. Jana le regarda d'un air grave.

— Je ne pense pas qu'il y ait besoin d'être aussi créatif à ce stade de l'enquête. Pas encore. Mieux vaut s'en tenir aux faits et nous concentrer pour trouver Ted.

Elle consulta sa montre.

— Une autre réunion en vue ? demanda Henrik.

— Juste de la paperasse, dit-elle. Préviens-moi dès que vous trouvez quelque chose.

Henrik hocha la tête et la suivit des yeux dans le couloir, jusqu'à ce qu'elle disparaisse.

Per Åström arrangea à nouveau sa cravate. Impeccable dans son costume gris cintré et sa chemise blanche, il venait d'être placé au restaurant La Poissonnerie.

Il attendait Jana. Ce n'était pas une de leurs cantines habituelles, mais la décoration n'était pas mal. De grands sièges moelleux, avec de hauts dossiers. Les fenêtres sur la cour intérieure étaient grandes.

Le restaurant était plein de gens comme il faut. Ici, les hommes avaient des gabardines et les femmes des coiffures strictes. Parfait endroit pour réseauter. Assis à sa table, Per entendait des éclats de voix joyeux à l'entrée, voyait de grands sourires et enregistrait des fragments de conversation sur un match de foot, une nouvelle série télé ou le temps qu'il faisait. D'autres personnes arrivèrent, se présentèrent, échangèrent des formules de politesse en essayant d'être drôles.

— Cette chaise est libre ?

Per leva les yeux et vit une femme devant lui. Elle avait posé la main sur la chaise qui lui faisait face, prête à l'emporter.

Il la détailla. Elle semblait avoir la quarantaine, mais était vêtue comme une ado. Les lèvres rouges et les décolletés plongeants semblaient être son truc, avec de longues boucles d'oreilles à paillettes. À la main gauche, elle portait un simple anneau en or.

— Désolé, dit-il. Elle est occupée.

— OK.

Elle lui sourit. Il sourit à son tour, mais détourna rapidement les yeux. Rien à redire à son sujet, mais il avait une autre femme en tête. Il jeta un œil à sa Breitling. Encore huit minutes. Elle avait l'habitude d'arriver exactement à l'heure convenue. À la minute, ou même à la seconde près. Il préférait, quant à lui, avoir un peu plus de marge. On lui avait appris à arriver avec, si possible, dix minutes d'avance chez le dentiste, les clients, aux matchs de tennis ou tout autre rendez-vous de son agenda.

Il se sentit soudain observé, tourna la tête et vit que la femme au simple anneau doré avait les yeux fixés sur lui. Comme lui, elle était seule à sa table, et il remarqua qu'elle n'avait pas encore trouvé de siège pour la personne qu'elle attendait.

Elle sourit et il sourit aussi, un peu gêné, se demandant ce qu'elle pensait de lui.

Il regarda à nouveau sa montre. Encore cinq minutes avant qu'elle arrive.

Il ajusta une dernière fois sa cravate et continua à écouter les conversations alentour, gaies, aimables ou laconiques.

Anneli Lindgren toucha sa boucle d'oreille en regardant Gunnar Öhrn ramasser son dernier papier sur la table de réunion.

Il jeta un œil vers la porte : il s'apprêtait à quitter la pièce.

Il fallait qu'elle se lève.

Lentement, elle se dirigea vers lui. Persuadée que sa lenteur signifiait qu'elle voulait qu'on la regarde. Et tandis qu'elle marchait là, avec une lenteur infinie, elle fut ramenée en arrière, au jour où, tous les deux, ils avaient marché côte à côte vers un autel et un prêtre. Ils s'étaient promis un amour éternel, avaient chanté la foi et l'espoir, marmonné pour demander le pardon des péchés.

Elle avait péché, mais il ne lui avait pas encore pardonné. Elle pouvait le comprendre, bien sûr, comprendre qu'il n'arrivait pas à surmonter sa trahison, mais pourtant non. L'amour ne pouvait pas disparaître, pas juste comme ça. Il devait toujours être là.

C'était sa façon de penser, et elle aurait tant voulu l'entendre le dire. Elle aurait voulu s'affranchir de cette lenteur, ou plutôt cette lenteur la rendait folle. Elle aurait voulu s'élancer, le prendre dans ses bras et lui dire que voilà, ici, maintenant, c'était le moment de reprendre leur vie commune. Encore.

— Salut, dit-elle en cherchant son regard.

Soudain, elle sentit le trac lui retourner le ventre. Cette sensation la surprit. Elle n'aurait jamais imaginé se retrouver le regard fuyant et la bouche sèche devant l'homme avec qui elle avait vécu plus de vingt ans.

Il leva alors la tête et la regarda. Un sourire sembla s'ébaucher d'un coin de sa bouche à l'autre.

Il allait ouvrir la bouche pour dire quelque chose quand elle entendit un raclement de gorge derrière elle. Elle fit volte-face et vit Britt Dyberg, en jupe coupée aux genoux et gilet gris.

— Je dérange ? demanda-t-elle.

— Pas du tout, répondit Gunnar. Entre.

Il lui fit signe d'approcher, et Britt marcha vers eux d'un pas assuré.

— Salut, Anneli, fit-elle.

— Salut, dit Anneli en détournant le regard.

Elle n'avait plus du tout envie de rester dans la pièce.

— J'ai essayé d'appeler, déclara Britt, mais tu ne répondais pas sur ton portable.

— Nous sortons d'une réunion…, s'excusa Gunnar en se grattant la tête.

— J'avais compris mais, comme c'est urgent, je me suis dit que c'était aussi bien que je vienne moi-même. C'est au sujet de l'homme qui est recherché.

Britt lui tendit un papier.

— Tiens, dit-elle. Nous avons reçu de nouvelles informations sur la localisation de Danilo Peña.

— Des informations fiables ? demanda Gunnar.

— Très fiables.

Il adressa un regard à Anneli, prit le papier, le parcourut rapidement et dit :

— Ça peut attendre.

Puis il se tut.

— Et puis non, attends un peu. Henrik ! appela-t-il.

Jana Berzelius entra dans l'ascenseur. Elle salua deux policiers en uniforme et, le temps que les portes de la cabine se referment, elle entendit Gunnar héler Henrik. Elle bloqua du pied la fermeture. Vit les muscles du visage de Gunnar tressaillir alors qu'il s'élançait vers Henrik qui sortait de son bureau.

— Vous descendez, oui ou non ? demanda un des policiers.

Elle recula d'un pas, mais entendit au même moment Gunnar dire :

— Une patrouille pense avoir vu Danilo Peña dans un appartement en ville.

Les portes se refermèrent avec un choc et l'ascenseur commença sa descente.

Jana resta immobile, espérant que les battements violents de son cœur ne se remarquaient pas de l'extérieur.

Qu'avait donc fait Danilo ? Avait-il été vu par la fenêtre ? Ou alors il était malgré tout sorti, et on l'avait reconnu ? La police était-elle déjà sur place ? Avaient-ils donné l'assaut à l'appartement, arrêté Danilo ?

Dans l'ascenseur, les policiers causaient stage d'escalade, cordes, piolets et crampons.

Elle avait les mains moites. Ses pensées tournoyaient. Que pouvait-elle faire ? Y avait-il seulement quelque chose à faire ? Comment expliquer la présence d'un meurtrier en cavale à son domicile ? Aucun moyen de nier qu'elle savait qui il était, et ce qu'il faisait dans son appartement. Et en plus il ne ferait que l'enfoncer.

Elle aurait peut-être dû souhaiter que l'ascenseur soit plus rapide mais, en cet instant, elle aurait voulu que le temps s'arrête, qu'elle ait le temps de réfléchir.

Au même moment, son portable sonna. Elle se dépêcha de l'extraire de sa poche et vit s'afficher le numéro de Per.

— Oui ? dit-elle.

— Tu es en route ?

Le déjeuner !

Son corps se glaça. Elle l'avait oublié. Que faire ? Allait-elle malgré tout aller déjeuner comme si de rien n'était ? Ou rentrer chez elle et essayer de sauver la situation ?

Les portes de l'ascenseur s'ouvrirent.

— Per, désolée, j'ai eu un empêchement, dit-elle.

— Mais…

— Je ne peux pas parler maintenant, on se rappelle, le coupa-t-elle avant de raccrocher.

Elle rangea son portable et se précipita hors de l'ascenseur.

— Allô ? Jana ? dit Per Åström, mais elle avait raccroché.

Il rangea son portable dans sa poche. Seul à sa table, il se sentit dévisagé. Il avisa des gens qu'il connaissait, mais ils avaient l'air stressés et oppressés et se détournèrent en l'ignorant. Le brouhaha s'était estompé. L'odeur même, dans le restaurant, était différente. Ça ne sentait plus la nourriture, ça sentait le départ.

Il contempla la chaise vide en face de lui. Ce n'était pas la première fois qu'elle annulait un déjeuner. Il ne s'en formalisait pas, franchement pas. Ce qui le dérangeait était sa façon d'être. Elle semblait tellement absente, et il trouvait en plus que ça avait empiré ces derniers temps. Quel que soit le sujet, avec elle, il avait l'impression de parler à un mur. Même assise en face de lui, elle n'était pas là. Comme si elle se trouvait en permanence ailleurs. Pour cette raison, cette chaise vide en face de lui n'était pas très différente de sa compagnie.

Il sourit du tour tragique de ses pensées et leva le regard vers la femme à l'anneau doré. Il croisa son regard en se demandant ce qu'elle pensait à présent de lui. Peut-être voyait-elle un idiot naïf qui croyait qu'il avait une chance de trouver l'amour dans ce restaurant ?

Il se leva, saisit la chaise et se dirigea vers elle.

— Vous pouvez la prendre, dit-il.

— Elle ne vous sert pas ? s'enquit-elle avec un sourire.

— Plus maintenant.

Jana Berzelius roula avec fracas sur une plaque d'égout. Les rayons de soleil réfléchis par l'asphalte humide l'obligeaient à plisser les yeux. Elle dut piler quand une femme athlétique en jean noir et blouson de cuir déboula à vélo, sans regarder.

Jana la suivit des yeux avant d'appuyer à nouveau sur l'accélérateur. Après un virage à gauche sur les chapeaux de roues, elle était arrivée.

Elle gara sa BMW X6 noire devant une boutique de mode et de décoration, sous un panneau qui limitait le stationnement à quinze minutes.

Ses talons claquaient sur l'asphalte tandis qu'elle approchait de chez elle. Elle s'efforça d'enregistrer la situation, s'arrêta à un coin de rue en faisant semblant d'enlever un caillou de sa chaussure et en profita pour regarder les environs. Une seconde, elle se demanda si elle avait jamais regardé Knäppingsborg de cette façon : en percevant, comme aujourd'hui, les moindres bruits du quartier, presque comme si elle voyait les atomes de la façade devant elle.

Son cœur se mit à battre de plus belle quand elle se remit en marche. Mais rien ne semblait inhabituel ou bizarre. La police était-elle déjà entrée dans son appartement ? Étaient-ils juste en train de l'observer ? Attendaient-ils pour l'interpeller ? Car, à ce stade, ils devaient aussi savoir à qui appartenait l'appartement.

Elle marchait rapidement le long du trottoir, regardant droit devant elle, mais en enregistrant tous les gens qu'elle croisait, qui la remarquaient pour sans doute aussitôt ne plus penser à elle.

Elle arriva devant son hall d'immeuble, ouvrit la porte, tendit l'oreille. Prête à rencontrer quelqu'un, à entendre des voix.

Mais la cage d'escalier était déserte.

Elle s'efforça de marcher sans bruit, mais ses talons claquaient sous son poids. Elle finit par parvenir tout en haut. Les deux pieds sur la dernière marche, elle s'immobilisa pour écouter. Un tuyau gargouillait, mais à part ça elle n'entendait que sa propre respiration.

Elle continua prudemment vers sa porte. S'arrêta la main sur la poignée. Glissa la clé dans la serrure et entra.

Elle se dirigea vers la cuisine, mais s'arrêta en songeant que, d'habitude, elle l'entendait : des pas dans une des pièces, une porte qui claquait, ou ses halètements quand il s'entraînait dans le séjour.

Mais à présent – pas un bruit. Rien.

L'avaient-ils déjà emmené ?

Ou avait-il eu le temps de s'enfuir ?

Cette idée fit s'emballer son cœur.

Elle entra dans le séjour, chercha des yeux – et le vit étendu. Il semblait épuisé, les cheveux en bataille : il avait fait du sport. La chemise de l'hôpital, qu'il portait encore, était humide de sueur.

— Qu'est-ce que tu veux ? dit-il sans la regarder.

— La police sait que tu es toujours en ville. Tu es sorti, aujourd'hui ?

— Bien sûr, je suis allé faire des emplettes, dire bonjour à quelques voisins. Leur serrer la main, tout ça.

— Tu as gardé ton humour. Chouette.

— Et toi, ton imagination débordante, dit-il en se relevant.

— J'ai juste appris que la police t'avait repéré, quelqu'un t'a vu. Ils vont arriver d'un moment à l'autre.

— Comment on pourrait m'avoir vu ?

— Je n'en sais rien. Mais il y a une trappe au grenier, que tu peux utiliser.

Il la regarda.

— Tu n'exagères pas un peu, là ?

Elle secoua la tête.

— Par le débarras, tu peux sortir sur le toit. Deux cheminées plus loin, il y a une trappe par laquelle tu peux entrer dans l'immeuble voisin, et de là, tu…

— Tu t'inquiètes pour moi ? lança-t-il avec un sourire.

— Je me fiche pas mal de toi. J'essaie seulement de sauver ma peau, dit-elle avant de tourner les talons.

12

Mia Bolander était à la fenêtre de la salle de réunion, en train d'attendre Henrik et Gunnar, tout en observant le monde en contrebas. Elle se passa la main dans ses cheveux blonds emmêlés en se disant qu'elle ne se les était pas coupés depuis longtemps.

Un type passa sur le trottoir, un sac plastique jaune Netto à la main. Un vieux bonhomme voûté en parka noire délavée, qui regardait à la dérobée alentour avant de continuer à tituber à la recherche de bouteilles vides ou Dieu savait quoi.

Elle soupira en observant ce type, ses cheveux, avec ce sentiment qui ne voulait pas la lâcher, ce fichu sentiment d'absurdité.

La porte s'ouvrit alors. Elle leva rapidement les yeux vers Henrik et Gunnar qui entraient. Et, tandis que Henrik s'approchait de la table, elle se dit qu'il semblait avoir adapté sa façon d'être à la tristesse et l'ennui. Il marchait lentement, bougeait lentement les mains et, pardi, quand il ouvrit la bouche, ce fut aussi pour parler lentement.

— Quatre hommes dans l'appartement, dit-il en lâchant le rapport sur la table. Mais pas de Danilo.

Il la regarda brièvement avant de tirer un siège et de s'asseoir, les mains derrière la nuque.

— Chou blanc, dit Gunnar en s'asseyant à son tour.

— Il a dû se barrer de la ville, c'est tout, dit-elle.

— Comment faire, alors ? demanda Henrik. Et Mia, tu peux venir t'asseoir, s'il te plaît ?

— Bien sûr, dit-elle en se dirigeant vers la table.

— Il faut que j'exige plus de moyens, plus de types, pour qu'on puisse intensifier les recherches tout en se concentrant sur les autres affaires en cours, déclara Gunnar.

— Et s'ils sont pas d'accord ? dit Mia en prenant place.

— Si je veux garder ma réputation et ma dignité, il faut que j'obtienne les ressources dont j'ai besoin.

— Mais les patrouilles sont sur le coup vingt-quatre heures sur vingt-quatre, lança Henrik.

— Ça ne suffit pas, dit Gunnar. Il nous faut plus de monde pour retourner toutes les pierres. Danilo Peña a dû trouver un endroit où se planquer en attendant que ça se tasse, et putain, on va la trouver, sa planque !

Trois minutes plus tard, Henrik traversait le couloir. Quel échec ! Leur seule mission était de trouver Danilo Peña, ou du moins de comprendre pourquoi ils ne le trouvaient pas. À part cette mauvaise pioche pour l'appartement, aucune information ne leur était parvenue. Après son départ de l'hôpital, toutes les pistes disparaissaient.

Malgré la température agréable qui régnait à l'intérieur, Henrik sentit la sueur couler entre ses omoplates sous sa fine chemise de coton. Il tira dessus tout en poussant la porte de son bureau. Son fauteuil grinça quand il s'affala dedans.

— J'ai une réponse.

Il pivota et vit Ola Söderström qui s'était discrètement avancé de trois pas dans son bureau.

— Une réponse à quel sujet ?

— Au sujet de Ted.

Henrik tira à nouveau sur sa chemise.

— Nous avons donc un Ted dans le fichier ? dit-il.

— Il y a au moins quinze Ted dans les environs. Et nous en avons quelques-uns de connus, que nous pourrions regarder de plus près. Un Henriksson, un Kjellsson et un Strandberg. Comment veux-tu procéder ? Les montrer à Aida et Sara ? Ou attend-on qu'Anneli ait une réponse sur les empreintes digitales ?

— La réponse peut tarder, dit Henrik. On y va avec les photos. On commence par les montrer à Aida.

— Pas à Sara ?

— Non, je crois qu'on va d'abord laisser Aida y jeter un coup d'œil. Peut-être qu'on va la faire s'ouvrir un peu.

— Je les imprime ?

— Tout de suite.

Jana Berzelius adressa au vendeur un long regard presque compatissant quand, pour la deuxième fois, il se trompa de touche à la caisse. Rouquin, cheveux plaqués en arrière, il portait un badge « Nouvel employé ». Sa nervosité ne l'aidait pas à se calmer elle-même. Quelle humiliation que Danilo pense qu'elle se faisait du souci pour lui. Si elle était rentrée, c'était pour se protéger, elle. Rien d'autre. Il ne fallait pas qu'il se fasse des idées.

Le vendeur glissa le reçu dans le sac et se redressa, comme pour montrer combien il était doué en caisse.

Jana prit ses courses puis fit un détour pour regagner Knäppingsborg, afin de s'assurer que la police n'était pas dans le coin. Revenue chez elle, elle alla droit dans sa chambre et posa le sac sur son lit.

— Déjà rentrée ? dit Danilo.

Elle se retourna brusquement et le vit sortir de son dressing.

— Sors de là, dit-elle. Je ne veux pas que tu entres là.

— J'avais compris, puisque tu avais fermé à clé. Qu'est-ce que tu as dans ce sac ? Un cadeau ?

— Une nouvelle brosse à dents électrique, je n'ai pas envie de faire brosse à dents commune avec toi.

Il sourit du coin des lèvres.

— Laisse tomber, dit-elle. Et sors de ma chambre.

Il se dirigea lentement vers la porte, s'arrêta sur le seuil et se retourna vers elle.

— Quel beau coffre-fort tu as dans ton dressing. Qu'est-ce que tu as dedans ? Le nécessaire ?

Elle croisa son regard, mais sans rien dire.

— Tu devrais avoir une meilleure cachette pour ton matériel, Jana.

— Qui te dit que je n'en ai pas une ? déclara-t-elle en se dirigeant vers lui.

Il sourit de plus belle.

— Bien, dit-il. Comme ça, tu ne perdras pas de temps à te procurer des trucs si tout devait foirer direct. De mon côté, j'ai quelques valises dans des planques.

— Où ça ? demanda-t-elle en saisissant la poignée de la porte.

— La dernière, je l'ai récupérée sous quelques lattes de plancher, dans une maison abandonnée en ville. Elle contenait ce dont j'avais besoin.

— Comme un pistolet ?

— Oui, et de l'argent, quelques passe-partout, un passeport… les trucs habituels.

— Mais pas de vêtements, à ce que je vois, dit-elle en le regardant.

— Personne ne cache jamais de vêtements. Ni de brosses à dents. Alors c'est gentil de m'en avoir acheté une.

— Je l'ai achetée pour moi, dit-elle en claquant la porte.

La première minute se passa en silence. Personne ne disait mot. Mia Bolander, immobile, sentait la perspective d'obtenir rapidement l'identification du bon Ted s'éloigner. Elle regarda Aida assise les bras autour du corps, le regard papillonnant. Entendit le ronronnement de l'aération de la cuisine. Vit quelques assiettes sales dans l'évier et une terrine avec des restes de poisson. À moitié mangés, froids et figés.

Elle aurait sacrément voulu quitter la cuisine. Ça, c'était certain. L'ambiance, ici, était aussi triste que ce poisson séché. Une vraie veillée funèbre, comme si elle, Henrik et Aida étaient réunis autour du lit d'un mort.

— Aida ? fit prudemment Henrik, mais elle ne leva pas les yeux. Tu es d'accord pour qu'on te montre les photos ?

Elle secoua la tête.

— C'est important pour nous que tu les regardes.

— Je comprends, mais je ne veux pas.

— Mais pourquoi ? s'énerva Mia, s'attirant aussitôt un regard de Henrik.

Aida ne répondit pas, se contentant de serrer davantage les bras autour d'elle.

— Et le nom Ted, dit Henrik, tu es sûre que ça ne te dit rien ?

Elle secoua à nouveau la tête, mais les narines à présent élargies.

— Tu n'as rien à perdre à nous parler.

— Oh ! si.

— Mais non, argua Mia.

— Si, dit Aida.

Le silence se fit dans la pièce. Une larme perla au coin de l'œil d'Aida, roula doucement le long de sa joue, mais elle ne la sécha pas, comme pour l'ignorer.

— Qu'est-ce que tu veux dire ? dit Henrik.

Une nouvelle larme sur sa joue.

— Elle va mourir, je le sais.

— Qu'est-ce qui te fait penser ça ?

— Il a dit qu'il la tuerait si je parlais.

Elle enfouit son visage dans ses mains.

— Qui a dit ça ? demanda Mia, sentant qu'elle se réveillait. Qui a dit ça, bordel ?

Elle ne répondit pas.

— Aida, dit Henrik, qui t'a dit ça ?

— Je ne peux pas le dire.

— C'est Ted qui a dit ça ?

— Je ne peux pas dire son nom.

— Tu veux que j'aille chercher ta grand-mère ? dit Henrik. Tu veux ça ?

— Je ne veux pas qu'elle soit là, elle ne sait rien, je veux seulement Sara…

— Pourquoi veux-tu l'avoir avec toi ?

Aida essuya ses larmes, et son regard se retourna vers l'intérieur.

— Allez, parle-nous, Aida, dit calmement Henrik. Nous sommes là pour t'aider. Tu es entre de bonnes mains, personne ne sait où Sara et toi habitez pour le moment.

Il jeta un regard à Mia, comme pour lui signifier de rester tranquille. Elle le savait, elle connaissait ce regard. Il ne voulait pas qu'elle s'en mêle pour le moment.

— Je veux juste… réfléchir un peu…, dit Aida.

— Tu peux réfléchir autant que tu veux, dit Henrik.

Elle inspira profondément et se tourna ensuite vers la fenêtre.

— Je…, lança-t-elle, pour s'interrompre aussitôt comme si elle ne savait pas comment continuer.

Elle ouvrit à nouveau la bouche, leva les yeux au plafond.

— C'est bizarre, reprit-elle. Mais je me rappelle bien la première fois que la Mercedes s'est garée devant la maison. Il…

Nouvelle inspiration profonde.

— … il s'est présenté, a pris maman par la main et l'a invitée à sortir avec lui. Sara et moi, on ne pouvait jamais venir. Alors je me suis occupée d'elle. J'ai dû recommencer cinq fois avant de réussir à doser le lait maternisé. Il fallait que j'apprenne, c'était comme ça.

Les épaules d'Aida s'affaissèrent.

— Sara a appris à marcher à neuf mois à peu près. Au début,

elle courait toujours de partout alors ça inquiétait maman, et moi je savais que c'était ma responsabilité de m'occuper d'elle pour que maman soit tranquille.

Mia restait silencieuse, écoutant chaque mot de l'adolescente.

— On avait pas beaucoup d'argent, papa est mort et, du coup, on a déménagé dans ce petit appartement, où Sara et moi on partage une chambre. C'est pour ça que c'était toujours moi qui la mettais au lit, qui me levais en pleine nuit pour lui chercher sa tétine, et tout ça.

Aida remonta une jambe sur sa chaise et la prit entre ses bras. Elle avait l'air d'avoir froid.

— Mais ensuite, maman a été tellement fatiguée, elle ne sortait presque plus de son lit. Même pas le matin. Et elle était toujours au lit quand je rentrais de l'école. « Maman a besoin de se reposer », elle disait des trucs comme ça. « Tu peux aller chercher Sara à la maternelle » ?

Aida se tut un moment.

— Elle pleurait beaucoup aussi. Ça se voyait. Et puis les coups de fil ont commencé. Je ne voulais pas écouter aux portes, mais je ne pouvais pas m'empêcher d'entendre, à travers la cloison. Elle disait tout le temps « pardon », et « je déteste ça ».

Aida se tut à nouveau.

— Il a continué à venir la chercher. Et je me souviens d'un soir de la Saint-Jean. Elle voulait pas y aller, elle a dit non plusieurs fois, mais elle a quand même fini par monter dans la voiture. Il voulait l'emmener à la plage.

— Quand était-ce ?

— Sara avait trois ans.

Ses yeux se remplirent de nouvelles larmes.

— Quelques jours plus tard, j'ai vu maman par la fenêtre de la cuisine… Je me rappelle encore ses pas dans l'escalier. J'ai couru lui ouvrir, et je me souviens comment elle était. Mais je veux pas en parler…

— Pas besoin, la rassura Henrik.

— … elle avait mal… et on voyait plus ses yeux, on les voyait plus…

La voix d'Aida se mit à trembler.

— Alors, il a commencé à venir chez nous. Nous devions rester dans notre chambre. Mais Sara ne voulait pas rester là, enfermée. Elle se mettait à pleurer, à crier. Et je la laissais faire.

— Pourquoi ? demanda Henrik.

— Je ne voulais pas entendre maman crier.

Le silence se fit dans la pièce. Aida gardait les yeux sur la table, comme si elle avait dit une bêtise. Henrik lui posa une main sur l'épaule.

— Il est très important pour nous de retrouver l'homme dont tu nous parles, dit-il. Ça va, si je te montre quelques photos, maintenant ?

Elle hocha lentement la tête.

Henrik aligna doucement les portraits des hommes. Elle ne leva les yeux qu'une fois les trois sur la table. Ses yeux s'écarquillèrent soudain.

— C'est lui, dit-elle en montrant la photo du milieu.

Puis elle ne put plus retenir ses sanglots.

Jana Berzelius ne répondit pas immédiatement à Henrik. Au lit avec son ordinateur sur les genoux, elle préparait son acte d'accusation en vue d'un procès pour grave extorsion de fonds qui devait avoir lieu le mardi de la semaine suivante. Dans une main, elle tenait une assiette de yaourt qu'elle avait rapportée de la cuisine pour être dispensée de manger en présence de Danilo. Elle ne le supportait plus. Et c'était beaucoup trop risqué de le garder là. Mais il lui fallait d'abord récupérer ses carnets et ses notes, d'une façon ou d'une autre, puis adieu.

Elle regarda à nouveau son portable et, quand la cinquième sonnerie retentit, elle se décida à répondre.

— Ici Jana, allô ?

— Salut, c'est Henrik.

— Qu'est-ce qu'il y a ?

— J'ai pensé que tu serais intéressée par les informations que nous avons obtenues au sujet de Ted Henriksson.

— Tu as bien fait.

Elle l'entendit feuilleter des papiers. L'écouta ensuite lui dire qu'il avait été facile de se renseigner sur Ted Henriksson. Depuis sa naissance, en 1978, tous les services de l'État le suivaient : l'assistance sociale, la police et la justice.

— Voleur à la tire à cinq ans, dit Henrik, petite délinquance pendant tout le collège, puis internat, drogues. Très tôt condamné pour harcèlement aggravé d'une femme. Huit situations sont détaillées dans le jugement. Il aurait entre autres menacé sa concubine, l'aurait frappée au visage, tirée par les cheveux, lui aurait appuyé un oreiller sur le visage, jeté dessus de l'eau bouillante, l'aurait étranglée, lui aurait craché au visage en l'appelant pute, salope, nulle, bonne à rien…

— Merci, dit Jana. J'ai compris.

— Huit mois de prison, dit Henrik.

— Un récidiviste, donc.

— Ce qui signifie qu'il devrait être dans le fichier ADN.

— Vous l'avez arrêté ?

— Pas encore, nous sommes en route. Il habite Bandygränd, au n° 4.

— Bien, dit Jana. Emmenez-le au dépôt, mais veillez à ce qu'il n'appelle personne. Il nous faut du temps. Quand son avocat sera là, nous ne pourrons probablement pas le garder.

— Les enfants le désignent.

— Mais rien ne le relie pour le moment au meurtre, n'est-ce pas ?

— Nous comptons sur les analyses du labo.

— Et sur des aveux.

*
* *

Quand Henrik Levin et Mia Bolander descendirent de voiture, l'air du soir était froid et humide. Ils saluèrent de la tête la patrouille d'intervention et entreprirent de traverser le parking. À l'autre bout, deux hommes avec des blousons marqués X-Force Factory Fitness les regardaient arriver.

Henrik les catalogua rapidement : la vingtaine, coiffés comme des gamins. Ils pratiquaient peut-être la musculation, le karaté ou le kick-boxing et, vu leur carrure, ils prenaient aussi des hormones de croissance.

Ils pouvaient être shootés.

Et peut-être l'un des deux avait-il un couteau.

Il savait qu'il avait tort de penser en ces termes. Il aurait dû se défaire de ses préjugés, mais, ces derniers temps, il y avait une escalade de violence en ville. En six semaines, pas moins de onze attaques au couteau avaient eu lieu, et aucun des auteurs n'avait plus de vingt-cinq ans. Ces agressions avaient toutes un lien avec des affaires de drogue : dans des articles et des reportages, la ville de Norrköping avait été surnommée Mortköping.

— Enculé de Suédois ! dit l'un d'eux en se redressant sur leur passage.

Henrik l'ignora et continua vers l'entrée de Bandygränd, au 4. Il sentait les jeunes qui le dévisageaient, mais évita de croiser leur regard, car il savait que cela risquait de rendre la situation menaçante.

C'était dingue que lui, policier, choisisse de baisser les yeux sans rien dire. Mais que dire ? Il valait mieux les ignorer et se concentrer sur ce qu'ils étaient venus faire.

En plus, il était accompagné de Mia, qu'il ne voulait pas voir s'énerver. Elle pouvait vraiment partir au quart de tour avec ce genre de types. Ça aussi, c'était un de ses défauts.

La porte s'ouvrit et ils montèrent avec la patrouille jusqu'à la porte marquée « Henriksson », où ils sonnèrent.

Ils attendirent un moment, frappèrent à la porte, attendirent encore.

— Il n'est peut-être pas à la maison ? dit Mia.

Henrik glissa la main dans la fente de la boîte aux lettres et appela :

— Ted ? Je m'appelle Henrik, je suis de la police.

Un bruit retentit à l'intérieur, comme si quelqu'un marchait.

— Je n'ai rien fait, dit un homme d'une voix lasse.

— D'accord, mais nous avons quand même besoin de vous parler.

— Allez-vous-en.

— Ouvrez cette porte pour nous parler.

— Laisse-moi tranquille, salaud.

La voix s'était rapprochée.

— Ouvrez la porte, dit Henrik.

— Et pourquoi ?

— Nous voulons vous parler.

— À quel sujet ?

— Au sujet de Shirin Norberg.

Un moment de silence.

— Je n'ai rien à faire avec cette pute, je ne veux pas être mêlé à tout ça, tu entends ?

— Donc, vous savez qui c'est ?

L'homme sembla frapper quelque chose de la main.

— T'as pas pigé que je veux pas te causer ?

— Je comprends, mais je veux que vous ouvriez cette porte, que vous me regardiez dans les yeux et me disiez que vous ne voulez pas me parler.

— Mais quoi, bordel !

Les pas se rapprochaient. Mia fit comme ses collègues de la patrouille, elle sortit son arme de service, et se campa, prête.

La porte s'ouvrit en grinçant. Henrik eut juste le temps de voir des dents blanches dans un visage furieux et de larges épaules avant que la porte ne se referme rapidement. Mais Mia avait déjà coincé le pied dans l'embrasure pour empêcher l'homme de la claquer. En même temps, Henrik saisit la poignée et la tira vers lui.

— Lâche cette porte, dit Mia en braquant le canon de son pistolet vers l'homme. Lâche-la !

Il la regarda, elle, puis le canon, poussa un juron et lâcha.

Des travaux ralentissaient la circulation sur la Promenade sud. Anneli Lindgren conduisait, une main sur le volant.

À côté d'elle, Adam, avec ses gros écouteurs et son survêtement bleu et blanc, lâcha un grand bâillement : il s'était sûrement assoupi, bercé par les secousses de la voiture.

— Tu es nerveux, pour le match ?

Comme il ne répondait pas, elle lui toucha le côté.

— Quoi, encore ? lança-t-il en ôtant ses écouteurs.

— Tu es nerveux, avant le match ?

— Non.

— Ça va bien se passer, dit-elle.

Elle freina, regarda sur la droite vers la contre-allée et la bibliothèque municipale.

— C'est grand-mère qui vient te chercher.

— Pourquoi ?

— J'ai un peu de travail à finir.

— Et papa, alors ?

— Je ne sais pas.

Adam soupira et appuya sa tête contre la fenêtre.

— Combien de temps on va habiter chez grand-mère, à la fin ?

— Je ne sais pas. Pas trop longtemps.

— Mais pourquoi t'habites plus avec papa ?

— Tu y penses ?

— Je pense à des tas de trucs, dit-il fort, trop fort.

— Pas besoin de crier.

— Oublie ce que j'ai dit.

Anneli le regarda, les yeux las. Elle aurait préféré parler foot, championnat, allemand ou anglais.

Elle avait évité de parler avec lui de sa séparation, l'avait gérée au jour le jour, essayant d'organiser une vie quotidienne, mais elle n'avait peut-être pas réalisé la gravité de la situation – le grand changement que cela constituait pour lui. Elle s'était imaginé que son indifférence venait de ce qu'il était habitué. Son cœur se mit à battre très fort maintenant qu'elle comprenait qu'Adam s'était en réalité caché derrière cette façade.

— Papa et moi avons juste fait une pause, dit-elle.

— Tu l'as déjà dit.

— Mais je crois que nous allons nous retrouver.

— Tu crois tellement de choses.

— Pourquoi tu dis ça ? Est-ce que papa a dit quelque chose…

— Non, rien.

Elle tendit la main pour lui caresser la joue, mais il détourna la tête.

— Est-ce que tu penses à autre chose ? dit-elle.

— Non.

— Sûr ?

— Sérieux, m'man, je peux continuer à écouter ma musique ?

— Oui…

La voiture de derrière klaxonna, elle redémarra. Elle ne pouvait pas laisser la vie filer comme ça. Adam était perturbé par la séparation, c'était évident, il en était très malheureux.

Mais que pensait-il d'autre ?

Que ressentait-il ?

Elle tenta de le regarder, mais il avait détourné les yeux vers la fenêtre. Elle avait la gorge nouée, les larmes lui montaient aux yeux. Elle ne voulait pas vivre ainsi.

Il fallait qu'elle parle à Gunnar, et lui fasse comprendre qu'elle voulait vraiment, qu'elle ferait tout pour qu'ils redeviennent une famille.

Vraiment tout.

— Ça va bien se passer, dit-elle tout bas.

Un néon clignota et s'éteignit juste au-dessus d'elle. Jana Berzelius approchait de la salle d'interrogatoire quand elle aperçut Mia Bolander adossée à un mur, en train de mâcher du chewing-gum.

— Alors, vous l'avez arrêté ? dit Jana, surtout pour avoir quelque chose à dire.

— Comme si tu n'étais pas au courant, dit Mia.

Jana lui sourit sèchement.

— C'est allé vite, dit-elle.

— On a l'habitude de travailler vite.

— Pas en ce qui concerne Danilo Peña.

Elle s'étonna elle-même de s'être laissé entraîner par l'irritation que lui causait Mia Bolander.

— Qu'est-ce que ça peut te faire ? dit Mia. Ce n'est même pas ton dossier.

— Non.

— Ben voilà.

— Ben voilà quoi ?

— Voilà, tu n'as pas à t'en préoccuper.

— Tu as raison, dit Jana. C'est bête de montrer de l'intérêt pour ce qui se passe dans cette maison. On risquerait de devenir compétent.

Mia cessa de mâcher, et un sourire énervé fendit son visage.

Jana lui adressa un bref hochement de tête et entra dans la pièce.

C'était une photo standard. 15 × 10. Couleur. Papier brillant. L'image était détaillée, la mise au point parfaite. Henrik Levin la tenait entre le pouce et l'index. Il montrait à Ted Henriksson les grandes ecchymoses sur la peau pâle de la morte. Jana Berzelius était assise à côté de lui, prête comme toujours, carnet et stylo à la main.

— Pouvez-vous nous expliquer comment Shirin s'est fait toutes ces marques ? demanda Henrik.

Ted jeta un œil à la caméra braquée sur lui dans le coin de la pièce. Il posait, raide, crispé. Il n'y avait rien de spontané dans son attitude.

Il avait des cheveux noirs brillants. Ni longs ni courts, peut-être quatre, cinq centimètres, avec une nette tendance à boucler.

Il avait l'air assez gentil. Et complètement inoffensif. Mais il y avait quelque chose de désagréable chez lui : sa voix grave et sèche.

— Comment je le saurais ? demanda-t-il en respirant lourdement.

— Vous avez admis la connaître, dit Henrik.

— J'ai juste dit que je savais qui c'était.

— Donc vous l'avez rencontrée ?

— Une fois. Peut-être deux. Ou trois. Qui sait ?

— Bon, sérieusement.

— OK, nous nous voyons depuis quelques années.

— Vous avez une relation ?

Ted ricana.

— Nous avons une très *belle* relation, commissaire.

— Depuis combien d'années ?

— Trois, quatre, cinq ans.

— Et quand l'avez-vous vue pour la dernière fois ?

Il sourit et inclina la tête vers la droite, puis vers la gauche.

— Samedi dernier.

— Et où ?

— Au T3.

— Où ?

Il sourit à nouveau.

— Un bar sur Trägårdsgatan.

— Combien de temps y êtes-vous restés ?

— Une heure ou deux.

— Et qu'est-ce que vous avez fait, après ?

Ted regarda Henrik, puis Jana.

— Je vous le fais détaillé comment ?

Il soutint le regard de Henrik, posa les mains sur la table et les laissa reposer là. Henrik attrapa quelques papiers et dit :

— Est-ce que vous pouvez lire ça ?

Ted regarda les papiers que Henrik lui montrait puis secoua la tête.

— Pourquoi je ferais ça ? Tu crois que je sais pas lire, ou quoi ?

— Oh si, j'en suis persuadé, dit Henrik. Mais je veux vous entendre lire ça à voix haute.

— Tu rêves, dit Ted.

Henrik ramena les papiers vers lui et lut :

— « Les filles comme toi ne valent rien, les filles comme toi ont besoin de mecs comme moi. À ce soir, sale pute. » C'est vous qui avez écrit ça ?

— Tu ne le sais pas, hein ?

— Non, et c'est pour ça que je demande. Est-ce que c'est vous qui avez écrit ça ?

Ted leva le regard.

— Vous avez saisi mon portable, non ? Vous avez fouillé dedans, ou quoi ?

— Possédez-vous plusieurs téléphones ?

— Nan.

Henrik repoussa les papiers et se gratta le nez, avant de reprendre :

— Qu'avez-vous fait, hier matin ?

— J'étais à Vitamex.

— Vous travaillez là ?

— Oui.

— Quand commencez-vous, le matin ?

— Je ne *commence* pas le matin. Je travaille de nuit.

Ted leva le menton.

— Êtes-vous déjà allé chez Shirin ? poursuivit Henrik.

— Non.

— Jamais ?

— Non.

— C'est drôle, dit Henrik. Nous avons en effet des témoins qui disent que vous êtes venu chez elle.

Le silence se fit autour de la table. Henrik regarda Ted, celui-ci sembla sur le point de réagir, mais quelque chose l'y fit renoncer.

— Je vous le demande à nouveau, avez-vous séjourné chez…

— Je n'ai pas *séjourné* chez…

— Mais nous avons des témoins qui…

— Ils mentent !

La voix de Ted retentit dans la pièce. Il s'était emporté d'un coup.

Henrik se tourna vers Jana, qui lui adressa un regard calme.

— Qui ment ? demanda-t-elle.

Ted baissa les yeux vers la table, il semblait différent ainsi, avec la lèvre inférieure qui pendait. Les poings serrés, il marmonna, à peine audible :

— Ils ne font que mentir, mentir, mentir…

— Qui sont ceux qui ne font que mentir ? répéta-t-elle.

Ted la toisa de la tête aux pieds.

— Redis-le.

— Pardon ? dit-elle.

— Redis-le.

— Et pourquoi ?

— J'aime entendre ta voix.

Elle le cloua du regard.

— Parce qu'elle vous rappelle celle de Shirin ?

— Non, dit-il. Elle avait une voix beaucoup plus claire.

— Vous avez dit « avait ».

— Ben oui, elle avait la voix comme ça.

— Donc, vous savez qu'elle est morte ?

Ted fronça les sourcils.

— Alors, c'est pour ça que je suis là ? Vous croyez que je lui ai fait quelque chose ? Mais elle n'est rien pour moi, depuis longtemps. Vous comprenez ? Je ne ferais jamais une connerie pareille. Je suis gentil, je suis quelqu'un de gentil, tout le monde m'aime bien. Je suis sûr que toi aussi, tu m'aimerais bien. Je peux venir chez toi te montrer comme je suis gentil. Je peux venir chez toi et…

— Pas la peine, le coupa Jana.

Il cracha sans bruit dans ses mains et la regarda à nouveau.

— Je peux acheter un cadeau et des fleurs que tu pourras mettre sur ta table.

— Ted, fit sèchement Henrik.

— Je ne suis pas dangereux, je ne te ferai pas mal, c'est promis.

— Ted, vous devez répondre à nos questions, rien d'autre.

Une bulle de salive s'était formée à la commissure de ses lèvres.

— Je ne suis absolument pas dangereux, dit Ted.

— Non, nous avons bien entendu, mais vous n'allez chez personne, dit Henrik.

— Non, pas aujourd'hui, impossible, impossible… Mais écoute, dit-il en se tournant vers Jana. Je vais m'occuper de toi. Te caresser. Tu aimes ça ?

Henrik avait du mal à tenir en place, les paroles qui se déversaient de la bouche de Ted l'embarrassaient.

— Tu ne réponds pas, dit Ted en crachant dans son autre paume. Peut-être que tu n'aimes pas que je sois gentil avec toi, tu préfères un peu plus de poigne ?

— Shirin aimait ça ? demanda Jana.

— Oui…, fit-il. Elle aimait ça. Elle en redemandait.

— Avez-vous été violent avec elle ? interrogea Henrik.

— Une fois. Peut-être deux. Ou trois. Qui sait ?

Une petite lampe luisait à la fenêtre, derrière les rideaux. Dans la pièce sombre, Philip Engström regardait son propre reflet à côté du cône lumineux.

Il tenait son portable à la main. Il avait appelé Katarina quatre fois, mais elle n'avait toujours pas répondu.

Il entendit les rires de Lina et de Sandra à la cuisine, et comprit qu'il aurait fallu regagner la table où l'attendaient les pâtes aux chanterelles et le filet mignon. Qu'il aurait fallu participer à la conversation, parler séries télé, people, et rire à des plaisanteries qu'il connaissait déjà.

Mais il n'avait envie de parler à aucune des deux. Il se sentait las de sa femme, las de sa collègue. Au fond, il n'avait envie de voir personne, de parler à personne – à part Katarina.

Au milieu de ses pensées, il entendit des pas derrière lui.

— Ah, tu es là ? dit Sandra en ouvrant la porte. Qu'est-ce que tu fais là-dedans ? On n'y voit rien, ajouta-t-elle en allumant au plafond.

La forte lumière obligea Philip à plisser les yeux.

— Je venais juste dire au revoir.

— Tu t'en vas déjà ? dit-il, remarquant sa propre voix légèrement trop empressée, presque gaie, mais il n'avait pas la force de faire des efforts, d'être faux, hypocrite.

Il n'avait pas la force de se préoccuper de quelqu'un d'autre que lui-même pour le moment.

— Merci pour cette soirée, dit-elle. On se voit au boulot.

Philip ne répondit pas, il tourna les yeux vers la fenêtre. Sandra n'ajouta rien non plus, éteignit la lumière du plafond et le laissa seul.

Il resta un moment dans le noir en écoutant le bruit de la porte qui se refermait. Au loin, il entendait la sirène d'un véhicule d'urgence. Pas la police, ni des collègues, mais un camion de pompiers. Les sirènes approchèrent, elles étaient à présent derrière lui, sur la rue qui menait au centre-ville, et il se demanda où un incendie avait pu se déclarer.

Le plafonnier se ralluma. Il se retourna et vit Lina, qui tripotait son collier.

— Tu nous as manqué à table, dit-elle.

— Ah bon.

— Qu'est-ce qui ne va pas ?

— Rien, je voulais juste être tranquille.

Elle lâcha son collier et s'approcha de lui.

— Je croyais que tu aimais bien Sandra.

— On travaille ensemble, dit-il en s'apercevant qu'elle avait les yeux rouges. Mais ça ne veut pas dire que je l'aime bien.

— C'est de ma copine que tu parles.

— Justement, donc il vaut mieux que ce soit toi plutôt que moi qui restes à déblatérer avec elle.

— Bon, d'accord, je sais, des fois Sandra rabâche un peu.

— Un peu ?

— Mais elle, au moins, elle est sincère.

— Qu'est-ce que tu veux dire par là ?

Lina détourna les yeux.

— Tu as dit que tu étais au boulot aujourd'hui, lança-t-elle.

— Et alors ?

— C'était bien ?

— Oui, répondit-il en haussant les épaules. C'était bien. Pourquoi tu demandes ça ?

— Parce que Sandra a dit que tu n'y étais pas.

Il fallut un peu plus de dix secondes pour que Philip réplique quelque chose. C'était long, face à sa femme, de trouver une bonne explication tandis qu'on n'entendait rien d'autre que la respiration de Lina.

— Je…, lança-t-il avant de se taire.

— Tu as quelqu'un d'autre.

Quand elle croisa son regard, il comprit soudain pourquoi elle avait les yeux rouges : elle avait pleuré.

— Non ! dit-il. Qu'est-ce qui te fait croire ça ?

— Tu ne portes même plus ton alliance. Où est-elle ?

— Je l'ai oubliée au boulot.

— C'est ça.

— Tu ne me crois pas ?

— Qu'est-ce que je dois croire, si tu me mens ?

— Mais tu…

Elle l'interrompit.

— Où étais-tu, alors ? Si tu n'étais pas au boulot, où étais-tu ?

— Au club de sport.

— Toute la journée ? Hein ?

Il sentit sa colère monter.

— Je suis aussi passé chez Katarina.

— Katarina Vinston ? Je le savais.

— Tu savais quoi ? Je voulais lui parler, c'est tout !

— Oui, lui parler langage corporel, c'est ça ?

Philip ne répondit pas.

— Salaud ! dit-elle en quittant la pièce.

Philip resta là, son téléphone à la main. Il avait pensé appeler encore Katarina, mais cette fois il s'abstint.

— Attends ! lança Henrik.

Jana Berzelius se dirigeait vers l'ascenseur quand il la rattrapa.

— J'ai parlé avec Anneli, dit-il. Elle a eu les réponses de presque toutes les analyses de l'appartement de Shirin.

— Et ?

— Nous savons désormais qu'il y a des empreintes qui correspondent à celles de Ted, il est donc évident qu'il a été chez elle.

Jana secoua lentement la tête en se remettant en marche. Henrik la suivit.

— Mais tu sais aussi bien que moi que ça ne suffit pas pour l'accuser. Ted connaissait Shirin. Je n'ai aucune idée du pourquoi il tente de cacher avoir été chez elle, mais il ferait mieux de le reconnaître, ça ôterait toute valeur à ces empreintes.

— Oui, dit Henrik, mais ces empreintes plus ses aveux ?

— Il a reconnu l'avoir battue, oui. Mais pas l'avoir intentionnellement tuée. Ni même mutilée.

— Tu as raison, dit Henrik en se frottant les yeux. Et aurait-il été seulement capable de manier une scie à fil ?

— Il va falloir lui mettre un peu plus la pression au prochain interrogatoire si nous voulons en tirer quelque chose de valable, dit Jana.

Ils arrivèrent à l'ascenseur, mais optèrent pour l'escalier jusqu'à l'entrée. Par les fenêtres de la cage d'escalier scintillaient les lumières de la ville. Jana regardait les longs rubans rouges des voitures quand elle entendit Henrik pousser un grand bâillement.

— Pardon, dit-il. La journée a été longue. D'abord Danilo, puis Ted.

— Danilo, tu veux dire celui qui s'est enfui de l'hôpital ? demanda-t-elle, sentant à nouveau qu'elle avançait en terrain glissant.

— Oui. De l'hôpital… oui. Depuis, impossible de le trouver. Nous avons reçu aujourd'hui un appel au sujet d'un appartement, mais ça n'a rien donné. On continue à chercher, il n'y a que ça à faire.

— Jusqu'à quand ?

— Jusqu'à ce que quelqu'un nous dise d'arrêter.

— Et c'est ce qui vient de se passer, grommela soudain derrière eux la voix de Gunnar Öhrn.

Il descendait l'escalier et était en train d'enfiler son blouson.

— Qu'est-ce que tu veux dire ? demanda Henrik en se retournant. On abandonne les recherches ?

— Oui, des fois on se demande, répondit Gunnar.

Jana sentit son pouls s'accélérer tandis qu'elle entrevoyait une lueur d'espoir.

— J'ai essayé d'expliquer à la direction qu'il s'agissait d'une affaire hautement prioritaire, reprit Gunnar en les rejoignant. Qu'on devait absolument y consacrer davantage de ressources, mais la seule réponse à laquelle j'ai eu droit c'est : Impossible. I-M-P-O-S-S-I-B-L-E, vous comprenez ?

Jana savait qu'elle n'aurait pas dû poser la question, montrer trop d'intérêt, mais c'est comme si les mots lui échappaient.

— Qu'est-ce que ça veut dire ? demanda-t-elle.

— Ça peut vouloir dire tout et n'importe quoi. Mais pour moi, ça veut dire que nous devons chercher de l'aide ailleurs.

— Donc vous continuez les recherches ? demanda-t-elle, sentant aussitôt son espoir s'amoindrir.

— Oui, dit Gunnar. Et j'ai décidé de lancer un appel à témoins. Danilo Peña est un fou, on ne peut pas le laisser comme ça dans la nature.

— Tu y as bien réfléchi ? dit Henrik. Un appel à témoins peut…

— … augmenter nos chances de le trouver. Oui, c'est une décision mûrement réfléchie, je veux que nous publiions son nom et sa photo aux premières heures demain matin.

3 octobre

En cours de géographie, aujourd'hui, on nous a répartis par groupes. Je déteste le travail de groupe. Le plus souvent, ceux avec qui j'ai à travailler disparaissent, filent à la bibliothèque ou en salle de pause, genre pour se cacher et que je ne puisse pas les trouver. Et moi qui devrais apprendre à mieux collaborer… C'est ce qui est écrit sur mon bulletin, que je dois apprendre à mieux collaborer, *prendre une part plus active aux travaux de groupe, plus d'initiatives.*

Aujourd'hui, j'ai demandé à Linus, qui était dans mon groupe, ce que je devais faire. Il a répondu que je pouvais aller me suicider, que, de toute façon, je ne faisais que les gêner. Très drôle ! Comment je peux collaborer avec des gens qui me détestent ?

Après le dernier cours, Marianne, la prof de suédois, a voulu me parler. Elle m'a demandé si j'avais des amis dans la classe. J'ai dit « non, pas vraiment ». « Mais tu as peut-être d'anciens copains du collège ? », a-t-elle ensuite demandé. J'ai menti en lui répondant que j'avais Martin, et ça l'a rassurée. Elle sait que je mens, mais ma réponse lui évite d'affronter des problèmes pénibles.

Maintenant, je me sers de Markus, Theodor et William, qui font eux aussi partie des boulets de la classe, et je traîne avec eux, alors que je les déteste. On a rien en commun. Et ça ne risque pas de changer. Je passe la plupart du temps dans mon monde à moi, et au fond je déteste cette solitude de merde.

Après l'école, ils m'attendaient à la sortie. J'ai songé à rebrousser chemin, mais je savais qu'ils me suivraient de toute façon. Alors j'ai continué vers eux. J'ai essayé de faire comme si de rien n'était. Mais ils m'ont dit : « T'as peur, là ? T'as peur, là, petite merde ? » Et, oui, j'avais peur. Mais je ne l'ai pas dit, ces mecs sont tellement plus grands et plus forts que moi. J'en ai senti un m'attraper par-derrière. Aucun coin où me cacher, pas de toilettes où m'enfermer, pas de prof pour voir ce qui se passait.

Plusieurs bras sont venus me plaquer contre un mur, ma tête l'a cogné. Ils criaient, s'agitaient. Un poing dans le ventre. Dans le visage. J'ai cru que c'était Linus qui frappait, mais non. C'était le plus grand. Il n'arrêtait pas de sourire, comme si on s'amusait.

J'ai tenté de m'écarter du mur, mais les coups m'en empêchaient. Après tout, je me fichais bien qu'on me frappe. Ça ne faisait pas tellement mal.

Mais j'ai quand même pleuré. Parce que c'était Martin qui tapait.

Maman n'a pas vu que je saignais du nez à mon retour. J'ai essayé de lui tenir les mains, de croiser son regard, mais il n'y avait que ses yeux brillants, absents. Je voudrais tellement qu'elle me regarde comme elle le faisait avant l'opération. Mais maintenant c'est comme si nous étions deux étrangers. Comme Martin, c'est comme si elle était devenue quelqu'un d'autre. Et je ne sais pas qui.

SAMEDI

13

En sortant de l'appartement, Mia Bolander essaya de refermer son blouson, mais la fermeture Éclair était bloquée. Doucement, et avec patience, elle tenta de dégager le tissu qui s'y était coincé, mais au bout de cinq secondes sa patience s'épuisa. Elle tirailla la fermeture, entendit le tissu se déchirer, mais ne s'en soucia pas le moins du monde. Elle ne retint pas non plus ses jurons quand la fermeture Éclair se brisa.

Journée de merde.

Elle aurait tellement voulu remonter l'escalier quatre à quatre, rentrer chez elle, se déshabiller et se glisser dans son lit. Volontiers avec un homme. Mais, hier non plus, elle ne s'était pas fait draguer.

Sa Fiat Punto bordeaux était, comme d'habitude, garée devant l'immeuble.

Elle ouvrit la portière, s'assit au volant en pestant contre l'air froid, son blouson déchiré, son lit vide, et cette voiture qui refusait de démarrer.

Elle essaya encore, et encore, mais la voiture était raide morte. Et c'est à ce moment précis que sonna ce maudit téléphone.

— Oui, répondit-elle sans même vérifier le numéro.

— C'est Henrik. Il y a eu un nouveau meurtre. Tu es où ?

— Chez moi, ma foutue voiture refuse de démarrer.

— Relax, Mia. Écoute, je suis là dans dix minutes.

— Et où on va ?

— À Borg, du côté de Klinga. Apparemment, c'est pas joli à voir.

Jana était à la cuisine, l'œil rivé sur la télévision où le journal allait commencer.

— « La police recherche un des hommes liés au réseau de trafiquants de drogue mis au jour en décembre dans l'Östergötland, l'affaire dite du "panier à salade", dans laquelle le chef national de la police Anders Wester lui-même est impliqué. C'est mercredi dernier que Danilo Peña s'est enfui de l'hôpital de Vrinnevi où il était soigné des blessures subies lors de son interpellation. L'homme, âgé de trente et un ans, très dangereux, se trouve sans doute encore dans la région de Norrköping. La police est intéressée par toute indication pouvant conduire à son arrestation. »

Jana se dit que l'étau se resserrait. C'était maintenant une question de temps : non pas *si* on allait le trouver, mais *quand*. Elle jeta la télécommande, le sang lui cognant aux tempes.

— Tu étais au courant ? demanda Danilo, arrivé sur le seuil.

S'il était étonné, il le cachait bien.

— Oui, dit-elle en regardant à terre.

— Alors, c'est aujourd'hui qu'ils vont venir me chercher ? la provoqua-t-il.

— Tu as eu de la chance hier.

— Toi aussi, dit-il. Surtout parce que tu ne maîtrisais pas la situation. Travail bâclé.

— Je n'ai pas voulu prendre de risques. Je n'en ai pas les moyens, et toi non plus.

Il alla s'asseoir à la table de la cuisine.

— Dire que la police est aux abois au point de publier un tel avis de recherche…

— Tu es intéressant pour eux, dit-elle. Ils ont besoin de toi comme témoin contre Wester, à défaut d'autre chose.

— Intéressant, répéta-t-il en pouffant. Tu crois que les médias aussi me trouveront intéressant ?

— On vient d'en avoir la preuve, non ? dit-elle. Le moindre détail sur ton évasion va aimanter l'attention des médias. Prépare-toi à faire la une pendant quelques jours.

Les yeux de Danilo brillèrent à ces paroles. Il se pencha au point de toucher le bord de la table avec sa poitrine. Mais soudain, le premier enthousiasme passé, il se maîtrisa et se redressa.

— Mais cet appel à témoins peut s'avérer significatif, déclara-t-il.

Elle leva les yeux et le regarda.

— Qu'est-ce que tu veux dire ?

— La police tient vraiment à me trouver.

— Oui.

— Alors, on va peut-être les y aider.

— Comment ça ?

— Ma seule façon de quitter Norrköping est de faire croire à la police que je suis ailleurs.

— En téléphonant pour faire un faux témoignage ?

— Ça ne suffit pas. Nous devons passer à la vitesse supérieure.

— Qui ça, « nous » ?

— Pardon, dit-il d'une voix agressive, je voulais dire « tu ». *Tu* vas passer à la vitesse supérieure.

— Et comment ?

— En jetant un leurre.

Ils se firent face en silence tandis que Jana réfléchissait à ce qu'il attendait probablement d'elle.

— À quel genre de leurre penses-tu, exactement ?

— Ça, dit-il en tirant sur la chemise sale qu'il portait depuis son évasion de l'hôpital. Ça grouille de traces de moi dessus.

— De moi aussi, dit-elle. Donc, ça ne va pas.

— Il y a des milliers de traces sur cette chemise. Ne t'inquiète donc pas comme ça. Mais si nous utilisons cette chemise, tu devras aller m'acheter des vêtements neufs.

— Des vêtements neufs ?

— Ben oui. Je ne peux quand même pas partir d'ici tout nu. Un nouveau T-shirt, un pantalon, n'importe quoi, je m'en fous.

Il était sérieux. Elle le voyait clairement au travail de ses mâchoires, et à sa façon de respirer. Curieuse impression que de rester en face de lui si longtemps et si près, se dit-elle.

— Voilà ce qu'on va faire, dit-il. Tu vas aller placer un leurre, cette chemise, dans une autre ville, pas trop loin, pas trop proche, et surtout pas Södertälje.

— Pourquoi pas ?

— Parce que j'ai un rendez-vous là-bas.

— Je ne veux pas en entendre davantage.

— Tu vas m'écouter, maintenant, et m'écouter attentivement. Une fois le leurre placé, tu téléphoneras pour déposer un faux témoignage. Et pas de temps à perdre. Je dois être à Södertälje mardi prochain à 20 heures exactement. De là, je partirai ailleurs.

— Qui dois-tu rencontrer ?

— Moins tu en sais, mieux ça vaut.

Les yeux de Jana s'étrécirent.

— Je ne veux pas être vue avec toi. Rien ne doit permettre de remonter jusqu'à moi.

— Écoute. Moi aussi, je ne prends jamais de risques.

— Alors, comment as-tu communiqué au sujet de Södertälje ?

— Avec un portable.

— Les portables sont dangereux, dit-elle. La police peut te repérer. Ils ont une pièce entière pleine d'enquêteurs à ta recherche.

— C'est pour ça que j'ai utilisé le tien.

— Tu ne peux pas t'en être encore servi, je l'ai gardé tout le temps avec moi depuis…

— … la douche, je sais, mais j'ai réglé toutes mes affaires à ce moment-là.

— Mais…

— La ferme, maintenant, Jana. Tu ne dois penser qu'à une seule chose : que je ne rate pas mon rendez-vous de mardi.

Elle le regarda, dans sa chemise sale : tous ces derniers jours, elle avait fait des efforts tellement désespérés pour le supporter, mais c'était sans fin. C'était de pire en pire. Il pourrait tout exiger d'elle tant qu'il détenait les cartons contenant ses carnets.

— Finalement, ce n'est pas trop difficile, non ? lança-t-il.

— Quoi ?

— Ce à quoi tu penses.

— Ça peut l'être.

— Peut-être, dit-il, mais on voit clairement que tu vas accepter.

Philip Engström fourra une tranche de fromage dans sa bouche et sortit du jus d'orange, de la margarine salée Bregott et un tube de caviar.

Lina entra dans la cuisine sans le regarder. Elle avait pris la couette avec elle et s'assit en tailleur sur sa chaise, avec le fin duvet qui lui réchauffait les épaules. Ses cheveux châtains étaient noués en une queue-de-cheval haut placée.

Philip tendit la main vers elle, mais elle ne la prit pas.

— Je ne veux plus…

Elle se tut.

— Qu'est-ce que tu ne veux plus ? demanda-t-il.

Elle leva les yeux sur lui avec une gravité qui l'effraya.

— Je ne veux plus avoir d'enfant.

— Pourquoi dis-tu ça ?

— Je ne veux plus du tout avoir d'enfant.

— OK, dit-il en retirant sa main.

— OK ? C'est tout ce que tu as à dire ?

— Qu'est-ce que tu veux que je dise ? Si tu ne veux pas d'enfant, je ne peux pas y faire grand-chose, non ?

— Non, j'ai déjà pris ma décision, dit-elle en clignant rapidement des yeux plusieurs fois, comme pour empêcher ses larmes de couler.

— Bien. Comme ça, c'est clair… et on en a fini tous les deux.

Il se cala en arrière et plongea les yeux dans sa tasse de café. Il savait qu'il aurait dû aller vers elle, la consoler avec quelques mots bien choisis. Mais il n'avait pas le courage de bouger.

— Mais je ne veux pas, dit-elle tout bas en essuyant les larmes sur ses joues. Je ne veux pas qu'on en ait fini, tous les deux.

Philip soupira.

— Qu'est-ce que tu veux, alors ?

Elle le regarda, d'un air à présent déçu.

— Je veux t'entendre me le dire.

— Dire quoi ? demanda-t-il en regardant la table.

— Que tu m'aimes. Mais seulement si tu le penses vraiment.

— Je t'aime, dit-il avec lassitude, et je le pense vraiment. Est-ce que tu veux aussi que je demande pardon ?

— Non, ce n'est pas ça, fit-elle en tendant la main vers lui. Mais parfois, j'ai l'impression de ne pas te connaître.

— Tu me connais mieux que personne.

— Pourquoi alors as-tu menti en disant que tu allais travailler ?

Philip croisa son regard, se pencha en avant et serra sa main chaude.

— Je ne sais pas, dit-il. Je ne sais vraiment pas. Tout était tellement pénible, j'ai pété un câble.

— Sur quoi d'autre as-tu menti ?

Henrik Levin posa la main sur la poignée froide de la porte et attendit un peu.

Cette maison à Borg était rouge avec des coins blancs. Toutes les fenêtres étaient sombres. Une allée de gravier y montait. Dans un trou de la clôture, la boîte aux lettres débordait de courrier et de publicités.

— Quelqu'un est venu récemment, dit-il en montrant les traces de pas dans la plate-bande sous l'une des fenêtres.

— Qui a donné l'alarme ? demanda Mia en regardant les traces.

— Une voisine. Elle est venue ramener un chat qu'elle avait vu traîner autour de chez elle, et dont elle savait qu'il appartenait au propriétaire de la maison. C'est là qu'elle a découvert la victime.

— Donc il peut s'agir des traces de cette voisine ?

— Elles ont l'air un peu trop grandes pour être celles d'une femme, dit-il en enfonçant la poignée. Mais on verra ce que dit Anneli.

La porte s'ouvrit, ils franchirent le seuil de la maison.

On entendait parler à l'intérieur. Anneli Lindgren se tenait près d'une porte, appareil photo autour du cou, et discutait avec un collègue. Dans l'entrée pendaient plusieurs gros manteaux d'hiver.

Ils entrèrent dans la cuisine, virent le papier peint à fleurs, la longue table étroite et les chaises en sapin, le tapis tissé.

La chambre à coucher était étonnamment grande. Un grand lit avec un couvre-lit mauve sur la droite, et plusieurs placards à portes-miroirs sur la droite. La différence de revêtement au sol indiquait deux pièces qu'on avait réunies. Trois fenêtres en enfilade, toutes avec les stores baissés. La chambre était cependant éclairée comme une scène de théâtre. Anneli avait placé plusieurs projecteurs dirigés vers la femme assise sur une chaise.

— Tu avais raison, dit Mia à Henrik. C'est un putain de spectacle.

— Oui…

Le sang semblait avoir jailli du visage de la femme, ou de sa tête, puis coulé le long du T-shirt, sur le pantalon et par terre. Mais c'était difficile à dire. Sa tête était penchée sur sa poitrine et ses longs cheveux bruns couvraient son visage et une grande partie du T-shirt gris ensanglanté. Les bras et les jambes étaient attachés à la chaise au moyen de menottes en plastique.

— C'est le même meurtrier…, dit Henrik.

— Ted ? demanda Mia. Mais il est aux arrêts ?!

Henrik secoua la tête.

— Ce n'est peut-être pas lui, ça dépend combien de temps elle est restée comme ça.

Il enfila des gants en plastique et sentit son pouls s'accélérer en s'approchant de la femme. Il tendit la main, lui posa un doigt sur le menton et releva doucement sa tête pour que le visage soit visible.

La victime n'avait pas encore été identifiée, mais il supposa qu'il s'agissait de la propriétaire de la maison – Katarina Vinston.

Sa bouche ouverte n'était qu'un trou béant. Un bref instant, il détourna les yeux.

— Qu'est-ce qu'il y a ?

— On lui a coupé la langue.

— Qu'est-ce que tu racontes, putain ? C'est vrai ?

— Oui.

Henrik regarda tout autour, comme s'il s'attendait à trouver un chaos, mais il constata que tout était en ordre. Le meurtrier avait agi avec maîtrise et méthode, se dit-il. Mais qu'est-ce qui l'avait poussé à couper la langue de cette femme ?

— Il paraît qu'on coupe la langue aux menteurs, dit-il tout haut. Et le voleur a les mains coupées.

— Tu penses à Shirin ? lança Mia.

— Oui.

— Mais qu'ont en commun Shirin et cette femme ?

— C'est bien la question…, fit-il. Mais c'est le même meurtrier, sans aucun doute. Et quand je vois le mode opératoire, la façon dont les victimes sont placées, les chaises, les menottes, je me dis…

— Oui ?

— … je me dis que quelqu'un essaie de nous signifier quelque chose.

***

Il faisait chaud dans son bureau, après la matinée ensoleillée. Jana Berzelius appuya sur ENVOYER sur l'écran de son nouveau portable pour informer toutes les personnes concernées qu'elle avait changé de numéro. Elle sortit ensuite la carte SIM de son ancien téléphone et la brisa. Elle jetterait plus tard la batterie et le reste du portable dans différentes poubelles. Que Danilo s'en soit servi pour convenir d'un rendez-vous l'avait rendue furieuse. Il était idiot, ou quoi ?

Et qu'il la force à tromper la police lui donnait une sacrée migraine.

Elle s'assit devant l'ordinateur en se massant les tempes pour faire passer la douleur.

Il arrivait que des criminels placent quelque part des objets personnels, comme un gant, un reçu de caisse ou un bracelet de montre, pour détourner les recherches et gagner du temps.

Il fallait qu'elle trouve un endroit sans caméras de surveillance. Le genre d'endroit où personne ne s'offusquerait de voir un inconnu en chemise sale.

Un foyer de nuit, tout simplement.

Elle chercha sur Google les foyers de nuit d'Östergötland. Elle chercha vers le sud, dans des localités comme Borensberg, Mjölby ou Skänninge, pour finalement s'arrêter sur Motala.

Il était tout à fait plausible qu'un homme en cavale se réfugie dans un foyer de nuit, et il y avait à Motala plusieurs centres de logement d'urgence pour SDF ou migrants.

Le premier qu'elle consulta avait des règles strictes, les pensionnaires devaient s'enfermer dans leur chambre de 11 heures du soir à 6 heures du matin. Pas l'idéal pour un homme en fuite.

Le suivant était dans une école. Mais le bâtiment avait récemment été ravagé par un incendie, les travaux de réhabilitation étaient toujours en cours.

La troisième possibilité n'en paraissait que meilleure : un bâtiment situé dans une ancienne zone industrielle à environ deux kilomètres du centre-ville. Il y avait dans les environs une université, un musée et une maison de la culture.

Jana fit défiler les images du foyer, regarda les couloirs, les paliers et les portes, en réfléchissant au défi qu'elle s'apprêtait à relever. Et à la liberté qu'elle espérait retrouver ensuite, une fois qu'elle serait débarrassée de Danilo et aurait retrouvé ce qui lui appartenait.

Ça peut marcher, se dit-elle.

Ça doit marcher.

14

Mia Bolander entra dans la salle de réunion et referma derrière elle. À l'exception d'Anneli Lindgren, tous étaient présents : Gunnar Öhrn, Henrik Levin, Ola Söderström et… Jana Berzelius.

Mia se laissa tomber sur son siège et évita le regard de Jana en fixant la carte de Norrköping affichée sur l'un des murs. Près de la carte, des photos de la scène de crime d'Eneby. Sur l'une d'elles, le cadavre de Shirin.

Sur l'autre mur, des photos de ses filles, Aida et Sara. Et une de Ted Henriksson.

— On vient d'avoir la confirmation que la femme de Borg était bien Katarina Vinston, dit Henrik en s'adressant d'abord à Jana, qui avait sorti son bloc-notes.

Puis il se tourna vers Ola :

— Est-ce que tu peux…

Ola sortit son ordinateur et agrandit l'image de la femme attachée à sa chaise.

— Katarina Vinston, quarante-quatre ans, est née et a grandi à Eskilstuna, dit Henrik. Formation d'infirmière urgentiste à Stockholm, plusieurs années en équipes héliportées avant de conduire des ambulances. Apparemment pas de compagnon. Ses parents sont toujours à Eskilstuna. Un petit frère qui habite Lund.

Tous examinèrent la photo.

— Et comme vous le voyez, poursuivit Henrik, Katarina est

placée exactement comme Shirin. Toutes deux sur une chaise, avec le même type de menottes.

— Oui, dit Gunnar en se grattant plusieurs fois la racine des cheveux. Et la langue et les mains…

— Mais à part ça, dit Henrik. Quel dénominateur commun y a-t-il entre elles ?

Le silence se fit, le temps de comparer les deux photos.

— Elles ont toutes les deux la quarantaine, dit Mia.

— Et travaillaient toutes les deux dans la santé, ajouta Ola.

— Et Ted Henriksson ? demanda Jana.

— Oui, ce Ted Henriksson, qu'en faisons-nous ? s'enquit Gunnar.

Tous les regards se portèrent vers le mur de photos où le visage de Ted les regardait. Son sourire, ses dents blanches et ses cheveux noirs luisants. Et ce regard aimable qui le rendait sympathique.

— Est-ce que c'est lui, le dénominateur commun ? reprit Gunnar. Toi qui l'as interrogé, Henrik, qu'est-ce que tu en penses ?

— La situation est complètement différente désormais, dit Henrik, mais déjà, avant, j'étais sceptique à l'idée qu'il ait tranché les mains de Shirin. Ça ne colle pas vraiment…

— Une minute, dit Mia en levant la main. Ted a un casier pour violences, il a dit avoir eu une relation avec Shirin, et il a même reconnu avoir été violent avec elle.

— Certes, dit Henrik. Mais quand même. Trancher des mains et couper une langue, c'est jouer dans une tout autre catégorie…

— En tout cas, dit Gunnar, Mia a raison. Ted est naturellement notre piste principale, pour le moment…

— On pourrait regarder les sites de rencontre, dit Ola. C'est peut-être comme ça qu'il rencontre des femmes…

— Putain, dit Mia. Et s'il y avait d'autres femmes seules à qui il se serait attaqué ? Sans qu'on soit encore au courant ?

— Au moins, Ted est en garde à vue, dit Henrik. Donc, si

c'était lui, en tout cas, il ne devrait plus y avoir d'autres victimes pour le moment.

— Mais est-ce qu'on a une idée du timing ? demanda Gunnar.

— Katarina est morte environ vingt-quatre heures avant qu'on la retrouve, dit Henrik. Hier matin.

— Ted a été arrêté hier soir, donc, en soi, il peut très bien avoir été chez elle, dit Gunnar.

— Au fait, quelle est sa pointure ? lança Mia. On a trouvé des empreintes de pas très nettes dans une plate-bande devant la maison.

— On va vérifier ça, dit Gunnar.

— On a aussi découvert une alliance par terre près du lit de Katarina, ajouta Mia, apparemment celle d'un homme. Elle devait donc quand même avoir une relation.

— À quoi ressemble cet anneau ?

— Une alliance en or, très ordinaire, avec gravé à l'intérieur : « Un mardi pas comme les autres dans l'archipel, 2012. »

— Bien, déclara Gunnar, et en attendant d'en savoir plus, on fouille le passé de Ted. Quel lien avec Katarina ? Se sont-ils rencontrés, fréquentés, ont-ils chatté… enfin, vous savez.

— Ouais, on sait, dit Mia.

— À propos du fait qu'elles travaillaient toutes les deux dans la santé…, fit Henrik en regardant dans ses papiers. Je vois que Katarina et Shirin ont travaillé à Vrinnevi, Katarina comme ambulancière urgentiste et Shirin comme aide-soignante. Est-ce que ça peut nous mener quelque part ?

— Possible, dit Gunnar. Il a peut-être un faible pour les blouses blanches. Vérifiez ça aussi.

Ses paupières étaient lourdes, mais il se força à regarder. Les motifs du papier peint bougeaient, les petites rayures blanches se réunissaient et se séparaient.

Philip Engström était sur le canapé de son séjour et entendait la voix de Sandra Gustafsson dans son portable.

Elle parlait, parlait, mais il avait depuis longtemps cessé d'écouter, n'avait plus rien compris après qu'elle lui avait appris que Katarina avait été retrouvée morte, attachée à une chaise, chez elle.

Il ne la croyait pas. Pourquoi la croire, d'ailleurs ? Elle qui l'avait laissé dormir dans l'ambulance… Qui menaçait en plus de le dénoncer à la hiérarchie. Qui rabâchait, rabâchait, rabâchait. Pourquoi la croirait-il ?

Quelle mauvaise plaisanterie, putain ! Katarina n'était pas morte. Elle était vivante, il fallait qu'elle soit vivante, c'était obligé, il avait besoin d'elle vivante. Elle ne pouvait pas être morte. C'était impossible. Tout simplement impossible.

Les mains tremblantes, il posa deux cachets sur la table.

— Tu es toujours là, Philip ? dit Sandra.

— Oui.

— Qu'est-ce que tu en penses ?

— Que je me suis déjà senti mieux.

— Oui, c'est affreux, fit-elle. Est-ce que je peux faire quelque chose ?

— Non.

Philip toucha du doigt les cachets ronds sur la table.

— J'ai parlé à la direction, dit-elle. Katarina et toi avez travaillé ensemble pendant des années. Nous comprenons très bien que ce soit difficile pour toi : tu peux rester à la maison, quelqu'un va te remplacer pour ta garde de nuit.

— Non, répondit Philip, je ne peux pas faire comme ça. Il faut que je travaille.

— Tu n'écoutes pas ce que je dis.

— Bien sûr que si.

— Tu n'es pas en état de travailler.

— C'est à moi d'en décider, pas à toi. Tu n'es pas ma chef.

— Mais c'est Eva qui m'a demandé de t'appeler.

— Donc tu as parlé de moi avec elle ?

Il était de plus en plus irrité.

— Elle comme moi, nous te voulons du bien, dit-elle. Nous comprenons que tu te sentes mal, avec cette histoire, tout le monde le comprend.

— J'ai dit que je m'étais senti mieux. Pas que je me sentais mal. *Nuance.*

Il l'entendit déglutir. Il leva les yeux et vit la lueur pâle qui entrait par la fenêtre sur rue.

— Je vais vraiment me fâcher, lâcha-t-elle.

— Pas la peine.

— Mais qu'est-ce que je dis à Eva ?

Philip s'efforçait de parler calmement, mais il avait du mal à se maîtriser.

— Dis la vérité. Que je vais travailler.

— J'ai juste peur pour toi, fit-elle.

— Tu sais quoi, tu me traites comme un gamin.

— Mais tu es tellement… tellement…

Elle déglutit violemment avant de finir :

— … tellement têtu.

— Merci.

— Je préviens Eva, alors, dit-elle tout bas.

— Bien, lança-t-il, avant de raccrocher.

L'écran s'éteignit. Le verre noir renvoya son reflet. Son visage était livide.

Katarina, morte ?

Incompréhensible. Le monde était incompréhensible, il ne comprenait rien pour le moment.

Philip posa son portable, balaya furieusement les cachets de la table, mit les mains sur ses oreilles, appuya de toutes ses forces et hurla.

Deux secondes, ou peut-être vingt.

*
* *

Elle trouva une place libre au dernier étage du parking. Jana Berzelius se gara, coupa le moteur et sortit de voiture. Une puanteur de gaz d'échappement et d'urine séchée lui monta aussitôt à la gorge.

Elle descendit l'escalier jusqu'au niveau de la rue et regarda la foule muette qui se déplaçait dans le vacarme de l'artère commerçante. Tout le long de Drottningsgatan, les magasins attiraient le chaland avec des réductions, les cafés les appâtaient avec leurs sandwichs et leurs pâtisseries. En traversant la rue, elle entendit un homme jouer de la guitare et un enfant pleurer.

Les derniers morceaux de son portable rebondirent au fond d'une poubelle.

Elle pénétra dans la galerie commerciale Lindengallerian, prit l'escalator jusqu'au deuxième étage et entra dans une boutique de vêtements. Jusque-là elle se sentait calme mais, en arrivant au rayon homme, elle se tendit. Elle savait comment trancher efficacement une jugulaire, mais n'avait jamais encore acheté de vêtements à un homme.

— Avez-vous besoin d'aide ?

Elle tourna la tête et vit un employé, cheveux plaqués au-dessus d'un haut front.

— Oui, dit-elle. Je voudrais que vous me trouviez un pull, un T-shirt et un pantalon, pour un homme d'un mètre quatre-vingt-cinq.

— Bon ? fit-il, étonné. Vous pensiez à une gamme de couleurs en particulier ?

— Non.

— Business, ou casual ?

— Comme vous voudrez.

— Puis-je vous ennuyer en vous demandant la taille ?

— Aucune idée, dit-elle. Que portez-vous ?

— Du small.

— Alors prenez médium.

Le vendeur se mit à chercher sur les rayonnages. Jana regrettait de ne pas lui avoir dit que c'était pressé, qu'elle avait un rendez-vous, un parcmètre qui se terminait.

— Et voilà, finit-il par dire. Qu'en pensez-vous ? Est-ce que ces vêtements iront pour votre mari ?

Jana jeta un coup d'œil rapide à un T-shirt blanc, un pull bleu marine à manches longues et un chino beige.

— Très bien, dit-elle en cherchant des billets dans sa poche.

— Jana ? lança soudain une voix familière derrière elle.

Elle fit volte-face et se retrouva face au sourire de Per Åström.

Non, se dit-elle. *Pas lui, pas aujourd'hui, pas ici.*

— C'est le shopping du samedi ?

Elle se mordit les lèvres.

— Pour Père, dit-elle en croisant le regard gêné du vendeur. Il a besoin de vêtements neufs. Tu sais, il renverse facilement, et c'est difficile d'enlever toutes les taches, alors…

Per hocha lentement la tête.

— Tu n'es pas obligée de…, dit-il, je te crois…

— Alors ça nous fera 2 197 couronnes, dit le vendeur.

Jana compta les billets et les lui tendit.

— Et toi, qu'est-ce que tu fais ici ? demanda-t-elle.

— J'ai déjeuné avec Johan Klingsberg après le tennis, et je pensais en profiter pour m'acheter un nouveau costume.

Elle prit la monnaie et jeta un rapide coup d'œil à sa montre.

— Tu as l'air stressé, dit Per.

— J'ai un rendez-vous à la police, il faut que j'y aille.

— Voulez-vous que je vous emballe les vêtements ? proposa le vendeur.

— Non, dit-elle.

— Mais je peux quand même mettre le pull et le T-shirt dans un sac à part ?

— Non, mettez tout ensemble, dit-elle en claquant des doigts pour le faire se presser.

— Un polo ? dit Per. Je croyais qu'il ne portait que des chemises ?

— Qui ?

— Karl.

— Ah oui, dit-elle en prenant le sac, mais... plus depuis sa maladie. Désolée, Per, mais là, je dois vraiment y aller.

Elle se dirigea rapidement vers la sortie, sentant sur son dos le regard inquisiteur de Per, qui lui lança :

— Salue-le de ma part !

Henrik Levin inspira profondément, essayant de refouler le parfum sucré qu'exhalait la femme à lunettes de l'autre côté de la table d'interrogatoire.

— Rita, dit-il, et Rita Olin, apparemment entièrement absorbée par ses pensées, leva brusquement la tête, comme s'il venait d'entrer et l'avait surprise.

Sa robe était simple et stricte, elle semblait adulte et mûre, à sa façon. Décidément pas le genre à dramatiser, exagérer, ou à chercher à attirer l'attention à tout prix.

— Importation de bougies parfumées, dit-elle en remontant ses lunettes sur la racine de son nez.

— Bougies parfumées, répéta Henrik.

— Oui, j'ai toujours rêvé de monter ma boîte, dit-elle, alors j'ai démissionné de mon boulot de consultante en produits pharmaceutiques pour me lancer avec mon mari dans l'importation de vêtements pour enfants. Puis nous sommes passés à la déco intérieure, et ça a marché très correctement. Mais nous avons remarqué que c'étaient les bougies qui se vendaient toujours le mieux, et nous avons décidé de tout miser dessus. Notre entreprise s'appelle LLJ, Light, Love and Joy.

— Donc vous travaillez tous les deux dans cette branche ?

— Oui, c'est ça.

— Vous avez un accent, remarqua Henrik.

Elle rit.

— Oui, j'ai pas mal voyagé ces dernières années, c'est peut-être pour ça.

— Où voyagez-vous ?

— Surtout en Chine, où se trouve notre usine. Mon mari et moi, nous y partons dans une semaine.

— Donc vous êtes mariée ?

— Depuis vingt-six ans.

— Vous avez des enfants ?

— Adultes, quatre garçons, qui volent tous de leurs propres ailes, Dieu soit loué.

Henrik sentit un début de migraine derrière ses yeux. Il n'avait rien mangé depuis le petit déjeuner, et savait qu'il n'allait pas pouvoir se mettre quelque chose sous la dent de sitôt. Encore deux interrogatoires l'attendaient. Et un entretien avec la chef de Katarina Vinston, Eva Holmgren. Pas le temps de prolonger le bavardage.

— Reprenons du début, dit-il, en lui demandant de raconter ce qui s'était passé entre le moment où elle était entrée chez Katarina Vinston et l'arrivée de la police.

— Si vous voulez, dit-elle.

Henrik écouta attentivement Rita lui raconter comment elle avait trouvé le chat devant son domicile, l'avait reconnu et, le lendemain à 8 heures, s'était rendue chez Katarina Vinston. Là, elle avait sonné, attendu quelques minutes et, comme elle ne venait pas, avait ouvert la porte et était entrée.

— J'ai un double de ses clés, et elle un double des nôtres.

— Je lis ici que vous n'avez vu personne dans la maison.

— C'est exact, dit-elle. Mais je n'ai pas dépassé l'entrée : de là, on voit jusque dans la chambre et c'était là qu'elle… était. J'ai aussitôt fait demi-tour, impossible de rester là, même une seconde. C'était tout simplement horrible.

— Je comprends. Et quand vous êtes ressortie, est-ce que quelque chose vous a fait réagir ?

— Non, dit-elle.

— OK, dit Henrik, sentant ses épaules s'affaisser.

— Mais ça dépend ce que vous appelez « réagir ». Il y a la poste qui est passée.

— Oui, nous avons parlé avec le facteur.

— Et puis aussi l'Audi.

— L'Audi ?

— Oui, elle était là hier matin. Mais une Audi ordinaire n'est peut-être pas tellement suspecte, si ?

Jana Berzelius tenait fermement le sac de vêtements. Elle voulait s'en débarrasser au plus vite, et marchait à présent d'un pas décidé vers son appartement.

En tournant dans Skolgatan, elle aperçut une voiture avec deux hommes à l'intérieur. Ils sirotaient chacun un gobelet en carton à couvercle. Elle sentit les cheveux se dresser sur sa nuque tandis qu'ils la suivaient du regard. Bien sûr, ils pouvaient avoir diverses raisons de lever la tête, mais elle ne pensa qu'à l'une d'elles : ils la surveillaient. Et en ajoutant à cela la lenteur avec laquelle ils buvaient leur café, elle était encore plus certaine de son fait. Ils buvaient lentement parce qu'ils n'étaient pas pressés, et n'étaient pas pressés parce qu'ils avaient encore plusieurs heures de planque en perspective.

Elle continua de marcher en regardant droit devant elle, tendant cependant l'oreille pour guetter le claquement d'une portière ouverte ou fermée.

Elle se mêla à la foule de Knäppingsborg, mais, au lieu de rentrer directement, elle fit le tour du bâtiment et s'arrêta pour regarder de derrière le coin.

Elle avait raison.

Les hommes avaient quitté leur voiture.

Elle balaya la rue du regard, sans parvenir à les repérer. Une grande femme blonde aux traits grossiers passa, dos courbé, comme pour paraître plus petite, moins dépasser du lot. Un coursier à vélo avec un T-shirt rouge moulant et des lunettes de soleil traversa à vive allure. Plus loin, deux hommes plus jeunes avec des casquettes. Derrière eux, elle aperçut soudain à nouveau les deux hommes. Tous deux, mains dans les poches et regard à terre. Mais ils s'éloignaient.

Elle poussa un soupir de soulagement, tourna au coin de la rue et continua vers chez elle. Elle n'arrêtait pas de se demander ce qui était en train de lui arriver. Pourquoi s'imaginait-elle que la police l'avait mise sous surveillance ? S'ils la soupçonnaient de cacher Danilo chez elle, ils auraient enfoncé la porte de son appartement, ne seraient pas restés à prendre le café dans une voiture.

Elle monta l'escalier la main sur la rampe en se disant que Danilo avait réussi à rester caché chez elle plusieurs jours durant. Les voisins ne savaient rien. Mais, en même temps, on restait incroyablement anonyme dans ce pays, l'hiver entier pouvait passer sans qu'on voie ses voisins.

Elle regarda par-dessus son épaule avant d'ouvrir la porte.

Danilo était assis par terre, les bras sur les genoux. Des gouttes de sueur brillaient sur son front.

— Tiens, dit-elle en lâchant le sac par terre.

Il en sortit le pantalon.

— Putain, qu'est-ce que c'est ? Un chino ?

— Oui, dit Jana.

— Tu ne pouvais pas me prendre un jean normal ?

— Un chino, c'est normal, non ?

— Et un polo, soupira-t-il en arrachant l'étiquette du prix épinglée dans le col.

Elle détourna les yeux quand il ôta sa chemise sale de l'hôpital. Pas assez vite, elle eut le temps de voir ses pectoraux gonflés, les veines qui couraient sur ses bras. Ses traits étaient symétriques, nets, mais pas remarquables. Elle eut le temps aussi de voir la cicatrice blanche sur sa peau, juste au-dessous des côtes, sur son flanc gauche.

C'était elle qui l'avait causée. Elle qui, trois mois auparavant, l'avait laissé pour mort près d'un hangar à bateaux d'Arkösund. C'était à cause d'elle s'il était allé à l'hôpital.

— Qu'est-ce que tu en penses ? dit-il. Ça me va ?

Elle lui jeta un coup d'œil. Le polo était moulant.

— Ça va, répondit-elle avant de quitter la pièce.

Mia Bolander regarda brièvement le soleil qui brillait dans le ciel bleu clair. Pendant plus d'une demi-heure, elle avait essayé de contacter parmi ses connaissances quelqu'un capable de s'occuper de sa voiture en panne. Après plusieurs tentatives infructueuses, elle consulta impatiemment son portable en se demandant qui d'autre elle pourrait déranger.

Ola, ou Henrik ?

Elle choisit ce dernier et se dirigea vers son bureau. Mais il était vide. Elle eut plus de chance avec Ola, qu'elle trouva le nez sur l'écran de son ordinateur – comme toujours. Elle l'entendit chantonner tout en pianotant.

— Ma voiture est en panne, dit-elle. Tu t'y connais en bagnoles ?

— Marque ?

— Fiat.

— Attends un instant, je finis juste ça d'abord.

Mia resta là à inspecter son bureau, tous les gadgets dont il s'entourait : le clavier sur mesure, les écouteurs noirs et le portable dernier cri posé sur son bureau.

Que désirait-elle de plus que ce qu'elle avait déjà ? Tout, songea-t-elle. Elle aurait elle aussi aimé avoir les moyens d'acheter un nouveau portable. Et, au plus froid de l'hiver, pouvoir voyager dans un pays du Sud. Avoir un appartement plus grand en ville. Un autre encore plus grand en Espagne. Non, pas là. Elle ne risquait pas de s'y plaire entourée de gens parlant une langue qu'elle ne se donnerait jamais la peine d'apprendre. Et elle n'aimait même pas la paëlla.

— Et voilà, dit Ola. Ça a été un peu long, mais j'ai réussi à sortir le modèle d'Audi que la voisine a vu devant chez Katarina Vinston. Une Audi A5. Bleu métallisé.

— Comment tu as fait ? dit Mia. Tu es sûr que c'est le bon modèle ?

— Absolument sûr.

— Comment est-ce possible ?

— Je l'ai appelée en lui demandant de me décrire plus précisément la voiture en question. C'était simple.

— Tu t'y connais en voitures, alors ?

— Juste pour ce qui est de leur apparence. C'est quoi, le problème de la tienne ?

— Elle ne démarre pas.

— Tu l'as achetée à un particulier, ou via une société ?

— Une société. Biva.

— Simplifie-toi la vie en leur demandant de passer jeter un coup d'œil. Ils sont ouverts jusqu'à 18 heures. Fjärilsgatan 2. Et jusqu'à 16 heures le samedi, visiblement.

— Merci, dit Mia. Je me demande comment tu fais pour savoir tout ça.

— J'ai cherché sur Google.

Le site du *Norrköpings Tidning* affichait une photo de Katarina Vinston. Une image où son visage était vivant et presque honteusement beau. Henrik Levin rapprocha l'écran de ses yeux et parcourut l'article intitulé : « Une femme de quarante-quatre ans retrouvée morte. »

Il regarda la photo et se dit que quelqu'un, peut-être sa mère ou son père, la voyait en même temps, et il sentit son ventre se nouer. Ses parents et son frère avaient été mis au courant, et seraient entendus dès que possible. Annoncer un décès était ce qu'il y avait de plus dur dans le métier. Faire face au chagrin, entendre les cris et la douleur des proches. Assister au moment où ils comprennent que c'est sans espoir, que leur existence est irrémédiablement dévastée. Puis les questions qui, à ce stade précoce, restent le plus souvent sans réponse.

Dans toute la région, des gens voyaient la même photo. Et tous se demandaient la même chose : Qui a fait ça, et pourquoi ?

Il était en train de songer que c'était à lui d'apporter des réponses à ces questions quand des pas retentirent dans le couloir. Il leva les yeux et vit arriver Mia.

— Prêt ? lança-t-elle.

— Oui, fit-il en se levant.

En son for intérieur, il était un peu inquiet d'avoir Mia avec lui pour l'interrogatoire de Ted. D'habitude, elle avait du mal à ravaler ses provocations. Ça faisait aussi partie de ses défauts.

Ils se dirigèrent lentement vers la salle d'interrogatoire.

— J'ai parlé avec la chef de Katarina Vinston, dit-il.

— Ça a donné quelque chose ?

— Malheureusement, rien. En gros, tout ce que j'ai pu apprendre, c'est que Katarina était en arrêt maladie. Mais j'ai demandé les fadettes de son téléphone, et le labo va passer au crible son ordinateur.

— Donc, nous n'avons pour le moment aucun lien entre Ted Henriksson et elle ?

— Non, admit-il. Pas encore.

*
* *

Jana Berzelius ralentit son pas en entendant sonner son nouveau portable. Elle avait couru dix kilomètres à toute vitesse, et son cœur battait à tout rompre. Elle inspira deux fois à fond avant de répondre. Elle s'attendait à la voix traînante et pâteuse de son père, mais c'était son aide-soignante.

— Je vous dérange ?

— Non, répondit Jana. C'est à quel sujet ?

— Je ne sais pas, je l'ai juste aidé à composer le numéro. Il veut vous parler.

— OK, fit Jana.

Elle entendit la voix douce de l'aide-soignante appeler son père. L'entendit murmurer quelque chose, puis arriver en traînant les pieds, appuyé derrière son fauteuil.

— Nrjana, dit-il.

Un instant, elle regretta d'avoir répondu.

Elle leva les yeux, regarda les lumières de l'auditorium Louis De Geer en songeant que son père et sa mère s'y étaient régulièrement rendus, au fil des années, pour écouter l'orchestre symphonique ou des récitals des meilleurs chanteurs d'opéra. Mère aimait la musique classique. Du moins, Jana le pensait. Ou alors c'était pour elle une façon de plus de se conformer à son mari.

— Ct au sjt de l'entrr… l'entrreument, balbutia-t-il.

— C'est vendredi prochain, dans une semaine, dit-elle.

— Nroù ?

— Où ce sera ?

Elle ne savait que répondre, n'avait encore aucune idée du lieu de la cérémonie, ni où sa mère serait enterrée.

— Qu'est-ce que tu en penses, toi ? demanda-t-elle, sans quitter des yeux l'auditorium.

Il respira lourdement à l'autre bout du fil.

— Matteus krkn.

Elle essaya d'imaginer la cérémonie dans l'église Matteus, les fleurs, un cercueil et un chœur chantant des psaumes, mais ça ne collait pas.

Elle ferma les yeux et revit Mère sur des rochers, regardant la mer. Une photo d'été d'une femme mûre portant une veste matelassée bleu marine, un tricot blanc, un pantalon bien repassé et une paire de tennis impeccables. Elle marchait lentement sur les rochers, ses cheveux courts ébouriffés par le vent. Son visage était détendu, heureux. Elle se retournait et la saluait en agitant mollement la main. Le soleil filtrait entre les branches des arbres.

En la voyant là qui lui faisait signe, Jana comprit. Elle savait désormais où Mère trouverait son dernier repos.

— Non, dit-elle. L'enterrement n'aura pas lieu à l'église. J'ai décidé que ses cendres seront dispersées près de la villa d'Arkösund.

— Nrfautrune autrorisration.

— Je sais qu'il faut une autorisation de la Région. Mais tu n'as qu'à arranger ça avec tes relations.

— Jnre ppas prarlrer.

— Mais écris un mail, alors, s'irrita-t-elle. Encore une fois, tu disposes d'une semaine.

Il respirait encore plus lourdement. Elle ne savait pas si c'était parce qu'elle s'était opposée à sa proposition d'une cérémonie religieuse, ou parce qu'il peinait à s'exprimer.

— Rjre vv la vrr, dit-il.

— Pardon ? dit Jana, je n'ai pas entendu.

— Rsi on l'incnre, rjre vv la vr !

— Elle est à la morgue. Demande à Elin de prendre rendez-vous.

— Rtu tren orcrupre.

— Moi ?

— Rla mrt de Margrta ert ntre affre, pas Elin.

— Mais…

— Nrron !

Elle se tut. Comprenait qu'il était vain de s'opposer à lui pour le moment.

— Comme tu veux. Je prends rendez-vous, dit-elle avant de raccrocher.

Mia Bolander regarda dans ses papiers, tandis que Henrik Levin passait et repassait le doigt sur sa lèvre supérieure. Le silence vibrait dans la petite pièce aveugle.

Ted Henriksson avait décliné la proposition d'être assisté d'un avocat. D'un côté, c'était un atout, ça leur laissait davantage les coudées franches. En même temps, c'était le signe que Ted estimait n'avoir pas grand-chose à cacher.

D'un autre côté, il pensait que l'interrogatoire ne porterait que sur ses relations avec Shirin Norberg.

Mia se tourna vers lui et essaya d'interpréter l'expression de son visage. Qu'y voyait-elle ? De la méfiance. Ou de la suffisance ? Oui, se dit-elle. Ted est suffisant et conscient du poids du silence. Après avoir remarqué que Henrik était accompagné d'une « nouvelle petite femme », il n'avait plus dit un mot.

Ils attendirent un bon moment avant de commencer. D'habitude, le silence et l'attente rendaient le suspect plus nerveux et plus réceptif. Mais Ted semblait garder son calme.

— Parlez-nous de votre relation avec Shirin, déclara Henrik, une question simple pour lancer la conversation.

— Qu'est-ce que je peux dire ? dit Ted en le regardant.

— Étiez-vous fiancés ?

Ted ricana.

— Non.

— Donc ceci n'est pas votre anneau ? dit Henrik en lui montrant une photo de l'alliance en or trouvée dans la maison de Borg Boklund.

Ted secoua la tête.

— L'anneau au doigt, ce n'est pas trop mon style. Pourquoi s'en tenir à une seule, quand on peut s'amuser avec plusieurs ?

— Donc vous voyiez d'autres amies, à part Shirin ?

— Je ne voyais personne *à part* Shirin. Mais je n'aurais pas été franchement contre le fait de voir quelqu'un *avec* Shirin. Qu'est-ce que tu en dis ? Tu aimes partager, commissaire ?

Ted regarda soudain Mia, qui resta impassible, ce qui parut avoir pour effet de l'exciter.

— Savez-vous qui c'est ? dit Henrik en lui montrant une photo de Katarina Vinston.

Ted y jeta un coup d'œil, inspira lentement par le nez, tarda à répondre.

— Non, finit-il par dire dans un souffle. Mais je n'aurais rien contre faire sa connaissance.

Henrik joignit le bout de ses doigts.

— Votre petite amie vient d'être assassinée, et vous ne semblez pas trop préoccupé…

— Si, je le suis. Je suis préoccupé. C'est juste que je le montre à ma façon.

— Votre façon ?

Ted retomba au fond de son siège.

— Oui, ma façon.

— Je pense que vous devriez commencer à nous parler, Ted, sinon vous risquez de plonger pour meurtre, dit Henrik.

— Exact, dit Mia. Nous savons que vous aviez une relation avec Shirin. Nous savons aussi que vous l'avez systématiquement battue. Mais pourquoi l'avez-vous tuée ?

— Je ne l'ai pas tuée.

Mia le dévisagea. L'avait-elle sous-estimé, malgré tout ? Il était difficile à percer à jour. Partir de l'affirmation qu'ils savaient déjà tout ne marchait pas avec lui.

— Nous voulons juste vous comprendre, Ted, dit Henrik. Qu'est-ce qui vous attire ?

— Les jolies filles, dit-il en regardant les paumes de ses mains. Les jolies filles m'attirent.

— Vous aimez les filles ? Pas les femmes ? soupira Mia, sentant que ça ne les menait nulle part.

Elle aurait préféré sortir de cette pièce avec Henrik, ça ne valait pas la peine de parler avec ce clown.

— Je ne savais pas que tu étais aussi au courant, dit Ted. La combinaison des deux est intéressante, pas vrai ?

Il cracha dans la paume d'une de ses mains, considéra le crachat en poursuivant :

— Une expérimentée et une autre… moins expérimentée. Ça rend le jeu bien plus intéressant.

— Quel jeu ? demanda Mia.

— Quel jeu !? s'exclama Ted avant d'éclater de rire. Disons les choses ainsi, mes amis : je préfère deux à une.

— Il vaudrait mieux parler en clair, dit Henrik.

— Puis-je être plus explicite ? Je croyais que toi, au moins, tu serais au courant. Est-ce que le mot « triangle » vous dit quelque chose ?

— Non, expliquez-nous, dit Henrik avec lassitude.

— Sérieusement ?

— Tu aimes attacher les gens, les lacérer un peu, les fouetter ? dit Mia. C'est ça que tu aimes, Ted ?

Elle se tut une seconde en le regardant, pensive.

— C'est pour ça que tu as attaché Shirin, mais qu'est-ce qui s'est passé, ensuite ? Tu as pris peur et tu es parti quand tu as eu fini, c'est ça ?

— Quoi ?

— C'est bon, dit Mia, nous t'écoutons, tu peux nous raconter.

— Mais puisqu'il n'y a rien à raconter ! Je n'ai rien fait, je suis gentil, tu comprends, très gentil.

Le silence se fit dans la pièce.

— C'est ce que tu dis, dit Mia. Mais je ne te crois pas.

— On s'en fout que tu me croies ou non, c'est pas une raison suffisante pour me garder ici, n'est-ce pas ?

15

— Allez à l'essentiel, dit Gunnar Öhrn, stressé.

Il avait demandé un rapide briefing dans son bureau, convoquant Mia en plus de Henrik.

L'air était lourd. Les fenêtres étaient fermées et les rideaux tirés, si bien qu'il faisait presque sombre.

— Il semble que Ted Henriksson était au travail quand Shirin et Katarina ont été assassinées. On vérifie, dit Henrik.

— Bien, fit Gunnar.

— J'ai aussi envoyé du monde faire du porte-à-porte au sujet de cette Audi vue à Borg.

— Hélas, Ted ne possède pas d'Audi, dit Mia. Ah, putain, ça pouvait pas être si simple.

— Bien sûr, il peut en avoir emprunté, loué ou volé une, et nous vérifions aussi ça, dit Henrik. Concernant les empreintes de pas dans le jardin, Anneli n'a pas encore terminé leur analyse, mais elle sait qu'il s'agit de l'empreinte d'une paire de chaussures de tennis taille 43, probablement trop petites pour Ted.

— Et que disent nos amis de l'institut médico-légal ? demanda Gunnar.

— Ils ont promis de donner la priorité au corps, mais est-ce que ça signifie pour autant qu'ils s'en occuperont aujourd'hui, je peux pas te le dire.

— C'est juste un putain de briefing, dit Gunnar.

— Voilà où on en est, malheureusement, déclara Henrik. En gros, il n'y a pas grand-chose qui lie Ted aux deux lieux du crime.

— Et il y a aussi cet anneau, dit Mia, trouvé chez Katarina, mais qui semblait ne rien dire à Ted… On verra bien ce que trouve le labo…

— Deux meurtres spectaculaires, et aucun suspect, à part Ted Henriksson. Bref, la dèche, fit Gunnar, qui parut aussitôt très las.

Il se passa la main sur le visage et résuma ensuite les nouveautés du côté de Danilo Peña.

— Quatorze appels, dont quatre d'abonnés qui téléphonent toujours, qu'ils aient vu quelque chose ou non.

— Mais il y a quand même des gens qui l'ont vu ? demanda Henrik.

— Oui, dit Gunnar, ou du moins qui pensent l'avoir vu. Un pizzaiolo prétend que Peña serait venu dans sa pizzeria de Kungsgatan, aurait commandé une spéciale du chef, bu un Coca, serait allé aux toilettes et sorti en grimpant par la fenêtre. Le problème, c'est qu'il n'y a pas de fenêtre dans les toilettes de ce restaurant.

— Pourquoi on ment sur un truc pareil ? s'interrogea Mia.

— Je ne sais pas, dit Gunnar. Pour attirer l'attention, peut-être. Si les journaux trouvent que c'est une bonne histoire et font des papiers dessus, ce pizzaiolo peut jouir d'une énorme attention.

— Tu veux dire que c'est du marketing gratuit ?

— En gros.

— Mais est-ce que quelqu'un l'a vu pour de bon ? demanda Henrik.

— Non, je ne crois pas. Quelques jeunes disent l'avoir vu courir le long de la voie de chemin de fer en direction du pont, tu sais, là où Ingelstagatan enjambe les voies, avant de disparaître. Les tuyaux de ce genre *peuvent* bien sûr être exacts.

— En d'autres termes, l'avis de recherche n'a rien donné ? demanda Mia.

— Il est encore un peu tôt, répondit Henrik.

Gunnar hocha la tête, mais rien de positif n'émanait de l'expression de son visage. Ils savaient tous que les premières réactions étaient les plus importantes. La nouvelle allait bientôt se noyer dans le flux de l'actualité. Les gens oubliaient vite.

Tout l'étage embaumait l'origan, le basilic et l'ail. En ouvrant la porte, Jana Berzelius entendit un bruit de vaisselle et la musique de la télévision.

Elle ôta ses chaussures de sport et entra dans la cuisine. Là, elle s'arrêta net. Elle resta interdite.

Danilo était debout devant le plan de travail. Un couteau dans une main, un morceau de pain dans l'autre.

Elle essaya de dire quelque chose, mais le choc lui avait vidé les poumons.

— Qu'est-ce qui t'est arrivé ? lâcha-t-elle.

— Une paire de ciseaux, voilà ce qui m'est arrivé.

Il portait son nouveau pantalon et le T-shirt blanc. Ses cheveux étaient courts et grossièrement coupés, mais ça ressemblait malgré tout à une coiffure. Une mèche noire pendait sur son front. Son menton était rasé de frais.

— Je vois que tu as aussi trouvé un rasoir, lança-t-elle.

Il ricana.

— J'ai préparé de la soupe, dit-il.

— Je ne vais pas t'en empêcher. Je vais me doucher.

— Tiens, aide-moi, plutôt.

Il lança fort le pain dans sa direction. Elle réagit en une fraction de seconde, leva la main et l'intercepta sans le quitter des yeux.

— Je ne cuisine…

— … jamais, compléta-t-il. J'avais compris. Tiens.

La lame fendit l'air. Elle attrapa le couteau de l'autre main. Le serra fort, ce que Danilo remarqua.

— Nous devrions nous comporter normalement, tu ne crois pas ?

Elle ne dit rien. Gagna lentement la planche à découper. Trancha le pain en fines tranches en gardant toujours un œil sur Danilo qui bavardait.

Ses manières l'irritaient. La situation n'était pas normale. Ne comprenait-il pas que dans leur partie d'échecs, le coup qu'elle jouerait dans les prochaines vingt-quatre heures serait décisif pour leur vie ? Si elle ne réussissait pas à placer la chemise dans ce foyer de nuit, il ne pourrait pas fuir et elle ne serait jamais débarrassée de lui.

Mais il semblait totalement insouciant, plus préoccupé de la cuisson de la soupe. Il retira la casserole de la plaque et sortit deux bols. Souleva le couvercle de la casserole et remua avec la louche. Remplit les bols à moitié et les posa sur la table où se trouvaient déjà deux verres à pied et une bouteille de vin ouverte.

— Assieds-toi, dit-il en coupant le son de la télévision.

— Qu'est-ce que tu veux, avec tout ça ? demanda-t-elle, sentant que la sueur s'était glacée dans son dos.

— Je veux manger. Assieds-toi !

Elle hésita d'abord, mais finit par s'installer en face de lui.

— Qu'est-ce qu'il y a encore, bordel ? Tu ne manges pas ?

— Est-ce que je m'y risque ?

— Vu que tu as quatre briques de cette soupe dans ton réfrigérateur, je suppose que tu l'aimes bien.

Elle prit sa cuillère et la plongea lentement dans la soupe.

— Je n'ai pas empoisonné le dîner, si c'est ce que tu crois.

— On ne sait jamais, avec toi.

— On peut échanger nos bols, si tu veux.

— Non merci, dit-elle, avant de goûter.

À cet instant, on sonna à la porte. Danilo s'arrêta au milieu d'un mouvement et la regarda.

— Tu attends quelqu'un ? dit-il, tendu.

— Non, répondit-elle, sentant son rythme cardiaque s'accélérer.

*
* *

Anneli Lindgren lança son ordinateur, ouvrit un dossier et passa en revue les photos des scènes de crime, regarda les victimes, les mains coupées de Shirin et le visage blême de Katarina. Elle frissonna de dégoût, mais continua pourtant à faire défiler les images. Elle n'aimait pas l'incertitude. Elle voulait contrôler, comprendre. C'était pour ça qu'elle aimait son travail, qu'elle pouvait passer des heures à examiner des fibres textiles, des analyses ADN et autres traces techniques.

Sur une photo, on voyait l'empreinte de chaussure du jardin de Borg Boklund. Elle l'avait déjà regardée, mais cette fois elle zooma pour la grossir plusieurs fois. Elle tourna la tête dans tous les sens, plissa les yeux et zooma encore.

Elle vit le relief de la semelle. Il correspondait à son hypothèse, une chaussure de gym ou de course, pointure 43.

Soudain, son portable sonna. C'était Gunnar.

Elle sourit en lui répondant.

— Anneli, pourquoi tu ne m'as pas appelé au sujet des empreintes de chaussures ?

Son sourire disparut aussitôt.

— Henrik m'a dit qu'il allait t'informer.

— Il l'a fait. Mais la prochaine fois, tu m'appelles d'abord. Compris ?

— Mais, Gunnar… Qu'est-ce que ça fait ? Qu'est-ce que Henrik t'a dit, exactement, à propos de ces empreintes ?

Elle luttait pour se protéger des paroles de Gunnar. C'était une autre personne depuis trois mois. Différent d'il y avait un an. Dix ans. Disparue, la personne légère, chaleureuse et attentionnée, remplacée par le personnage strict et sérieux qui lui parlait, à l'autre bout du fil.

Elle se tortillait sur son siège, troublée par l'autorité qu'il essayait de manifester par le ton de sa voix. Car en sous-texte, elle entendait : *Tu es négligente, tu fais mal ton travail.*

Visiblement, il ne se lassait pas de lui faire payer. Avoir son concubin comme chef était pénible, mais son ex, c'était franchement pire. *Ex !* Elle soupira d'avoir à l'appeler ainsi.

— Tu as raconté à Henrik quelque chose d'autre que tu ne m'as pas encore dit ? demanda-t-il.

— Mais non, répondit-elle. C'est juste que j'ai maintenant une réponse concernant la marque de la chaussure.

— Quelle marque ?

— « The Swoosh ».

— Quoi ?

— Le logo de Nike.

— Oui, je sais ce que c'est. Tu es sûre ?

— Oui.

— Très bien, dit-il – et il raccrocha.

Elle reposa son portable, triste. Des études prétendaient mesurer, analyser et comparer les sentiments. Mais ils n'en demeuraient pas moins difficiles à comprendre. Et quant à sa relation avec Gunnar, ce n'était même pas la peine d'essayer d'y comprendre quoi que ce soit.

Jana Berzelius jeta un coup d'œil par-dessus son épaule, pour s'assurer que Danilo se cachait, avant d'ouvrir la porte.

Elle tomba nez à nez avec Per, qui lui souriait. Son blouson de sport vert remonté jusqu'au menton, dont la couleur accentuait celle de ses yeux vairons.

Comme il s'avançait d'un pas, elle gesticula pour lui intimer l'ordre de rester là où il était.

— Qu'est-ce qu'il y a ? dit-il en se passant la main sous le menton.

— Qu'est-ce que tu fais ici ?

Il rit.

— Notre déjeuner à La Poissonnerie est tombé à l'eau, alors j'ai pensé…

— Mais tu ne peux pas être ici, pas maintenant.

— Qu'est-ce que tu veux dire ?

— Il faut que tu partes !

Il rit à nouveau. Mais nerveusement, cette fois.

Son rire retentit dans la cage d'escalier, puis mourut, remplacé par un lourd silence.

Calmement, elle s'avança sur le palier, laissant la porte entrebâillée derrière elle. Peut-être parce qu'elle aurait plus que tout voulu disparaître dans l'appartement et ne pas avoir à faire face à cette situation inévitable.

— Je veux réellement que tu t'en ailles, lança-t-elle en lui jetant un bref regard.

— Tu n'es vraiment pas quelqu'un qui encourage l'amitié.

— Non, je veux y mettre un terme, dit-elle sèchement.

— J'ai fait quelque chose de mal ?

— Non, je veux juste qu'on me laisse tranquille.

Il lui adressa un regard où se mêlaient déception et étonnement. Sa poitrine se souleva sous son blouson.

— J'ai compris que tu aimais être tranquille, que tu ne voulais pas de quelqu'un qui se mêle de ta vie, et j'ai vraiment essayé de ne pas le faire.

— Pourquoi es-tu venu ici, alors ?

— Oui, je le regrette à présent.

Elle le regarda, chercha son regard.

— Ne te fâche pas, dit-elle.

— Je ne suis pas fâché, s'énerva-t-il. Je suis juste tellement déçu contre moi-même d'avoir consacré tellement de temps à rien.

À cet instant, Danilo se déplaça dans l'appartement. Elle l'entendit. Per devait l'avoir entendu lui aussi. Et ça recommença. Le parquet craqua, et elle se plaqua contre la porte.

— Je croyais que tu étais seule, dit-il.

— Je suis toujours seule, lâcha-t-elle.

— Mais…

— Va-t'en. Maintenant.

— C'est juste que je ne comprends pas…

— Qu'est-ce que tu ne comprends pas ? Va-t'en !

— Jana…

— Nous n'avons plus rien à nous dire, toi et moi. Notre prétendue amitié est terminée. Point final.

Leurs yeux se croisèrent.

— *Notre prétendue amitié…*, répéta-t-il tout bas.

Puis plus rien.

Il n'y avait pas besoin de davantage de mots. Ni d'une carte pour indiquer la direction. Il n'y avait qu'un carrefour, avec une route pour chacun.

Elle le vit hocher la tête de déception, reculer de deux pas, puis tourner les talons.

Soudain, elle eut envie de tendre la main pour le retenir.

Mais elle ne le fit pas.

Elle rentra et referma la porte.

L'autoroute défilait derrière la vitre. Dans l'ambulance, Philip Engström avait fixé son regard sur un point indéfinissable, au-delà d'un champ. C'était samedi soir, il y avait beaucoup à faire.

Certaines fins de semaine étaient de véritables cauchemars. Désormais, presque à chaque garde, ils devaient partir secourir des blessés dans d'absurdes accidents de la route. Souvent des jeunes. Que des garçons, même pas vingt ans. Comme la semaine dernière. Un gamin était allé dans le décor, sur la route 210, au sud de la ville. Il avait traversé la clôture près du club de golf de Söderköping. Fini dans les bois, coincé dans sa voiture. Ce n'était qu'au bout d'une vingtaine d'heures qu'il avait réussi à se dégager et à se traîner jusqu'à la route, où il avait stoppé un automobiliste.

Dix-huit ans. Lycéen.

— Tu as oublié un bouton, dit Sandra.

Philip baissa les yeux sur la blouse élimée qu'il venait d'enfiler.

Il boutonna son col sans rien dire. Songea au garçon resté si longtemps en forêt sans que personne le retrouve. Et se remit à penser à Katarina. Combien de temps était-elle restée dans sa maison, attachée ? Avait-elle appelé à l'aide ? Était-elle consciente quand il l'avait cherchée, l'avait-elle entendu frapper à sa porte ?

L'idée était vertigineuse : il avait beau penser à elle, désirer la revoir, elle ne reviendrait jamais.

— À quoi tu penses ? lança Sandra.

— À l'été et au soleil.

— Tu penses à Katarina, hein ?

Il ne répondit pas.

— Il faut vraiment toujours que je t'arrache les mots de la bouche.

— Je me demande juste comment elle est morte.

— Mais je te l'ai raconté, dit-elle.

— Raconté, comment ça ? fit-il en la regardant.

— Au téléphone, répondit-elle en croisant son regard une courte seconde.

— Quoi ?

— Qu'elle a eu la langue tranchée.

— Hein ?

— Je ne mens pas.

Le bruit du moteur était très faible, presque étrangement estompé. Philip crut d'abord qu'il avait les oreilles bouchées, mais c'était juste que ses pensées avaient repris le dessus. Avec un frisson, il se répétait ces mots : *La langue. Tranchée.* Qu'elle l'ait ou non entendu frapper, peu importait : elle n'aurait pas pu appeler à l'aide.

— Comment tu sais ça ? demanda-t-il.

— Richard Nilsson. Une chance que ce soit lui qui y soit allé, quelqu'un d'expérimenté.

Philip tourna la tête, regarda vers le grand champ.

— Est-ce que je peux te demander…, reprit Sandra. Est-ce qu'il y avait quelque chose, entre Katarina et toi ?

Il la fixa avec étonnement.

— C'était une amie, dit-il, comme offusqué.

— Pas le genre d'amie avec qui on couche ?

— Mais putain ! Pourquoi tout le monde croit ça ?

Sandra doubla un camion.

— Ce n'est pas le cas, donc ?

— Non, pas du tout. Katarina était une amie. Le genre qui écoute.

— Moi aussi, je t'écoute volontiers si tu…

— Merci, Sandra, mais je n'ai rien envie de dire pour le moment.

— Ce n'est pas bon de garder les choses enfermées en soi, dit-elle en se rabattant sur la file de droite.

— Mais t'as qu'à parler toi, si tu trouves ça si important, merde.

— Oui, je trouve ça important. Il y a des gens seuls qui ont bes…

— Mais pas moi. Alors je ne comprends pas pourquoi tu n'arrêtes pas de remettre ça sur le tapis, dit-il en tournant à nouveau le regard vers les champs. Personne n'est seul, ici, murmura-t-il.

Jana Berzelius resta un moment la main sur la poignée de la porte. Comme si elle refusait de la lâcher.

Elle tendit l'oreille vers l'intérieur de l'appartement, traversa le vestibule, passa devant la cuisine et le séjour. Regarda par la fenêtre le monde au-dehors, sombre et silencieux, froid et endormi, en se demandant ce que pensait Per.

Elle baissa le regard, vit ses poings fermés, très serrés.

Il n'y avait pas d'autre issue que celle qu'elle venait de choisir, se dit-elle.

— C'était qui ?

Soudain, Danilo était derrière elle.

Elle ne se retourna pas, elle ne voulait pas le voir, pas avoir affaire à lui.

Elle voulait retrouver la solitude, sa solitude.

Le silence et le calme.

— Tu sais bien qui, lâcha-t-elle.

— Qu'est-ce que tu lui as dit ?

— Ce qui était nécessaire.

Elle se remit en marche, entra dans sa chambre, referma la porte avec un soupir silencieux et se laissa glisser par terre. Appuya la tête contre le mur, sentit la douleur dans ses mains. S'en moqua. Serra les poings plus fort encore.

Puis resta là.

16 avril

En entrant dans le vestiaire après le sport, je n'ai pas tout de suite retrouvé mon pantalon. Il était dans les toilettes, parce qu'il « puait l'alcool ».

C'est à cause de Martin, je le sais. Je n'aurais jamais dû lui parler de toi, papa. Je lui en ai parlé en confiance, c'était il y a quelques années, quand nous étions encore amis, lui et moi.

Maintenant, il a tout raconté aux autres de la classe. Maintenant, tout le monde sait que j'avais l'habitude de cacher ton alcool dans le tiroir de mon placard. Tu imagines la honte, papa ? Tu imagines ? J'espère, parce que c'est ta faute si tout est comme ça. C'est toi qui t'es arrangé pour m'abandonner.

Tu sais ce que c'est, mon premier souvenir, papa ? Ce n'est pas dans une poussette, un bac à sable ou une piscine gonflable. C'est dans une cuisine. Je me souviens que tu étais étendu là, sous la table de la cuisine, et je me rappelle tes yeux clos, quelque chose de collant et brillant sur ta peau. J'aurais voulu que tu arrêtes de dormir et que tu viennes plutôt m'embrasser.

Si j'avais pu me détacher de ma chaise pour venir me coucher à côté de toi, je l'aurais fait.

Je me souviens que j'ai pleuré, papa. Viens ! *Je t'appelais.* Viens, je veux que tu te lèves, que tu me prennes dans tes bras. Reste pas là. Prends-moi dans tes bras !

Mais tu ne l'as pas fait. Tu es resté par terre.

Je pense de plus en plus à toi, papa. Je me dis que, même si tu n'as jamais rien fait contre la solitude, ma solitude, c'est malgré tout grâce à toi si maman est entrée dans notre vie.

Ah, quand tu étais encore de ce monde, papa, il m'arrivait de souhaiter que tu sois avec nous. Que tu habites avec nous. Mais quelque part, en moi, je savais dès le début que tu ne viendrais jamais – jamais vraiment. Traître envers moi, envers elle, envers nous, encore et encore.

Et je vais le dire franchement : tant mieux que tu aies disparu de ma vie.

Mais à l'époque, je ne savais pas que la vie deviendrait ça. Puisque le docteur disait que tout allait s'arranger. Pourquoi avait-il dit ça ? Ça ne s'est pas arrangé. Et ça ne finira pas bien. Je le sais.

Le pire, c'est que ça a pris en moi des proportions incontrôlables. Je ne sais plus quoi en faire, de cette certitude, de cette conviction de bientôt connaître la solitude absolue.

La solitude absolue, merde.

Mais qu'est-ce que c'est, vraiment, la solitude ? Pourquoi existe-t-elle ? Et que fait-elle de nous ?

Quelqu'un peut répondre à ça ?

Tu peux répondre à ça ?

Papa ?

DIMANCHE

16

Il était le premier debout, même si son plus jeune fils l'avait gardé éveillé presque toute la nuit. La cuisine baignait dans la lumière magnétique d'un ciel bleu. Henrik Levin se plaça à la fenêtre et regarda dehors, vit le jardin parsemé de petites taches vert tendre et de nombreux bourgeons.

— Tu es levé tôt.

Il se retourna et vit Emma entrer, en pantalon d'intérieur gris, les cheveux attachés en chignon lâche.

— Oui.

— Quelle belle journée, dit-elle en l'effleurant du regard avant de continuer vers le ciel bleu au-dehors.

Puis elle s'approcha, lui passa le bras autour de la taille et se blottit contre lui.

Ils restèrent un long moment ainsi.

— Ce jardin me manquera, lança-t-elle.

— Il est petit.

— Justement pour ça, répondit-elle en le serrant plus fort.

— Tu regrettes de déménager ?

— Non, dit-elle. Ça fait juste drôle de revenir dans la maison où j'ai grandi. Tout est encore comme quand je suis partie, même le papier peint rayé de mon ancienne chambre.

— Mais si je te connais bien, toute la maison sera blanche avant même qu'on ait eu le temps d'ouvrir les cartons. Tu pourras choisir la nuance que tu veux, promis.

Elle rit et l'embrassa.

Il était tout juste 8 heures quand Henrik sortit. Il allait s'installer au volant de sa voiture quand son portable sonna.

Björn Ahlmann se racla la gorge à l'autre bout du fil.

— Le rapport est prêt, dit-il.

— Quoi ?

— Mais c'est toi qui l'as demandé. Que ça aille vite. L'autopsie de Katarina Vinston est finie, et je n'aurai pas de mal à m'endormir ce soir, vu que j'y ai passé la moitié de la nuit.

— Merci, Björn.

— De rien.

Henrik posa le coude sur la portière de la voiture.

— Qu'est-ce que tu me racontes, alors ?

— Sans doute rien que vous ne sachiez déjà.

— Nous ne savons presque rien.

— Vous savez que la langue a été coupée.

— Mais avec quel instrument ?

— Un scalpel jetable.

— Comment peux-tu être sûr qu'il était jetable ?

— Parce que la lame était toujours en elle.

Henrik se tut, il avait du mal à se représenter la scène. Le scalpel *toujours en elle* : dans son estomac ? Il eut un haut-le-cœur. Il déglutit, déglutit encore pour chasser le mauvais goût au fond de sa gorge.

— Växsjö, dit Björn.

— Hein ? fit Henrik.

— Växsjö, tu te rappelles les événements de Växsjö ?

— Je ne vois pas.

Björn lui exposa, à sa manière objective et factuelle, le cas d'une femme à tendances autodestructrices qui avait avalé deux scalpels. Cette femme était depuis des années suivie en psychiatrie et fréquentait une consultation de jour. Elle s'était fait remarquer par le passé pour avoir avalé des objets tranchants, comme des lames de rasoir ou des couteaux.

— L'extraction du second scalpel avait entraîné des lésions si graves de l'œsophage et des vaisseaux sanguins du cou qu'elle était morte sur la table d'opération à la clinique centrale de Växsjö, dit-il. Il me semble qu'il y a eu un dépôt de plainte à ce sujet auprès des services sociaux. Katarina avait un scalpel de ce genre dans l'estomac, mais seulement la lame. Je pense qu'elle s'est détachée quand la langue a été tranchée.

— Et elle l'a avalée.

— Tu sais ce que ça signifie ?

— Non, mais je suppose que je vais bientôt l'apprendre.

— Ça signifie que Katarina était consciente quand on lui a coupé la langue.

Henrik grimaça.

— Est-ce qu'il faut beaucoup de force pour…

— En fait, non.

— Et qu'est-ce que c'est, comme scalpel ?

— La marque, je ne peux pas te dire, mais c'est écrit que c'est fabriqué à Tuttlingen, en Allemagne.

— OK, je vais mettre quelqu'un là-dessus.

— Ça risque d'être difficile. On consomme des quantités de scalpels jetables dans le monde entier.

— Envoie-moi quand même une photo, s'il te plaît.

— Sans faute.

— Avait-elle d'autres marques particulières sur le corps, à part ça ? Blessures, bleus ?

— Non.

— Autre chose ?

— Oui, dit-il. Nous avons fait effectuer des analyses, et constaté qu'on avait injecté à Shirin, comme à Katarina, un anesthésiant à effet rapide.

— Qui s'appelle ?

— Ketalar.

Jana Berzelius attacha sa montre à son poignet. Elle pensait toujours à Per, revoyait son regard étonné, déçu. Et son seul crime était d'être son… collègue ? Ami ? Elle ne savait pas bien, mais, quel que soit le mot qu'elle choisisse, leur relation était très vraisemblablement terminée désormais. Il ne voudrait sans doute plus jamais avoir affaire à elle.

Ça la rendait furieuse.

Et c'était la faute de Danilo.

Elle traversa sa chambre, éteignit la lampe de chevet et ouvrit la porte.

Il était sur le sol du salon, en train de faire ses pompes, lentement et méthodiquement. Chaque jour les mêmes exercices.

— Donne-moi la chemise, dit-elle.

Il leva rapidement les yeux, se mit debout, gagna sa barre de traction, la serra dans ses mains et se souleva plusieurs fois.

— Et te voilà encore fâchée, dit-il. Hein, Jana ?

Elle inspira profondément, tenta de se calmer.

— Tu te crois malin ?

— Je suis malin, dit-il.

— Tu ne me connais pas.

— Vrai, je ne te connais pas. Tu ne me connais pas. Mais je vois bien que tu es fâchée.

Il lâcha la barre, secoua ses bras.

— Je ne suis pas fâchée, dit-elle, mais je vais l'être si tu ne me donnes pas la chemise.

— Elle est sur le canapé.

— Tu veux que je la ramasse moi-même ?

— Oui, qui d'autre ? Per ?

Elle leva les yeux. Le vit sourire. Vit qu'il ouvrait la bouche pour dire autre chose. Mais pas question de le laisser faire.

Ce fut comme si toute la haine qu'elle avait pour lui explosait en elle. Elle pivota d'un seul mouvement souple et, balançant violemment le bras à l'horizontale, elle le frappa juste sous l'épaule.

Surpris par son attaque, il grimaça de douleur. Mais elle continua : deux pas sur la gauche et un revers de la main dans son autre bras.

Puis un coup de pied et un autre, rotation des hanches, appui sur le pied arrière, coup à la taille. Pour finir, elle l'écarta d'elle d'un dernier coup de pied.

Elle aurait voulu ne pas s'arrêter, mais se retint, baissa les bras, s'immobilisa en reprenant son souffle. Le regarda étendu par terre à ses pieds. Le vit saigner. Vit qu'il voulait dire quelque chose, et le laissa faire cette fois.

— OK, compris, compris. Sujet sensible.

— Si tu veux que je t'aide à t'enfuir, va me chercher cette chemise. Maintenant.

Il était déjà neuf heures et demie, et Mia Bolander se balançait sur sa chaise dans la salle de réunion pendant que Henrik résumait au groupe son entretien avec le légiste.

— Björn n'a rien trouvé de valable, malheureusement. Pas de sperme, pas de sang, ni rien sur le corps de Katarina Vinston.

— Rien venant de Ted, donc, dit Mia. Et merde !

— Je l'ai déjà dit, reprit Henrik, je ne crois pas que Ted soit la personne que nous recherchons.

Le silence se fit. Mia regarda autour d'elle et tomba sur les faces renfrognées et mal réveillées de Gunnar et d'Ola.

— En plus, le matin où Shirin a été torturée, il se trouvait à son travail, dit Henrik. C'est confirmé.

— Mais il ne pourrait pas s'être fait la belle une heure ou deux, sans que personne le remarque ? demanda Ola.

Henrik secoua la tête.

— Il travaille à la fabrication de compléments alimentaires dans l'usine Vitamex, ici, à Norrköping.

— Ça semble voler un peu haut, pour un débile comme lui, je trouve, dit Mia.

— Même des types comme lui ont besoin de gagner leur croûte, argua Henrik. Le fait est qu'il travaille à la chaîne, sur une ligne de production : s'il s'était absenté, ses collègues auraient réagi, c'est forcé.

— Et pour Katarina ? demanda Gunnar. Où se trouvait-il ?

— Au boulot, là aussi. Ted a sans doute pas mal de choses sur la conscience, mais nous devons un peu regarder ailleurs...

Gunnar se passa les mains dans les cheveux, plusieurs fois.

— Tu as raison, Henrik, dit-il. Nous n'avons plus de suspects pour les meurtres de Shirin et de Katarina.

Mia s'affaissa sur son siège.

— Et merde, fit-elle. J'étais vraiment sûre que c'était lui.

— Tu as dit que Björn n'a pas retrouvé de sperme sur les victimes ? Intéressant, lança Gunnar.

— Qu'est-ce que ça a d'intéressant ? demanda Mia.

— En tout cas, ça montre que le meurtrier n'a pas abusé sexuellement de ses victimes. Ce qui nous permet d'exclure pas mal de types de nos fichiers. Là, il s'agit d'autre chose.

Le silence se fit à nouveau. Gunnar joignit les mains et se pencha au-dessus de la table.

— Nous avons un dingue qui torture ses victimes à leur domicile. Aucun signe de lutte, ni d'effraction, il est donc vraisemblable que Shirin et Katarina le connaissaient.

— Oui, dit Henrik, mais d'où ?

— Bon, voilà comment je vois les choses, déclara Mia. Le meurtrier est sans doute une personne intelligente avec une vie normale, un travail, une famille. Mais il a quelque chose qui ne tourne pas rond dans sa tête, dont il se soulage en allant voir des femmes qu'il ligote et mutile le matin, avant d'aller travailler.

— Ça ressemble à un psychopathe, dit Ola. Probablement un fonctionnaire. Pendant la journée, depuis son bureau, dans une administration, il suit ses crimes dans les médias et se sent fier de ses exploits, comme s'il travaillait à un grandiose projet artistique.

— Alors ce salaud doit bien rire, lâcha Mia, avec tout ce qu'on a écrit sur ses meurtres dans les journaux.

— Ne vous égarez pas, dit Gunnar, nous ignorons s'il s'agit ou non d'un psychopathe.

— Mais s'agissant d'un tueur en série, en tout cas, les victimes ont souvent quelque chose en commun, précisa Ola, par exemple la profession, l'appartenance ethnique, la couleur des cheveux ou le sexe. Shirin et Katarina travaillaient toutes les deux dans la santé.

— Moi aussi, je penche pour un putain de tueur en série, dit Mia.

— Encore une fois, ne vous égarez pas, il faut au moins trois meurtres pour parler de tueur en série, déclara Gunnar.

— Qui a dit qu'il avait eu son compte, bordel ? s'écria Mia.

Gunnar se gratta le lobe de l'oreille.

— Bon, fit-il. Shirin et Katarina travaillaient dans la santé, mais il doit y avoir autre chose.

— Le rituel d'attacher les victimes avant de les mutiler est en tout cas exécuté à l'identique, ce qui pourrait malgré tout indiquer une pensée sérielle, dit Henrik. Qu'est-ce qui nous dit qu'il va s'arrêter ?

Il embrassa l'équipe du regard.

— Rien, répondit Mia. Surtout pas s'il s'excite en entendant parler de ses meurtres dans les médias.

— On peut difficilement empêcher les médias d'écrire sur ces meurtres, dit Gunnar.

— Ah oui, au fait…, lança Henrik en pointant un papier qu'il avait devant lui. Björn m'a encore dit quelque chose d'important. Shirin et Katarina ont reçu une injection d'anesthésiant. Du Ketalar.

— Le meurtrier a donc accès à des médicaments, déclara Gunnar, c'est intéressant.

— Oui, et il semble capable d'utiliser une scie à fil et un scalpel, dit Mia.

— Le dénominateur commun entre les victimes et leur meurtrier est éventuellement malgré tout leur profession, marmonna Henrik. Il est peut-être médecin ?

17

Jana Berzelius ralentit, s'arrêta et balaya du regard la zone industrielle de Motala. Ça ressemblait donc à ça, en réalité, se dit-elle.

À seulement cent mètres de là, un lièvre déboula sur l'asphalte et le gravier. Encore deux cents mètres plus loin, elle aperçut le foyer de nuit et, juste à côté, un bâtiment peint en blanc avec une enseigne : KONSUM RINGEN. Autrefois un supermarché, c'était aujourd'hui un centre d'expérimentation culturelle qui, d'après ce qu'annonçait une affiche, abritait en ce moment une installation d'un jeune talent de Linköping.

Jana s'avança, passa derrière le centre et gara sa voiture derrière une rangée de garages aux portes rouillées.

Était-ce vraiment une bonne idée d'entrer comme ça dans ce foyer pour y laisser un leurre appartenant à un homme recherché, traqué, soupçonné de meurtre ?

Elle entendit quelque chose dehors, comme des pas. Elle tendit l'oreille, le bruit disparut, elle avait peut-être rêvé.

Elle se gratta la nuque et se cala au fond de son siège. Essaya de respirer calmement. Se persuada que c'était un plan simple. Sans se faire voir, elle placerait la chemise dans un endroit approprié, si possible une chambre. Pas de complications. Juste placer la chemise et partir d'ici.

Qu'avait-elle à perdre ?

Pas grand-chose, se dit-elle en descendant de voiture.

*
* *

Lucas Bratic se regarda dans le miroir en se disant que tout merdait : la recette de la veille, le mauvais temps, et le fait qu'on venait de frapper à la porte.

— Ouvre, entendit-il dire une voix rauque.

Pas de doute sur son propriétaire : Dragan Sandin, un homme de cinquante-cinq ans à l'accent exagéré, qui venait comme à son habitude « relever les compteurs ».

— Sinon on enfonce la porte, tête de nœud !

Le fait que Dragan ait dit « on enfonce » et non « j'enfonce » inquiéta Lucas. En d'autres termes, il y avait plusieurs personnes de l'autre côté de la porte. Seule une mince plaque de bois le séparait de leurs poings.

Lucas vit la poignée de la porte monter et descendre, et plongea la main dans sa poche. Il était enfermé dans ces toilettes communes depuis une demi-heure, faisant semblant d'avoir l'estomac retourné. En réalité, il voulait du temps pour échafauder un plan.

Hier, il n'avait réussi à mendier que 87 couronnes. L'argent était dans sa poche droite, c'était lui que Dragan voulait. Il voulait tout récupérer, y compris les billets se trouvant dans son autre poche.

Plusieurs billets de cent. L'argent que Lucas avait réussi à dissimuler et dont il ne voulait à aucun prix être privé.

Délicatement, il dévissa le bouton de la chasse d'eau et en souleva le couvercle. Il roula les billets et essayait de les fixer au flotteur quand il entendit à nouveau la voix de Dragan.

— Si tu n'ouvres pas, on ouvre.

Pang.

Le premier coup de pied. Toute la porte vibra.

Pang. Un autre coup.

Lucas se mit à suer, il fallait qu'il cache son argent quelque part, mais c'était impossible.

Pang. Des éclats de la porte commençaient à voler.

Lucas s'activa, parvint enfin à remettre le couvercle en place. Il se recroquevilla, ferma les yeux et pria les instances supérieures. La porte vola en éclats.

Elle fit prudemment un pas de côté et se recroquevilla dans l'entrée. Jana Berzelius retint son souffle et écouta. Entendit la porte se refermer derrière elle, puis des voix derrière un coude du couloir, plus loin.

Elle se redressa et vit une lueur pâle filtrer par la vitre d'une porte où quelqu'un avait inscrit au feutre « PERSONNEL ». Elle tâta la poignée, mais la porte était fermée.

Elle s'avança dans le couloir en rasant le mur, trouva une autre porte, l'ouvrit, atterrit dans un débarras dont le sol plastique s'était à plusieurs endroits gondolé et décollé à cause de l'humidité. Elle sentit à présent la mauvaise odeur qui régnait dans l'établissement, mélange de poussière, de sueur et d'ordures.

Serrant bien fort le sac contenant la chemise, elle continua, lentement. Il semblait y avoir dix chambres, cinq de chaque côté du couloir. Son plan était d'entrer dans l'une d'elles et d'y laisser la chemise. Vite entrée, vite sortie.

Elle poussa une des portes et vit une pantoufle en plastique jaune sous une fenêtre entrouverte. La chambre était vide.

Pas de bureau, pas de placard. Juste deux lits superposés.

Elle visa le maigre matelas de la couchette du bas, et se dépêcha d'entrer.

Dans une voiture de police à Motala, le gardien de la paix Joel Marklund venait de recevoir une alarme : un bagarre avait éclaté au foyer de nuit dans la zone industrielle. L'alerte avait été donnée par les employés, qui s'étaient enfermés dans la salle du personnel.

— Il n'y a personne, plus près ? demanda-t-il. Nous sommes déjà un peu hors de la ville.

— Personne d'autre, dit la voix du central.

— Bon, alors, c'est pour nous, lança Joel en confirmant d'un « Bien reçu ! » qu'ils s'y rendaient.

Il démarra, mit son clignotant à gauche et expliqua à son collègue Kim Heist que le foyer de nuit avait été particulièrement agité ces derniers jours.

— Tobbe et Danne y sont passés deux fois hier, et vendredi, je crois bien que Vladde et Anna y ont passé toute la sainte journée. Il y a un nouveau type qui y a installé ses pénates, et qui essaie d'organiser la mendicité, mais avec des méthodes pas très sympathiques.

— Donc, on y va pour couper un peu de mauvaises herbes, dit Kim.

Le poing le frappa immédiatement, et la douleur fut énorme. Lucas tomba à la renverse, mais parvint à se rattraper au lavabo. Dragan ricana. Derrière lui, deux de ses hommes, l'un au crâne rasé, l'autre avec des pupilles noires dilatées. Ils l'attrapèrent, un bras chacun, et Dragan lui assena un coup de boule si violent qu'il s'écroula. Quand il leva les yeux, il avait la pointe luisante d'un couteau sous le nez.

— Allez, file le cash.

— Dans ma poche, dit Lucas.

Le sang coulait de son nez dans sa bouche.

Dragan compta l'argent et éclata de rire.

— Tu te fous de moi, mec, dit-il. Balance le vrai pognon.

— C'est tout ce que j'ai réussi à récupérer, je…

— Chhh…

Dragan posa une main sur la bouche de Lucas.

— Je sais que tu as plus. Et tu sais pourquoi je sais ça ? Lui, là, il me l'a dit, dit Dragan en montrant l'homme au crâne rasé. Il a dit qu'il t'a vu compter. Quoi faire ? Toi pas argent, les autres pas argent, moi problème. Tu comprends ? Problème !

Lucas fixait la pointe qui s'approchait. Essayait de respirer par son nez plein de sang.

— Et maintenant, je vais te donner une leçon. Je vais t'apprendre à me baiser.

Lucas commença à crier, la main de Dragan toujours sur sa bouche.

— Du calme, dit Dragan. Moi prendre juste un œil.

Lucas aurait dû lutter, aurait dû imaginer quelque chose, mais à présent il ne pensait plus du tout. Raide de terreur, il suivait le mouvement du couteau.

— Dragan ? dit l'homme au crâne rasé.

— Ta gueule.

— Mais c'est important. Regarde. La porte là-bas est entrouverte.

Il montra l'autre bout du couloir.

Dragan leva les yeux au ciel, ôta sa main de la bouche de Lucas, considéra le sang qui avait coulé sur sa paume et l'essuya sur le pull de Lucas.

— Mais va voir.

— J'y vais, dit Dragan. Je dois juste régler ce problème avant.

Lucas avait le souffle court, suffoquait. Une partie de son cerveau lui disait de tenter de fuir. Une autre de se jeter sur l'homme qu'il avait en face de lui et d'au moins essayer de se défendre.

Mais la peur a parfois un effet singulier. Même devant une mort certaine, sans alternative, certains ne peuvent tout simplement pas riposter. C'était le cas de Lucas. Il était comme paralysé. Il resta donc sur place. Les mains par terre. Vit Dragan lever le poing, sentit la peau de son front arrachée. Engourdi par le choc, il songea que s'il avait été plus violent, il se serait évanoui. Alors il n'aurait pas été obligé de voir tomber les autres coups.

Mais ce n'était pas le cas.

***

Jana Berzelius souleva le mince matelas, fit tomber du sac la chemise sale, recula d'un pas pour vérifier qu'on ne la voyait pas au premier coup d'œil.

Quand elle se retourna, trois hommes étaient là.

— Ça alors, ironisa l'un d'eux en découvrant des dents en or. Qu'est-ce que c'est que ça ? Ça sent le fric. Ou peut-être que tu peux me donner autre chose, mmm ?

Il avança vers elle, la contourna. Elle sentit son odeur, graillon et sueur, alcool et tabac.

Il ouvrit la bouche en frétillant de la langue. Se campa devant elle et essaya de lui toucher les cheveux, mais, rapide comme l'éclair, elle repoussa sa main.

— Mais quoi ? On s'est levé du pied gauche ?

Il fit une nouvelle tentative, mais elle repoussa à nouveau sa main. Cette fois, fini de rire. Et Jana vit le changement sur son visage. Elle savait ce qui allait se passer, et commença un compte à rebours. Il allait probablement s'écouler vingt secondes avant qu'il ne l'attaque. Vingt secondes avant le premier assaut.

C'était risqué de rester. Elle aurait dû quitter les lieux, mais elle savait qu'on ne pouvait pas tourner le dos à ce type d'adversaire, mieux valait le regarder dans les yeux.

— Je ne cherche pas la bagarre, dit-elle.

— Bagarre pas obligée, dit-il avec un rictus. Si faire comme je dis.

— Et qu'est-ce que tu dis, exactement ?

L'homme ricana et remonta une de ses manches jusqu'au coude. L'aiguille de sa montre émettait une sinistre lueur bleue. Il essayait d'avoir l'air calme et détendu, mais elle voyait qu'il était nerveux. Ils l'étaient tous les trois.

Quinze secondes.

De son côté, elle sentit le calme l'envahir, leva la tête et évalua la situation. Le couloir était long, elle avait remarqué les panneaux verts, tout au bout : ça lui faisait deux issues pour s'enfuir. Trois, en comptant la fenêtre derrière elle.

Dix secondes.

Elle toisa soigneusement les deux autres, celui avec le crâne rasé et l'autre, aux pupilles dilatées. Comparé à eux, l'homme aux dents en or était vieux. Il était petit, voûté, ridé. Il n'avait probablement pas beaucoup plus de cinquante ans et aimait visiblement donner des ordres. Pour le moment, l'air renfrogné, il serrait fort un couteau.

— Qu'est-ce que tu as à me donner, hein ?

Il fit un pas vers elle, si bien qu'elle entendit presque le tic-tac de sa montre. De part et d'autre d'elle, les deux autres respiraient lourdement.

Elle inspirait elle aussi profondément, non parce qu'elle était nerveuse, mais pour oxygéner son corps, afin d'être prête à agir le moment venu.

Cinq secondes.

L'homme aux pupilles dilatées serra les poings. Elle vit seulement alors combien il était musclé. Le moindre de ses coups l'enverrait sans problème au tapis.

L'homme aux dents en or donna alors le signal.

Le moment était venu.

Jana bloqua sa respiration.

Joel Marklund et Kim Heist se garèrent en double file devant le foyer. Ils ne se parlaient pas.

Joel observa les bâtiments alentour, à la recherche de mouvements. Le foyer était relativement neuf, et pas juste un lieu temporaire pour dormir. Le matin, les pensionnaires pouvaient rester. Ils étaient dispensés de retourner traîner dans les rues de Motala avec tous leurs effets personnels dans une valise ou un sac plastique. Dispensés d'avoir à patienter pour retourner se mettre au chaud.

Mais les places étaient limitées, seulement une quarantaine de personnes. Et on ne savait pas combien de temps durerait ce projet pilote de la commune. Si le foyer serait encore là dans un an ou deux.

— Ça a l'air calme, dit Joel en se mordant l'ongle du pouce.

— Les instructions disaient d'entrer voir, répondit Kim.

— Tu crois ?

— Allez, viens, bordel.

L'homme aux dents en or marcha sur elle. Mais Jana Berzelius était prête. Elle répartit ses appuis et lui flanqua un coude dans la tempe. Dans le mouvement suivant, elle lui arracha son couteau. Il tituba, fixant sans comprendre sa main vide.

— Donne-moi ce couteau, dit-il.

— Je ne veux pas te blesser, rétorqua-t-elle. Mais je le ferai si je suis obligée.

Il grimaça.

— Elle a le couteau. Prenez le couteau ! s'écria-t-il.

Quand l'homme aux pupilles dilatées approcha, elle recula, tourna sur elle-même et pointa le couteau vers son acolyte au crâne rasé. Elle lui égratigna le cou, puis le cogna violemment de la main gauche. Ce fut comme heurter un bloc de béton. Il ne bougea pas d'un millimètre, mais riposta en lui assenant un coup qui la plia en deux. Un décimètre plus haut, il lui aurait cassé une côte ou deux. Elle n'essaya même pas de l'arrêter, mais partit à l'attaque avec tout ce qu'elle avait, lui décocha un uppercut et sentit sa mâchoire se briser. Il jura, cracha du sang et des dents. Elle enchaîna avec un coup de poing en plein nez : le sang gicla, son visage perdit ses couleurs.

Il joignit les mains sur son nez, vacilla et s'effondra par terre, prêt à s'évanouir d'une seconde à l'autre.

L'homme aux dents en or hocha la tête avec un sourire désagréable. Il avait l'air impressionné malgré lui, mais fit alors un signe de la main à l'homme aux pupilles dilatées, qui sortit un pistolet.

Jana fixa son canon.

Elle ne se risqua pas à fuir.

Devant un Glock, on ne pouvait pas se sauver en courant, pas sans finir avec une balle dans la tête. Et l'air un peu idiot du type suggérait qu'il n'hésiterait pas à lui loger une balle dans le front.

Elle lorgna en direction de l'homme aux dents en or. Son rictus s'étalait à présent, triomphant.

— Je suis désolé pour tout ça, dit-il.

— Moi aussi, riposta Jana en lançant le couteau.

Il se planta dans son épaule, perçant tissus et cartilages. Avant qu'il ait compris ce qui lui arrivait, elle désarma l'autre d'un coup de pied, lui attrapa le bras droit, lui tordit le poignet jusqu'à écraser les nerfs de l'avant-bras. Il poussa un gémissement.

Dans le mouvement suivant, elle ramena à elle le pistolet tombé à terre.

L'homme aux dents en or la regarda. Le sang lui coulait de l'épaule, colorant sa chemise de rouge sombre. Ses bras pendaient le long de ses flancs. Il essaya de dire quelque chose, mais Jana n'avait pas le temps d'écouter.

Elle dirigea l'arme vers sa tête et tira.

Joel Marklund fit volte-face. Trois oiseaux s'envolèrent et disparurent en croassant derrière le toit. Il croisa le regard de son collègue. Kim s'était campé sur ses jambes, main sur le holster. Ils restèrent figés juste devant le foyer.

— Quelqu'un a tiré, non ? dit Joel.

— Oui, opina Kim.

Un autre coup de feu retentit, puis encore un.

Joel regagna la voiture en courant, plié en deux, et demanda des renforts d'une voix tremblante.

***

Lucas Bratic avait repris connaissance. Une seconde, il se demanda où il était. Il n'était pas idiot. Enfin, si, relativement idiot — il avait suffisamment entendu son père le lui dire —, mais, assez vite, il comprit qu'il était toujours dans les toilettes communes du foyer.

Le sang coulait de son nez cassé, sur son menton et son T-shirt.

Il avait entendu les coups de feu, et maintenant des pas se rapprochaient.

Il se dit que sa dernière heure était arrivée. Dragan allait certainement lui tirer une balle dans la tête à lui aussi. Tartiner les toilettes avec sa cervelle.

Mais Lucas ne voulait pas mourir dans des toilettes, pas pour quelques billets de cent. Il ne voulait pas non plus prendre une balle, d'ailleurs.

Quand il entendit les pas disparaître au loin, il remercia à nouveau les puissances supérieures. Cette fois, les mains jointes.

Joel Marklund et Kim Heist étaient immobiles, de part et d'autre de la porte ouverte. Ils écoutaient les bruits à l'intérieur du foyer.

Joel serrait fort son arme, sans parler à Kim, pour pouvoir enregistrer d'éventuels cris ou gémissements provenant d'une des chambres. Mais il n'entendait rien, et l'expérience lui disait que le silence était de mauvais augure.

Il fallait agir vite et, pour ne pas risquer que le ou les auteurs des coups de feu aient le temps de quitter le bâtiment, ils avaient décidé d'entrer sans attendre les renforts. Enfin, « entrer », il fallait voir, pensa Joel. Au moins, ils avaient ouvert la porte.

Il fallait qu'il en fasse plus.

— Police ! cria-t-il vers l'intérieur du bâtiment.

***

Jana Berzelius était plaquée contre la façade du foyer. Elle vit la voiture de police garée devant l'entrée et hésita un peu : par où partir ? Sa propre voiture était à une centaine de mètres. Mais, si elle allait au plus court, elle serait à découvert, parfaitement visible depuis l'entrée du foyer.

Elle entendit alors des sirènes au loin, puis de plus en plus proches.

Elle tourna la tête de l'autre côté et regarda par la fenêtre grande ouverte du centre culturel voisin. Si elle choisissait ce chemin, à travers le bâtiment, elle serait hors de vue, mais cela lui demanderait un peu plus d'efforts.

Derrière elle, elle entendit le cri d'un policier, et supposa qu'ils étaient déjà entrés dans le foyer et avaient trouvé les morts.

Elle n'avait à aucun moment envisagé de leur laisser la vie sauve. Montrer de la pitié n'aurait été qu'une erreur, qui l'aurait poursuivie toute sa vie. Tant qu'ils auraient été en vie, ils auraient constitué une menace pour elle.

Elle escalada la fenêtre et observa la pièce dans laquelle elle avait atterri. Des caisses, des cadres vides. Plus loin, plusieurs toiles. Elle supposa qu'il s'agissait d'une réserve.

Elle la traversa rapidement jusqu'à une porte en bois.

Elle y colla l'oreille et entendit une voix douce et des rires étouffés. Le rire s'estompa et, quand elle écouta à nouveau, c'était silencieux de l'autre côté de la porte. Elle l'entrouvrit, glissa prudemment un œil et se retrouva au cœur d'un local clair et lumineux. De grands tableaux ornaient les murs, et des tables blanches accueillaient des sculptures de tailles diverses.

C'était une galerie.

Elle rajusta son manteau, lissa ses cheveux et pénétra dans le local, avant de se diriger d'un pas rapide vers la sortie. Elle entendit alors à nouveau le rire, et des pas qui s'approchaient.

Vite, elle se colla le nez sur une des toiles, feignant de la contempler en plissant des yeux.

— Oh ! comme vous m'avez fait peur ! dit une femme en arrivant de la pièce voisine.

Elle tenait un portable à la main. Elle avait un grand sourire et des yeux pétillants. Une jupe au genou et un corsage à manches longues. Un bracelet dans différentes nuances de rouge autour d'un poignet et des boucles d'oreilles tout aussi rouges qui bringuebalaient quand elle parlait.

— Je ne vous ai pas entendue entrer, dit-elle.

— Ah non ? fit Jana.

— La porte sonne toujours.

— Elle est peut-être détraquée.

Jana tourna à nouveau le regard vers le tableau.

— Vous aimez Julius Nord ? s'enquit la femme.

— Qui ? dit Jana.

— Le peintre. L'exposition rassemble les toiles qu'il…

— Je regarde juste.

— D'accord, mais n'hésitez pas à demander si je peux vous aider. Nous avons une nouvelle exposition qui vient d'ouvrir au niveau 2, des installations acoustiques.

— Merci, mais je vois l'heure tourner, je suis un peu pressée, dit Jana en se dirigeant vers la sortie.

— Vous êtes la bienvenue. Les deux expositions durent jusqu'en mai. Attendez, je vais vous tenir la porte.

Un ding sonore retentit quand elle ouvrit la porte vitrée.

— Ah, la sonnette remarche, dit Jana en quittant la galerie.

Elle aperçut sa voiture garée à seulement une dizaine de mètres. Elle la rejoignit tranquillement, songeant qu'elle n'était plus aussi pressée. Si, contre toute attente, quelqu'un s'avisait de l'interroger, elle avait une explication plausible de sa présence dans la zone, et un alibi crédible.

Elle ouvrit la portière et s'installa au volant. Plus loin, sur la rue, elle vit les lumières bleues. Elle poussa un soupir de soulagement et mit la voiture en route.

Joel Marklund et Kim Heist étaient toujours de part et d'autre de l'entrée du foyer. Les renforts étaient arrivés. Le chef de l'unité d'intervention cria l'ordre d'encercler le bâtiment. Deux hommes partirent aussitôt se placer à l'arrière du bâtiment, au cas où le tireur essaierait de fuir. Toutes les autres voies d'accès au foyer étaient à présent sécurisées.

Dans l'air frais de l'après-midi, Joel entendit le bruit d'armes qu'on chargeait. Le bruit d'une porte enfoncée.

Les collègues se précipitèrent devant eux, puis vinrent les cris de l'intérieur du bâtiment, annonçant d'abord trois morts, puis une arrestation :

— Les mains en l'air, que je les voie bien !

C'est alors que Joel entra.

— Les mains en l'air, j'ai dit !

Joel suivit la voix et trouva ses collègues, armes pointées vers des toilettes. Et là, par terre, il vit un homme assis, tête pendante, mains tendues.

L'homme respirait mais se mettait soudain à haleter, comme au bord d'une crise de panique.

Joel l'écouta un moment faire de l'hyperventilation, se demandant s'il allait vivre bien longtemps encore. Les manches de son T-shirt étaient tachées de rouge, il s'était sans doute essuyé le nez avec.

— As-tu une arme ? dit Joel.

— Non, murmura l'homme.

— Tu es blessé ?

— Juste le nez.

— Comment tu t'appelles ?

— Lucas.

— OK, Lucas, tu peux nous dire ce qui s'est passé ?

18

C'était la fin de l'après-midi quand Henrik Levin se fraya un passage pour entrer dans son pavillon de Smedby. Emma avait empilé quatre cartons de déménagement dans le vestibule.

Il ôta ses chaussures, pendit son blouson et écouta les cris joyeux des enfants à l'étage. Il s'immobilisa dans le séjour. D'autres cartons, remplis de choses dont il ignorait l'existence. Des choses qui ne seraient peut-être jamais déballées, qui finiraient cachées dans un grenier ou une remise, oubliées. À nouveau.

Ses pensées divaguèrent vers Danilo Peña. Il était peut-être caché dans un grenier ou une remise. Ou plus probablement dans une planque mieux pensée. Il avait sans doute fui l'hôpital avec un plan précis en tête. Peña ne semblait pas homme à laisser les choses au hasard. Ils devraient au fond interroger l'ancien chef de la police Anders Wester, même s'il était peu vraisemblable qu'il puisse leur fournir la moindre information utile.

Il regarda par la fenêtre le léger brouillard qui flottait à la cime des arbres. Il appuya le nez contre la vitre en se disant qu'il ne l'avait fait que trop peu souvent, depuis toutes les années qu'ils habitaient dans cette villa.

Combien d'années, en fait ?

Pendant qu'il calculait, il repensa à leur premier jour dans cette maison. Le soleil commençait seulement à chauffer, Emma avait ôté sa veste en laine, posé les mains sur son gros ventre, s'était placée à côté de lui et, regardant exactement par cette fenêtre, avait décidé que c'était là qu'ils habiteraient.

C'était il y a huit ans, pensa-t-il. Huit ans depuis la naissance de Felix.

Il ne savait pas alors ce que serait sa vie à quarante ans : regarder un soir le jardin voilé de brume, en route vers une nouvelle maison, avec sa femme qui venait de mettre au monde leur troisième enfant.

Il monta à l'étage et, sur la dernière marche, trouva Emma, Vilgot dans les bras.

— Salut, fit-elle, la voix un peu stressée, c'est bien que tu sois rentré, est-ce que tu peux vérifier que Felix et Vilma rangent leurs Lego ? Il faut que j'aille nourrir le petit.

— Bien sûr, dit-il en entrant dans la chambre de Felix.

Le sol était frais sous ses pieds. Jonché de pièces de Lego. Felix et Vilma étaient sur le lit, en train de regarder sur la tablette un film où deux personnages tout jaunes dansaient et chantaient.

— Il faut ranger, dit Henrik.

— No-on.

— Si.

— Mais, papa, on peut finir de regarder d'abord, s'il te plaît !

— Non, arrêtez ce film, tout de suite.

— Il reste seulement trois minutes. Allez, papa, s'il te plaît !

— OK.

— Ouais !

— Mais après, on éteint.

Ils hochèrent la tête de concert, et tournèrent à nouveau le regard vers les figures jaunes dansantes. Henrik s'assit, tripota les pièces de Lego et se remit à penser à son travail, aux suspects apparus dans l'enquête autour de Shirin et de Katarina. Il n'y en avait pas beaucoup. Malheureusement.

Aucun, à dire vrai.

Ted Henriksson était déjà rayé de la liste.

Il ne restait qu'une voiture, l'Audi. Que faisait-elle dans ce quartier pavillonnaire désolé, environ à l'heure du meurtre de Katarina ? Et qui la conduisait ?

Un médecin chaussant du 43 ?

Henrik Levin aligna une colonne de personnages en Lego. Songea à la scie à fil, au scalpel et à l'anesthésiant.

Trois autres pistes, se dit-il. *Mais où vont-elles nous mener* ?

Jana Berzelius respira profondément. Oui, son pouls avait ralenti, à présent. Mais cette curieuse sensation était toujours là, elle l'avait accompagnée tout le trajet du retour de Motala, un mélange de colère et de nervosité. Elle avait été obligée de tuer trois hommes, pris un trop grand risque, mais réussi à placer la chemise.

Quand elle entra dans l'appartement, toutes les lampes étaient éteintes. Seule la faible lumière des fenêtres arrivait jusqu'à l'entrée.

Elle ôta ses chaussures et leva les yeux. Vit son ombre se dessiner par terre. Il était là, en train de la regarder.

— Je suppose que ça s'est bien passé, dit-il.

Elle ne répondit pas. Pas envie de parler.

— Mais tu sais qu'il te reste du travail, n'est-ce pas ? poursuivit-il.

La colère l'envahit. Pourtant, elle le regarda sans pouvoir s'empêcher de l'admirer. Comme on admire le cafard qu'on veut écraser. Et qui se carapate. Encore. Et encore.

— Le leurre est placé, dit-elle.

— Mais ça ne suffit pas. Tu dois téléphoner.

— Pas la peine, dit-elle. La police est déjà sur place et a dû trouver les trois corps dans la chambre où j'ai placé la chemise. Tu auras trois nouveaux meurtres sur la conscience…

— Putain, qu'est-ce que tu as foutu ? demanda-t-il en fronçant le front.

— J'ai eu une visite inattendue au foyer.

Il eut un rictus incertain.

— OK, mais je ne fais pas confiance aux flics, ils ne tirent pas toujours les bonnes conclusions.

— Je n'ai pas l'intention de téléphoner. Pour moi, c'est du travail superflu.

— Et pour moi, il me semble que le travail superflu, ça te connaît : trois morts, pour placer un leurre.

— Je n'avais pas le choix.

— Là non plus. Tu vas téléphoner et dire que tu as vu ce dangereux Danilo à proximité de ce foyer. Que tu l'as vu y entrer aujourd'hui.

— Et ma motivation, c'est toujours d'être débarrassée de toi ?

— Et de récupérer tes cartons.

Elle savait inutile de continuer cette conversation. Elle se dirigea vers sa chambre.

— Je sais, dit-il dans son dos, que tu as passé en revue toutes les solutions. Et que tu n'en as pas. Je vais quitter ton appartement dans deux jours. Dommage, au fond, je commençais à m'y plaire.

Elle entra dans la chambre et s'y enferma. Elle ne voulait pas téléphoner, n'avait pas l'intention de téléphoner ! Mais voyait bien qu'elle y était obligée. Danilo avait raison ; il n'était pas certain que la police tire les bonnes conclusions. Et si elle téléphonait, ses chances d'être débarrassée de lui augmentaient sensiblement. Il le savait, elle le savait.

Elle frappa la main contre le mur.

Pang !

Pang !

Pang !

Elle entra ensuite dans son dressing. De la main droite, elle ouvrit le coffre-fort, regarda la page de carnet froissée que Danilo lui avait donnée, puis promena le regard sur les liasses de billets, les couteaux, le passeport, les portables et les cartes prépayées.

Elle saisit l'un des portables et y inséra une carte SIM. L'alluma et constata qu'il restait assez de batterie. S'assit au bord du lit et se répéta toute seule les phrases. Ce qu'elle allait dire. Elle pensait prendre un ton calme et objectif, mais changea d'idée. Mieux valait donner libre cours aux sentiments qui l'habitaient. Laisser la colère et l'irritation qu'elle éprouvait pour Danilo s'exprimer. Cela ferait plus authentique, plus digne de foi.

Elle composa le numéro vert de la police. Lentement. Elle se blinda en entendant les sonneries.

Une femme répondit.

— Bonjour, dit Jana. Tout d'abord, je souhaite rester anonyme. Ensuite, j'ai quelque chose d'important à vous dire…

1er novembre

Aujourd'hui, nous avions à nouveau travail de groupe et, cette fois, nous devions peindre un horizon. Viveka, notre prof d'arts plastiques, a découpé une grande feuille de papier qu'elle a étalée sur la table. Nous étions cinq dans le groupe. J'ai dit que je pouvais peindre un bateau naviguant à l'horizon. Mais personne n'a rien dit. Les garçons se jetaient des gommes. Les filles se chuchotaient à l'oreille. Alors j'ai dit que ça m'était égal.

Ils m'ont donné un pinceau et dit que je pouvais colorier l'eau. Dans un coin. J'avais presque fini la couleur quand Linus a poussé un grand soupir. Il a ôté le capuchon d'un gros marqueur noir et a tracé de grands traits dans le bleu.

« C'est des vagues, a-t-il dit. Sur ton dessin de merde. »

Et il a ajouté d'autres traits. J'ai posé mon pinceau en baissant les yeux.

Puis ça a été l'heure de la récréation.

Comme d'habitude, j'ai attendu que tout le monde soit sorti.

Comme j'allais quitter la salle, j'ai entendu leurs voix, Linus, Martin et les autres, et je les entendais très distinctement, car la porte était ouverte.

En arrivant, j'ai vu que Martin avait les doigts sur le chambranle.

Je n'ai pas hésité. C'était on ne peut plus simple. J'ai saisi la poignée et j'ai claqué la porte. Ça n'a pas rebondi, ni quoi que ce soit. Juste un craquement, suivi du hurlement de Martin.

C'est horrible à dire, mais je jouis encore en pensant à sa main écrasée. Comme c'est bon ! Comme c'est bon de rendre les coups ! Les sales cons !

Et personne n'a compris non plus que c'était moi, car j'ai pris par-derrière, en sortant par la salle de groupe. Viveka a dit que la porte avait dû claquer à cause d'un courant d'air, une fenêtre de la salle étant ouverte.

Je me fiche bien de ce que dira Martin demain, si seulement il vient à l'école. De toute façon, il ne pourra pas me faire mal. Je lui ai enlevé ce pouvoir, le pouvoir de me faire mal.

Tu comprends, mon journal : maintenant, c'est Martin, la petite merde – je l'ai privé de la capacité de se battre ! C'est sans doute le plus génial dans tout ça. Et maman qui dit toujours que se venger n'avance à rien. Mais bien sûr que si. On peut changer les choses, si on le veut vraiment. On le peut, c'est sûr.

J'aimerais pouvoir le lui dire. Mais c'est le milieu de la nuit. Je devrais dormir, mais je réfléchis tellement. À cet avenir qui n'existe pas. Pas l'avenir promis par le docteur, en tout cas. Le temps est en train de s'écouler. Et je ne peux rien y faire. Vraiment rien.

LUNDI

19

Philip Engström quitta la salle du personnel et se dirigea vers l'ambulance. La garde avait commencé depuis quinze minutes, et ils venaient de recevoir un appel classé priorité 4, pour aller chercher un homme de quatre-vingt-huit ans qui avait des problèmes avec son cathéter. Philip avait tantôt froid, tantôt soif, se sentait en sueur, agité, et ce malaise physique était accentué par ses pensées pénibles au sujet de Katarina.

Il vit arriver Sandra Gustafsson. Ils échangèrent rapidement quelques regards, puis s'installèrent en silence côte à côte dans la voiture.

Elle sortit d'un rond-point et se dirigea vers l'E4 en respectant la limitation de vitesse. Les nuages s'étaient dissipés et les rayons vifs du soleil faisaient scintiller la baie de Bråviken.

Soudain, le silence dans l'habitacle fut brisé par un appel du central.

— SOS à ambulance 9110, à vous.

— Ambulance 9110, j'écoute, dit Sandra, à vous.

— Une alarme vient d'arriver, un homme avec une grave fracture des jambes, nous n'en savons pas plus, le contact a été perdu. Mais changez de mission et rendez-vous en priorité 1 à Stavsjö, au 37 de la rue Tintomaras.

— Compris, à vous.

— Terminé.

— Stavsjö ? demanda Philip.

— C'est dans la commune de Nyköping, dit Sandra. À dix minutes, environ.

Dix minutes, songea Philip.

C'étaient de longues minutes, des minutes décisives s'agissant d'un état grave : son cœur se mit à battre légèrement plus fort tandis que Sandra accélérait.

— Priorité 1 pour une fracture aux jambes ? s'étonna Philip. Qu'est-ce qui s'est passé, bordel ?

Sandra ne répondit pas, le regard fixé sur la route.

Juste avant le restaurant Stavsjö Krog & Kafé, à la frontière entre l'Östergötland et le Södermanland, ils sortirent de l'autoroute et s'engagèrent dans la petite localité.

Après le lac, la pente était raide, et Sandra fut forcée de ralentir pour prendre un virage sur la gauche.

La maison était au bout d'une allée. Ils se garèrent le long d'une haute haie et virent un voisin sortir de chez lui pour les suivre des yeux avec curiosité. Philip saisit la mallette de secours et remarqua le matériel dans le jardin : une tondeuse à gazon, un râteau et une brouette.

Un escalier en bois conduisait à la porte d'entrée, où ils sonnèrent. Ils attendirent, mais rien ne se passait.

Sandra tâta la poignée, la porte s'ouvrit.

Ils découvrirent un petit vestibule au papier peint à motifs blancs et noirs.

— Il y a quelqu'un ? lança-t-elle. C'est l'ambulance.

Ils entrèrent et virent une femme aux courts cheveux blonds assise sur le sol de la cuisine, portable à la main. Le haut de son corps se balançait d'avant en arrière. Elle était clairement en état de choc. Sandra tomba à genoux et lui parla calmement.

— Tiens, dit-elle en tendant à Philip la mallette d'assistance respiratoire.

Philip descendit un demi-étage jusqu'à un séjour et une salle à manger. Un autre demi-étage plus bas se trouvaient chambre, bureau et buanderie.

C'était une grande maison construite en escalier sur quatre niveaux et c'est tout en bas, au sous-sol, qu'il trouva l'homme assis sur une chaise, les mains liées et la tête pendante sur la poitrine.

Philip ne devait jamais oublier la scène.

Les jambes de l'homme avaient été coupées au-dessus du genou. Une mare de sang luisante s'était formée autour de lui.

Sa poitrine se soulevait. Il hyperventilait.

Sans un mot, Philip s'approcha de lui. Il posa les deux mallettes par terre, plaça les mains sur la tête de l'homme, pour la basculer légèrement en arrière. Il était glacé, sa peau livide tirant sur le bleu verdâtre. Un gémissement s'échappa de sa bouche.

— Ph… Philip ?

L'homme le regarda, les yeux embués, et, alors seulement, Philip le reconnut. Les lèvres minces, la tache de rousseur sur la joue. Johan Rehn.

— Mais qu'est-ce qui s'est passé, bordel ? dit Philip en lui tâtant le pouls.

— Les jambes… mes jambes… je…

Johan ferma les yeux en essayant de contrôler sa respiration.

— Je n'arrive pas à respirer… c'est…

Philip ouvrit la mallette d'assistance respiratoire et approcha le masque à oxygène de sa bouche, mais Johan secoua la tête.

— Non.

— Johan, dit Philip. Reste tranquille.

— Non.

— Respire !

— Ça ne servira à rien… c'est…

— Maintenant, tu arrêtes ces conneries, lança-t-il durement, sachant bien que c'était le stress qui parlait.

Il se dépêcha de prendre des garrots à tourniquet et les plaça au niveau de l'aine, pour stopper le flux artériel des jambes. Mais il savait que c'était mission impossible.

Johan avait fermé les yeux.

— Merde, merde, merde, cria-t-il. Sandra, viens m'aider !

Philip avait lu un livre sur des soldats américains faits prisonniers en Afghanistan, enchaînés, battus et mutilés. Ils avaient eu le choix. Deux choix, en fait. Le premier : jambe coupée au-dessus, ou au-dessous du genou ? L'autre choix était d'utiliser ou non le seau. Le seau était plein de goudron liquide, si chaud qu'il bouillonnait. En plongeant la jambe dans le goudron bouillant, les artères étaient bouchées et la plaie cautérisée. Sinon, on se vidait de son sang.

C'était probablement un mythe.

Mais si, en cet instant, Philip avait disposé d'un tel seau, il l'aurait utilisé sans hésiter. Car il y avait à présent du sang partout.

Il faudrait environ vingt minutes pour regagner l'hôpital, et la seule règle applicable en cet instant était de charger et de rouler. Sandra apparut à la porte et, avec son aide, il parvint à détacher Johan de la chaise. Ils le placèrent sur la civière. D'autres voisins s'étaient assemblés quand ils le sortirent de la maison. Philip se mit aussitôt au travail dans l'ambulance, brancha le monitoring et installa une perfusion pour pouvoir l'hydrater.

Johan ouvrit les yeux et croisa son regard. Une de ses mains chercha quelque chose à quoi se tenir. Puis il referma les yeux.

Sa main se figea.

Il avait perdu connaissance.

Philip parait aux secousses de l'ambulance tandis qu'il essayait de sentir le pouls.

Mais Johan n'en avait plus. Il était en arrêt cardiaque traumatique.

Philip commença la réanimation. Pressa furieusement des deux mains sur son thorax. Compta jusqu'à trente puis insuffla de l'air jusqu'à ce que le thorax se soulève. Il pratiqua deux insufflations puis continua à presser le thorax.

— Ne laisse pas tomber, Johan. Bon sang, accroche-toi, dit-il bien qu'il sût au fond de lui que Johan avait déjà abandonné.

Mia Bolander était dans son bureau, portable vissé à l'oreille. Elle essayait de comprendre ce qui ressortait de la conversation téléphonique qu'elle était en train d'avoir avec le vendeur de la concession automobile. Il s'était entretenu avec le garage qui avait inspecté la voiture : le joint de culasse était fichu. Ce ne serait pas compliqué à changer, mais ça prendrait du temps. Ensuite, il pouvait y avoir autre chose : culasse déformée ou cylindres abîmés. Mia se mordit les lèvres. Et de plus belle quand le vendeur lui apprit que les mécaniciens avaient trouvé d'autres petits défauts énervants, comme une poignée de portière détachée et une ventilation défectueuse de l'habitacle.

— Vous pouvez donc compter sur une douloureuse dans les 15 000 couronnes, au minimum.

— Aïe, merde !

— Qu'est-ce qu'il y a ?

— Je me suis mordu la lèvre. Et ça saigne… bordel.

Elle essuya le sang sur la manche de son T-shirt.

— Vous êtes toujours là ?

— Oui.

— Je suis désolé de vous l'annoncer, mais il faudra au moins deux semaines pour réparer la voiture, car il n'est pas certain que le garage dispose des pièces de rechange. Ou plutôt il est plus vraisemblable qu'il ne les ait pas. La voiture n'est plus toute jeune, si je puis dire.

— Deux semaines ?

Son téléphone bipa : c'était Henrik Levin.

— On m'appelle, il faut que je réponde, désolée.

— Mais j'ai une solution pour vous, Mia. Nous venons juste

de recevoir une Fiat Lounge comme neuve, avec toit ouvrant et fauteuils cuir. Elle vous irait à merveille.

Nouveau bip : Henrik insistait, c'était probablement urgent.

— Il faut que je réponde, dit-elle.

— Et vous savez le plus beau ? dit le vendeur. Cette voiture est en livraison immédiate. La proposition que je vous fais, Mia, est d'échanger votre vieille voiture contre cette jeunette. Et mieux encore, Mia : vous n'aurez à payer que 1 900 couronnes par mois, service inclus. Et avec une voiture neuve, plus besoin de vous inquiéter si elle va démarrer ou non. Qu'en dites-vous ?

— Je dois vraiment prendre l'autre appel.

— C'est une chance à ne pas manquer, Mia. Tope là ?

— Ne quittez pas, lança-t-elle en passant à l'autre appel.

— Mia ? Pourquoi tu ne réponds pas ?

— J'étais au téléphone. Qu'est-ce qu'il y a ?

— Tu avais raison, déclara-t-il.

— À propos de quoi ?

— Qu'on a affaire à un tueur en série.

— Pourquoi tu dis ça ?

— Parce qu'un nouveau meurtre a eu lieu.

Il avait du sang sur le col, la poitrine et les manches. Philip Engström avait ôté sa blouse avant le haut de l'escalier du vestiaire. La permanence médicale avait pris le relais pour Johan Rehn. La date et l'heure de son décès allaient être certifiées. L'ambulance serait nettoyée, la mallette de secours réapprovisionnée et la bonbonne d'oxygène remplacée.

Philip entra dans le vestiaire silencieux. Appuya la tête contre son armoire en essayant de comprendre ce qui se passait autour de lui.

Johan Rehn était mort.

Katarina Vinston était morte.

Et Shirin Norberg était morte.

Il connaissait Johan et Katarina, mais savait qu'il avait aussi déjà vu Shirin quelque part, il l'avait très bien reconnue.

Sa boule au ventre se manifesta à nouveau. Ce ne pouvait pas être un hasard qu'il les connaisse tous les trois.

Quand il regarda sa montre pendue à sa ceinture, ses mains tremblaient si fort qu'il eut du mal à lire l'heure. Entre le pouce et l'index, il saisit le cachet au fond de sa poche. Il avait toujours un Sobril de secours sur lui : plus facile à cacher qu'une plaque entière.

Il ôta la poussière qui s'était collée à la capsule, ouvrit la bouche, plaça le cachet le plus loin possible sur sa langue et avala.

Son corps ne lui obéit pas.

Le cachet refusait de glisser.

Un premier haut-le-cœur.

Il gagna le lavabo, ouvrit le robinet, prit de l'eau glacée au creux de sa main et l'avala.

Après un deuxième spasme, le cachet descendit doucement vers l'estomac.

Il se regarda dans le miroir, vit des éclaboussures de sang sur sa joue, qu'il essaya de frotter à la main. Il en vit alors aussi dans son cou, sur l'oreille, et se mit à frotter encore plus fort, comme si c'était une substance empoisonnée dont il voulait se débarrasser.

Ça faisait mal, mais il continua.

Frotta, frotta encore jusqu'à ce que tout ait disparu.

— Alors, c'est qui ? interrogea Mia Bolander.

— Johan Rehn, cinquante-huit ans, dit Henrik. J'ai demandé à Ola de rassembler tout sur lui pour la réunion.

Mia regarda Anneli Lindgren à genoux, en train de relever des empreintes digitales sur un bureau. Henrik était à côté, épaules affaissées et regard las.

La chaise sur laquelle l'homme avait été assis était trempée de sang. Il y avait du sang par terre, du sang partout. Un homme adulte a de cinq à six litres de sang en circulation dans le corps : Mia se demandait combien de litres cet homme avait perdu. Beaucoup trop, puisqu'il ne s'en était pas tiré.

— Était-il seul chez lui ? s'enquit-elle.

— Oui.

— Qui a donné l'alerte, alors ?

— Sa femme. Elle est rentrée d'un voyage ce matin et a été gravement choquée de le trouver sans jambes.

— Tu m'étonnes, fit Mia.

— Même meurtrier, lança Anneli, toujours agenouillée près du bureau.

Henrik hocha la tête, soucieux.

— Mais, cette fois, il s'en prend à un homme, déclara Mia. Pourquoi ?

— Bonne question, dit Henrik.

Le silence se fit.

Mia observa la scène de crime. Les ressemblances avec la brutalité des scènes chez Shirin Norberg et Katarina Vinston étaient frappantes. Mais qu'avaient en commun une mère de deux enfants, une célibataire apparemment sans histoire et un homme dans la force de l'âge ? Pourquoi ces trois-là avaient-ils été victimes de la violence du même meurtrier ?

— À qui sont les traces de pas ? dit-elle en regardant les empreintes de chaussures autour de la chaise.

Anneli se tourna vers la flaque de sang.

— Le personnel de l'ambulance, dit-elle. Malheureusement, ils n'avaient pas de matériel de protection : ils ont laissé beaucoup de traces, et en ont peut-être aussi détruit un certain nombre. Mais c'est la vie.

— Tu sais qui était là ? demanda Mia.

— Oui, dit Anneli, Philip Engström et Sandra Gustafsson.

Mia hocha pensivement la tête.

— As-tu trouvé d'autres traces que les leurs ? demanda-t-elle.

— Pas pour le moment, dit Anneli. Mais je suis loin d'avoir fini.

Mia regarda autour d'elle, enregistra tous les détails de la pièce. Elle entendit des pas à l'étage, et se dit que c'étaient les techniciens de la police scientifique qui fouillaient méthodiquement la maison.

— Il y a une chose que je me demande, dit Henrik. Comment le meurtrier est-il entré ? Utiliser un pied-de-biche ou casser un carreau est à la portée de n'importe qui, mais entrer dans un logement sans laisser de traces est un art.

— Il les connaissait, dit Mia, il ne peut pas y avoir d'autre explication.

— Mais comment pouvait-il savoir que ses victimes étaient seules chez elles ? Je veux dire, il avait besoin de temps, n'est-ce pas ?

— Mais Shirin n'était pas seule, dit Mia.

— OK, mais il a enfermé sa fille, et Katarina et cet homme étaient seuls. Je me dis qu'il devait bien être au courant de leurs faits et gestes.

— Il les connaissait, dit à nouveau Mia.

— Ou bien il a effectué une surveillance minutieuse de leurs habitudes de vie. Il faut entendre immédiatement tous les voisins. Demander s'ils ont vu quelqu'un traîner dans le coin, ou peut-être aperçu une Audi A5.

Jana Berzelius traversa vivement le passage pour piétons. Son manteau lui battait les jambes, le bruit de ses pas était noyé par celui de la circulation, des gens, de la ville.

À la suite du dernier meurtre, elle avait été convoquée à une réunion à l'hôtel de police et avait promis à Henrik Levin d'être sur place au plus tard à 10 heures.

Elle allait gravir les marches du perron quand elle avisa un vélo attaché au râtelier.

Elle le reconnaissait, c'était celui de Per Åström. Un bref instant, elle resta immobile, comme si elle hésitait à continuer. Cette indécision l'irrita. Qu'est-ce qui l'arrêtait, réellement ?

Avant d'avoir le temps de répondre à cette question, elle entendit un bruit de clé. Elle sursauta et leva les yeux. Elle avait beau avoir reconnu son vélo, elle fut surprise de le voir en personne. Per portait son blouson de sport sur son costume, avec sa sacoche en bandoulière.

Ils se regardèrent en silence, immobiles. Jana sa serviette à la main, lui son trousseau de clés.

Il n'y avait que la rumeur de la ville.

Et eux deux.

Il semblait fatigué.

— Ce n'est que moi, dit-il, avant de se diriger vers son vélo.

— Oui, dit-elle, ce n'est que toi.

Puis elle passa devant lui et gravit les marches à petites foulées. Ne se retourna pas, mais l'entendit détacher son vélo et partir en pédalant. Elle l'imagina roulant le long de Kungsgatan. Pédalant vite, freinant de temps en temps pour regarder autour de lui, puis continuant dans une rue traversière ou au milieu de la foule qui remplissait la rue plus loin.

Elle marchait plus vite à présent, écouta ses pas. La rumeur de la ville ne s'entendait plus.

Trois morts, songea Philip Engström. Johan, Katarina – et Shirin. Shirin avait travaillé comme aide-soignante, il le savait, il l'avait lu dans le journal, et comprenait à présent où il l'avait rencontrée. C'était étrange qu'il ne s'en soit pas tout de suite souvenu.

Johan était chirurgien.

Et lui-même…

Mais c'est dingue, ce truc, songea-t-il à nouveau. *Ça ne peut pas être ça*. Il allait et venait dans une des salles de repos.

Non, ça ne pouvait pas être ça : Katarina n'était pas présente à ce moment-là. Ou si ?

Il se frappa la tête de la main, plusieurs fois. *Debout là-dedans, le cerveau ! Réfléchis !*

Il s'assit sur le lit en essayant de comprendre comment Katarina entrait dans le tableau. Mais il n'y arrivait pas.

Il tourna le regard vers la fenêtre, tenta de se concentrer, de reprendre le contrôle et de revenir à la réalité.

Mais c'était impossible.

En arrivant au troisième étage, Jana Berzelius trouva Henrik et Mia en train de parler avec Gunnar devant la salle de réunion. Mia portait un jean et un T-shirt ; Henrik, lui aussi un jean et une chemise en flanelle à carreaux bleus, une montre argentée au poignet. Gunnar avait les cheveux en bataille, le visage gris et les joues tombantes.

Jana les salua de la tête en pensant aller s'installer directement dans la salle de réunion. Mais, au moment où elle passait devant eux, elle entendit Henrik dire des choses qui l'intéressaient et elle s'arrêta.

— D'après nos collègues de Motala, il y a trois morts et un blessé.

— Et le motif ? demanda Gunnar.

— D'après le témoin, qu'ils ont visiblement trouvé blessé dans les toilettes, il s'agirait d'un règlement de comptes.

— Un putain de règlement de comptes, dit Mia.

Jana bouillait. La question n'arrêtait pas de mouliner dans sa tête : la chemise et son coup de téléphone allaient-ils vraiment donner quelque chose ?

— Que dit le personnel du foyer ? demanda Gunnar.

— Que cela faisait déjà quelque temps qu'ils avaient des problèmes. Un gang s'était installé au foyer et soumettait les visiteurs et le personnel à des menaces et des violences. Il y a eu des plaintes déposées.

— Et des mesures prises ? Qu'a fait la police ? demanda Mia.

— Ah, ça, sur quoi vont-ils se défausser ? dit Gunnar.

— Sûrement la nouvelle organisation, dit Mia.

— Ils peuvent faire ce qu'ils veulent, dit Gunnar en regardant Jana. Les médias vont se vautrer là-dedans. La sécurité au sein du foyer va être mise en question, et le débat sur l'immigration va s'embraser de plus belle. Le pire, ce sera pour le personnel. Leurs oreilles vont siffler. Pauvres diables.

— Autant fermer ce merdier, dit Mia.

— Ça, ça aurait fait une chouette citation dans le journal, dit Henrik.

— Mais enfin, sérieusement, quoi ! dit Mia. La commune utilise l'argent de nos impôts pour créer des lits pour les SDF, et comment on nous remercie ? En nous forçant à allonger davantage d'argent public pour faire le ménage de ces menaces, de ces violences, et de quelques petits meurtres par-dessus le marché. Qu'est-ce qui ne tourne pas rond, chez les gens ?

— Et qu'est-ce qui ne tourne pas rond chez toi ? demanda Henrik.

— Je dis ce que je pense, dit Mia. Tu devrais peut-être essayer, un jour.

Le silence se fit dans le couloir.

Jana regarda Mia, qui avait placé une main sur la hanche. Se dit qu'il fallait toujours qu'elle gesticule, comme si elle avait besoin de renforcer ce qu'elle disait. Jana quant à elle restait immobile et ce n'est qu'une fois ce silence gênant installé qu'elle songea qu'il fallait peut-être qu'elle dise quelque chose. Elle aurait voulu savoir si son témoignage avait porté ses fruits, si Danilo Peña avait été mentionné en lien avec ce règlement de comptes, mais il n'en était naturellement pas question. Au lieu de quoi, elle demanda :

— Sait-on quelque chose sur l'arme ou les armes du crime ?

— Je sais juste qu'il y a un pistolet, dit Gunnar. Qui a tiré ? À l'enquête de le déterminer. Une enquête préliminaire a été lancée. Mais c'est Motala qui s'en occupe, nous, on a d'autres chats à fouetter.

Henrik regarda sa montre.

— Oups, c'est l'heure de la réunion.

— Entrons, alors, dit Gunnar.

L'épuisement faisait tressaillir la commissure de ses lèvres. D'habitude, Philip Engström ne trouvait pas les gardes si longues. Mais il était dans le vestiaire désert, complètement lessivé.

Et il ne parvenait pas à se défaire de ses pensées.

Shirin.

Katarina.

Johan.

Il était debout dans la lumière crue du néon. Le métal brûlant craqua. Il fixa les yeux sur un grain de poussière perdu qui dansait en l'air en se disant : *Me voilà. Une pauvre merde, qui tourne toute seule à l'aveuglette dans le vide.*

Même dans son couple avec Lina, il se sentait seul. Il ne s'était pas ouvert à elle : combien de fois n'avait-il pas trouvé des excuses pour ne pas avoir à parler de lui ?

Ne pas avoir à parler.

C'était voué à l'échec. Il le savait. Ça devait le rattraper. Tout finit toujours par vous rattraper.

Et maintenant, la seule personne avec qui il aurait voulu parler était morte. La seule avec qui il *pouvait* parler.

Et il ne voulait pas jeter la pierre à Lina, de toute façon elle n'aurait pas eu le courage d'entendre.

Il ne restait que Sandra.

Lentement, il se dirigea vers la salle de repos située à l'autre bout du couloir. Un court moment, il regarda la porte close, puis y frappa légèrement.

— Sandra ?

— Qu'est-ce qu'il y a, Philip ? demanda-t-elle.

Sa voix était endormie.

— On peut parler ?

— C'est très pressé, ou tu me laisses le temps de me réveiller ?

— C'est assez pressé, fit-il en se raclant la gorge.

— Entre, alors, dit-elle.

Il entra, s'assura que la porte se refermait bien derrière lui, puis s'assit sur le bord du lit où Sandra s'était redressée, appuyée sur les coudes.

— Je ne sais pas à qui parler… Je ne suis pas parano, mais… ces meurtres, tu sais, ces mutilations…

— Oui ?

— Je connaissais les trois victimes.

Il chuchotait presque.

— Qu'est-ce que tu veux dire ?

— Je sais que ça semble complètement dingue, mais c'est vrai.

Son regard papillonnait, la sueur qui perlait à son front se mit à couler.

— Qu'est-ce que tu veux dire par *connaissais* ? dit-elle d'une voix plus énergique.

— Nous avons travaillé ensemble. Shirin, Katarina, Johan et moi.

— Je ne comprends pas, dit-elle en se frottant un œil.

— Katarina et moi…, lança-t-il, mais elle le coupa :

— Vous avez conduit des ambulances ensemble, elle, je comprends que tu la connaisses. Mais Shirin et celui-là… ?

— Eh bien… c'est dingue, c'est dingue, bredouilla Philip tout haut en commençant à faire les cent pas.

— Calme-toi, dit Sandra, et dis-moi ce que…

Il s'arrêta, immobile, une main sur le front.

— Je crois que je peux être la prochaine victime.

— Quoi ? Mais attends, là…

— C'est vrai, la coupa-t-il. Je peux être la prochaine victime, qu'est-ce que je peux faire ?

— Tu as contacté la police ?

— Qu'est-ce que je pourrais leur dire ? Ils ne me croiront pas.

— Pourquoi ils ne te croiraient pas ?

— C'est complètement tordu, dit-il en se tournant vers la porte.

— Philip, tu dois…

— Non, ça ne marche pas. Oublie ce que j'ai dit.

Il coupa court à la conversation, ouvrit la porte et tira sur le T-shirt qui collait à son dos. Il regrettait déjà. Regrettait d'avoir parlé. Regrettait d'avoir mêlé Sandra à tout ça. C'était une sensation désagréable, il voulait s'en débarrasser sur-le-champ.

Trois noms sur le tableau blanc :

« Shirin Norberg », « Katarina Vinston » et « Johan Rehn ».

Henrik Levin promenait son regard sur chacun de ses collègues tout en résumant l'état de l'enquête. Il regarda Mia, pensive, Anneli, qui astiquait ses lunettes, et Gunnar, bras croisés sur la poitrine.

Il tourna la tête et regarda de l'autre côté. Jana Berzelius. Attentive, comme toujours.

Ola Söderström. Nouveau bonnet, mauve cette fois.

Il continua à rendre compte des meurtres, conscient qu'il lui fallait refouler les images des corps mutilés, ne pas montrer trop d'émotion. Regarder vers l'avant, être rationnel et prendre sur lui.

— Ces meurtres ne me laissent aucun répit, dit Anneli quand il eut fini.

— Ils ne laissent de répit à aucun de nous, ajouta Henrik.

— Vous avez fait les vérifications sur Johan ? demanda Gunnar.

— Oui, il était marié, père de deux enfants adultes, résidant tous deux à Stockholm. Mais le plus intéressant est qu'il était médecin, chirurgien.

— À Vrinnevi ?

— À Vrinnevi.

— Donc les trois victimes travaillaient là, indiqua Gunnar.

— Oui, dit Henrik, voyant Jana noter quelque chose dans son bloc. Et voilà où nous en sommes : nous avons trois victimes, une aide-soignante, une ambulancière et un chirurgien. Nous avons Vrinnevi, un anesthésiant, une scie à fil et un scalpel. Tout pointe vers l'hôpital. Mais comment tout ça se tient demeure une énigme, dit-il avec un geste d'impuissance.

— C'est donc l'hôpital le dénominateur commun ? dit Gunnar. Est-ce que le meurtrier pourrait lui aussi y travailler ?

— La prochaine victime en viendra, c'est garanti, fit Mia.

— Il n'y aura pas de prochaine victime, Mia, lâcha sèchement Gunnar.

Le silence se fit dans la pièce.

— En tout cas, j'ai fouillé le passé de Katarina, déclara Ola. Elle n'était pas mariée et vivait seule dans cette maison isolée à Borg. À part un ancien petit ami, une relation qui remonte à trois ans, elle a été assez prudente de ce côté-là…

— Prudente ? dit Mia. Qu'est-ce que tu veux dire ?

Ola soupira.

— Bon, qu'est-ce que je peux dire, elle a eu peu de relations, apparemment… et j'ai analysé ses communications, même chose, là, elle semble avoir eu peu d'amis. La seule chose qui ressort, c'est qu'elle a plusieurs fois parlé avec un certain Philip Engström, et c'est aussi lui qui lui a parlé pour la dernière fois avant qu'elle soit assassinée. Il travaille lui aussi dans les ambulances, infirmier urgentiste.

— Mais putain, lâcha Mia.

— Quoi ? dit Henrik.

— Je me disais juste que…, lança-t-elle avant de se taire, comme si elle se demandait s'il n'était pas même prématuré d'aller jusqu'au bout de sa pensée.

Les autres demeurèrent silencieux en la regardant comme s'ils savaient qu'elle avait tout compris avant eux.

— Qu'est-ce qu'il y a, Mia ? demanda Gunnar.

— Je trouve sacrément bizarre que Philip Engström ait été appelé sur deux de ces trois scènes de crime. Et je ne crois pas qu'il ait été entièrement sincère avec nous.

Elle marqua une pause avant de poursuivre :

— En fait, je crois qu'il connaissait Shirin. J'ai eu cette impression quand nous l'avons interrogé. Ce serait intéressant de connaître sa pointure. Et s'il sait se servir d'un scalpel.

Gunnar se leva, regarda d'abord Mia, puis Henrik.

— N'allons pas plus vite que la musique, dit-il. Mais il faut retourner causer avec ce Philip Engström. Écouter ce qu'il a à dire sur sa relation avec Katarina.

— Et sa relation avec Shirin Norberg, ajouta Mia.

20

Henrik Levin se cala au fond du fauteuil de son bureau, sortit son portable et composa à nouveau le numéro. Il avait déjà essayé trois fois, sans parvenir à joindre Philip Engström. Quand il tomba sur le répondeur, il raccrocha, posa son téléphone, pressa ses pouces au coin de ses yeux fermés. Ses pensées tournaient confusément sans qu'il sache bien ce qu'il cherchait. Mais il savait qu'il lui fallait vraiment contacter Philip Engström.

Il saisit son téléphone, composa à nouveau le numéro et écouta les sonneries.

Levant la tête, il vit soudain Mia sur le seuil. Elle rejeta ses cheveux derrière l'oreille.

— Tu as l'air bizarre, Henrik, il y a quelque chose qui ne va pas ?

— Sensibilité masculine, dit-il, le portable toujours à l'oreille.

— Hein ?

— Rien, lâcha-t-il.

— C'est avec Philip que tu parles ?

Il secoua la tête.

— Tu lui as causé, alors ?

— Merde, Mia. Je suis au téléphone.

— Je vois, je suis pas aveugle, mais t'as l'air de n'avoir personne à l'autre bout du fil. Alors, qu'a dit Engström ? Qu'est-ce que vous avez convenu ?

— Quoi ? dit Henrik en posant son portable.

— Toi et Engström. Qu'est-ce que vous avez convenu ?

— Il ne répond pas.

— C'est pour ça que tu as l'air bizarre ?

— Non, dit-il en croisant son regard.

— Je retire ça, dit-elle, parce que là, t'as l'air drôlement sérieux.

Silence. Il pencha la tête en arrière et soupira. Lorgna ensuite vers elle en hésitant à continuer à appeler ou non. Mais Mia avait déjà pris une décision.

— Ça ne mène à rien, dit-elle. Allons chez lui, où il habite ?

— Skarphagen.

— Bien, lança-t-elle en donnant un petit coup au chambranle de la porte. Allez viens, inutile de tergiverser.

— J'arrive, dit-il. Mais toutes les voitures sont prises, on va devoir prendre la mienne.

— Ou la mienne.

— Tu l'as réparée ?

— Si on veut.

Jana Berzelius posa sa tasse de café sur la table. Elle se sentait à l'étroit dans la salle du personnel de l'hôtel de police, mais ne voulait pas retourner au bureau du procureur, car elle risquait d'y croiser à nouveau Per. Elle ne voulait pas non plus rentrer chez elle, où l'attendait Danilo. Et elle n'avait absolument aucune envie de revenir à la morgue et d'être obligée de voir encore une fois le corps livide de sa mère. Pas question de laisser venir le chagrin, cela revenait à se regarder le nombril. C'était vain.

Elle voulait qu'on la laisse tranquille.

Lentement, elle se cala au fond de son siège en songeant que la journée serait longue. En plus de l'inévitable visite à la morgue avec Père et son aide-soignante, elle allait devoir participer aux réunions, aux synthèses, écouter les rapports préliminaires, les priorités, les auditions de témoins, examiner les analyses sanguines, les traces, l'arme du crime, etc. D'habitude, elle trouvait son travail stimulant et gratifiant, mais, aujourd'hui, ses pensées tournaient toutes autour de Danilo et de la façon d'avoir confirmation que le leurre avait marché, ce qui lui permettrait de le conduire à moindre risque à Södertälje.

Elle ne savait pas encore si la police avait allégé son dispositif de recherche à Norrköping. La police de Motala avait commencé à enquêter sur ce qu'ils appelaient un « règlement de comptes ». Mais le faux témoignage qu'elle avait laissé hier soir n'avait pas l'air d'avoir porté. En tout cas pas jusqu'à Norrköping.

Mais comment travaillaient-ils, à Motala, à la fin ? N'avaient-ils pas trouvé la chemise d'hôpital ? Des traces fraîches du meurtrier Danilo Peña en cavale se trouvaient dans la chambre même où trois hommes avaient été exécutés, mais personne ne semblait décidé à additionner un plus un.

Elle posa sa tasse de café et se leva.

Elle essayait de penser à autre chose, mais ne faisait que retomber dans la même ornière. Et si ça n'avait pas marché ? Et si elle n'arrivait jamais à se débarrasser de lui ?

Dans le couloir, Anneli Lindgren salua la coordinatrice Britt Dyberg, les bras chargés d'une liasse de papiers. Elle se dit que Dyberg portait une veste rose qui ne lui allait pas du tout. Elle pendait sur ses épaules et semblait trop grande de plusieurs tailles.

Anneli portait, elle, un T-shirt bleu clair et un jean moulant. Ses cheveux noués en queue-de-cheval balançaient derrière elle tandis qu'elle se dirigeait vers son bureau.

En voyant de la lumière chez Gunnar, elle y glissa un œil. Elle le salua, et il lui fit un signe de la main sans lever les yeux de son écran. Elle continua, mais s'arrêta et rebroussa chemin.

— Pas le temps, dit-il quand elle entrouvrit à nouveau la porte.

— Mais si, déclara-t-elle calmement.

— Je suis en train de faire quelque chose de très important.

— Comme lire le journal ? fit-elle.

— Les médias se déchaînent déjà sur le troisième meurtre, dit-il en levant le regard vers elle.

Elle avait espéré trouver un sourire, mais non, juste une mine lasse et cette question :

— Bon, qu'est-ce que tu veux ?

— J'ai besoin… de parler avec toi.

— Mais pas maintenant, dit-il.

— Je veux juste… parler.

— Mais parle, alors, vas-y, soupira-t-il.

— Mon Dieu, ce que tu es de mauvaise humeur.

— Une minute, dit-il. Nos affaires privées ont déjà pris une minute de notre temps de travail à tous les deux, temps que tu aurais pu plutôt consacrer à analyser des empreintes digitales, des traces de chaussures ou je ne sais quoi. Nous avons un cinglé qui se balade dans la nature et qui aime découper les gens en morceaux, et je veux qu'on retrouve ce cinglé, et que ça saute, parce que je ne veux plus de ces titres dans les journaux.

— Bien sûr, dit-elle, consciente de la déception dans sa voix.

— Et ferme la porte derrière toi.

— Bien sûr, répéta-t-elle, en la fermant fort.

— Le voilà, dit Mia Bolander. Mon nouveau bolide.

Il fallut cinq secondes à Henrik pour refermer sa bouche béante d'étonnement. Mia les avait comptées.

— Tu as acheté une nouvelle voiture ? Quand ça ?

— Il y a une heure, à la pause déjeuner. Ça aurait coûté autant de réparer la vieille, alors j'ai opté pour une neuve.

— Ça semble une bonne affaire, dit-il prudemment.

Une putain de bonne affaire, songea-t-elle en ouvrant la voiture. Tous les jours, elle s'énervait sur ceux qui roulaient en Lexus,

BMW ou Tesla. Tous les jours, elle les voyait aux ronds-points, aux carrefours, comme des rêves inaccessibles, des occasions perdues, des preuves de ses mauvais choix et de ses limites. Presque comme une moquerie face à elle et à sa vie.

Mais c'était fini, désormais.

Car, maintenant, elle avait une Fiat Lounge rouge.

Et elle avait d'un coup fait disparaître son sentiment d'absurdité. Bon, les hommes au bar ne lui avaient pas accordé assez d'attention, il fallait donc qu'elle s'en accorde elle-même. Bref : elle méritait cette voiture bien trop chère. Elle la méritait plutôt cent fois qu'une.

Henrik et elle s'installèrent sur les sièges moelleux, baignant dans ce doux parfum de voiture neuve. Elle démarra, quitta doucement sa place de parking et laissa l'hôtel de police derrière elle. Dix minutes plus tard, ils se garaient devant la maison d'Engström, à Skarphagen.

Henrik marchait trois pas devant elle, et avait déjà eu le temps de frapper quand elle arriva à la porte.

La femme de Philip, Lina, leur ouvrit. Sur son visage, pas une trace de maquillage. Elle avait des taches de rousseur, une peau lisse et des tresses. Elle portait un T-shirt rouge et un pantalon un peu trop ample.

Mia laissa Henrik se présenter d'abord.

— Et je suis Mia Bolander, dit-elle en tendant la main. Nous cherchons Philip.

— Il n'est pas à la maison.

— Non ?

— Non, pas encore. Il s'est passé quelque chose ? demanda Lina en les fixant d'un œil inquiet.

— Nous avons cherché à le joindre sur son portable, dit Henrik en montrant sa carte de police. Nous aurions besoin de lui parler. Savez-vous où il se trouve ?

— Sans doute encore au travail, dit Lina, qui s'était mise à respirer plus rapidement. Il peut assez rarement répondre au téléphone, il travaille comme ambulancier.

Mia jeta un œil dans l'entrée, sur l'étagère à chapeaux : une casquette et une écharpe, sur les portemanteaux : une veste en jean et un blouson en cuir. Et sur le râtelier à chaussures…

Elle l'indiqua de la tête à Henrik et il vit alors ce qui s'y trouvait.

Une paire de Nike.

— À qui sont ces chaussures ? demanda-t-il en les montrant.

Lina se retourna.

— À Philip.

— Quelle pointure ?

— 43-44, quelque chose comme ça, dit-elle en attrapant une des chaussures.

Henrik échangea un regard rapide avec Mia.

— Nous aurions besoin de les emporter, dit-il alors.

— Mais pourquoi ?

— Des empreintes de ce modèle précis ont été retrouvées sur une scène de crime.

— Une scène de crime ? Mais quel rapport avec Philip ?

Mia trouvait la question légitime, mais n'avait pas l'intention d'y répondre.

— Désolée, puis-je vous demander un sac ? s'enquit-elle plutôt.

— Oui…, dit Lina, confuse, avant de disparaître à la cuisine.

Elle revint avec un sac en plastique blanc.

— Mais qu'est-ce qu'il a fait ? demanda-t-elle tandis que Henrik mettait les chaussures dans le sac.

Mia regarda Henrik.

— Nous avons seulement besoin de le joindre, dit-il. Vous nous permettez de jeter un petit coup d'œil dans la maison ?

— Je vous en prie.

Henrik et Mia entrèrent dans le séjour éclairé, virent le canapé, la couette, l'image tremblotante du téléviseur, les livres empilés et l'ordinateur sur une table.

Il y avait aussi là des restes de plats à emporter et des papiers de bonbons.

— Excusez le désordre, dit Lina. Je révise pour un examen, c'est pour ça.

— Qu'est-ce que vous faites, comme études ?

— Je vais être enseignante.

Mia regarda Lina. Sous la faible lampe du plafond, elle faisait vieille, se dit-elle. D'une certaine façon, cet éclairage soulignait ses rides – même celles qui étaient presque invisibles apparaissaient.

— La pauvre, murmura Mia, se référant tout autant à son choix de profession qu'à ses rides.

Puis elle détourna le visage, jeta un œil dans la chambre, avec son lit défait et un tableau rectangulaire représentant une plage de sable blanc comme la craie et une mer bleu clair.

Sur le rebord de la fenêtre, devant les persiennes baissées, une fougère en plastique.

— Qu'est-ce que vous avez comme voiture ? s'enquit-elle.

— Une Audi, pourquoi ?

Mia se retourna d'un coup, comme si le mot sorti de la bouche de Lina avait eu l'effet d'un coup de fouet.

— Quel modèle ? demanda-t-elle.

— Attendez voir…

Lina chuchota toute seule tandis que Mia et Henrik retenaient leur souffle.

— Je crois que c'est une Audi A5.

Mia dévisagea Lina, l'observa attentivement, et vit qu'elle avait quelque chose de pataud dans ses mouvements, une sorte d'hésitation face à eux.

— Où est cette voiture ? interrogea Mia.

— Philip l'a prise pour aller travailler, dit-elle en faisant un geste de la main qui fit luire l'alliance qu'elle portait à l'annulaire. Il la prend toujours.

— Depuis combien de temps êtes-vous mariés ? demanda Mia.

— En juillet, ça fera exactement trois ans.

— Trois ans ? 2012 ?

— Oui.

— Où vous êtes-vous mariés ?

— Dans l'archipel des Sankt Anna.

Mia adressa à Henrik un regard entendu.

— Est-ce que Philip s'est comporté différemment, ces derniers temps ? s'enquit Henrik en ouvrant la porte des toilettes, remarquant les rouleaux vides qui traînaient par terre avant de continuer vers la cuisine.

— Non.

— Il n'a pas montré du stress, ou eu du mal à dormir ?

— Non.

Elle le fixa avec inquiétude.

— Donc, vous ne l'avez pas trouvé perturbé par la mort de Katarina ? lança Mia.

— Katarina Vinston ? bredouilla Lina.

— Oui ? fit Mia.

— C'est... mais c'est la collègue de Philip... mon Dieu... elle est morte ?

— Philip ne vous en a pas parlé ?

— Non, pourtant il est allé la voir, l'autre jour.

Mia leva les yeux, regarda Henrik, puis Lina.

— Qu'est-ce que vous avez dit ?

— Il est allé chez elle, il y était. Mon Dieu... morte ?

— Vous la connaissiez ?

— Non, je ne la connaissais pas. Je savais qui c'était, j'ai dû la croiser une fois, en ville, ou quelque chose comme ça, mais nous n'avons jamais parlé, juste bonjour. Mais Philip et elle étaient d'assez bons amis, je crois.

— Vous croyez ?

— Je ne sais pas… ils travaillaient quand même ensemble.

— Vous vous sentez bien ? Vous avez l'air pâle.

— J'ai l'impression que je vais m'évanouir.

Lina s'appuya d'une main à la porte blanche du réfrigérateur.

— Il m'a menti en me disant qu'il n'était pas allé la voir. Nous nous sommes disputés à ce sujet.

— Vous croyez qu'il y avait quelque chose entre eux ? demanda Mia.

— Non, absolument pas, dit Lina en secouant la tête avec indignation. Ça ne se peut pas, ça ne doit pas. C'est juste impossible.

— Pourquoi ?

— Parce que je suis enceinte.

21

Elle jeta un œil dans la chambre froide, regarda les trappes en acier inoxydable en se demandant combien de corps attendaient derrière d'être transportés vers leur sépulture.

Jana Berzelius se dirigea sans hâte vers la salle d'attente de la morgue, à l'arrière de l'hôpital de Vrinnevi.

Elle entendit que quelqu'un approchait dans son dos. En se retournant, elle vit arriver un jeune homme aux longs cheveux blonds, en blouse blanche et pantalon blanc. Il lui serra la main et la regarda timidement.

— Je suis Sören Erixon, déclara-t-il. Soyez la bienvenue.

— Merci, dit Jana.

— Vous deviez être deux ?

— Mon père est sans doute en train d'arriver.

— En attendant, vous pouvez dès maintenant vous rendre dans la salle de présentation, si vous vous sentez prête.

— Je ne sais pas si…

Elle se tut, regarda la porte de la pièce en hésitant. Plusieurs secondes passèrent pendant qu'elle s'efforçait de se ressaisir, puis elle se racla la gorge et entra. Resta immobile, la main encore sur la poignée de la porte, tandis qu'elle promenait son regard sur les lourdes draperies, le canapé et les bougies allumées sur le chandelier noir à trois branches. Elle regarda les chaises et le tableau. Finalement, son regard se posa sur la civière placée au centre de la pièce. Elle lâcha la poignée, entra et s'arrêta à quelques mètres de la civière, regarda Mère qui gisait là yeux clos et mains jointes sur la poitrine. Les cheveux étaient peignés et les lèvres rendues humides, probablement au moyen de cire de vaseline.

Jana s'approcha, tendit la main, la tint devant la bouche de sa mère, immobile, comme si elle s'attendait à sentir un chatouillement, comme quand elle était petite.

En entendant des pas dans le couloir par la porte restée ouverte, elle ôta sa main. Et ce fut alors seulement qu'elle vit la marque sur les narines.

Elle avança prudemment d'un pas pour mieux voir. Quelques pensées traversèrent fugacement son esprit tandis qu'elle se penchait au-dessus du corps. Son regard glissa du nez de sa mère à sa bouche. Elle souleva sa lèvre supérieure.

Elle se dépêcha de sortir son portable et se mit à photographier. Elle prit trois clichés avant de ranger son téléphone dans la poche de sa veste, puis souleva le T-shirt de sa mère et examina le ventre, à la recherche d'autres traces, mais n'en trouva aucune.

Avant que les pas n'aient atteint la porte, elle regarda le bras droit, le suivit des yeux jusqu'au coude, continua jusqu'à la main et aux ongles.

Un des ongles était à moitié cassé.

Elle souleva la main de sa mère, froide et sans vie. Sous tous les ongles, il y avait une couche de crasse. Ou était-ce du sang séché ?

Avec force, elle arracha un des ongles, sortit un mouchoir de son sac, y plaça l'ongle, replia le mouchoir et le glissa dans l'autre poche de sa veste. Puis elle recula et se tint immobile quand Sören Erixon entra dans la pièce, suivi de près par Elin Ronander qui poussait devant elle le fauteuil roulant de Père.

Jana croisa le regard d'Elin, où elle devina du chagrin. Elle écouta Sören les encourager à prendre tout le temps dont ils avaient besoin pour ce dernier adieu, tout en observant le visage calme et attentif de son père.

— Bien, je vais vous laisser tranquilles, dit Sören, avant de quitter la pièce.

Elin poussa le fauteuil de l'autre côté de la civière jusqu'à ce qu'il lève la main pour lui indiquer qu'il ne voulait pas approcher davantage. Elle posa doucement la main sur son épaule et chuchota :

— J'attends dehors.

Elle referma derrière elle. Les flammes des bougies vacillèrent dans le courant d'air, mais, ensuite, tout s'immobilisa dans la pièce. Un silence presque désagréable s'installa.

Jana ne bougeait pas, le regard fixé sur son père. Son visage avait soudain pris une étrange pâleur. Lentement, il leva le regard vers elle, avec comme un abîme dans les yeux.

— Nous… nous smmes rcontrés à Stoholm, dit-il. Un concr nfromidble… me nrappl pas le pogrm, Beethvn je cr…

Elle comprenait tout juste ce qu'il disait. Elle le regarda, vit son air grave, sa concentration pour contrôler le moindre tressaillement nerveux, le moindre tremblement quand il parlait.

— Je nst pas si tu peux compdr, dit-il. Mais j'étais tellm frt qu'elle ne mranque jmais de nrien.

Il se tendit vers l'avant.

— Margaretha tait gaie et…

Il toucha doucement le bras mince de Mère et poussa un gémissement. Venu du plus profond de son être comme s'il ne réalisait qu'en cet instant qu'elle était vraiment morte.

— Margaretha…

Il porta péniblement les mains jusqu'à son visage, et pleura en dedans en silence.

Jana recula, sentant qu'elle voulait immédiatement quitter la pièce.

— Nous avons fini, n'est-ce pas ? dit-elle.

— Nron, s'irrita-t-il en frottant son visage de ses mains tremblantes dans une tentative d'essuyer ses larmes.

— Ce n'est pas une question, dit Jana. J'ai une réunion qui m'attend.

— Va-t'en, alors.

— On se voit à l'enterrement, dit-elle en se dirigeant rapidement vers la sortie.

Sur le seuil, elle se retourna.

— Ah, j'allais oublier. Je veux que tu commandes des fleurs pour l'enterrement.

— Des flr ?

— Tu sais sûrement quelle sorte elle aimait ?

Il resta silencieux.

Réaliser le peu qu'il savait de sa femme lui donnait la nausée. Elle déglutit plusieurs fois, ravala sa colère.

— Des pivoines, lâcha-t-elle d'un ton cassant avant de quitter la pièce.

Il voulait que ses pensées le laissent en paix, mais elles le poursuivaient. Il se sentait en sueur, tremblant et las.

Je ne suis pas fou, se dit-il en entrant dans la salle du personnel vide. *C'est juste une partie de moi qui a cédé, qui s'est disloquée.*

Philip Engström s'affala sur le canapé en songeant à Sandra Gustafsson. Il regrettait de l'avoir entraînée dans ses problèmes. Elle allait prendre ça comme une invitation, et continuer de le harceler de ses questions – des questions qu'il ne supportait plus. Pourquoi donc était-il allé la trouver ?

Quand il posa les pieds sur la table basse, son portable sonna à nouveau. Il avait sonné toute la sainte journée, et il venait de décider de le laisser sonner quand il constata qu'au moins, cette fois, il connaissait le numéro. Il répondit.

— Tu as encore menti, dit-elle. Je ne comprends vraiment pas comment tu peux…

— Attends un peu, Lina, dit-il en regardant par-dessus son épaule. Il faut juste que je…

— Juste que quoi ?

— Que je m'isole. Je ne suis pas tranquille pour parler.

Il quitta la salle du personnel, entra dans le vestiaire, s'assura qu'il y était seul et s'assit sur le banc, devant les casiers.

— Alors, sur quoi ai-je encore menti ? soupira-t-il.

— Comme si tu ne le savais pas. Katarina est morte et tu le savais, n'est-ce pas ?

Philip ferma les yeux. Il lui fallut un bon moment avant de répondre.

— Oui.

— Tu le savais, mais tu ne m'en as rien dit ?

— J'ai oublié.

— Comment tu as pu oublier ça ?

— Je ne sais pas.

— Où es-tu ?

— Au boulot.

— C'est sûr ?

Philip ouvrit les yeux et se cala en arrière, sentit la froide porte métallique du casier contre son dos à travers le tissu de sa blouse.

— Pourquoi je mentirais là-dessus ?

— Puisque tu mens sur tout le reste.

— C'est faux.

— Tu as menti en disant que tu étais au boulot, dit-elle. Mais en fait, tu étais chez Katarina.

— C'est vrai.

— Tu es un idiot.

— C'est vrai aussi.

Lina se tut. Au bout d'un moment, il l'entendit inspirer.

— Aviez-vous une liaison ?

— Qu'est-ce que c'est que cette question ? J'ai déjà dit que non. Tu crois vraiment ça ?

— Pas moi, mais la police a l'air de le croire. Ils doivent être en train d'arriver.

— Ici ?

— Oui. Puisque tu ne réponds jamais sur ton portable. Ils m'ont posé un tas de questions au sujet de Katarina, mais je leur ai dit qu'il valait mieux qu'ils parlent avec toi. Ils ont aussi pris tes chaussures, et ont demandé ce qu'on avait comme voiture. Qu'est-ce que tu as fait, Philip ? Tu as tué Katarina ?

— Bordel !

Il se leva et passa une main dans ses courts cheveux. Sentit la sueur perler à ses aisselles.

— Philip ! entendit-il crier Lina, mais il ne répondit pas, posa le portable, déjà perdu dans ses pensées.

C'était une idée absurde, mais il n'arrivait pas à s'en défaire : il était non seulement la prochaine victime du meurtrier, mais aussi soupçonné de meurtre.

Putain, qu'est-ce qui était en train de se passer ?

Il vit les cloisons se mettre à tourner, sentit quelque chose se refermer, puis entendit la voix. Elle martelait en lui.

Ils pensent que c'est toi.

Shirin, Katarina et Johan.

Il avait du mal à respirer. S'efforçait de concentrer son regard, cherchait la porte de sortie.

Ils viennent me coffrer, pensa-t-il en mettant le portable dans sa poche et en se dépêchant de quitter le vestiaire.

— Puis-je vous aider ?

Un homme moustachu d'une trentaine d'années regardait d'un

air interrogatif le commissaire Henrik Levin et l'inspectrice Mia Bolander, qui venaient d'entrer aux urgences de Norrköping.

— Nous cherchons Philip Engström, dit Mia.

— Je viens de le voir au vestiaire, vous pouvez y aller.

— Et c'est… ?

— Premier étage, sur la droite.

— Merci.

Henrik et Mia passèrent devant deux ambulances, une pièce réservée au personnel, puis empruntèrent l'escalier jusqu'au niveau supérieur.

Trois hommes et deux femmes bavardaient de leurs destinations de vacances autour d'une table, mais se turent à leur entrée.

— Nous sommes ici pour échanger quelques mots avec Philip Engström, dit Henrik après avoir fait les présentations.

— Sandra, tu sais où est Philip ? dit une des filles avec un hochement de tête entendu vers une femme encore en tenue de travail.

Elle avait les yeux verts, Mia se souvenait de son audition.

— Sandra Gustafsson, c'est bien ça ?

— Oui, dit-elle.

— Savez-vous où est votre collègue ?

— Il est tombé brusquement malade, il vient de filer pour rentrer chez lui. Il a parlé d'un problème de ventre. Il avait l'air très pâle.

— C'est bien dommage, dit Henrik, mais, avant que nous partions, savez-vous si Eva Holmgren est là ?

— Elle était dans son bureau à l'instant, dit Sandra. Il est sur la droite du couloir. Je peux vous montrer.

— Merci.

Henrik et Mia la suivirent.

— Serait-il possible d'échanger quelques mots avec vous, après avoir parlé avec votre chef ? demanda Henrik quand ils s'arrêtèrent devant la porte d'Eva.

— Si je suis encore là, dit-elle. Il peut toujours y avoir une urgence. Mais vous pouvez toujours m'appeler, si vous avez une question.

Il sortit rapidement des urgences. Son portable n'arrêtait pas de sonner, mais il n'avait pas le courage de répondre, continuait droit devant lui et ne s'arrêta qu'une fois à bonne distance des urgences.

Que faire ? Où aller ?

Il avait du mal à rassembler ses idées, et son cœur cognait fort dans sa poitrine.

Il tourna dans une allée et traversa en courant un lotissement. Il sauta par-dessus une petite clôture, piétina un bac à sable et coupa par un terrain de foot.

Je ne devrais pas courir, se dit-il, *les gens vont me remarquer et commencer à se poser des questions.*

Mais impossible de s'arrêter. Ses jambes marchaient toutes seules.

Arrivé à Villbergen centre, il eut du mal à respirer et ralentit. Il continua en marchant aussi vite qu'il pouvait, tout en restant sur le bord du trottoir. Il regardait par terre, les mains dans les poches, s'efforçait d'avoir l'air normal, mais sentait pourtant tous les regards le fixer. Et c'est alors qu'il réalisa qu'il portait toujours ses vêtements de travail.

Tout le monde me voit, se dit-il.

La panique déferla en lui, il se remit à courir.

— Je suppose que vous souhaitez me parler en privé ? dit Eva Holmgren en refermant la porte de son bureau. Je vous en prie, asseyez-vous.

La pièce était petite, lumineuse et spartiate. Pas de fleurs à la fenêtre, mais une photo d'enfant bien encadrée, probablement un petit-enfant, supposa Mia Bolander.

— Vous avez donc d'autres questions au sujet de nos employés ? poursuivit Eva en joignant les mains sur ses genoux.

— Philip Engström, dit Henrik.

— Philip…, répéta-t-elle en rejetant une mèche de cheveux derrière l'oreille. Il travaille chez nous depuis des années.

— Pouvez-vous nous parler de lui ?

Eva inspira profondément, comme si elle voulait avoir le temps de réfléchir avant de répondre.

— Philip est une personne zélée qui aime travailler dur, dit-elle. Il est ponctuel, précis et engagé dans son travail.

— On dirait l'employé modèle, marmonna Mia.

— Personne n'est parfait, même Philip a ses défauts.

— Par exemple…?

Eva souffla à nouveau, avec comme un gémissement.

— Philip a eu une période un peu difficile, ces derniers temps. Bien sûr, nos employés doivent s'attendre à tout quand ils partent sur une urgence. Il peut s'agir d'accident de voiture, d'incendie, de meurtre, de suicide, de tentative de suicide, de maladie, de noyade accidentelle, etc. On peut allonger la liste autant qu'on veut. Et dans toutes ces situations, on s'attend à ce que la personne qui vient en aide supporte de travailler dans des conditions que le commun des mortels ne supporterait pas, non seulement en faisant face d'un point de vue strictement médical, mais aussi en tenant compte de la situation dans sa globalité, avec tout ce que cela implique.

— Je comprends, dit Henrik.

— Ce sont des conditions de travail éprouvantes. Nos employés vivent quotidiennement ce que beaucoup d'autres ne rencontrent pas de toute leur vie : membres arrachés, cadavres, putréfaction… Et ce n'est pas forcément non plus l'horreur, beaucoup de sang et des blessures graves, ça peut être un proche qui vous crie à l'oreille : « Faites quelque chose, faites quelque chose ! »

Eva se pencha en avant et saisit un stylo qu'elle fit tourner entre ses doigts.

— Je dis tout cela pour que vous compreniez qu'il s'agit d'une pression extrême. Tout en donnant des soins physiques, nous devons aussi consoler des proches affligés. Vous n'imaginez pas combien il est difficile de prévoir comment une personne peut réagir à tout ça. Certains osent montrer ce qu'ils ressentent, d'autres semblent indifférents. Cela peut aussi changer d'une mission à l'autre. Et, quand nous terminons une mission, nous devons gérer notre propre ressenti. On n'arrive jamais à s'habituer aux blessés graves, aux mourants et aux morts.

— Nous savons tout ça, dit Mia.

— Je sais que vous savez, mais je voulais juste… je ne sais pas… expliciter les choses, peut-être. Et voilà que nous avons nous-mêmes subi un terrible décès… Ça mine le personnel, assurément…

— Mais comment faites-vous pour gérer ce *ressenti* ? demanda Henrik.

— Nous parlons ensemble, dit Eva en posant son stylo. Nous avons la camaraderie. La camaraderie exige qu'on soit en confiance les uns avec les autres, ce qui me semble le cas pour la plupart des membres du personnel. Ils passent de longues heures ensemble ici, entre les alertes. Ils mangent, font du sport et dorment sur place et, de cette façon, une cohésion particulière se crée dans le groupe. Un bon partenaire, c'est quatre-vingt-dix pour cent du travail. Je sais que Philip et Katarina travaillaient vraiment bien ensemble. Ils formaient une équipe soudée.

— Philip et Katarina travaillaient donc ensemble, dit Henrik. Je ne me souviens pas de vous l'avoir entendu dire quand nous nous sommes parlé au téléphone.

— Je me souviens à peine moi-même de ce que je vous ai dit. Ce qui est arrivé à Katarina, c'est tellement… horrible. Incompréhensible. Mais oui, en effet, ils travaillaient beaucoup ensemble.

— Et comment Philip a-t-il réagi à la mort de Katarina ?

— Il ne l'a sans doute pas encore digérée…

— Que voulez-vous dire ?

— Comme vous le savez, avant ce qui est arrivé à Katarina, il avait eu une mission vraiment pénible. Il a été le premier sur place lors du meurtre de l'aide-soignante dont on parle dans les journaux. Et pareil pour le meurtre du chirurgien… Si on songe à tout ce qui s'est passé, pour être franche, il n'a pas montré la moindre émotion.

— Et qu'en pensez-vous ? demanda Henrik.

— Je lui ai proposé de rester quelques jours chez lui, mais il a refusé. Donc en fait, là, dans l'immédiat, je n'en pense pas grand-chose. J'ai plusieurs fois vu des membres du personnel qui pratiquent la distanciation vis-à-vis de leurs pensées et de leurs émotions. C'est une stratégie qui s'appuie en grande partie sur l'expérience et l'ancienneté dans le métier.

— Vous voulez dire qu'on se blinde ? dit Mia.

— Ce n'est pas le cas pour vous ?

Un moment de silence. Mia ouvrit la bouche, mais ce fut Henrik qui répondit :

— Comme dans tous les métiers, nous accumulons des expériences qu'on porte toujours avec soi. Mais certaines images ne vous quittent jamais…

— Eh oui, dit Eva. Même si les membres du personnel verbalisent et travaillent sur les situations qu'ils ont connues, les images restent, et il faut malheureusement en traîner le fardeau avec soi. Plus on est âgé, plus on a travaillé, plus le sac est lourd.

— Mais, à un moment, ça doit forcément exploser, dit Mia.

— Absolument, répondit Eva, et, en effet, ça se produit. Nous avons bien entendu des employés qui ne sont pas restés plus que quelques années, qui n'ont pas supporté le stress physique et psychique. Nous avons observé des changements de personnalité et fait face à toutes sortes d'addictions. Nous gardons constamment un œil sur notre personnel, et les aidons de notre mieux.

Henrik se passa la main dans les cheveux.

— Nous espérions pouvoir nous entretenir avec Philip, dit-il, mais apparemment il est malade ?

— Oui, dit Eva, gênée. C'est vrai… il est rarement malade, mais j'imagine que c'est une réaction aux événements de ces derniers temps.

— Donc, vous ne trouvez pas bizarre qu'il soit tombé malade justement aujourd'hui ?

— Non, pourquoi le penserais-je ? C'est presque sain de réagir, non ? Et encore une fois, il a le droit d'être malade, précisa Eva.

— Vous avez dit précédemment que Philip ne montrait pas d'émotions, dit Henrik en tournant le regard vers Eva. Est-ce qu'il a déjà craqué ?

— Comment ça ?

— Eh bien, qu'il n'y soit plus arrivé, que ça ait été trop ?

— Non, pas que je sache. Philip est un très bon élément. Mais ce n'est qu'un homme.

— Que voulez-vous dire ?

— Je ne sais pas, en fait. C'est peut-être juste ma façon d'excuser Philip.

— Excuser de quoi ? dit Mia.

— Il est évident que nous aussi, dans le secteur de la santé, nous commettons des erreurs, dit Eva.

— Qu'a-t-il fait ?

— Je ne sais pas si je dois vous en parler, je suis soumise au secret médical.

— Je tiens donc à vous informer que tout ceci concerne une enquête en cours, dit Henrik.

— C'est ce que je pensais… mais je ne veux en aucune façon embrouiller votre enquête.

— Ne vous inquiétez pas.

Eva se tut un moment.

— Comme je l'ai dit plus tôt, nous utilisons différents outils pour supporter les événements stressants de la vie. Beaucoup prennent de l'alcool. Mais il me semble que Philip consomme des tranquillisants.

— Il se drogue ?

— Je n'ai pas dit ça, mais une fois je l'ai surpris.

— Au travail ?

— Oui. Mais c'était il y a quelques années, quand il venait de débuter. Il avait oublié une plaquette aux toilettes. Nous avons eu une conversation à ce sujet, après quoi je n'ai plus eu de raisons de le soupçonner. Mais maintenant que vous voilà en train de me dévisager, c'est clair, je commence à me poser des questions. Mais dites-moi, à la fin : je dois m'inquiéter pour lui ?

Attablée au restaurant Fresh Market, elle attendait une salade de nouilles. Jana Berzelius comptait bien manger seule et en paix.

Elle prit son portable et regarda les photos de sa mère prises à la morgue. Laissa son regard longuement s'attarder sur le nez. Passa ensuite à la photo de sa lèvre, puis composa le numéro de l'institut médico-légal.

— Björn Ahlmann.

— Bonjour, ici Jana Berzelius, dit-elle. J'aurais voulu…

— Je n'ai pas encore fini l'autopsie du corps de Johan Rehn…

— Ce n'est pas ce que je voulais demander.

— Ah ?

Elle se tut, entendit le brouhaha ambiant, les couverts qui heurtaient la porcelaine. Elle tourna le regard par la fenêtre vers le ciel bleu au-dessus de la place, et s'entendit soudain dire :

— Quelles conclusions tirerais-tu d'un cadavre présentant des bleus au nez ?

— Enfant ou adulte ?

— Adulte, dit Jana. Une femme âgée.

Elle déglutit et regarda autour d'elle pour s'assurer que personne n'entendait cette conversation.

Un homme entra dans le restaurant et avança gauchement vers une fillette fluette qui ne lui arrivait pas à la poitrine. La fillette le prit dans ses bras, il lui sourit et l'embrassa sur la tête.

— Comme tu le sais, les bleus et autres traces de violence peuvent apparaître plusieurs heures après le décès, dit Ahlmann.

— Je sais, dit-elle, sentant son sang se figer.

— Mais il est difficile de tirer une conclusion comme ça, au débotté, sans savoir de quoi on parle. Il faut que tu me donnes autre chose. Ces marques sont-elles symétriques, superposées ? Couvrent-elles tout le nez, ou seulement des parties ?

— La femme a des bleus sur les narines et un saignement à l'intérieur de la lèvre.

Elle entendit Ahlmann respirer par le nez, puis un long silence. Ce seul silence fit battre son cœur.

— Comme tu me décris la chose…, déclara-t-il.

— Oui ?

— Ça ressemble aux lésions qui auraient pu apparaître si quelqu'un avait essayé de lui boucher les voies respiratoires, en d'autres termes, si cette femme avait été étouffée.

Il restait deux personnes dans la salle de repos quand Henrik Levin et Mia Bolander sortirent de chez Eva Holmgren. À leur grande déception, aucune n'était Sandra Gustafsson. Une fois dans la voiture de Mia, Henrik sortit son portable.

— Je vais encore essayer de joindre Philip, déclara-t-il, en composant le numéro.

Il écouta les sonneries dans le vide.

— C'est drôlement louche qu'il ne réponde pas, dit Mia en voyant Henrik secouer la tête.

Il composa alors le numéro de la femme de Philip.

— Lina.

Sa voix était douce, presque chuchotée.

— Bonjour, c'est encore le commissaire Henrik Levin. Je me demandais juste si Philip était rentré.

— Non, puisqu'il est au travail.

— Ils nous ont dit qu'il était en train de rentrer.

— Mais pourquoi ?

— Un problème de ventre, nous a-t-on expliqué.

— Quoi ?

— Mais vous n'êtes donc pas au courant ?

— Non, je ne lui ai pas parlé.

— Pouvez-vous lui demander de m'appeler quand il sera rentré ? Nous avons vraiment besoin de le joindre.

— Oui, bien sûr…

— Merci.

Henrik raccrocha et regarda fixement devant lui. Ils avaient cherché Philip Engström chez lui, sur son lieu de travail, et l'avaient appelé plusieurs fois. Ils avaient parlé à sa femme, à sa chef, et en savaient désormais un peu plus sur son compte, mais Henrik ne pouvait pas vraiment dire que la situation s'était clarifiée. Au contraire.

Il allait juste demander à Mia de démarrer quand il la vit.

— La voiture ! dit Henrik en ouvrant sa portière.

— Où tu vas ? lança Mia derrière lui.

Mais il était déjà en train de traverser le parking.

Elle avait raccroché au nez de Björn Ahlmann, sans dire au revoir. Jana Berzelius était sous le choc et essayait d'avoir prise sur les pensées qui tournoyaient dans sa tête.

Étouffée ?

Elle vit une femme approcher, une silhouette brune aux cheveux ondulés. Elle marchait à grands pas vers elle, et Jana vit alors son visage aimable et l'assiette qu'elle portait.

— Voilà, salade de nouilles, dit-elle en posant l'assiette devant elle.

Jana envisagea de demander si elle pouvait emporter la salade, mais elle resta là un long moment à essayer de se ressaisir, regardant vaguement les nouilles de riz et les légumes.

Étouffée !

Le médecin chef Eliasson, une connaissance de Père, avait affirmé que Mère était morte de causes naturelles, un infarctus. Si l'autopsie était pratiquée dans les cas de décès naturel, les bleus auraient sans doute été découverts plus tôt, et la cause de la mort aurait été déclarée tout autre. Mais, maintenant, elle était la seule à savoir.

En tant que proche, elle pouvait demander une autopsie, mais à quoi cela mènerait-il ? À des problèmes, se dit-elle. La police commencerait une enquête, se renseignerait sur son père et elle, poserait des questions, fouillerait le passé.

Elle ne voulait pas y mêler la police. Mais elle voulait savoir ce qui s'était passé, et pourquoi.

S'emparant de la fourchette, elle la tourna dans les nouilles luisantes tout en essayant d'ordonner ses pensées. Mère était seule chez elle quand elle avait fait son infarctus. Père était au centre de rééducation à Örebro et, même s'il avait été à la maison, il ne lui aurait pas été physiquement possible de l'étouffer, du moins pas dans l'état où il se trouvait actuellement. Mais quelqu'un aurait-il pu l'étouffer pour s'en prendre à Père ?

Mère avait elle-même appelé les secours et l'ambulance était arrivée rapidement sur les lieux, mais, malgré cela, il n'avait pas été possible de la sauver. Était-elle morte avant l'arrivée de l'ambulance ?

Non, pensa-t-elle. Si cela avait été le cas, ils auraient laissé le corps et contacté la police.

Que s'était-il donc passé entre le départ de Lindö et l'hôpital de Vrinnevi ? Elle avala ses nouilles du bout des lèvres en songeant que seul le personnel de l'ambulance pourrait y répondre.

*
* *

Henrik Levin était étonné. Il était le nez devant quatre voitures stationnées côte à côte et se dit que les points d'interrogation se multipliaient autour de Philip Engström. Il dégaina son portable et eut le temps de composer le numéro avant même que Mia ne l'ait rejoint.

— Oui, Henrik ? fit Gunnar Öhrn d'une voix stressée.

Henrik parla aussi bas qu'il le pouvait, alors que personne d'autre que Mia ne pouvait l'entendre. Elle le regardait du coin de l'œil, les bras croisés sur la poitrine.

— Il s'est passé des choses, dit-il. Nous avons trouvé des chaussures chez Philip Engström, une paire de Nike. Pointure 43.

— Donc, c'est peut-être Philip qui s'est baladé dans le jardin de Katarina ?

— Très vraisemblablement... puisque nous avons aussi appris que c'était l'alliance de Philip qui était dans sa chambre.

— Il vous a expliqué pourquoi ?

— C'est bien le problème. Nous n'arrivons pas à le joindre. Il ne répond pas sur son portable, et il n'est ni chez lui ni au travail.

— Mais où est-il passé, alors ? demanda Gunnar.

— D'après ses collègues, il est tombé malade et il est rentré.

— Bon.

— Il y a juste un souci, déclara Henrik en regardant le panneau qui signalait que les places étaient réservées au personnel.

Sous le panneau, des détritus, un emballage de glace et un ticket de caisse.

— Je t'écoute, s'impatienta Gunnar.

— Sa voiture est restée au parking, devant les urgences.

— Tu es sûr ?

— Je suis devant. Une Audi A5. Bleu métallisé.

— Une Audi A5, répéta Gunnar. Il est donc peut-être encore sur place ?

— Oui, ou il a quitté son travail par un autre moyen. Qu'est-ce qu'on fait ?

— Et personne ne sait où il est ?

— Non, dit Henrik, en suivant des yeux l'emballage de glace que le vent faisait virevolter sur l'asphalte. Philip a peut-être décidé pour une raison X ou Y de laisser sa voiture. Peut-être est-il rentré en bus, ou carrément à pied ? Ou alors il s'est douté de quelque chose ?

— Avons-nous des raisons de penser qu'il nous évite volontairement ?

— Quoi qu'il en soit, il est de plus en plus intéressant pour notre enquête.

— Tu veux dire de plus en plus suspect ? fit Gunnar.

— En bref, déclara Henrik, nous avons besoin de le trouver.

— Très bien. Dans ce cas, je propose qu'on mette tout de suite le paquet. Les patrouilles sont-elles au courant ? Et les commissariats de garde ?

— Pas encore, je voulais d'abord ton avis.

— Mon avis ? Je viens de te le donner : on le cherche.

Il était assis, absolument immobile, le regard fixé sur un bouleau solitaire. C'était un petit bouleau sauvage et ébouriffé, qui avait arraché une place parmi les autres arbres du petit bosquet. L'arbre était tordu par sa lutte pour la lumière, d'abord d'un côté, puis de l'autre. À un mètre du sol, quelqu'un avait gravé quelque chose dans son écorce. Deux arcs, ou étaient-ce des lettres ?

D'une main tremblante, Philip Engström sortit son portable et vit qu'il avait raté plusieurs appels du même numéro. Lina aussi avait appelé.

Il composa son numéro et, après trois sonneries, il entendit sa voix.

— Tu m'as raccroché au nez, dit-elle. Qu'est-ce que tu fabriques ?

— J'ai fait une connerie.

— Qu'est-ce que tu as fait ?

Il la voyait presque, la main devant la bouche.

— Je me suis caché. La police me poursuit, et je crois que je suis poursuivi par un meurtrier…

Elle avait du mal à respirer.

— De quoi tu parles ?

— Je ne sais pas.

— Quoi, tu ne sais pas ? Ça me tue. Où es-tu ?

— Où je suis ? soupira-t-il.

Qu'est-ce qu'il pouvait bien lui dire ? Qu'il était caché derrière un arbre, dans la forêt, derrière un stade ? Impossible, c'était trop bête.

— Je me suis sauvé parce que je ne savais pas quoi dire, déclara-t-il. C'est trop, Lina… je ne sais plus quoi faire. J'ai fait des erreurs, je le sais. J'ai été idiot de mentir, et tu as raison, tu ne sais pas tout de moi, et j'aurais dû t'avouer la vérité dès le début, mais c'était juste impossible, impossible, et maintenant il est trop tard et… et puis merde !

— Qu'est-ce que tu as fait ? Dis-moi, je t'en prie, Philip.

— Il n'y a rien à dire.

— Il y a beaucoup à dire, il suffit de le vouloir, mais tu ne veux jamais parler !

— Ce n'est pas si facile…

— Tu sais quoi, très souvent, je me demande avec qui je suis mariée. Je n'ai aucune idée de qui tu es, Philip, tu ne dis jamais rien. Et puis maintenant, il arrive ça…

— Je comprends que tu sois fâchée, mais…

— Ne dis pas pardon.

— Pardon, dit-il. Je fais tellement d'erreurs tout le temps.

— Mais c'est moi qui ai fait la plus grosse erreur, et c'est d'être tombée enceinte de toi.

Philip cligna violemment des yeux, comme s'il avait du mal à comprendre ce qu'elle venait de dire.

— Tu es enceinte ?

— Oui.

— C'est vrai ?

— Oui.

— Et tu ne m'as rien dit ?

— J'ai fait le test ce matin, tu étais déjà parti travailler.

Le silence se fit au téléphone.

— Tu ne dis rien ? reprit-elle, irritée à présent.

— Qu'est-ce que je peux dire ?

— Je ne sais pas, moi, pourquoi pas que c'est une nouvelle fantastique, magnifique, merveilleuse ?

— Mais c'est absolument fantastique, dit-il en inspirant profondément.

— Tu n'as pas l'air d'y croire.

— Mais si. Mais ça arrive au mauvais moment. Tu ne comprends pas… et j'aurais dû te raconter…

Silence, à nouveau. Il entendait sa respiration et pencha la tête en arrière, sentit l'humidité à travers le tissu de son pantalon et regarda longtemps le bouleau devant lui. Observa la gravure, les deux arcs, et comprit alors ce qu'ils représentaient.

Un cœur brisé.

— Lina ? dit-il.

— Oui ?

— Ne raccroche pas. Reste avec moi.

22

Henrik Levin était de retour dans son bureau à l'hôtel de police. Il ôta son blouson en se demandant comment la journée avait pu passer si vite. C'était déjà la fin de l'après-midi. Gunnar avait convoqué une réunion qui devait commencer d'ici cinq minutes, et Henrik voulait auparavant avoir le temps de parler avec l'ambulancière Sandra Gustafsson.

Elle répondit dès la deuxième sonnerie.

— Ici le commissaire Henrik Levin. Êtes-vous disponible ?

— Oui, dit-elle. Mais je suis toujours au travail, et je devrai peut-être raccrocher en cas d'alarme. En quoi puis-je vous aider ?

— J'ai besoin de vous parler à nouveau de votre collègue Philip Engström.

— Vous l'avez retrouvé ?

— Non, il n'était pas chez lui. Savez-vous où il pourrait être ?

— Il a dit qu'il rentrait mais, s'il n'y est pas, non, je ne vois pas.

— Alors voilà, dit Henrik en constatant à sa montre qu'il lui restait trois minutes avant la réunion : nous enquêtons sur le meurtre d'une de vos collègues, Katarina Vinston. Nous avons analysé son téléphone portable et découvert qu'elle et Philip se téléphonaient souvent entre leurs gardes. Savez-vous quel type de relation il entretenait avec Katarina ?

— Ils travaillaient presque toujours ensemble, dit Sandra. Et à ce que j'ai compris, ils étaient amis.

— Peuvent-ils avoir eu une relation… amoureuse ?

— Naturellement, c'est possible. Mais j'en doute.

— Pourquoi ?

— Je dirais que Katarina était quelqu'un d'assez sensible, et Philip n'est pas très simple…

Sandra se tut.

— Là, je ne vous suis plus, dit Henrik.

— Eh bien, il est un peu difficile à cerner. Je pense que la plupart diraient qu'il est un peu… buté.

— C'est le cas ?

— Il aime décider, avoir raison, tout ça. Même quand il a tort.

Elle éclata de rire.

— Je me souviens d'une fois, on jouait aux cartes avec un autre collègue, je crois que c'était au poker et qu'on avait misé une somme ridicule, peut-être 20 couronnes chacun. Philip a perdu sa mise, il s'est mis dans tous ses états, a accusé son copain d'avoir triché. Puis il a jeté les cartes à terre, a quitté la salle du personnel pour aller se coucher tout seul dans une salle de repos. Il est comme ça. Et je crois ne l'avoir jamais vu rejouer au poker.

— Il a toujours été comme ça ?

— Je crois…

— Depuis combien de temps travaillez-vous avec lui ?

— Bientôt un an. Mais on se fréquente aussi en privé, ou plutôt je fréquente sa femme.

— Vous la connaissez, donc ?

— Oui, nous nous sommes rencontrées lors d'une fête du personnel.

Henrik regarda à nouveau sa montre.

— Philip et vous avez été envoyés sur *deux* scènes de crime la semaine dernière.

— Oui, malheureusement, je dois dire. On ne sait jamais sur quoi on va tomber quand on part en mission, et je ne crois pas avoir déjà vu une chose pareille. Cette histoire de mains, et…

Ah ! Il faut fermer les écoutilles, faire son travail, ne pas penser à la personne blessée. Mais je crois que ça a été plus facile pour moi que pour Philip.

— Comment ça ?

— Mais il les connaissait tous.

— Attendez un peu. Tous ? À qui pensez-vous ?

— Eh bien…

Sandra inspira à fond, comme pour prendre des forces avant de poursuivre.

— … il avait rencontré toutes les victimes. Apparemment travaillé avec elles.

Silence sur la ligne.

Henrik fronça les sourcils.

— Toutes, c'est-à-dire Shirin, Katarina et Johan ?

— Oui, dit-elle.

— Comment le savez-vous ?

— Il me l'a dit lui-même. Avant de rentrer chez lui aujourd'hui, en fait.

Henrik concentra son regard sur le carnet posé sur le bureau. Sentit son cœur battre vite et fort. Étrange, pensa-t-il, comme les choses commençaient à prendre forme.

— Comment les avait-il rencontrées, le savez-vous ?

— Au travail, encore une fois… mais il était troublé ce matin quand il m'a parlé, et…

Elle s'interrompit.

— … il n'est pas comme ça d'habitude, mais ces derniers temps…

— Oui ?

— Je ne sais pas comment dire. Mais il est en fait devenu un peu… différent.

— Comment ça ?

— Il est stressé, en colère, tout ça. Il a du mal à se concentrer, il est tout le temps fatigué.

— Savez-vous pourquoi ?

— En fait, je ne devrais pas répondre à toutes vos questions, déclara Sandra. Il vaut mieux que vous parliez directement avec Philip.

— Je pense qu'il vaut mieux que vous nous disiez ce que vous pensez, dit Henrik. C'est important.

— Bon, d'accord, soupira Sandra. Je crois qu'il prend des cachets.

Henrik ne dit rien, la laissa poursuivre.

— C'est à tel point qu'il a du mal à se concentrer sur son travail. Il s'est même endormi pendant une urgence, la semaine dernière. Je crois que c'était mercredi. Nous devions aller chercher une patiente victime d'un infarctus à Lindö, et impossible de le réveiller. J'ai essayé plusieurs fois et finalement…

— Et la patiente ? demanda Henrik.

— Elle ne s'en est pas tirée.

— Qui était-ce ?

— Je ne m'en souviens pas, une femme âgée.

Les pensées se mirent à tournoyer dans sa tête.

— Je suis content que vous m'ayez raconté tout ça, dit-il.

— C'est tout naturel…

— Et il est possible que nous vous recontactions, lança Henrik en se levant.

La réunion allait tout juste commencer.

Elle écouta les chaises racler contre le sol. Pendant que Henrik, Mia, Ola et Anneli prenaient place autour de la table, Jana Berzelius regardait par la fenêtre vers l'horizon. Le ciel était bleu, à part un petit nuage de forme aplatie.

— Tout le monde est là ? demanda Gunnar.

Hochements de tête en guise de réponse. Il referma la porte et s'installa.

— Très bien, dit-il. Henrik, à toi.

— Nous avons donc découvert, déclara-t-il, que Katarina Vinston et Philip Engström étaient en contact téléphonique avant qu'elle ne soit assassinée. Ils étaient collègues et, apparemment, également amis. Nous avons essayé toute la journée de joindre Philip, mais il a disparu dans la nature. Personne ne sait où il est, ni sa femme ni ses collègues. Les patrouilles sont au courant, elles ouvrent l'œil en ce moment même pour le retrouver.

— Mais pourquoi se cache-t-il ? demanda Ola. Vous avez des hypothèses ?

— C'est sacrément incompréhensible, je suis d'accord, dit Mia. Sa chef semblait le porter au pinacle. Elle nous l'a décrit ordonné, engagé, tout en nous signalant qu'il se droguait…

— Il se shoote aux cachets, ajouta Henrik.

— Il a donc une addiction aux médicaments ?

— Ça en a tout l'air, oui, dit Mia. En tout cas, elle l'a surpris en train d'en croquer.

— Oui, renchérit Henrik, et même sa collègue Sandra Gustafsson le soupçonne de consommer des cachets.

Mia s'étonna :

— Quand lui as-tu parlé ?

— À l'instant, dit Henrik.

— Mais pourquoi cet infirmier mobilise-t-il notre attention ? demanda Jana.

— Avant tout parce qu'il se cache, dit Henrik. Il est aussi à notre connaissance le dernier à avoir parlé à Katarina. Mais aussi, premièrement : nous avons trouvé une empreinte de chaussure devant le domicile de Katarina, provenant d'une Nike pointure 43. Exactement la même chaussure a été retrouvée chez Philip, espérons que son analyse pourra être rapide. Et deuxièmement : la voisine de Katarina a vu une Audi A5, bleu métallisé, devant chez Katarina, le jour de son meurtre. Philip possède une voiture de ce modèle.

Jana se pencha en arrière pour réfléchir.

— Mais si Katarina et Philip avaient une relation amoureuse, il n'est pas étonnant qu'on retrouve son empreinte de chaussure ni qu'on aperçoive sa voiture chez elle, non ?

— C'est vrai, dit Henrik, mais pourquoi cette empreinte était-elle justement dans la plate-bande, sous une fenêtre ? Et que faisait-il chez elle le jour de son meurtre ?

— Et l'alliance, alors ? dit Mia. Est-ce qu'il l'a enlevée avant de l'assassiner, ou avant d'aller faire des galipettes sous les draps ?

— À en croire ses collègues, ils n'étaient qu'amis, précisa Henrik.

— Oui, mais des amis peuvent baiser, argua Mia. Et des amis peuvent aussi se disputer. Katarina exigeait peut-être qu'il divorce, et pour que Lina n'apprenne pas qu'il la trompait, il aurait assassiné Katarina ?

— En lui tranchant la langue ? demanda Henrik, sceptique.

— J'essaie seulement de trouver un mobile, merde, déclara Mia.

— C'est juste, répondit Gunnar. On pose les questions dans le mauvais ordre. On parle de qui et du comment, pas du pourquoi.

— OK, OK, dit Henrik, mais j'ai parlé juste avant la réunion avec Sandra, et ce qui renforce vraiment les soupçons contre Philip, c'est qu'il connaissait effectivement les trois victimes, c'est-à-dire également Shirin et Johan Rehn.

— Je le savais ! s'exclama Mia.

— D'après elle, ils ont visiblement travaillé ensemble tous les quatre, mais où, je ne le sais pas.

Mia sembla soudain douter un peu.

— Mais elle sait ça ? C'est pas un peu louche, qu'il aille lui raconter qu'il connaissait toutes les victimes ? S'il est coupable, c'est plus malin de sa part de passer ce genre de choses sous silence, non ?

— Et pour rebondir sur ce que vient de dire Gunnar, quel serait son mobile ? demanda Jana.

— J'y réfléchis aussi, répondit Henrik. Et est-il seulement vraisemblable que Philip se soit rendu chez les victimes, les ait tuées, puis soit monté dans l'ambulance pour essayer ensuite de leur sauver la vie ?

— Ça faisait peut-être partie du plan ? dit Mia.

— Si seulement on lui mettait la main dessus, ça clarifierait beaucoup de choses, lança Henrik. Mais Sandra a aussi dit que Philip s'était comporté bizarrement ces derniers temps, qu'il était stressé, en colère, avait du mal à se concentrer. Il se serait même endormi pendant une intervention d'urgence, et aurait ainsi provoqué la mort d'une femme malade du cœur, il y a une semaine de cela.

— Quoi ?

Jana leva la tête.

— Philip Engström s'est apparemment endormi lors d'une intervention à Lindö, ce qui a entraîné la mort d'une femme âgée, répéta Henrik.

— À Lindö ? dit Jana. Quand, exactement ? Mercredi dernier ?

Henrik regarda dans ses papiers.

— Attends voir. Oui, mercredi, c'est bien ça.

Jana sentit tout son corps frémir.

— Comment savez-vous qu'il s'est endormi ? demanda-t-elle.

— Encore une fois, c'est sa collègue Sandra qui le dit.

— Donc ils étaient tous les deux, seuls dans l'ambulance ?

— Oui.

Jana regarda à nouveau par la fenêtre. Le nuage avait disparu, ne restait plus que le bleu.

— Avez-vous le numéro de Sandra ? dit-elle tout bas. J'aimerais échanger quelques mots avec elle.

— Mais je peux la rappeler, si tu as des questions.

— Je préfère appeler moi-même.

Henrik fit s'afficher le numéro sur son mobile et le nota sur un papier.

— Tiens.

— Merci, dit Jana.

— Bon, entendit-elle dire Gunnar, donc, ce Philip Engström

semble être une personne instable. Mais ça n'explique pas pourquoi il aurait tué et mutilé trois personnes.

— Et serait responsable de la mort d'une quatrième personne, ajouta Mia. Tout ça prend forme, bordel…

— Indéniablement, dit Gunnar, j'aimerais bien amener cet homme ici et écouter ce qu'il a à nous dire. Qui est-il, vraiment, savons-nous quelque chose ?

Silence autour de la table.

— Il est ambulancier…, fit Mia.

— Merci, je sais, répondit Gunnar. Mais depuis combien de temps travaille-t-il là ? Que faisait-il avant ? Qu'est-ce qu'on sait sur lui, à part ça ?

— Voyons voir, dit Henrik en feuilletant quelques papiers. Donc, il travaille comme ambulancier depuis cinq ans.

— Et avant ça ?

Nouveau silence. Jana reporta son regard de la fenêtre aux personnes assemblées autour de la table.

— Nous ne savons donc rien de lui, lança Gunnar. Comment pouvons-nous supposer qu'il ait quelque chose à voir avec ces meurtres ?

— Tu dors, ou quoi ? Comment ne pas le soupçonner ? protesta Mia.

— Il est possible qu'il soit innocent, dit Henrik en opinant du chef. Mais si on songe aux armes du crime – scalpel et scie à fil –, il s'agit d'instruments utilisés à l'hôpital, des outils auxquels Philip aurait pu avoir accès, si je comprends bien.

Ola leva le doigt.

— Pardon de dire ça, glissa-t-il, mais ce genre d'instruments peut facilement être commandé sur Internet. En un clic, on reçoit une boîte entière de scalpels dans sa boîte aux lettres.

— Je veux juste dire que, pour Philip, ces ustensiles sont familiers, dit Henrik.

— Mais le mobile ? insista Gunnar.

Henrik haussa les épaules.

— Il nous le faut, dit Gunnar en se levant, ça nous épargnera toutes ces foutues spéculations. Je veux savoir qui est Philip et ce qui pourrait l'avoir poussé à tuer trois personnes. Il doit y avoir une explication. Alors, au boulot.

Il se tourna vers la carte.

— Comment fait-on pour le retrouver ?

— Peut-on le repérer grâce à son portable ? demanda Henrik.

Tous les regards se portèrent sur Ola.

— Ça ne devrait pas poser de problème, dit-il. Enfin, s'il a un abonnement.

— Bien, dit Gunnar. Tu as une heure.

— Bonjour, je m'appelle Jana Berzelius, je suis procureure. Voilà, j'aimerais vous poser quelques questions.

Jana Berzelius, à peine sortie de l'ascenseur de l'hôtel de police, avait sorti son portable pour appeler Sandra Gustafsson.

— Mais j'ai déjà parlé à la police, dit Sandra.

— Très bien, alors je n'ai qu'une question complémentaire.

— D'accord, mais faites vite s'il vous plaît, je travaille.

— Mercredi, la semaine dernière, avec votre collègue Philip Engström, vous êtes intervenus à Lindö. Une femme victime d'un infarctus avait appelé les secours.

— C'est sûrement possible, je n'ai pas toutes les sorties en tête.

— Ça ne vous dit rien ?

— Si, maintenant que j'y réfléchis, je pense voir de quoi vous voulez parler.

— Bien, alors j'aimerais que vous m'indiquiez la procédure habituelle en cas d'infarctus.

— Je ne comprends pas bien ce que vous voulez dire.

— Quelle est la marche à suivre en cas d'infarctus ? Quelles sont vos instructions ?

Sandra se racla la gorge.

— Eh bien, une fois l'infarctus constaté, il est important de déboucher l'artère coronaire obstruée pour remettre en marche l'approvisionnement en sang et en oxygène. La partie du cœur qui ne reçoit plus d'oxygène subit un dommage d'autant plus grave qu'on tarde à dissoudre le caillot. Plus vite on rétablit le flux sanguin dans le muscle cardiaque menacé, moindres sont les séquelles de l'infarctus.

— Il est donc important d'arriver aussi vite que possible à l'hôpital ?

— Oui, dit Sandra. C'est important. Mais il n'y a pas que le temps qui est décisif, d'autres facteurs jouent un rôle…

— Comme quoi ? L'état de santé du personnel médical ?

Sandra se tut un bref instant.

— Là, je ne vous suis pas. Nous faisons tout pour sauver des vies.

— Mais cette femme est bien morte ?

— Oui, mais je ne comprends pas bien où vous voulez en venir. Chaque année, environ trente et un mille personnes sont victimes d'un infarctus, et neuf mille en meurent.

— Pourquoi cette femme était-elle une de ces neuf mille ?

— Je ne peux pas répondre, dit Sandra.

— Vous étiez dans l'ambulance.

— Je conduisais l'ambulance. C'était Philip qui soignait la patiente.

— Mais vous êtes bien responsables tous les deux ?

— Oui, et je peux vous garantir que nous faisons toujours, toujours passer les besoins du patient avant le reste. Mais quel rapport avec les meurtres ? Philip est-il soupçonné de quelque chose ?

— Il devrait ?

— Je vous le demande.

Jana inspira à fond.

— Lors d'une réunion à l'hôtel de police, il est apparu que Philip Engström s'est endormi au cours de cette mission…

— Oui, j'en ai parlé à Henrik Levin.

— Et vous avez affirmé que c'était à cause de cet endormissement que la femme était morte.

Sandra se racla la gorge.

— Il est exact qu'il s'est produit un retard regrettable dans l'intervention, nous sommes rentrés tard aux urgences. Mais ce sont des choses qui arrivent.

— Des choses qui arrivent ? S'endormir ?

— Si vous avez d'autres réflexions à ce sujet, je vous invite à téléphoner à ma chef Eva Holmgren. Elle pourra certainement vous aider à déterminer si une erreur a été commise et le cas échéant laquelle…

— Merci, dit Jana, avant de raccrocher.

Elle avait besoin de temps pour penser. Repenser. Il semblait que Sandra ne voulait pas ou ne pouvait pas répondre au sujet de ce qui s'était réellement passé dans l'ambulance. Philip Engström détenait-il la réponse ?

Jana remit le portable dans sa poche et quitta l'hôtel de police. Le soleil de l'après-midi était puissant. Mais, au lieu de lever la tête pour profiter de la chaleur de ses rayons, elle baissa les yeux et regarda par terre en réfléchissant à un moyen de retrouver cet ambulancier.

23

Le département était tranquille. Henrik Levin s'assit et tambourina des doigts en attendant que l'ordinateur ressuscite.

Éclairé par la lumière vacillante de l'écran, il essayait de mettre dans le bon sens ses réflexions sur Philip Engström. Il avait été facile de lister ses mérites. Il n'en avait presque pas.

Philip était né le 1er avril 1978, fils unique du médecin Charles Engström et de l'enseignante Rita Engström. Il avait grandi à Vadstena, suivi une filière scientifique de trois ans au lycée. Après son bac, il avait vécu quelques années en Pologne et ce n'est que plusieurs années plus tard qu'il avait passé l'examen d'infirmier spécialisé option urgentiste à Uppsala. Il avait alors déménagé à Norrköping et commencé à travailler comme ambulancier aux urgences. Il était marié à Lina Engström et ils étaient tous les deux enregistrés comme propriétaires d'une maison de plain-pied à Skarphagen.

Deux numéros de téléphone étaient disponibles pour joindre les parents de Philip. Henrik choisit le premier, tomba sur un répondeur de portable et composa aussitôt le second. Au bout de deux sonneries, une voix d'homme lui répondit.

— Engström.

— Je m'appelle Henrik Levin, je suis commissaire de police.

Silence.

— Je souhaiterais parler avec vous au sujet de votre fils, Philip.

Toujours silence à l'autre bout du fil. Comme une respiration oppressée et une toux grasse de fumeur.

— Qui avez-vous dit que vous étiez ?

— Henrik Levin, je suis policier…

Nouvelle attaque de toux.

— … et j'ai besoin de vous poser quelques questions au sujet de Philip.

— Au téléphone ?

— Je peux me déplacer, si vous le souhaitez.

— Venir ici ? Écoutez, non, tellement de policiers sont déjà passés. Si nous devons nous voir, il faut que ça en vaille la peine, bon sang ! Qu'est-ce que vous voulez ?

— Parler de votre fils ne vaut pas la peine, si je vous comprends bien ?

— J'ai déjà parlé de mon fils avec ces policiers, et je trouve que vous devriez me dire de quoi il s'agit avant que j'y perde complètement ce qui me reste de voix.

— Avez-vous vu Philip récemment ?

— Non, nous ne le voyons plus.

Un raclement de gorge, comme une remontée de glaires.

— Y a-t-il une raison à cela ?

— Bien sûr qu'il y en a une, dit l'homme à l'autre bout du fil.

— Et cette raison est ?… dit Henrik.

— La raison est que Philip a fait un choix, voilà bien des années.

— OK.

— Oui, et il a changé à ce moment-là.

Henrik baissa les yeux, se gratta le menton.

— S'est-il passé quelque chose de particulier ? demanda-t-il.

— Il a changé, c'est tout.

— En quoi ?

— En tout. Il a eu des problèmes psychiques, a connu un changement de personnalité.

— A-t-il été traité pour ça ?

— Traité, il faut le dire vite, je ne sais pas comment répondre. En tout cas, il a bouffé la plupart des cachets disponibles sur le marché. Alors une sorte de traitement, oui, il en a reçu un. C'est juste que je ne sais pas si ça l'a beaucoup aidé.

— Aidé contre quoi ?

— Aidé contre le fait de ne plus avoir le courage d'être Philip quand il allait mal.

Henrik changea son portable de main.

— Mais vous voulez dire qu'il est malade, c'est ça ?

— Malade ? dit l'homme en toussant à nouveau, sa voix à peine audible désormais. Il faut sans doute l'être pour abandonner une carrière aussi prometteuse.

— Il a abandonné une carrière prometteuse ? Dans quel domaine ?

— Une carrière de chirurgien. Seul un idiot jette un tel diplôme aux orties. Vous devez bien l'avoir compris vous aussi, sinon vous n'auriez pas appelé.

— Philip était donc médecin ?

— Oui, médecin. Formé en Pologne. Ce n'était pas une flèche, il n'avait pas les notes suffisantes pour étudier en Suède.

— Mais pourquoi n'a-t-il pas continué comme médecin ?

— Ça, mon cher ami, c'est une question que je me suis souvent posée. Sur quoi, il me faut mettre un terme à cet ennuyeux bavardage. Ma voix n'en peut plus.

Henrik le remercia pour son aide, reposa son portable sur son bureau et regarda l'écran de son ordinateur, qui s'était mis en veille.

Qu'est-ce qui avait conduit Philip Engström à abandonner la médecine ? Une mauvaise orientation, tout simplement, ou un brusque changement de carrière ? Non, se dit Henrik, quelque chose d'important, de décisif, devait avoir eu lieu, qui l'avait fait changer d'orientation dans la vie. Mais quoi ?

***

— Tu es toujours là ? dit-il en collant plus fort l'écouteur contre son oreille.

Il changea de position, se redressa contre le bouleau. Philip Engström avait froid aux jambes, tellement froid qu'elles étaient complètement engourdies. Comment était-ce possible ? Il ne faisait pas si froid que ça.

Il aurait voulu courir se cacher ailleurs. Car il voyait à présent les lumières bleues clignoter entre les arbres.

— Oui, entendit-il dire Lina. Je suis toujours là.

Il essaya de se relever, mais ses jambes ne lui obéissaient pas. Une partie de son cerveau lui disait de rester là, de continuer à parler, tandis qu'une autre lui ordonnait de fuir. Mais c'était un combat sans espoir contre les secondes car, à chacune de ses respirations, il se rapprochait inexorablement de la fin. En continuant à courir, en fuyant, il n'avait fait que repousser l'inévitable, à la fin il devrait de toute façon se rendre.

— Tu veux que je vienne te chercher ? proposa-t-elle. Dis-moi où tu es, et je viens.

— Non, dit-il. Ce n'est pas une bonne idée.

— Pourquoi tu dis ça ? Tu me fais peur, Philip.

— Il faut que j'arrange ça tout seul. Appelle Sandra, dis-lui de venir te tenir compagnie.

— Mais pourquoi ? demanda-t-elle en reniflant.

— Comme ça, tu ne te sentiras pas seule si je ne rentre pas ce soir.

— Mais pourquoi tu ne rentrerais pas, Philip ? Qu'est-ce que tu vas faire ?

Il raccrocha et laissa son portable tomber sur ses genoux. Il se sentait rattrapé par la peur.

Le cœur battant, il tendit la main vers le sol et se mit à creuser avec les doigts. La terre humide lui parut froide et glissante, il y plongea les doigts. Il trouva un caillou, le serra. Ne repoussa pas l'idée qu'il se sentait moins seul ainsi, un caillou dans la main.

— Donc, Philip a été médecin ? demanda Mia Bolander.

Elle était assise dans le bureau de Henrik Levin, jambes étirées.

— Oui, répondit Henrik, et il s'est spécialisé pour devenir chirurgien.

— Mais il y a combien de temps ?

— Il a commencé ses études juste après le lycée, mais, au lieu d'aller à la fac en Suède, il a choisi la Pologne, où l'admission était plus facile.

— Mais il a eu le temps d'exercer ?

— Je ne sais pas, dit Henrik. Si nous supposons que c'est le cas et qu'il a travaillé à Vrinnevi, c'est probablement à ce moment-là qu'il a connu Shirin et Johan.

— S'ils travaillaient dans le même service, nous devrions vérifier qui d'autre il y a encore. Le nom de la prochaine victime peut y figurer. Philip s'apprête peut-être à éliminer tous ses collègues ?

— Holà, ne t'emballe pas, Mia, dit Henrik.

— Mais il a bien dû se passer quelque chose, non ?

Henrik posa un instant les yeux sur Mia avant de les tourner vers la porte, qu'Anneli Lindgren venait de franchir. Sans saluer, elle s'approcha du bureau, et Henrik vit alors son regard fatigué et stressé.

— J'ai reçu la réponse du labo sur les chaussures que vous avez trouvées chez Philip Engström, dit-elle. Aucun doute possible : ce sont elles qui ont laissé l'empreinte dans la plate-bande.

— Comme nous le pensions, dit Henrik.

— J'ai aussi fouillé cette histoire d'anesthésiant, le Ketalar, qu'Ahlmann a découvert dans les corps de Shirin et Katarina : on en trouve dans la mallette de secours utilisée dans les ambulances.

Elle regarda Henrik et Mia.

— Bon, je ne suis pas à la tête de cette enquête, mais est-ce que tous les indices ne pointent pas dans la même direction ?

— Impossible qu'il s'agisse de coïncidences, dit Mia.

— Et je pense que Philip a pu faire ce qu'il voulait sur les scènes de crime, renchérit Anneli. Personne n'ira jamais lui reprocher d'y avoir laissé des traces. Personne ne soupçonne celui qui vient en aide.

Je suis vraiment un idiot, pensa-t-il. *Qu'est-ce que j'espère arranger en restant là ? Rien. Je ne fais qu'empirer les choses.*

Philip Engström serrait le caillou depuis si longtemps qu'il commençait à avoir mal à la main. Fuir n'avait aucun sens.

Il allait être papa, c'était à présent sa mission la plus importante. Et il réalisait qu'il ne lui restait qu'une seule option lui permettant d'espérer une once de sympathie, et peut-être une solution.

Il vit les voitures de police et entendit les portières s'ouvrir. Il éprouva un grand soulagement. Il allait abandonner, les laisser le prendre.

Il lâcha son portable et sentit le calme envahir tout son corps.

Il se leva alors, tourna le dos aux policiers et posa les mains sur sa tête.

Elle était presque arrivée à Knäppingsborg. Jana Berzelius observait les gens devant elle. La plupart avaient des oreillettes reliées à leurs portables. D'autres marchaient, des sacs de courses à la main.

Elle passa devant un kiosque à journaux et vit qu'un gratuit consacrait plusieurs pages à la traque de Danilo. Jana en prit un exemplaire, qu'elle feuilleta jusqu'aux articles qui détaillaient comment Danilo s'était enfui de l'hôpital avant de disparaître sans laisser de traces. À la une figurait une photo floue de lui sur une civière, prise lors de son arrestation près du hangar à bateaux en décembre. Cette image devait circuler sur les réseaux sociaux. Peut-être était-elle à cet instant même partagée sur Facebook.

Ce ne serait pas bon, pas bon du tout, songea-t-elle en se débarrassant du journal dans une poubelle.

Au même instant, son portable vibra dans sa poche. Elle répondit en continuant à marcher.

— Ici Jana.

— Nous tenons Philip Engström, dit Henrik à l'autre bout du fil.

Elle s'arrêta.

— Sûr ?

— Oui.

— Où l'avez-vous trouvé ?

— Dans un bosquet, juste à côté d'un terrain de sport, il s'est rendu sans résister.

Jana leva les yeux.

— Et quand commencez-vous son interrogatoire ?

— Dès que possible.

— Bien, dit-elle en faisant demi-tour pour revenir à l'hôtel de police. J'arrive.

— Tu n'es pas obligée, dit Henrik.

— Je veux y participer.

24

Henrik Levin se cala aussi confortablement que possible sur son siège dans la salle d'interrogatoire. Il croisa les jambes sous la table et observa attentivement Philip Engström, qui lui faisait face, détailla son visage où il décela une certaine nervosité. Ses lèvres serrées formaient un mince trait, ses épaules étaient relevées et son regard fixé sur la table devant lui.

Jana se tenait à son côté. Et, derrière le miroir sans tain, Mia et Gunnar.

Un instant, le silence fut total dans la pièce, un silence assourdissant, que Henrik, à son habitude, mit à profit pour planifier la conversation imminente.

Il se sentait calme, détendu, prêt. Réfléchissait aux questions qu'il allait poser, dans quel ordre, sans dépenser son énergie en spéculations et suppositions inutiles.

Il observait l'homme qui portait toujours la tenue d'ambulancier qu'il avait lorsqu'il avait disparu de son lieu de travail, dans l'après-midi. Se demandait ce qui pouvait bien se passer dans sa tête.

Jana croisa les jambes. Elle était assise là, dos droit, stylo posé sur le bloc-notes. Henrik lui jeta un coup d'œil, croisa son regard ferme. Elle portait une veste au tissu bleu sombre avec un chemisier blanc craie. Il constata qu'elle n'avait pas d'autres bijoux que les boucles d'oreilles qu'on apercevait sous ses cheveux sombres et raides.

Elle lui adressa un hochement de tête comme pour lui signifier qu'il était temps de commencer, et il lui répondit de même pour lui confirmer que le message était reçu. Il prit alors la parole et commença par enregistrer la date, l'heure et les personnes présentes dans la pièce. Puis il se cala en arrière, posa l'index sous son nez et demanda :

— Savez-vous pourquoi vous êtes ici ?

Philip Engström hocha la tête.

— Nous apprécierions que vous répondiez par oui ou par non aux questions.

Philip hocha à nouveau la tête, sans dire ni oui ni non.

— Pouvez-vous commencer par nous dire où vous avez été ces dernières heures ?

Philip inspira profondément, puis souffla en relâchant ses épaules.

— Je n'ai pas de bonne réponse, dit-il. Je crois que j'ai paniqué.

— À quel sujet ?

— Tout ce qui est arrivé.

— Donc, vous vous êtes caché dans un bosquet.

— C'était idiot, mais je ne savais pas quoi faire. Je n'avais aucune idée d'où j'allais avant d'échouer là.

— Mais vous vous rendez compte qu'il est très étrange de filer ainsi, surtout en sachant que nous vous recherchons ?

— Oui, je comprends.

Henrik ôta l'index de son nez, croisa les bras sur sa poitrine et leva un peu le regard.

— Voilà, déclara-t-il, trois meurtres ont été commis.

— Oui, je sais, dit Philip.

— Et il se trouve que votre nom apparaît chaque fois dans notre enquête.

Philip soupira.

— Oui.

— Et nous trouvons ça *très* étrange.

— Je comprends, dit-il à nouveau.

Henrik réfléchit un instant, avant de demander :

— Vous êtes marié, n'est-ce pas ?

— Oui.

— Mais vous ne portez pas d'alliance.

— Non, je l'ai perdue.

Henrik feuilleta ses papiers et lui présenta une photo.

— Est-ce votre alliance ?

Philip regarda la photo.

— Oui, c'est elle, où l'avez-vous trouvée ?

Henrik ne répondit pas.

— Mais où l'avez-vous trouvée ? répéta Philip.

— Nous y viendrons, dit Henrik.

Pendant ce temps, Jana sortit un document de sa serviette, le tendit à Henrik, qui le plaça sur la table devant Philip.

— Pouvez-vous nous expliquer ce que c'est que ça ?

Philip se pencha prudemment en avant et lut.

— C'est un papier des Affaires sociales.

— Exact, dit Henrik. Il s'agit d'un extrait du registre des personnels de santé, qui contient la liste des personnes ayant demandé et obtenu une licence pour exercer la médecine. Et vous pouvez me dire quel nom on lit sur ce document ?

— Mon nom.

— Vous avez donc exercé comme médecin, déclara Henrik en rendant le papier à Jana.

Nouveau soupir de Philip.

— Oui, finit-il par lâcher.

— Mais pas longtemps ?

Silence dans la pièce.

— Non, dit Philip.

— Pourquoi ?

— C'est une longue histoire.

— Que j'aimerais entendre.

— Je ne sais pas si je peux la raconter, dit-il.

Henrik marqua une longue pause.

— Bon, reprit-il. Mais vous pourriez peut-être plutôt nous parler de Shirin Norberg. Comment la connaissiez-vous ?

— Je… je ne sais pas…

— Mais vous savez qui c'est ?

— Non, enfin…

Philip secoua obstinément la tête.

— Écoutez, maintenant, dit Henrik. Là, vous avez tout à perdre à jouer la comédie. Tout ce que vous pouvez faire, c'est nous raconter tout ce que vous savez. Alors arrêtez de me fixer comme si j'étais un idiot.

Philip baissa les yeux.

— Mais… mais l'anneau… où l'avez-vous retrouvé ?

— On se fiche de cet anneau, on y viendra. Je veux d'abord entendre quelle était votre relation avec Shirin Norberg.

Philip se tut.

— Vous avez du mal à parler ? demanda Henrik.

Jana intervint alors dans l'interrogatoire.

— Je peux vous demander quelque chose ? J'y ai beaucoup réfléchi ces derniers jours. Qu'est-ce qu'on ressent quand un patient meurt ? Je veux dire, votre mission est de sauver quelqu'un qui se trouve en danger de mort, que ressent-on quand on y échoue ? Seriez-vous capable… de nous décrire ce sentiment ?

Elle le regarda, comme si elle attendait une réaction, n'importe laquelle, mais rien ne vint. Il restait comme pétrifié.

— Je fais toujours de mon mieux, marmonna-t-il.

— Même en dormant ? dit-elle.

Philip interrogea Henrik du regard.

— Vous vous êtes endormi récemment, en mission, n'est-ce pas ? dit Jana.

— Oui, répondit Philip, avec un regard las.

— Je ne sais pas si…, dit Henrik, mais Jana leva une main pour signifier qu'elle n'avait pas terminé.

— Qu'est-il alors arrivé à la patiente ? demanda-t-elle.

— La patiente ?

— Oui.

— Je ne sais pas. Je ne m'en souviens pas bien.

— Vous avez l'habitude de vous endormir en mission ?

— Non.

— Mais pourquoi est-ce arrivé, cette fois-là ?

— J'avais beaucoup travaillé, peu dormi et… voilà, c'est arrivé.

— Et donc, qu'est-il arrivé à la patiente… pendant que vous dormiez ?

— Euh, elle… est décédée.

— Et qu'éprouvez-vous, face à ça ? Rien ? Cela vous inspire-t-il quelques réflexions ? De la tristesse ? Des remords ? Ou du soulagement, peut-être ?

Philip leva les yeux, se tortilla sur sa chaise, et Henrik vit ses joues rougir légèrement.

— J'ai commis une erreur, dit-il. Je me suis endormi, et à mon réveil la patiente était morte. Mais merde, Sandra aurait pu me réveiller.

— Vous voulez dire Sandra Gustafsson ? demanda Jana.

— Oui, Sandra Gustafsson, nous faisions équipe. Elle aurait vraiment pu me réveiller.

— Mais elle ne l'a pas fait ?

— Si, ou plutôt, elle a bien essayé, mais pas assez, je ne suis pas si difficile à réveiller tout de même !

Henrik regarda Jana, vit ses lèvres serrées et se dit qu'elle n'allait pas poser d'autres questions pour le moment. Questions dont il ne comprenait d'ailleurs pas bien tout l'intérêt qu'elle y portait. Que

Philip se soit ou non endormi en mission n'était pas sa préoccupation centrale.

— Pour revenir à ce dont nous parlions, je veux que vous soyez sincère, maintenant, dit Henrik à Philip. Qui est Shirin ?

Philip promena son regard sur la table.

— Elle était aide-soignante.

— Ça, nous savons, dit Henrik, mais ce que nous voulons savoir, c'est comment vos chemins se sont croisés.

— En fait, nous ne nous sommes rencontrés qu'une seule fois.

— Quand ?

— Il y a des années. Elle travaillait au bloc opératoire.

— Et vous ?

— Moi aussi. Avec Johan. C'est là que nous nous sommes rencontrés. Tous les trois.

— Et Katarina Vinston ?

— Elle était déjà infirmière urgentiste à l'époque.

Henrik se pencha en avant, posa les coudes sur la table et dit :

— J'ai du mal à vous suivre.

— Je comprends, dit Philip.

— Donc, Katarina et vous travailliez ensemble ?

— Plus tard, oui. Quand je me suis reconverti en infirmier urgentiste spécialisé dans les ambulances. Avant, elle, elle était pilote d'hélicoptère. Elle disait que c'était une histoire d'âge, qu'elle préférait le plancher des vaches. Alors elle s'est mise à conduire des ambulances.

— J'ai toujours du mal à suivre, dit Henrik. Vous étiez médecin, mais vous avez choisi de vous reconvertir en infirmier urgentiste ?

— Oui.

— Mais pourquoi avoir cessé la médecine ?

— Une série de circonstances.

— En rapport avec Shirin Norberg, Johan Rehn et Katarina Vinston ?

— Oui. Mais surtout avec moi.

Jana inclina la tête de côté.

— Shirin, Johan et vous avez donc travaillé ensemble au bloc opératoire, dit-elle en croisant le regard de Henrik. C'est bien ça ?

— Oui.

— Bon. De quoi s'agit-il, à la fin ? Trois personnes ont été mutilées !

Philip regarda ses mains.

— Une patiente, dit-il. Quelqu'un nous veut du mal, et je crois que je suis la prochaine victime.

— Vous le croyez, ou vous le savez ?

— J'en suis sûr.

— Tout à fait sûr ?

— Oui.

— Bon, dit Henrik en posant les paumes sur la table. Pour nous, c'est une information nouvelle. Pourquoi seriez-vous la prochaine victime ? Et qui est cette patiente dont vous parlez ? Vous la connaissez ?

Philip détourna le regard.

— Erika, dit-il. Elle s'appelle Erika Silver.

Son stylo cessa de fonctionner. Elle le posa à côté de son bloc et en chercha un autre dans sa serviette. L'interrogatoire de Philip Engström s'éternisait, mais elle avait obtenu de sa propre bouche la confirmation qu'il s'était endormi dans l'ambulance qui transportait sa mère.

La question était de savoir s'il s'était endormi à cause de son surmenage, ou pour une autre raison.

Ou s'il mentait tout simplement.

Pas de stylo de rechange dans la serviette. Tandis qu'elle tâtait une poche de sa veste, elle se dit qu'elle aimerait vraiment beaucoup rencontrer cette Sandra Gustafsson. Elle était la seule capable de dire ce qui s'était passé à bord de cette ambulance, et pourquoi quelqu'un avait étouffé sa mère.

Jana plongea la main dans son autre poche et, en sentant le mouchoir plié en deux, elle sut ce qu'elle allait faire. Au lieu de mettre la pression à Philip et à Sandra, elle allait elle-même établir la vérité. Et elle savait exactement à qui s'adresser.

Il faisait froid dans la salle d'interrogatoire.

Philip Engström glissa les mains entre ses cuisses. Le regard fixé sur la table, il écoutait les respirations du policier et de la procureure assis en face de lui.

— Tout ça, je l'ai presque oublié, dit-il en fermant les yeux. C'était il y a si longtemps.

Mais ce n'était pas vrai. Ce qui s'était passé avec Erika Silver n'était pas le genre de choses qu'on oublie. Au contraire. Cela avait eu plus de conséquences pour lui que n'importe quel autre événement de sa vie.

Son corps était détendu, au moins en apparence. En son for intérieur, il éprouvait une grande inquiétude à l'idée de fouiller le passé, ce qui était depuis longtemps oublié et enterré, mais qui allait à présent s'envoler en tourbillons comme une tempête d'automne.

Derrière ses yeux clos, dans son souvenir, il revoyait l'image distincte d'une femme alitée. Ses lèvres étaient tendues, une écume de salive sortait de sa bouche. Elle lui criait dessus. Que c'était lui qui lui avait arraché la vie. Des jurons et des obscénités.

Il savait qu'il avait fait une erreur en la prenant comme patiente, il l'avait su dès le début.

Au fil des années, il avait croisé tant de destins affreusement tragiques. Des personnes avec la nuque ou la colonne brisées, des personnes agressives, qui pleuraient ou criaient, battues, violentées, qui avaient perdu leurs enfants, victimes d'inceste ou de viol, ou qui avaient tenté de se suicider. Pourtant, c'était le souvenir d'Erika qui l'avait le plus marqué. Beaucoup d'années étaient passées. C'était une erreur, une effroyable erreur, de celles qui détruisent une vie. Pas seulement celle d'Erika, mais aussi la sienne.

Couchée sur son lit d'hôpital, elle l'avait regardé avec mépris. Elle avait répété qu'elle le haïssait, répété encore et encore, cent fois peut-être. Les mots violents s'étaient changés en pleurs et, pour finir, il n'était resté dans la pièce que le silence.

Il avait essayé de demander pardon, mais c'était comme si ces mots n'avaient plus aucun effet. Alors il était demeuré silencieux lui aussi.

Juste avant qu'il ne quitte la chambre, elle lui avait dit quelque chose, des mots à peine audibles.

Des frissons glacés couraient à présent dans son dos et le long de ses bras. Ses cheveux se dressèrent sur sa nuque et il entendit soudain sa chaise craquer. Il ouvrit les yeux, regarda l'homme et la femme qui continuaient à se taire en face de lui et trouva leurs visages grumeleux. Il déglutit violemment et leva les yeux vers la caméra, au plafond. Il se demanda combien de personnes étaient en train de le regarder assis en face de ces deux personnes, de l'écouter leur parler, d'étudier son langage corporel et les expressions de son visage. La situation était irréelle. Mais c'était lui-même qui l'avait choisie, il était forcé de faire ce qu'il avait décidé.

Tout leur dire.

Philip baissa les yeux vers le sol.

— Beaucoup de choses ont mal tourné, dit-il en sentant son cœur battre dans sa poitrine.

Il inspira profondément, prit son courage à deux mains.

— C'était un jeudi, en mars. Je faisais mon stage de spécialisation au bloc opératoire, et devais participer pour ma formation à une pose de by-pass gastrique. Erika Silver était sur la table d'opération, on m'avait dit qu'elle attendait cette intervention depuis des années.

Il déglutit, essayant de garder son calme, malgré la tempête sous son crâne.

— L'opération devait être effectuée par endoscopie. Nous étions six au bloc. Une aide-soignante, Shirin Norberg, un infirmier, Anders Svensson, une infirmière-anesthésiste, Annikke Straum, deux chirurgiens, Joe Nordin et Johan Rehn, et moi. Johan devait être l'intervenant principal mais, au dernier moment, il m'a passé la main. Je n'aurais pas dû accepter, mais c'est ce que j'ai fait, et je l'ai tant regretté.

Il se tut, entendit à présent le ronron de la ventilation.

— Quand j'ai introduit le premier trocart, son aorte a éclaté…

Il se tut à nouveau, n'ayant plus la force de continuer. Il aurait juste voulu quitter la pièce, rentrer à la maison, prendre un cachet et dormir.

— Je vous en prie, poursuivez, dit le policier en face de lui.

Il était obligé de rester là. Il ne pouvait pas rentrer, pas maintenant, pas encore. Il ferma les yeux un instant, puis rouvrit la bouche :

— La perforation de l'aorte est une complication redoutée, mais extrêmement rare, dit-il en se remémorant sa panique quand il avait réalisé son erreur. Tout chirurgien sait où passent les vaisseaux mais, quand le patient est couché, la distance entre peau et vaisseaux est très faible, et il peut être difficile d'estimer l'endroit exact où s'arrête la paroi abdominale. Ce n'est pas une excuse, mais… je voulais juste le dire.

Il détacha ses mains de ses cuisses et les frotta l'une contre l'autre.

— Je ne savais pas quoi faire. Johan a appelé à l'aide, mais il n'y avait pas de spécialiste de chirurgie vasculaire disponible, il a donc dû agir lui-même. À ce stade, Erika avait déjà perdu un litre et demi de sang. J'avais compris qu'il était terriblement urgent de recoudre l'aorte, mais je ne pouvais rien faire, je n'étais que l'élève, je n'ai pu que rester là à regarder faire. Erika a été placée en observation au département de soins intensifs. Mais à son réveil, dans l'après-midi, elle s'est plainte de fortes douleurs dans les jambes. Elle était incapable d'en bouger une. Il s'est avéré que Johan avait serré trop fort la couture, si bien que l'irrigation sanguine des jambes avait été coupée. Il était clair qu'il fallait la transporter dans un service spécialisé à Linköping. Mais l'hélicoptère était occupé…

Il parlait à présent en s'adressant à un point du mur blanc, un mètre au-dessus de la tête du policier.

— Je donne peut-être l'impression d'inventer, mais c'est vrai. Tout.

Il rit.

— Puis l'hélicoptère devait être nettoyé, puis encore il y avait trop de brouillard pour qu'il atterrisse à Norrköping. Mais le département de soins intensifs ne l'a appris que longtemps plus tard, quand il avait déjà fait demi-tour et était rentré à Linköping.

— Et c'est là que Katarina entre dans le tableau ? demanda le policier.

— Oui, c'est elle qui aurait dû signaler le problème. Mais elle ne l'a pas fait. Voilà pourquoi il a fallu attendre si longtemps avant qu'Erika parte en ambulance ordinaire pour l'hôpital universitaire de Linköping. À Linköping, un chirurgien vasculaire était prêt depuis plusieurs heures pour intervenir et corriger l'opération sur l'aorte. Une jambe résiste six heures sans être irriguée. Il s'est écoulé quatorze heures avant qu'Erika n'arrive à Linköping. Ses reins avaient lâché, sa moelle épinière était touchée, et il fallait lui amputer les jambes.

Philip regarda ses mains.

— J'ai détruit sa vie. C'était il y a dix ans. Et d'une certaine façon…

Il haussa les épaules.

— … j'ai aussi détruit la mienne. Je n'ai plus jamais voulu avoir la responsabilité ultime d'un patient. Je préférais faire en sorte que le patient arrive entre de bonnes mains, au bon moment.

— Avez-vous eu de ses nouvelles, toutes ces années ?

— Non, dit-il en secouant la tête.

— Mais vous êtes certain que c'est elle qui est derrière ces meurtres ?

— Oui, dit-il.

— Comment pouvez-vous en être aussi sûr ?

— Elle l'a dit, clairement et distinctement, au contrôle post-opératoire. Je comprenais qu'elle était désespérée, sans la prendre vraiment au sérieux.

Il sentit ses lèvres se mettre à trembler.

— Qu'est-ce qu'elle a dit, exactement, Philip ?

Il s'affaissa un peu plus sur sa chaise en enfouissant le visage dans ses mains. Derrière ses yeux clos, il vit la femme sur son lit. Entendit ses paroles : que c'était lui qui lui avait tout pris, absolument tout.

Et avant qu'il quitte la pièce, ces mots presque inaudibles qu'elle avait lâchés :

« Je me vengerai ».

25

Jana Berzelius sentit le sol vibrer. Elle était avec Henrik et Mia dans l'ascenseur de l'hôtel de police.

Ils n'échangèrent pas un mot durant la brève montée. Pas un regard. Ils étaient sans doute profondément plongés dans leurs pensées, et tout commentaire sur l'interrogatoire de Philip Engström était pour le moment superflu.

La nuit tombait quand Gunnar et Ola les accueillirent dans la salle de réunion. Il y avait une corbeille de mandarines sur la table. Jana posa sa serviette à terre avant de s'asseoir.

— Je veux immédiatement savoir ce que vous pensez de l'interrogatoire de Philip Engström, déclara Gunnar avant même qu'ils aient tous eu le temps de s'installer.

— Voyons voir, dit Mia.

— Si vous me permettez juste de commencer, coupa Ola en tirant en arrière son bonnet bleu clair, découvrant tout son front. J'ai cherché, mais il n'y a aucune Erika Silver dans la bonne tranche d'âge dans aucun fichier. Impôts, plaques d'immatriculation, nulle part.

— Nulle part ? s'étonna Henrik en dévisageant Ola.

— Non, dit Ola, il n'y a pas d'Erika Silver, et il n'y en a peut-être jamais eu.

— Avons-nous vérifié ce Joe et cette Annikke ?

— Oui, dit Ola. Joe a pris sa retraite avant de décéder d'une hémorragie cérébrale il y a plusieurs années. Annikke a déménagé en Norvège, mais elle est morte l'été dernier. Cancer du sein. J'ai vérifié aussi cet infirmier du bloc opératoire, Anders Svensson, et il se trouve qu'il a lui aussi quitté la Suède. Il vit à Washington, aux États-Unis.

— Est-ce qu'il aurait juste inventé une personne à qui faire porter le chapeau ? s'interrogea Mia.

— Tu penses que Philip ment ? demanda Henrik.

Mia rit.

— Oui, comment interpréter autrement ce que nous raconte Ola ? C'est non seulement un tueur en série, mais aussi un mythomane. Le cocktail qui tue.

— Ou alors il s'est tout simplement trompé de nom, dit Henrik. Après tout, ça s'est passé il y a dix ans.

— Il ment, affirma Mia. Je le sais. C'est un putain de marionnettiste qui joue avec nous. Il est arrivé dans l'angle mort, s'est glissé dans notre enquête et veut probablement détourner notre attention. Il a une sacrément bonne couverture aussi : ambulancier. Pardon, mais pour moi, on est là comme des idiots à côté de la plaque à radoter mobile et mode opératoire, et on va en plus prendre au sérieux les déclarations d'un meurtrier présumé ? Putain, il fait tout pour nous embrouiller.

— Mais malgré tout, dit Henrik, nous ne pouvons rien exclure, c'est notre responsabilité de tourner et retourner tout dans tous les sens, merde.

— Mais Mia a raison, nous ne pouvons pas concentrer toute notre attention sur une personne qui n'existe probablement pas, dit Gunnar. Je ne peux pas mobiliser davantage de ressources rien que pour Philip.

— Ah non ? Nous venons de relever du personnel affecté à la traque du fugitif, dit Henrik, s'attirant un regard de Jana.

— Quoi, le fugitif ? lâcha-t-elle.

— Danilo Peña a été vu à Motala, et semble impliqué dans

le règlement de comptes qui a eu lieu là-bas dans un foyer, dit Henrik. Nous avons donc diminué la voilure du dispositif, ce qui, maintenant, nous dégage des ressources.

— Mais ça ne veut pas dire qu'on peut les mobiliser comme ça pour blanchir Philip, dit Gunnar. Erika Silver n'existe pas. Point barre.

— Dans ce cas, je veux interroger à nouveau Philip, dit Henrik, parce que, là, nous avions un mobile. Pour moi, cette Erika Silver, inventée ou non, aurait un mobile très clair : se venger de ce qu'on lui a fait subir. Une réaction personnelle, émotionnelle et agressive à une grave erreur médicale.

— Tu veux dire qu'Erika voudrait se venger de cette opération qui a mal tourné ? dit Gunnar.

— Oui, c'est tout à fait ça.

— Mais savons-nous seulement si cette opération a eu lieu ?

— Nous n' en avons pas encore eu la confirmation.

— Alors, on joue aux devinettes ? dit Mia. Allez, Henrik, rends-toi. Philip est le meurtrier. Et en plus, tu oublies une chose : Erika Silver, *inventée ou non*, est probablement assise dans un fauteuil roulant.

Henrik poussa un profond soupir pour se contenir.

— Tu as peut-être raison, Mia, mais, si elle existe, *dans un fauteuil roulant ou non,* elle a un mobile clair. Tu n'en as pas autant dans ta thèse de Philip meurtrier.

Le silence se fit autour de la table.

Gunnar joignit les mains derrière la tête et se balança légèrement sur son siège, le regard fixé au plafond.

— Trois meurtres brutaux ont eu lieu, dit-il, et pour une affaire de cette ampleur, je veux que nous fassions le maximum.

— Alors, pourquoi ne nous laisses-tu pas juste chercher Erika ? demanda calmement Henrik.

— Parce que j'ai peur qu'on se plante, qu'on perde notre temps. Et du temps, nous n'en avons pas !

Des pas et le roulement d'un chariot retentirent à l'extérieur de la pièce.

— Je sais, dit Henrik une fois le bruit estompé. Mais je pense que nous nous plantons davantage en n'écoutant pas Philip. Nous voulons tous trouver la solution, et je sais que toi aussi.

— Donc, nous prenons au sérieux ce que dit Philip ? demanda Gunnar.

— Il a un alibi pour au moins un des meurtres, dit Henrik.

— Mais est-ce que son alibi tient la route ?

— Ses collègues ont confirmé qu'il travaillait de nuit quand Shirin a été tuée.

— Et pour Katarina Vinston ?

— Il peut avoir été chez lui avec sa femme. Et même chose pour le meurtre de Johan Rehn.

— Et elle l'a confirmé ?

— Non, nous n'avons pas eu le temps de vérifier.

— Vous n'avez pas eu le temps de vérifier…, soupira Gunnar – plus fort, cette fois.

Henrik croisa les bras sur sa poitrine.

— Nous allons vérifier ça, dit-il, mais, pendant ce temps, c'est un peu idiot de rester ici à attendre sans rien faire, non ?

— OK, OK, OK, soupira à nouveau Gunnar. Ola, débrouille-toi pour nous retrouver cette femme.

Gunnar ôta les mains de derrière sa nuque, les passa sur sa tête, ce qui lui ébouriffa les cheveux.

— Comment diable trouver une personne qui n'existe pas ? maugréa Mia.

— Je pense la même chose, dit Ola. Où chercher ? Puisqu'il n'y a pas d'Erika Silver.

Jana croisa le regard de Henrik et vit une étincelle dans ses yeux. Une pensée lui vint au vol, et elle se pencha en avant.

— Toutes les opérations sont consignées, dit-elle tandis que toute l'équipe se tournait vers elle.

— Oui, assura Henrik.

Elle redressa le dos et poursuivit :

— Et cette opération a mal tourné, n'est-ce pas ?

— Oui, répéta Henrik.

— Alors un rapport a dû être établi. Tous les personnels médicaux sont tenus de signaler à l'Inspection des services sanitaires les événements qui ont entraîné ou sont susceptibles d'entraîner un préjudice grave. Si Philip dit vrai, l'opération ratée doit être documentée. Tout signalement doit normalement mentionner le nom du patient, ainsi que son numéro de Sécurité sociale. Si nous retrouvons cette plainte, nous retrouvons Erika Silver.

Philip Engström était assis par terre, les jambes étendues. Il était épuisé, son corps tout lâche après l'interrogatoire. Il avait la bouche sèche et mal à la tête.

Erika Silver, songea-t-il. Enfin, il avait pu parler de l'opération. Il espérait que tous les policiers la recherchaient, jusqu'au dernier. Et quand ils l'auraient trouvée, il pourrait à jamais enterrer le souvenir d'elle et de l'opération.

Chuchotant pour lui-même, il quitta la fenêtre des yeux et se tourna vers la porte. Se demanda quand on le laisserait rentrer chez lui. Pensa à Lina, à ce qu'elle pouvait bien faire en ce moment.

Il l'imagina. Vit son visage, sa bouche tombante, triste et inquiète. Mais elle n'aurait plus longtemps encore à s'inquiéter. Il allait bientôt revenir auprès d'elle, tout arranger, tout lui dire, tout ce qu'il avait dit à la police.

*
* *

— Ici, vous pourrez parler sans être dérangés dit Elin Ronander à Jana Berzelius en ouvrant la porte de la bibliothèque dans la villa de Lindö.

Les rayonnages montaient jusqu'au plafond, remplis de livres, principalement de droit. De lourds rideaux pendaient aux fenêtres, le sol était couvert d'un tapis à motifs. Au milieu de la pièce, un siège en cuir brun et une table ronde. Elin poussa devant elle Père dans son fauteuil roulant, qu'elle gara contre le siège.

— C'est là qu'il a l'habitude de venir quand il veut être tranquille, dit-elle en souriant à Jana. Désirez-vous quelque chose à boire ?

Mais, sans laisser à Jana le temps de répondre, Père avait levé la main.

— Lssez nous, lâcha-t-il.

Elin hocha la tête, alluma un abat-jour à pied en laiton et referma la porte derrière elle. Jana entendit ses pas disparaître au loin.

Elle n'avait pas le choix, il n'y avait que le fauteuil.

Elle s'assit, se sentant aussitôt trop près de lui. Cette intimité soudaine la fit hésiter. Elle chercha ses mots en regardant ses mains.

— C'est un peu délicat. Et peut-être pas complètement légal. Mais je voudrais te demander... un service.

— Querl srevs ?

Elle lui jeta un regard et vit qu'il attendait qu'elle continue.

— J'aurais besoin de faire une analyse ADN, mais pas une officielle. Et donc je me demandais si... je veux dire, il faut que tu m'aides.

Elle interpréta son silence comme une incompréhension, aussi précisa-t-elle :

— Je ne veux pas porter plainte. Ou plutôt je ne peux pas, car alors la police diligenterait une enquête préliminaire, et ni toi ni moi ne tenons à en faire l'objet.

Elle se tut et le regarda d'un air impérieux, comme si elle attendait la confirmation qu'il avait compris, cette fois.

— Jre dois savr de quoi ril sragit.

— Il s'agit de Mère.

Il croisa son regard.

— Margaretha ?

— Oui, dit-elle, mais je ne peux pas en dire davantage.

— Rtu drois me dr !

— Je ne peux pas, dit-elle.

Quelques instants de silence. Il leva un peu la tête. Les cercles sous ses yeux étaient noirs. C'était peut-être dû à la pénombre de la pièce, ou à la gravité de la situation.

— Que chrch rtu ? demanda-t-il.

— Je veux une réponse.

Elle glissa la main dans sa poche et en sortit le mouchoir, qu'elle posa sur la table ronde et déplia pour qu'il puisse voir l'ongle. Il ouvrit la bouche, luttant avec les mots.

— Tu rcrois qu'il lui est arrv qque rchose ?

Sa gorge se noua et sa voix se brisa en disant ces mots. Il s'était sans doute efforcé de poser une question rationnelle, mais le trouble émotionnel et la douleur avaient pris le dessus.

— Je soupçonne qu'il lui est arrivé quelque chose, oui.

— Quoi ? Je vreux savr !

— Je ne peux pas te dire, tout ce que je veux savoir, c'est si mes soupçons sont fondés. Et je veux que ce qu'il y a sous cet ongle soit comparé avec un certain Philip Engström et une Sandra Gustafsson. Leurs profils ADN sont déjà dans le fichier.

Elle le regarda en attendant qu'il dise quelque chose.

— Les réponses prn du temps.

— Je sais. Mais je suis certaine que tu peux accélérer la procédure.

Ses yeux las avaient repris de l'acuité. Elle poussa encore le mouchoir vers lui. Attendit à nouveau.

— Si ce n'est pas pour moi, tu peux au moins faire ça pour Mère.

Il ne dit rien.

Puis, sans prévenir, il tendit la main. Elle trembla tandis qu'il repliait le mouchoir. Il fit deux tentatives avant de parvenir enfin à le glisser dans sa poche.

— J rvais fr ce que je rpeux, dit-il.

Son murmure était presque inaudible. Jana comprit que la conversation était terminée.

Anneli Lindgren fixait l'écran de son ordinateur en songeant à Gunnar. Elle avait tenté de croiser son regard après la réunion, mais il s'était contenté de retourner s'enfermer dans son bureau, l'air buté.

Elle en avait assez, assez de lui, de sa distance. Ces derniers temps, il était resté cloîtré dans son monde. Absent. Il pouvait bien lui donner des ordres, la diriger à la baguette, il ne la voyait pas. Mais elle savait que ce n'était pas une fatalité, elle savait qu'il existait un autre Gunnar, plus doux.

Tout ce qu'elle voulait était qu'ils recommencent à parler. Qu'ils reviennent sur ce qui s'était passé. Qu'il la tienne dans ses bras, qu'elle l'entende lui dire qu'il lui pardonnait son faux pas idiot. Qu'ils ne laisseraient plus jamais quelqu'un ou quelque chose les séparer. Que désormais il n'y avait plus qu'elle, lui et Adam – pour toujours.

Elle leva les yeux et vit à l'horloge murale que c'était le soir.

Non, ça ne pouvait pas durer. Il fallait au moins qu'ils se parlent, ils étaient quand même des adultes.

Elle se leva vivement, laissa son ordinateur et marcha d'un pas décidé vers le bureau de Gunnar. Elle compta jusqu'à cinq et inspira trois fois profondément avant de saisir la poignée et d'entrer.

Mais elle n'eut pas le temps de franchir le seuil que son sourire avait disparu de ses lèvres. Elle vit Gunnar les mains sur les épaules de Britt Dyberg. Il se penchait sur elle et l'embrassait. Il fallut une seconde, peut-être deux ou même cinq pour qu'Anneli comprenne ce à quoi elle assistait.

Elle recula en tirant la porte derrière elle, la referma sans un bruit et regagna son bureau, son fauteuil, son ordinateur.

Elle réalisa lentement, dans un état second. Elle n'avait pas voulu le voir, n'avait pas compris pourquoi Gunnar la repoussait ainsi. Mais il avait tourné la page. Il n'avait jamais envisagé que leur couple se reforme. Il était en train de caresser une autre femme, il lui caressait les épaules, les cheveux, les bras, il l'embrassait.

Il désirait Britt Dyberg, et savoir ça lui faisait mal.

Très mal.

Elle passa devant le restaurant italien Matbaren et regarda les gens attablés. Un couple se tenait dans un coin, sous la lumière qui éclairait leurs verres de vin et leurs mains enlacées.

Le ciel était plein d'étoiles et la lune brillait fort au-dessus des toits. Jana Berzelius rentrait chez elle. Elle tourna dans une rue et s'engagea sous une voûte en repensant à sa rencontre avec son père. Arrivée au milieu de la voûte, elle glissa la main dans sa poche. Vide.

L'ongle était entre les mains de son père, et la question était pour combien de temps. Elle espérait qu'il pourrait faire jouer ses relations dès ce soir. Comment il s'y prendrait pour que la chose reste secrète, elle ne le savait pas, mais, si quelqu'un en était capable, c'était bien lui.

Elle entra dans son immeuble, entendit des pas dans l'escalier, une porte s'ouvrir puis se refermer, puis le silence retomba. La main sur la rampe, elle gravit les marches.

L'appartement était plongé dans l'obscurité. Elle ôta son manteau et ses chaussures. Regarda devant elle et cessa de respirer. Non qu'elle ait besoin d'économiser l'oxygène, mais parce qu'il était là. Sans le clair de lune, elle ne l'aurait pas vu. Il était contre le mur, comme fondu avec. Elle n'aimait pas son regard froid. N'aimait pas son corps, ses dents serrées.

— Longue journée ? demanda-t-il.

— Bonne journée, rétorqua-t-elle. Car j'ai appris que la police avait révisé ses priorités et redéployé ses effectifs.

— Donc, ils ne me cherchent plus ?

— Ils te cherchent, et continueront toujours de te chercher.

Il la regarda, mais ne dit rien. Ils restèrent ainsi dans le noir.

— Nous sommes bientôt quittes, dit-il.

— J'espère bien.

— Quand tu m'auras déposé à Södertälje, tu n'auras plus jamais à me revoir.

— J'avais compris.

— Alors n'aie pas l'air si soucieuse.

— J'ai d'autres choses en tête.

— Arrête un peu de penser autant, putain, concentre-toi, Jana. Quelle route prenons-nous pour Södertälje ?

— Tu devrais le savoir, lâcha-t-elle d'un ton acide.

— Mais c'est toi qui as la police à l'œil.

Elle leva les yeux au plafond et les plongea dans l'obscurité, où le clair de lune formait des motifs imprévisibles.

— Il y a plusieurs façons de se rendre à Södertälje, dit-elle dans un long soupir. La première est de prendre l'autoroute.

— Sans doute pas une bonne idée, dit-il.

— La deuxième est de prendre l'ancienne nationale, qui est parallèle à l'autoroute.

— Mais là, il y a aussi un risque d'être arrêté à un foutu contrôle policier. Ça non plus, ce n'est pas une bonne idée.

— La troisième façon est de se frayer un chemin vers le nord par le labyrinthe des petites routes secondaires.

— Mieux, dit-il.

— La quatrième façon est de prendre le train.

— Et puis quoi encore ? Même avec une apparence complètement nouvelle, je ne veux pas prendre le risque d'être reconnu dans la foule. On choisit les petites routes.

Ils se regardèrent.

— Je dois être à Södertälje à 20 heures exactement, dit-il. Pas une seconde plus tard. Compris ?

— Crois-moi, moi non plus, je ne veux pas rater ce rendez-vous.

13 juin

Ça a commencé comme le plus beau jour du monde. Enfin libre ! Les autres ont été accueillis dans la cour du lycée par leurs familles qui brandissaient d'affreuses pancartes, mais moi j'ai vite pris le chemin de la maison, ma casquette de bachelier à la main. Ouf, tout ça, c'était fini.

À la maison, tout était silencieux. J'ai cherché partout. Et j'ai fini par trouver maman sur le sol de la salle de bains. Ses yeux me fixaient, blancs mais pas encore figés.

J'ai eu peur, mais je n'arrivais pas à crier, alors j'ai commencé à lui caresser les cheveux. Ils étaient doux et soyeux. J'ai pris sa main. Elle voulait dire quelque chose, elle essayait, mais aucun mot ne sortait de sa bouche.

À la place, c'est cette voix dans ma tête que j'ai encore entendue. Elle m'a parlé, elle m'a dit des choses. Des choses sages et folles.

Et puis là, c'était la fin. Elle a juste lâché ma main.

Et maintenant, comme je veux que personne ne sache, je l'ai cachée. Je ne sais pas si quelqu'un va s'inquiéter, en fait. Personne ne s'inquiète pour elle, depuis toutes ces années. Personne pour nous aider. Il n'y a que moi.

Mais je n'ai plus peur.

Parce que je t'ai toujours, maman. Je le sens. Tu es avec moi. Et tu le seras à jamais. C'est toi et moi, maman. Toi et moi.

MARDI

26

Elle était au lit, son portable à la main, enroulée dans une couverture.

Il n'était pas rentré de la nuit. Qu'était-il arrivé ? Pourquoi n'avait-il pas appelé ? Ne pouvait-il pas ? Ne voulait-il pas ? Qu'est-ce qui l'en empêchait ?

Les lèvres de Lina Engström tremblaient. Elle essaya de retenir un moment ses larmes.

Parfois, elle avait vraiment douté de leur couple. Souvent. Mais elle était malgré tout restée, lui avait donné plus d'amour, plus de tendresse, plus d'attention. Mais qu'avait-elle reçu en échange ?

Des mensonges, des mensonges et encore des mensonges.

Pourquoi fonderaient-ils une famille, s'il mentait sans arrêt ? S'il racontait toujours des histoires ?

Elle avait trop chaud, du pied elle se débarrassa de la couverture. Les mains sur le ventre, elle regarda le plafond. Est-ce que ça allait finir alors qu'enfin elle était enceinte ?

Elle songea aux mots de Philip. Il avait quelque chose à régler. Puis pensa à Katarina Vinston. Morte. Qu'avait à voir Philip avec sa mort ? Cette pensée la fit frissonner. Avaient-ils eu malgré tout une liaison ? Mais pourquoi aurait-il été la tuer ?

Non, il ne l'avait pas tuée. Et il n'avait pas de liaison cachée avec elle.

Philip et moi sommes mariés, se dit-elle. *Et il m'aime. Il l'a dit à plusieurs reprises. Et c'est même lui qui l'a déclaré en premier.* Ce matin-là, alors qu'elle s'apprêtait à le dire elle-même, sur le point de vomir de trac. Elle ne l'avait encore jamais dit à personne, n'était même pas sûre de savoir ce que signifiait aimer quelqu'un. Mais la première fois qu'elle avait croisé le regard de Philip, il avait été clair qu'elle resterait avec lui le reste de sa vie, chaque minute, chaque seconde.

Il l'avait invitée à sortir, d'abord au cinéma, puis à dîner. Elle avait oublié le titre, mais c'était un film d'action avec Arnold Schwarzenegger. Il l'avait déjà vu, et dit qu'il le reverrait volontiers. Il avait réservé des fauteuils tout au fond de la salle.

Rétrospectivement, ses intentions étaient évidentes, et en fait elle n'aimait pas les films d'action. Mais Philip lui plaisait. Ils s'étaient bécotés durant toute la séance et, quand ils s'étaient réveillés le lendemain matin dans son lit de 90, il lui en avait résumé le scénario. C'est alors qu'elle avait ressenti ce trac, ce malaise. Elle n'osait pas croiser son regard. Elle avait pressé le nez dans ses cheveux courts et lui avait chuchoté les mots. Mais pas directement. Elle lui avait dit quelque chose qui aurait pu être interprété complètement de travers mais, ce matin-là, c'était tombé juste.

Elle avait rougi à sa réponse :

« Moi aussi, je t'aime. »

À présent, elle ne pouvait plus retenir ses larmes. Comment en étaient-ils arrivés là ?

Henrik Levin était assis à son bureau. Un pli barrant son front, il ouvrit le dossier et parcourut à nouveau les rapports de l'enquête préliminaire sur les trois meurtres. Il regarda les photos et feuilleta les rapports d'autopsie.

Soudain, Ola apparut à sa porte.

— Nous n'avons pas bougé depuis hier soir, déclara-t-il.

— Tu veux dire que tu n'as pas trouvé de signalement aux Affaires sociales ? dit Henrik en refermant le dossier.

— Exactement. Mais au moins, la machinerie bureaucratique est en marche.

— Bien, fit Henrik. Il est clair qu'il est arrivé quelque chose à Philip, mais je me demande si tout ce qu'il nous a raconté est vrai.

— On pourrait tester sur lui un détecteur de mensonges ? suggéra Ola.

Henrik ricana.

— Je ne crois pas, non.

— Et la torture, dit Ola ? On pourrait lui arracher les ongles ?

— Tentant, lança Henrik en se levant.

— Comment fait-on, alors ?

— Je crois qu'il vaut mieux faire comme d'habitude. On retourne parler avec lui.

Jana Berzelius était dans sa cuisine, une tasse de café à la main, et regardait couler l'eau de la rivière. Contemplait, le cœur lourd, les cimes noires ébouriffées des arbres qui se détachaient sur le ciel bleu.

Son portable était dans sa poche. Elle le sortit et essaya d'appeler son père. Quand elle tomba sur le répondeur, elle raccrocha.

Elle entendit des pas derrière elle, sentit sa présence, mais ne se retourna pas. Resta juste là, immobile, à regarder par la fenêtre en pensant à son père.

Elle perçut un mouvement du coin de l'œil et leva la tête.

Danilo s'était approché au milieu de la pièce, à bonne distance de la fenêtre, le regard fixé sur un point au loin.

— Ça te dérangerait de me laisser tranquille ? demanda-t-elle.

— Qui appelais-tu ?

— Quelqu'un avec qui j'aimerais beaucoup parler, dit-elle.

— Qui ?

— Moins tu en sais, mieux ça vaut, dit-elle en remettant son portable dans sa poche.

Elle allait quitter la cuisine quand il l'attrapa par le bras.

— N'essaie pas de déconner avec moi, Jana. Si j'apprends que tu m'as balancé, tu as creusé ta tombe.

Il la serra plus fort. Elle croisa son regard glacé.

— Une fois, je me suis vengé d'une balance, dit-il. J'ai commencé par enfoncer un tournevis dans le cou de son frère. Puis j'ai crevé les yeux de sa femme. Elle a crié, mon Dieu qu'elle a crié. Et enfin j'ai tué la balance. Il a rampé derrière moi avec du sang qui lui coulait de la bouche, jusqu'à ce qu'il abandonne.

— Tes histoires m'ennuient, riposta-t-elle.

— Je t'ennuie ? Je menace de te tuer, et ça t'ennuie ?

— Oui.

Sa mâchoire se crispa.

— Je ne fais jamais confiance à quelqu'un à moins d'y être absolument obligé, dit-il, et, pour le moment, je ne te fais pas encore complètement confiance.

— C'est réciproque. Comment puis-je savoir que tu ne vas pas me tirer une balle dans la tête dès que je t'aurai déposé ?

Il lui sourit, comme s'ils venaient de devenir amis.

— Il reste encore des heures, dit-elle. Mais je ne sais pas encore comment tu vas descendre au garage sans te faire voir, et je n'ai aucune possibilité d'y réfléchir tant que tu me tiens comme ça. Et si tu veux bien m'excuser, j'ai aussi un boulot à assurer.

Il leva la tête. Et la lâcha.

— Vous avez parlé d'une certaine Erika Silver, dit Henrik Levin en regardant Philip Engström. Mais le problème, c'est qu'Erika Silver n'a pas l'air d'exister.

— Si, mais…

— En tout cas, il n'y a pas d'Erika Silver qui corresponde à vos déclarations. Vous n'auriez pas tout inventé ?

— Non, pas du tout.

— Mais dans ce cas, je vous propose de dire plutôt la vérité, dit Henrik. Il y a des gens, dans l'équipe, qui aimeraient bien vous envoyer au trou pour de bon.

— Mais elle s'appelait Erika, dit Philip, l'air aussitôt un peu hésitant.

— Erika Silver ? répéta Henrik en posant les coudes sur la table. Je ne demande qu'à vous croire, mais j'ai du mal quand rien de ce que vous dites n'a l'air de coller.

Le regard de Philip papillonna.

— Mais je ne me souviens pas d'un autre nom qu'Erika Silver…

— Vous feriez mieux de changer de disque, s'emporta Henrik, personne ne s'appelle comme ça.

— Mais comment s'appelait-elle, alors ? Simonsson, Sandell ? Sander… je ne sais pas.

— Ça ne vous revient pas ?

Philip secoua la tête.

— Je ne m'en souviens pas… et merde.

— Vous savez que vous avez droit à un avocat ? lui rappela Henrik.

— Oui, je sais, mais je n'ai rien fait. C'est Erika qui nous veut du mal.

— Vous continuez à affirmer ça ?

— Oui, bien sûr.

— Et elle aurait tué trois personnes parce que, avec vous, elles l'auraient blessée lors d'une opération il y a environ dix ans ?

— Oui !

— Vous savez ce que je pense ? dit Henrik. Si vous comptez vous tirer de là, il va falloir trouver un bien meilleur mensonge. Sérieusement, vous comptez nous faire gober qu'une femme amputée des deux jambes, dénommée Erika Silver, a attaché et mutilé trois personnes ?

— C'est forcément ça, balbutia-t-il. Je ne vois pas d'autre explication.

— Mais comment se fait-il que nous ne trouvions pas la moindre trace attestant l'existence de cette femme ?

Philip leva les yeux vers Henrik en fronçant les sourcils, comme si l'idée était nouvelle pour lui.

— Les seules traces que nous avons trouvées sont les vôtres, dit Henrik. Voilà pourquoi pour le moment je n'ai pas d'autre explication, à part que c'est vous qui vous êtes introduit chez Shirin Norberg, Katarina Vinston et Johan Rehn. Mais par où êtes-vous passé ? Par la fenêtre ?

— Quoi ? non...

— Ou ils vous ont laissé entrer ? Est-ce que Katarina vous a ouvert la porte ?

— Je ne suis pas allé chez Katarina !

— Mais là, vous mentez, Philip...

— Non ! Pourquoi croyez-vous tout le temps que je mens ?

— Vous dites n'être jamais allé chez Katarina, mais nous en avons la preuve.

— Quelle preuve ? Puisque je ne suis jamais allé chez elle.

— Et comment se fait-il alors que nous ayons retrouvé votre alliance sur place ?

— Quoi ? Vous l'avez trouvée là-bas ?

— Oui.

— Mais c'est impossible, je...

Philip se tut à nouveau.

— Si j'étais vous, dit Henrik, je demanderais un avocat.

Elle ramassa une chaussure devant la porte et la rangea dans le râtelier avant d'aller ouvrir.

— J'ai vu par le judas que c'était toi, dit Lina Engström en tendant les bras vers Sandra, qui portait un jean et un polo noir.

— Désolée de ne pas avoir pu venir hier, déclara Sandra en l'embrassant, mais on manque de personnel avec l'absence de Philip. Mais tu n'imagines pas comme j'étais contente que tu appelles.

Sandra avait un sac à dos et des tennis blanches. Elle inclina la tête et sourit.

Lina ne put alors retenir ses larmes.

— Ça va si mal que ça ?

Lina hocha la tête.

— La police recherche Philip, et je ne sais même pas pourquoi. Et toi ?

— Non, dit Sandra. Je pensais que tu savais.

Lina essuya les larmes sur ses joues.

— Entre, lança-t-elle. Tu as fermé la porte ?

— Oui.

— Ferme-la à clé aussi.

— C'est fait.

— Sûr ?

— Oui.

Lina alla tâter la poignée.

— Tu ne devrais pas te calmer un peu ? demanda Sandra.

— Oui, dit Lina, le souffle lourd. Tu as raison. Mais Philip est devenu tellement bizarre. Il croit qu'un assassin le poursuit. Et il n'est pas rentré de la nuit.

Sandra la regarda d'un air soucieux.

— Ce n'est pas pour te faire la leçon, mais tu m'as l'air épuisée.

— Je suis un peu fatiguée, fit-elle en souriant. Mais tu ne sais vraiment pas où il peut être passé ? Je suis tellement inquiète.

— Si, répondit lentement Sandra, j'ai peut-être ma petite idée.

— Dis-moi !

— Seulement si tu m'offres une tasse de thé, fit-elle en posant son sac à dos par terre.

Elle plaça un gobelet dans la machine à café et se vit répondre que le nettoyage automatique était en cours. Mia Bolander essaya de garder son calme et alla attendre près du plan de travail de la cuisine.

Elle avait l'impression de ne faire qu'attendre en ce moment. La femme de Philip Engström ne répondait pas au téléphone, Henrik n'était pas revenu de l'interrogatoire, Ola ne trouvait aucune Erika Silver. Et maintenant cette maudite machine à café qui la forçait à attendre plantée là.

Elle regarda sa montre. La machine avait annoncé une minute, deux s'étaient déjà écoulées.

Elle commençait à trouver le temps long quand Henrik entra.

— Philip Engström louvoie, dit-il, la mine sombre.

— Ça, on ne s'en serait jamais douté, répondit Mia en s'asseyant sur une chaise.

— Bref. Il s'en tient à son histoire, qu'il y a une Erika Silver, il admet peut-être qu'elle puisse avoir un autre nom de famille, mais je ne sais plus quoi croire.

— Tu doutes de son histoire ?

— Non, je ne doute pas. Il a un alibi pour le meurtre de Shirin Norberg. J'ai du mal à croire que ses collègues se soient trompés là-dessus.

— Mais pas d'alibi pour les meurtres de Katarina Vinston et Johan Rehn ?

— Non.

— C'est une question de temps…

— Tu n'as pas réussi à joindre sa femme ?

Mia secoua la tête.

— Mais je vais encore essayer.

Au même instant, un bip retentit : la machine à café était prête.

Mia se leva et laissa son gobelet se remplir à ras bord. Elle soufflait sur son café quand Ola arriva. Elle vit son air excité.

— Bonne nouvelle, s'écria-t-il. Nous avons son nom. Elle s'appelle Erika Sandell, opérée en mars 2005 à Vrinnevi. Pas de mari, pas d'enfants. Elle habite Fiskeby depuis vingt ans.

— Où à Fiskeby ? demanda Mia en faisant signe à Henrik de se bouger.

— Traverse le pont, prend Sörbyvägen, tourne à gauche dans Leonardsbergsvägen. La maison est censée être au bout de la rue.

27

Jana Berzelius consulta son portable avant d'entrer au tribunal. Père n'avait pas rappelé. Pas encore. Elle savait que l'analyse proprement dite prendrait du temps, elle n'aurait pas dû l'appeler, mais voulait juste s'assurer qu'il avait bien fait ce qu'elle lui avait demandé.

Elle ne s'était encore jamais adressée à lui pour requérir de l'aide. Avait-elle bien fait ? Cette petite incertitude la rendait nerveuse. Il était le seul à connaître les mécanismes complexes de son vaste réseau.

Un faible brouhaha emplissait la salle 2, où devait se tenir l'audience principale d'un procès pour extorsion de fonds aggravée. Elle serra la main du plaignant, un jeune homme de vingt-deux ans, avant de s'asseoir à côté de lui. Il était nerveux, n'arrêtait pas de se mordiller l'intérieur des joues.

Elle regarda le président de séance et les jurés. L'accusé et son défenseur, Peter Ramstedt. Le large sourire de Peter ne laissait aucun doute. De même que sa façon de faire cliquer son stylo : il était sûr de gagner.

Elle sortit plusieurs papiers de sa serviette, dont son réquisitoire, qu'on allait bientôt lui demander de lire. Elle eut le temps de le parcourir rapidement des yeux avant que le président souhaite à tous la bienvenue et marque ainsi le début de l'audience.

Elle regarda son portable une dernière fois avant de l'éteindre. Puis se prépara au procès.

*
* *

La maison était en effet tout au bout de la rue, presque à l'abri des regards, mais on devinait sa façade blanche et les tuiles sales du toit.

La maison en elle-même n'avait rien de suspect : une villa quelconque, dans une rue quelconque, dans une ville moyenne quelconque.

Il y avait une antenne parabolique sur le toit, un pommier ébouriffé sur la pelouse et une cruche renversée sur l'allée pavée.

Le portail grinça quand Henrik Levin l'ouvrit. Il entendit les pas de Mia Bolander derrière lui, regarda les fenêtres, dont les stores étaient en partie tirés, et se dit que c'était beaucoup trop silencieux et calme pour que quelqu'un puisse s'y trouver.

Il appuya sur la sonnette, mais n'entendit aucun son de l'autre côté de la porte abîmée par les intempéries. Le poing serré, il frappa fort trois coups sur la porte, puis recula et attendit. Ils patientèrent trois minutes, puis encore une, et en rajoutèrent deux pour en avoir le cœur net. L'expérience lui avait appris que celui qui ne venait pas dans les six minutes ne viendrait pas du tout.

Ils firent le tour de la maison, mais rien ne signalait la moindre présence.

— Là, dit Mia une fois le tour fait, en montrant une petite fenêtre de toilettes voisine de la porte d'entrée. Je peux entrer par là si tu me fais la courte échelle, ça nous évitera de la paperasse et on gagnera quelques heures.

En quelques minutes, ils étaient tous les deux à l'intérieur.

Une odeur de renfermé, presque sucrée. Des toiles d'araignée dans les coins du plafond et autour des abat-jours.

— Il y a quelqu'un ? appela Henrik bien que la maison semble tout à fait abandonnée.

Une petite cuisine carrée jouxtait un séjour deux fois plus grand.

Sur le plan de travail, des casseroles et des cartons. Une épaisse couche de crasse dans l'évier. Des miettes par terre.

Henrik regarda alentour, trouvant ce silence de mauvais augure.

Ils firent demi-tour et quittèrent la cuisine. Passèrent devant des cartons, des boîtes de conserve et suivirent ce qui ressemblait à un passage à travers tout ce bric-à-brac.

La porte de la salle de bains était grande ouverte, Henrik y entra. De la crasse, où qu'il regarde.

Il en ressortit et vit une étoile en bois pendue à une des fenêtres du séjour. Sa couleur bleue avait pâli. Quelqu'un l'avait fabriquée voilà bien des années, songea-t-il.

Il déplaça son regard vers un point juste derrière Mia, dans l'entrée.

— Qu'est-ce que tu vois ? demanda-t-elle en se retournant.

— Une porte, dit Henrik.

Il enjamba les détritus, souleva délicatement les boîtes de conserve qui encombraient le passage, avant de poser la main sur la poignée. Il tira dessus, mais ne parvint à entrouvrir la porte que de quelques centimètres.

— Aide-moi.

— Putain, ce que ça bloque, fit-elle en prenant appui d'un pied sur le mur.

La porte céda, Henrik perdit l'équilibre et dut s'appuyer au mur. Il se dirigea ensuite vers l'ouverture, vit un escalier qui descendait dans une profonde obscurité. Une odeur de moisi remonta. Mia fronça les sourcils, se pinça le nez et réprima un haut-le-cœur.

— Après toi, dit-elle.

— Ça me fait mal dans tout mon être quand je pense à Philip, dit Lina Engström.

Elle tirait sur les manches de son pull, évitant de regarder Sandra. Elles avaient beau en avoir tant de fois discuté, elle ne se sentait toujours pas complètement à l'aise en parlant de Philip avec elle.

Elles étaient assises à chaque bout du canapé. Sur la table, les mugs de thé étaient bus depuis longtemps.

— C'est dur, dit-elle, et je préférerais ne pas penser du tout à lui. Tu sais… on pense connaître quelqu'un, savoir lire la vérité dans ses yeux. On croit que ce qu'il dit est sincère. Et puis on découvre que ce n'est pas ça du tout.

Sandra hocha la tête, sans rien dire.

— Et maintenant tu me racontes qu'il a fait une faute au boulot ? poursuivit-elle. Mais pourquoi la police serait-elle à sa recherche ? De quelle faute s'agit-il ?

— De nombreuses fautes, répondit Sandra. Mais je ne peux pas t'en dire plus à cause…

— … du secret professionnel, je sais. Mais où est-il passé ? Et pourquoi serait-il poursuivi par un meurtrier ?

Lina tira à nouveau sur son pull.

— Oui, ça semble dingue, je suis d'accord… mais je ne sais pas si tu es au courant que Philip…

— Mais quoi ? s'écria Lina.

Elle dévisagea soudain Sandra.

— Je ne sais pas dans quelle mesure vous vous parlez…

— Mais on ne se parle de rien, la coupa Lina, qu'est-ce qu'il y a ?

— Tu es au courant que Philip prend des cachets ?

— Non…

— Bon, dit Sandra en inspirant à fond. Je crois que son comportement bizarre, ces derniers temps, est dû à son abus de médicaments…

— Son abus de médicaments ?

À cet instant, le téléphone de Lina sonna. Son cœur se mit à battre à tout rompre quand elle le ramassa sur la table.

— Qui est-ce ? dit Sandra.

— Je ne sais pas, fit Lina, stressée. Je ne reconnais pas le numéro…

— Mais c'est peut-être Philip. Pourquoi ne pas répondre, tout simplement ?

— Je n'ose pas.

— De quoi tu as peur ?

— De tout, je crois. Mais surtout que quelqu'un appelle pour m'annoncer qu'il lui est arrivé quelque chose.

— Tu exagères encore.

— Oui, peut-être.

— Tu devrais rappeler pour voir qui c'est, dit Sandra quand les sonneries cessèrent. Mieux vaut savoir que de rester dans l'ignorance, non ?

— Euh… oui, balbutia Lina.

Elle remonta la couverture jusqu'à son menton et regarda à nouveau Sandra.

— Mais comment sais-tu qu'il prend des médicaments ?

— Lina, nous sommes collègues, on se voit parfois vingt-quatre heures sur vingt-quatre, et puis il s'est passé un certain nombre de choses au boulot…

— Mais… quel genre de médicaments ?

— Des calmants… des somnifères…

— Des somnifères ? Mais ce n'est pas possible, il a un mal fou à s'endormir.

— Justement.

Mia Bolander continuait à se pincer le nez en fixant l'obscurité. Elle était derrière Henrik, qui chercha à tâtons dans la poche de son blouson, attrapa sa lampe de poche et l'alluma.

Il descendit une marche. L'escalier raide grinça. Elle le suivit en songeant à tous les films d'horreur qu'elle avait vus.

Petite, elle osait à peine rester seule dans la salle de bains pour se laver le visage. Le lavabo était juste en face de la porte et elle avait toujours des idées bizarres. Elle imaginait que, quand elle se serait lavée et regarderait dans le miroir, elle découvrirait quelqu'un dans l'embrasure de la porte, juste derrière elle. Un putain de cliché de film d'horreur.

Elle continuait à ne pas aimer les miroirs. Aussi sursauta-t-elle en voyant le miroir à côté de l'escalier, sur le sol en béton inégal.

Henrik se courba à cause du plafond bas et promena le faisceau de sa lampe sur les murs, cherchant en vain un interrupteur.

Ça sentait le moisi, la vieille cave – et quelque chose d'autre.

Soudain, Henrik retint sa respiration.

Mia le regarda, lui, puis le point qu'il éclairait de sa lampe. Elle vit d'abord une roue, puis un fauteuil roulant et, dedans, une femme assise, enfin ce qu'il en restait.

— Erika Sandell ? demanda Mia dans un souffle.

— Je suppose.

28

— Elle est morte depuis longtemps, dit Anneli Lindgren en enfilant le gant bleu qui claqua sur son poignet.

Elle venait d'arriver avec deux autres techniciens de la police scientifique, pour passer la maison au peigne fin, pièce après pièce.

Henrik Levin et Mia Bolander étaient à sa gauche, tous deux fixant la femme dans son fauteuil roulant, sa tête qui pendait et ses moignons de jambes.

— Combien de temps ? demanda Henrik.

— Difficile de le dire comme ça. Mais, vu l'avancement de la putréfaction, au moins deux ans.

— Deux ans ? fit Henrik.

— Oui, ou plus longtemps encore, c'est difficile à dire avec précision.

Henrik soupira et inspecta du regard la cave à présent vivement éclairée, promenant les yeux sur les murs et la draperie pendue derrière le fauteuil roulant.

— Et *pschitt*, l'histoire de Philip part en fumée, dit Mia.

— Oui, répondit Henrik, mais Erika est bel et bien là, même si c'est en moins bon état que ce qu'on pensait.

— Bon, fit Anneli, si vous voulez bien m'excuser, j'aimerais l'avoir pour moi toute seule.

— Alors on va aller jeter un coup d'œil là-haut en attendant, dit Henrik.

— Je ne préfère pas, lança Anneli.

— Tu sais qu'on fait attention, dit Henrik en regardant Anneli d'un air entendu.

— On ne fait jamais assez attention, rétorqua-t-elle en lui tournant le dos.

Henrik et Mia remontèrent vers le rez-de-chaussée.

— Que penser de Philip, après ça ? s'interrogea Henrik. Innocent, ou non ?

— C'est clair qu'il n'est pas innocent, soit il délire complètement à cause de tous les médicaments qu'il prend, soit il essaie juste de nous embrouiller.

— Il faut qu'on joigne sa femme, dit Henrik. Ne serait-ce que pour savoir si elle peut confirmer son alibi.

Il parvint au rez-de-chaussée et frissonna quand l'air froid et humide de la porte d'entrée ouverte pénétra à travers son blouson. Il regarda autour de lui en songeant au mode opératoire. À Shirin Norberg dont les mains avaient été coupées, à Katarina Vinston privée de sa langue et à Johan Rehn, amputé de ses deux jambes.

Et il pensa à Erika Sandell, dans son fauteuil roulant, morte à la cave.

— Et pendant toutes ces années, personne n'a remarqué son absence, se dit-il tout haut.

Il regagna la cuisine carrée. Ces mots résonnaient en lui tandis qu'il regardait tout autour. Les casseroles et les cartons, les restes de nourriture.

— Mais quelqu'un l'a forcément aidée à descendre à la cave, dit-il. Et quelqu'un a bien dû payer les factures, pendant ces années.

Il s'approcha de l'évier et observa de plus près les restes. Ouvrit les placards de la cuisine.

— La vaisselle n'est pas poussiéreuse, dit-il.

— Ah ? fit Mia.

— Regarde là, dit-il en indiquant deux tasses côte à côte. L'une d'elles est couverte d'une couche de saleté, et l'autre semble tout juste lavée.

Mia se tourna vers lui.

— Mais il n'y a bien qu'Erika qui est domiciliée ici ? s'enquit Mia.

— Oui, dit Henrik.

— Et un mari, des enfants ?

— Non. Elle n'avait pas de famille.

— Alors, qui a bien pu habiter ici ces dernières années ? demanda-t-elle.

— J'ai le sentiment d'être la seule à attendre quelque chose de notre couple. Il est toujours comme une huître, dit Lina Engström en croisant le regard de Sandra. Et maintenant, avec tout ça, la police, l'abus de médicaments, les meurtres, je ne sais plus où j'en suis.

— Je comprends, dit Sandra.

— Oups, j'ai l'impression d'être la seule à parler.

— Tu en as besoin, et je suis douée pour écouter.

— C'est sans doute pour ça que c'est si facile de parler avec toi, confia Lina en souriant.

Elle tourna ensuite le regard vers la couverture, qu'elle se mit à éplucher.

— Tu as l'air à nouveau si préoccupée, fit Sandra. Ça va s'arranger, tu verras.

— C'est que..., déclara Lina, on m'a mis dans le crâne un modèle familial, et je ne sais pas pourquoi j'y tiens autant. Je ne suis pas sûre qu'il existe vraiment.

— Lequel ?

— Tu vas rire.

— Mais non, dis voir.

— C'est le bon vieux cliché : papa, maman, les enfants, une maison, une Volvo, un toutou.

— Jolie image, je trouve.

— Oui, admit Lina en tournant le regard vers la fenêtre. Mais quand on découvre que l'homme avec qui on est mariée et qu'on aime est un mythomane drogué aux médicaments... Tu comprends ce que ça fait ? Tu comprends à quel point on se sent trompée ?

— Non, mais je peux imaginer.

— Je suis tellement en colère que j'ai presque envie de le tuer.

Sandra eut un petit rire.

— Ça, en revanche, je peux le comprendre, dit-elle.

Lina sourit, mais son sourire disparut quand son portable sonna à nouveau.

— Tu devrais répondre, cette fois, dit Sandra.

— Oui.

Elle sentit sa main trembler en saisissant son portable.

— Allô ? fit-elle.

Jana Berzelius quitta la salle d'audience le visage impassible, ce qui parut troubler l'avocat Peter Ramstedt. Le procès laborieux semblait s'être déroulé comme elle le souhaitait, mais le jugement ne serait rendu que le lendemain.

Elle sortit du tribunal, descendit les marches et se dirigea rapidement vers le centre, vers chez elle.

Pendant ce temps, elle repensa encore une fois à tout. Il y avait peu d'issues alternatives. Le chemin qu'elle avait choisi était le plus simple, et elle voulait être sûre de n'avoir pas négligé de difficulté évidente qui pourrait empêcher Danilo de se rendre de l'appartement à la voiture. Mais elle n'avait rien oublié.

Elle n'en était que plus préoccupée de savoir comment ils feraient face aux éventuels imprévus.

Quand elle entra dans l'appartement et ôta son manteau, elle le vit du coin de l'œil. Il avait le regard de quelqu'un sûr que tout allait marcher comme prévu. Et d'ailleurs, la réussite de sa disparition était une question d'assurance. Inutile d'avoir un faux passeport, ou un faux permis de conduire, une perruque ou un déguisement si on était incapable de parler, de se déplacer et d'agir avec assurance. Les gens voyaient ce qu'on leur faisait voir.

Danilo était sans doute un bon acteur, mais le seul rôle qu'il jouait pour le moment était le sien. Il avait certes des vêtements neufs, des cheveux courts et un menton rasé de frais. Mais un œil averti le reconnaîtrait, elle en était certaine.

— Tu t'es décidée ? demanda-t-il.

— Nous passons par le sous-sol. Moi la première, toi après.

Il se tourna vers elle, ses muscles roulèrent sous son T-shirt. Une brève seconde, leurs regards se croisèrent, et Jana sentit une vague d'émotions la traverser. Danilo allait enfin quitter l'appartement, disparaître de sa vie.

— Bien, dit-il. Je suis prêt. Et toi ?

En ressortant, Henrik Levin inspira à fond l'air frais. C'était un soulagement de quitter la maison d'Erika Sandell.

Il entendit des enfants traverser la rue en riant et, un peu plus loin, une voiture qui remontait en marche arrière vers un garage. Il tourna la tête vers le bout du chemin, où commençaient les champs.

Mia Bolander le rejoignit, son portable à la main.

— J'ai enfin réussi à contacter Lina Engström.

— Qu'est-ce qu'elle a dit ?

— Elle n'était pas sûre, mais elle pensait que Philip était à la maison les nuits où Katarina et Johan ont été assassinés. C'était difficile de lui parler, elle avait l'air troublée, presque désorientée.

— Tu crois qu'il faut envoyer quelqu'un chez elle ?

Mia secoua la tête.

— Elle est avec une copine.

— Bien, est-ce que…, déclara-t-il, mais il se tut en voyant une femme d'une soixantaine d'années traverser le chemin.

Elle portait une veste matelassée rouge, un jean sombre et des bottes en caoutchouc à pois. Ses cheveux blond cendré étaient coupés au ras du cou, et leur frange arrivait jusqu'aux sourcils. Elle s'arrêta en voyant les rubalises, puis continua sur l'allée de gravier qui menait à l'immense maison voisine.

— Je vais juste…, dit Henrik à Mia en désignant la femme.

— Je viens avec toi ?

— Non, je m'en occupe.

Henrik quitta la maison d'Erika, franchit le portail et rattrapa à grandes enjambées la voisine qui avait déjà atteint le pas de sa porte.

— S'il vous plaît ! lança-t-il. Attendez.

La femme se retourna et le regarda, interloquée.

— Je voudrais vous poser quelques questions, dit-il.

— De quoi s'agit-il ? Que s'est-il passé, à la fin ?

— Il s'agit d'Erika Sandell, votre voisine.

Henrik montra sa carte de police, se présenta et demanda la permission d'entrer un moment.

— Il n'y en a que pour quelques minutes, dit-il.

— Alors autant rester dehors.

— Vous avez une belle maison, fit Henrik.

— On me le dit souvent.

— Êtes-vous mariée ?

— Comment ça ?

— Simple question.

— Il y a un homme dans ma vie, si c'est ce que vous voulez savoir.

Elle lissa ses cheveux derrière l'oreille.

— Depuis combien de temps êtes-vous voisine d'Erika Sandell ?

— Voyons voir, je me suis installée ici il y a treize ou quatorze ans peut-être.

— Quand l'avez-vous vue pour la dernière fois ?

— Oh ! ça fait des années.

— Et vous ne trouvez pas ça bizarre ?

— Non, pourquoi ? Elle vit surtout à l'étranger, elle est… handicapée.

— Pourquoi serait-elle à l'étranger ?

La femme le regarda, comme interloquée par cette question.

— Si elle n'est pas chez elle, où serait-elle, sinon ?

Elle mit une main sur sa taille.

— Erika a été retrouvée morte chez elle aujourd'hui.

— Elle est morte ?

La femme le regarda à nouveau, mais cette fois les yeux vides, comme si elle avait du mal à comprendre le sens de ce qu'il venait de déclarer.

— Que s'est-il passé ?

— Je ne peux pas entrer dans les détails, dit Henrik, mais je voudrais savoir si vous, sa voisine la plus proche, auriez vu ou entendu quelque chose qui puisse nous aider ? Avez-vous, par exemple, vu quelqu'un entrer ou sortir de la maison ces derniers temps ?

— J'ai juste vu sa fille, de temps en temps.

— Sa fille ?

— Oui.

— Mais que je sache, Erika Sandell n'avait pas de fille.

— Si, elle en a une.

— Savez-vous comment elle s'appelle ?

— Non. Je ne lui ai parlé que rarement, mais c'est une belle jeune femme très aimable, avec des yeux comme des émeraudes. C'est beau qu'elle se soit occupée comme ça de sa mère, toutes ces années, mais j'ai toujours pensé qu'elle devrait penser à se construire une vie à elle, avec un homme élégant et des enfants.

— L'avez-vous vue récemment ?

— Mais oui, elle habite ici.

Elle essaya de se lever, mais l'effort faillit la faire vomir. Lina Engström avala plusieurs fois, les mains sur la bouche, avant de tourner à nouveau le regard vers Sandra.

— Qui c'était ? demanda Sandra.

Elle reprit son souffle avant de répondre.

— C'était la police, murmura-t-elle, presque comme si elle ne voulait pas de ce mot dans sa bouche.

— Qu'est-ce qu'ils ont dit ?

Elle plongea le visage dans ses mains en secouant la tête.

— Je n'ai plus la force. Je veux juste me mettre au lit et pleurer quand je pense à…

— Pas le moment de pleurer, maintenant, coupa Sandra. Dis-moi ce qu'ils t'ont raconté !

— Ils m'ont demandé si je pouvais lui donner un alibi.

— Un alibi pour quoi ?

— Pour la nuit où Katarina a été assassinée… et aussi pour ce médecin…

— Ils n'ont rien dit d'autre ?

Lina passa les bras autour de son corps et resta immobile, le regard fixé à terre.

— Ils ont dit qu'ils l'avaient arrêté, qu'il était soupçonné de meurtre.

— Bien, dit Sandra.

Lina cligna plusieurs fois des yeux en la regardant.

— Quoi ?

Sandra se leva, attrapa son sac à dos et quitta la pièce.

— Comment ça, « bien » ? s'écria Lina, mais elle n'entendit que le bruit de la porte des toilettes qui se refermait.

Avec le sentiment que tout allait revenir à la normale, Jana Berzelius sortit de son appartement et entra dans l'ascenseur. Il amorça lentement sa descente en grinçant sur ses rails d'acier.

Les jambes légères, elle parcourut le long couloir qui conduisait de l'ascenseur au garage.

Pour ne pas risquer d'être vue avec lui, s'ils venaient à croiser quelqu'un, elle était partie en avance, et en prenant l'ascenseur. Il devait emprunter l'escalier.

Elle sentit son pouls s'accélérer à ses tempes en approchant de sa place de stationnement. Elle s'arrêta entre deux voitures. Vit son reflet dans la vitre de la voiture voisine. Mais aperçut alors un autre visage connu.

— Je te vois, soupira-t-elle.

— C'est fait exprès, dit Danilo.

— Il peut y avoir des caméras de surveillance, ici, dit-elle pour le principe.

— Non, il n'y en a pas, fit-il en ricanant.

Il se dirigea alors vers elle en contournant une voiture pour faire durer le plaisir. Il n'était plus qu'à dix pas d'elle, cinq, trois, deux, un…

Elle allait ouvrir la voiture quand la porte du sous-sol s'ouvrit : horreur, son voisin, un sac de courses à la main, se dirigeait droit sur eux.

Danilo l'attira à lui. Pressa son visage contre le sien. Elle sentit sa peau contre sa joue.

— Qu'est-ce que tu fabriques ? chuchota-t-elle.

— Je fais semblant de t'embrasser. Et maintenant, tais-toi, sinon je le fais pour de bon, avec la langue et tout.

Elle ne respirait plus, essaya de vider ses poumons, en vain.

Ils restèrent silencieux, serrés l'un contre l'autre, jusqu'à ce que le voisin ait démarré sa voiture et quitté le parking.

Aussitôt la porte refermée, elle se libéra.

— N'essaie pas de me regarder, lui dit-elle durement.

Comme il ne détournait pas les yeux, tout déferla : l'adrénaline et la haine. Ça la submergea, fit s'emballer son cœur. Elle baissa les yeux, croisa à nouveau son reflet dans la vitre de la portière. Vit son visage tendu et se força à se calmer. Et à respirer.

⁂

— Mais il n'y a absolument aucune mention d'une fille d'Erika, dit Ola Söderström.

— Cherche encore, rétorqua Henrik.

Il était devant la maison de Fiskeby, le portable appuyé à l'oreille.

— Mais où veux-tu que je cherche ? lança Ola. Tu ne me fais pas confiance ?

— Si, je te fais confiance, répondit Henrik en se passant la main sur le visage. Et donc Erika n'était pas mariée ?

— Non.

— Mais elle a forcément dû vivre avec quelqu'un ?

— Forcément, il faut voir. Et le concubinage n'est pas déclaré, comme tu le sais.

— Je sais, je sais ! Appelle-moi si tu trouves quelque chose.

— Mais…

Henrik raccrocha, soupira.

— Rien ? demanda Mia en haussant les sourcils.

— Non, dit-il en tournant à nouveau les yeux vers la maison.

Il aurait voulu freiner ses pensées, les structurer et clarifier tout ça.

Il était impossible qu'Erika ait une fille biologique. Mais la voisine était certaine qu'une femme habitait la maison, et que cette femme s'était elle-même présentée comme la fille d'Erika.

Qui était alors cette jeune femme ? se demanda-t-il en fixant derechef son regard sur l'étoile en bois pendue à l'une des fenêtres. Au même instant, Anneli Lindgren apparut à la porte.

— Henrik ! Mia ! Il faut que vous reveniez à la cave !

Henrik hocha la tête et retourna vers la maison, Mia sur ses talons. L'odeur de renfermé, à nouveau, qu'il s'efforça d'ignorer en descendant l'escalier de la cave.

— Je crois que ça va vous intéresser, dit Anneli en s'approchant de la draperie pendue derrière la morte. De la poussière vola quand elle la tira de côté. Un bureau apparut et, derrière, un tableau d'affichage. Henrik se trouva face aux yeux bleu clair de Katarina Vinston – en photo. À la place de sa bouche, un trou noir. Il déplaça le regard, avança d'un pas et regarda les autres photos punaisées au tableau.

— Shirin Norberg, dit-il à voix basse. Et Johan Rehn, et… qui est celui-là ?

Il montra un visage marqué d'une croix, qu'il ne reconnaissait pas.

— Ça pourrait être Annikke, fit Mia, l'infirmière anesthésiste. Mais c'est difficile à dire sans bien voir son visage. Et là, ça doit être Joe et Anders.

Mia désigna deux autres visages barrés.

— Donc, ce que nous avons devant nous, c'est l'équipe de l'opération ? demanda-t-il.

— Oui, répondit Mia, et la façon dont on a prévu de les tuer.

Henrik sentit son cœur battre plus fort en voyant les mains coupées de Shirin et les jambes manquantes de Johan. Dans un coin était collée une photo de Philip Engström, tout seul, loin des autres.

Il baissa les yeux vers le bureau et vit plusieurs carnets noirs refermés par de gros élastiques. Il saisit le premier et commença à le feuilleter. Mia s'approcha, et lut par-dessus son épaule.

3 mars

J'ai allumé la lampe, et je regarde les photos au mur. Je regarde ces visages, avec leur joie énervante, et qui en même temps ne se doutent de rien. Si pleins d'espoir, persuadés comme une évidence d'avoir toute la vie devant eux. Comme s'ils avaient le droit de vivre.

Aujourd'hui, cela fait dix ans depuis ton opération, maman, dix ans depuis qu'ils ont détruit notre vie, dix ans. Comment ont-ils vécu ? Vécu cette vie ? Comme si l'opération n'était qu'une bagatelle, une parenthèse, une mauvaise matinée, rien de plus.

Pour nous, ça a été un enfer. Depuis tout ce temps.

Je sais très bien qui a fait quoi à l'hôpital. Tu m'en as si souvent parlé.

Je ne peux pas te rendre ta vie, mais je peux punir ceux qui te l'ont prise. Tu vas être vengée, maman. Je vais prendre les mains de l'aide-soignante qui est restée bras ballants sans rien faire dans la salle d'opération, je vais prendre la langue de l'ambulancière qui avait oublié, OUBLIÉ ! de prévenir que l'hélicoptère avait rebroussé chemin. Et je vais prendre les jambes du chirurgien qui a confié l'opération à un étudiant. À UN ÉTUDIANT ! Comment a-t-il pu ?

Je hais vraiment Philip. Je hais sa robustesse, je le hais de ne pas comprendre ce qu'il a fait, je le hais de ne pas comprendre que je le hais. De continuer à vivre dans son monde, comme s'il n'y avait pas de problème.

Je vais éteindre cette lampe, car l'heure est venue de commencer.

Et je sais exactement ce que je vais faire. Tout est clair pour moi. Mon plan est prêt.

Ils ne vont pas s'en sortir, maman. Ils ont détruit ta vie. Ils ont détruit ma vie. Je vais détruire la leur.

C'est ce que dit la voix dans ma tête.

Et c'est aussi simple que ça.

La vérité.

Henrik leva les yeux. Croisa le regard de Mia.
— Bordel, qui a écrit ça ?

Henrik la regarda longuement, referma le carnet et le reposa sur le bureau.

— Qu'est-ce qu'il y a, Henrik ? Où tu vas ?

Il entendait les questions de Mia, mais n'avait pas le temps de répondre. Il remonta quatre à quatre l'escalier de la cave. Fila dans le séjour, se campa au milieu de la pièce et regarda l'étoile en bois pendue à la fenêtre.

Il s'approcha, sentit un frisson glacé en tendant la main. L'étoile était faite de pièces de bois collées les unes contre les autres. Il la détacha et la retourna.

Ça ressemblait à une de ces étoiles qu'on fabriquait en cours de travail manuel. Lui aussi, il avait rapporté à la maison des pelletées de bibelots, dont une étoile de ce genre. Si cette étoile avait été fabriquée à l'école, elle devait même être signée d'un nom.

Henrik continua à tourner et à retourner l'objet. Et il s'arrêta. Rapprocha l'étoile de ses yeux, la peinture avait pâli, mais on devinait un nom :

— « S », lut-il. « Sa »…

Puis un chiffre.

Il plissa à nouveau les yeux. Et alors il lut :

Sandra, classe 9A

29

Jana Berzelius jeta un coup d'œil dans le rétroviseur et vit que Danilo était toujours couché sur la banquette arrière. Elle regarda à nouveau la route en se disant qu'enfin ils roulaient vers le nord, vers Nyköping, Vagnhärad et Södertälje.

Vers la liberté.

Un instant, elle envisagea d'appuyer à fond sur l'accélérateur, mais se raisonna. Elle ne pouvait pas se permettre de se faire arrêter pour excès de vitesse. Elle se maintenait donc exactement à la limite autorisée, 70 kilomètres/heure.

Ils approchaient d'un passage à niveau quand son téléphone sonna. Elle ne mit pas plus de quelques secondes à répondre.

Ça grésilla, puis elle entendit la voix de Père.

— C'est prt, dit-il.

Elle sentit son cœur battre plus fort et peina à masquer son impatience.

— Tu as une réponse ?

— Oui.

Elle interprétait peut-être mal le ton de sa voix, mais elle la trouva un peu sur la défensive. Pour autant qu'il soit possible de tirer quoi que ce soit de cette réponse laconique.

Danilo la fixa, elle sentit son regard, mais ne le croisa pas.

— Donc, tu as une correspondance ? demanda-t-elle.

Quelques secondes de silence, ce qui ne voulait pas forcément dire grand-chose, sinon que Père réfléchissait. Elle attendit une réponse, mais en vain. Il se taisait depuis si longtemps qu'elle se demanda si la ligne avait été coupée. Peut-être Elin était-elle près de lui ?

— Dis-moi, finit-elle par reprendre.

— Pas rau rtlephn.

— Je ne peux pas venir chez toi, dit-elle. Il faut que tu me dises. De qui était l'ADN sous l'ongle de Mère ?

Elle ralentit, traversa une rivière et vit qu'un épais buisson cachait un petit cap qui s'avançait sur un lac. Elle eut l'impression d'entendre mieux sa respiration, comme s'il avait approché son téléphone au plus près de sa bouche.

— L'analse a mtré que… que…

Il luttait avec les mots.

— Oui ? dit Jana. L'analyse a montré que l'ADN venait de… ?

— De Sndra Gustfsson.

Elle sentit son corps se crisper, écouta le bruit du moteur.

— Et c'est absolument sûr ?

— Oui, dit-il. Rbslment rsr. Mais qui esr-ce ?

— J'ai quelques questions complémentaires auxquelles il me faut des réponses, dit Henrik Levin quand on l'eut fait entrer dans la cellule de Philip Engström. Et ces réponses, il me les faut immédiatement.

— D'accord, dit Philip en se passant la main sur la nuque.

— Avez-vous revu Erika après l'opération ?

Philip déglutit et regarda par terre.

— Oui, je l'ai revue, comme je vous l'ai déjà dit. Je suis allé lui rendre visite à l'hôpital, quelques semaines après l'opération.

— Vous a-t-elle jamais parlé d'une fille ?

— Non, pourquoi m'en aurait-elle parlé, à moi ? Vous devez comprendre qu'elle me haïssait, elle me haïssait vraiment.

— Oui, vous nous l'avez raconté, dit Henrik. Donc, vous n'êtes jamais allé chez Erika Sandell ?

— Elle s'appelle Sandell ?

— Oui, mais répondez à ma question. Êtes-vous allé chez elle ?

Philip le fixa en silence.

— Mais vous n'écoutez pas ce que je dis, fit-il d'une voix de fausset. Je ne la connais pas, n'ai jamais eu affaire à elle après l'opération.

— Donc, vous n'êtes jamais allé à Leonardsbergvägen à Fiskeby ?

— Quoi ? Non, s'exclama-t-il, soudain interloqué. C'est là qu'elle habite ?

— Oui, et nous sommes allés chez elle aujourd'hui, déclara Henrik.

— À Fiskeby ? Et que vous a-t-elle dit, alors ?

Philip le regarda.

— Elle n'a rien dit, répondit Henrik. Elle est morte depuis plusieurs années.

— Hein ?

— Mais il paraît qu'elle a une fille, poursuivit Henrik. Et je ne sais pas si c'est exact.

— Hein ? répéta Philip.

— Une fille, et nous avons des raisons de penser qu'elle se prénomme Sandra.

— Sandra ? s'écria Philip en posant les mains sur sa bouche. Vous voulez dire ma collègue Sandra Gustafsson ?

— Je ne sais pas, s'inquiéta Henrik. Pourquoi ?

— Sandra Gustafsson a sa mère qui habite à Fiskeby, elle me l'a dit. Je ne l'ai jamais rencontrée… mais comment pourrait-elle…

Henrik vit l'homme qu'il avait devant lui devenir soudain livide.

— Non ! cria-t-il. Sandra est chez…

Il se précipita vers la porte en hurlant :

— Lina !

*
* *

Mais que fabriquait donc Sandra ? Ça faisait maintenant très longtemps qu'elle était aux toilettes. Lina avait entendu la porte se refermer, le verrou s'enclencher, mais ne l'avait pas entendue se rouvrir. Pourquoi restait-elle si longtemps là-dedans ?

Elle ferma ses yeux brûlants. Elle était fatiguée.

— Sandra ? appela-t-elle.

Comme elle ne recevait pas de réponse, elle se leva lentement et se dirigea vers la salle de bains. Inconsciemment, elle posa la main sur son ventre. Difficile de s'habituer à l'idée qu'il y avait de la vie là-dedans. Elle savait qu'il faudrait longtemps avant de sentir une bosse, mais elle se surprit à déjà l'espérer avec impatience.

L'entrée était plongée dans l'obscurité, et elle allait allumer quand elle découvrit la porte des toilettes ouverte.

— Sandra ? appela-t-elle à nouveau en regardant autour d'elle.

Mais pas de réponse.

Lina tourna à nouveau le regard vers le séjour avant de continuer à avancer dans l'entrée. La porte de la cuisine était fermée et, en l'ouvrant, elle sentit son cœur s'emballer.

Devant le plan de travail, Sandra manipulait quelque chose.

Lina haussa les sourcils de surprise en découvrant que c'était une seringue.

— Qu'est-ce que tu fais ?

— N'aie pas peur, dit Sandra en se retournant, la seringue à la main.

— Qu'est-ce que tu fabriques ? s'écria-t-elle en songeant qu'il aurait fallu lever le bras pour se protéger, mais ses muscles ne réagirent pas aussi vite que son cerveau.

Elle recula, en trébuchant, contre le mur blanc.

— Arrête, haleta-t-elle.

— Calme-toi ! dit Sandra.

Lina regarda la seringue, et tenta de s'échapper en se jetant de côté, mais elle ne réussit qu'à heurter une lampe sur pied.

— Arrête, je t'en prie, arrête, cria-t-elle en se prenant les pieds dans le tapis.

Elle s'effondra en se cognant la tête par terre. Elle se redressa à quatre pattes, tenta de ramper vers la porte d'entrée, mais comprit qu'elle n'arriverait pas à s'échapper.

Sandra la contourna, s'accroupit, inclina la tête de côté et la regarda. La seringue était prête. Tout contre son cou.

L'aiguille perça la peau et ressortit.

Lina porta sa main tremblante à son cou, frotta plusieurs fois la piqûre et contempla la petite tache de sang au bout de ses doigts.

Elle essaya de dire quelque chose, mais sa langue semblait étrangement engourdie. Lentement, elle leva les yeux vers Sandra, mais elle avait du mal à fixer son regard. Le sol paraissait tanguer.

Elle tendit la main vers la poignée de la porte, parvint à la saisir, mais elle lui échappa. Elle essaya d'appeler à l'aide.

Une vague chaude déferla à travers son corps.

Un voile noir obscurcit ses yeux, et elle perdit connaissance.

Henrik Levin courait dans les couloirs de l'hôtel de police, son portable à la main. Il tentait de joindre Mia et, en attendant qu'elle décroche, songea à Johan Rehn, qui était responsable de l'opération d'Erika Sandell. S'il l'avait menée lui-même à bien, il n'y aurait sans doute pas eu d'erreur – et trois personnes seraient toujours en vie. Mais il avait passé la main. À Philip Engström.

Henrik pensa à Sandra Gustafsson, l'ambulancière. Elle avait bien des yeux verts, vert émeraude ?

Arrivée à la première marche de l'escalier, Mia répondit d'un « Ouais ? ».

— Tu as l'air essoufflé, dit-elle.

— Oui, j'ai de grandes nouvelles.

— Quoi ? Qu'est-ce qui s'est passé ?

— Si je dois croire Philip, la mère de Sandra Gustafsson habite Leonardsbergsvägen à Fiskeby.

— Là, je ne comprends plus rien.

— L'ambulancière Sandra Gustafsson est la fille d'Erika Sandell.

— Putain…

— Comme tu dis…

— Mais alors, on va la cueillir illico, non ?

— Bien sûr, mais le pire, c'est ça : elle se trouve en ce moment chez Philip Engström, seule avec sa femme. Tu peux t'occuper d'envoyer une patrouille à leur domicile ?

— OK.

— Et vois avec Ola pour qu'il nous sorte tout ce qu'on a sur Sandra Gustafsson. On se retrouve au garage.

Henrik raccrocha et continua à courir.

30

Sandra Gustafsson !

Jana Berzelius pouvait à peine respirer. Elle n'avait rien désiré davantage qu'une réponse, mais, maintenant qu'elle savait que c'était l'ADN de Sandra que sa mère avait sous les ongles, que faire de cette information ? Tout se mit à tourner, et elle dut prendre le volant à deux mains pour parvenir à conduire droit.

L'ambulancière Sandra Gustafsson avait étouffé sa mère en lui plaçant une ou deux mains sur la bouche et le nez. Jusque-là, elle comprenait. Mais son mobile ? Pourquoi Sandra avait-elle assassiné Mère ? C'était inexplicable.

L'agressivité lui démangeait la nuque, les bras, les jambes, partout. Elle aurait tellement voulu l'avoir devant elle. Exiger d'elle une réponse, par tous les moyens disponibles, avant de définitivement…

Son portable sonna à nouveau. Elle le saisit sur ses genoux, vit que c'était Henrik Levin et répondit.

— Jana.

— Ce n'est pas Erika, dit Henrik Levin. C'est probablement Sandra Gustafsson qui…

— Attends, attends un peu, le coupa-t-elle. De quoi parles-tu ?

— Erika Silver, ou plutôt Sandell, son vrai nom, est morte, déclara-t-il. Nous l'avons retrouvée morte chez elle aujourd'hui, je croyais que Gunnar t'avait prévenue.

— Et maintenant, tu me dis que c'est Sandra qui…

— Sandra Gustafsson, la collègue de Philip Engström.

— Oui, je sais de qui tu parles, dit Jana. Elle est responsable des meurtres, tu veux dire ?

Mille pensées traversèrent son esprit.

— Oui ! lâcha fébrilement Henrik.

— Mais vous l'avez arrêtée ?

— Nous pensons qu'elle est au domicile de Philip Engström.

— OK, où est-ce ?

Elle s'efforçait de garder son calme.

— Jordbrogatan 209 à Skarphagen.

— Vous êtes absolument certains qu'elle s'y trouve ?

— Pas absolument, admit-il.

— Et c'est pour ça que tu m'appelles, dit Jana. Vous avez besoin d'un mandat de perquisition pour enfoncer sa porte, si c'était nécessaire ?

— Exact, répondit Henrik. Alors, j'ai ton accord ?

— Oui. Ça ne devrait pas poser de problème.

— Bien, fit Henrik. On y va.

— Informez-moi dès que vous la tenez.

Elle entendit Henrik acquiescer, puis raccrocha et laissa son portable retomber sur ses genoux.

Sandra Gustafsson, pensa-t-elle à nouveau.

Elle se concentra sur la route et sentit ses muscles se contracter. Elle savait qu'il fallait qu'elle se maîtrise, qu'elle contrôle sa respiration et mette bon ordre aux émotions fortes qui déferlaient en elle.

Un plan commençait à prendre forme, autre que de conduire Danilo à Södertälje.

Elle regarda l'heure, se dit que la police était déjà en route vers le domicile d'Engström. Mais elle pourrait arriver la première.

Son cœur battant la chamade, elle tourna le volant et fit crisser les pneus dans un demi-tour.

— Où on va, bordel ? cria Danilo en se redressant en position assise sur la banquette arrière.

— Il faut d'abord que je m'occupe de quelque chose, dit-elle.

Philip Engström tournait en rond dans sa cellule. Il avait tenté de convaincre le gardien de lui ouvrir, tambouriné sur la porte jusqu'à ce que ses mains soient meurtries et couvertes de bleus. Mais personne ne s'était occupé de lui, et la panique était en train de détruire tous ses espoirs.

La tête martelée de douleur, il s'affaissa le dos contre la porte de sa cellule, fouillant d'une main ses vêtements à la recherche d'un cachet à fourrer dans sa bouche. Il tiraillait le tissu dans une sorte d'espoir désespéré d'en trouver un, quelque chose qui puisse atténuer son angoisse. Mais il n'avait pas un seul cachet.

Un filet de salive avait coulé sur son menton. Il l'essuya d'un revers de manche.

Sandra, pensa-t-il. Vraiment ? Elle avait si souvent roulé avec lui dans l'ambulance. Elle, la fille d'Erika Sandell ? Tout tournait dans sa tête.

Quand ils étaient intervenus chez Shirin, elle savait à l'avance ce qui les attendait. Pareil pour Johan. Elle était déjà venue sur place, les avait attachés, mutilés, laissés se vider de leur sang. Puis, de sang-froid, elle avait joué la comédie, comme si de rien n'était.

L'avait regardé faire.

Comment était-ce seulement possible ?

Et depuis combien de temps avait-elle prémédité sa vengeance ? Plusieurs années ? Elle l'avait cherché, avait commencé à travailler à l'hôpital, fait sa connaissance, celle de Lina – tout ça avec une seule chose en tête.

La vengeance – pour quelque chose qu'elle n'avait pas directement subi.

Elle devait être dérangée, profondément dérangée. Il n'y avait pas d'autre explication. Profondément dérangée, et il n'avait rien remarqué.

Elle lui avait même pris son alliance pour la placer chez Katarina, mais pourquoi ? Pour le faire plonger ? Elle avait dû la lui retirer pendant qu'il dormait dans l'ambulance.

Et maintenant, elle était à la maison, avec Lina.

Son cœur se mit à battre plus fort, la panique reprenait le dessus. Il songeait à l'enfant à venir. Et si Sandra avait fait du mal à Lina, l'avait blessée, ou même… ?

Il n'osait pas aller jusqu'au bout de sa pensée.

Jana Berzelius se fraya un passage dans la route encombrée qui rentrait vers Norrköping. Dix minutes plus tard, elle ralentit. Elle était arrivée à Skarphagen.

Une fois dans la bonne rue, elle vérifia rapidement les numéros et trouva aussitôt la maison qu'elle cherchait.

— Qu'est-ce qu'on fout ici ? lâcha Danilo.

— Couche-toi, dit-elle d'une voix dure, sinon tu risques de ne jamais arriver à Södertälje.

Danilo se plaqua à nouveau sur la banquette arrière, et elle guetta le long de la rue à la recherche d'une voiture de police, ou plutôt de policiers en civil. Mais aucun ne semblait encore arrivé sur place. Un type avec une poussette était assis un peu plus loin sur un banc, dans un parc, sinon il n'y avait personne.

Dans l'allée de la maison était stationnée une Volvo blanche.

Doucement, elle ouvrit la boîte à gants, y prit le couteau et, sous le regard brûlant de Danilo, elle le plaça au creux de ses reins.

Elle allait descendre de voiture quand la porte de la maison s'ouvrit et qu'une personne blonde en sortit.

Probablement Sandra.

Elle se tenait droite, mais regardait sans cesse de tous côtés, comme prête à ce qu'on lui saute dessus.

Jana se tassa sur son siège. Sandra avait beau avoir l'air sur ses gardes, elle ne remarqua pas la voiture noire qui la guettait.

Que s'était-il passé ?

Lina Engström était-elle toujours dans la maison ?

Sandra gagna la Volvo blanche, monta à bord, démarra et commença à sortir de l'allée à reculons.

Jana resta immobile, puis démarra doucement sa propre voiture et la suivit.

Henrik Levin serrait fort son volant tout en maudissant les embouteillages à la sortie de la ville. Il semblait que les centaines de kilomètres de rues de Norrköping étaient engorgées. Et le temps filait.

À côté de lui, Mia avait le portable collé à l'oreille.

— Elle ne répond pas, dit-elle. J'ai appelé quatre fois.

— Ce n'est pas bon, dit Henrik, qui aurait voulu accélérer encore.

Ils dépassèrent le centre de Skarphagen, s'engagèrent dans la zone pavillonnaire, roulant devant des vérandas vitrées avec des meubles en rotin, de grands trampolines et des voitures stationnées.

Henrik se dit que la température avait monté dans la voiture. Il transpirait sous le gilet pare-balles. De la main droite, il essaya d'ouvrir un peu la fermeture Eclair, mais elle ne bougeait pas d'un millimètre. La seule idée de ne pas pouvoir l'ouvrir le fit suer de plus belle.

— On est bientôt arrivés, se dit-il à voix haute.

La nuit commençait à tomber quand il s'arrêta devant un garage. Il laissa le moteur tourner au point mort tandis qu'il scrutait les environs. Sur un banc public, dans un parc, un homme les regardait avec curiosité tout en bougeant une poussette d'avant en arrière, et, au bout de la rue, deux garçons d'une dizaine d'années se faisaient des passes avec un ballon de foot.

Quatre policiers lourdement équipés étaient déjà sur place. Deux devant la maison, deux derrière.

Henrik et Mia sortirent de voiture et, courbés, s'approchèrent du domicile d'Engström. Tous deux étaient prêts, arme au poing, tandis que les policiers se plaçaient devant la porte d'entrée.

Henrik vit que Mia se mordait l'ongle du pouce en suivant la situation.

Trois sonneries sourdes. Un des policiers avait appuyé sur la sonnette noire. Il sortit son arme, sonna encore et attendit.

— On entre ! dit une voix. Vite, vite, vite.

Mia cessa de se ronger l'ongle.

La porte fut enfoncée.

Henrik vit le premier policier faire signe au second de le suivre et de le couvrir sur la droite. Ce dernier attendit quelques secondes, jeta un coup d'œil rapide à l'intérieur, ressortit la tête, puis mima un compte à rebours : Trois, deux, un.

Et ils se précipitèrent à l'intérieur de la maison.

Henrik les écouta se déplacer rapidement d'une pièce à l'autre, prêt à entrer.

Elle savait qu'elle n'avait plus trop le choix désormais. Elle était sur la corde raide. Et pourtant, Jana Berzelius avait choisi de suivre Sandra Gustafsson – avec Danilo Peña sur sa banquette arrière. Et pris le risque d'avoir la police aux trousses.

— Où on va, putain ? répéta Danilo. Tu peux me le dire ?

Sa voix était dure, ses yeux noirs. Mais il ne pouvait rien faire d'autre que de rester couché sur la banquette arrière.

— Je vais rater mon rendez-vous, dit-il, et j'espère que tu sais ce que ça signifie ?

— Nous avons le temps, dit-elle, mais je te l'ai dit, je dois d'abord m'occuper de quelque chose.

Sandra roulait à grande vitesse sur l'E22 vers Söderköping, et avait contraint Jana à passer au rouge au pont sur le Göta Kanal. Après une côte, Sandra avait tourné sur les chapeaux de roues et elles roulaient à présent sur une petite route de gravier qui s'enfonçait dans la forêt.

Jana ne voyait plus la Volvo blanche, et ralentit en évaluant la route. Elle était étroite.

Suivre quelqu'un sur une petite route isolée était imprudent. Le risque de se faire repérer était beaucoup plus grand que sur une route très fréquentée. Sandra pouvait très bien l'avoir déjà remarquée, s'être garée après une côte, et l'attendre à présent en embuscade.

Ou elle s'était déjà enfoncée profondément dans la forêt.

Mais je ne peux pas me permettre de la perdre maintenant, se dit-elle en accélérant.

Henrik Levin et Mia Bolander regardèrent dans la maison. Virent la casquette et l'écharpe pendues ensemble dans l'entrée et aperçurent le canapé, les livres et l'ordinateur dans le séjour.

Toutes les pièces avaient été sécurisées.

La maison était vide.

Une lampe était brisée à terre. Des empreintes digitales sanglantes étaient visibles sur le cadre de la porte d'entrée et autour de la serrure, comme si quelqu'un avait cherché la poignée à tâtons.

Mia ressortit de la maison. Henrik la suivit dehors, sentant la sueur lui couler dans le dos. Cette fois, ce n'était pas à cause de la chaleur ou du gilet pare-balles trop serré, mais parce que ni Sandra ni Lina ne se trouvaient dans la maison.

Il regagna lentement la voiture, s'y assit et réfléchit.

Le sang sur la poignée de la porte l'inquiétait.

Qu'était-il arrivé à Lina Engström ?

Il sortit son portable et appela Gunnar.

— Qu'est-ce qui se passe ? demanda Gunnar.

— Tout et rien.

— Quoi, rien ? La maison était vide ?

— Oui, et on dirait que Sandra a enlevé Lina. Mais pour comprendre où elle est passée, il faut que j'en sache plus sur elle.

— Je crois qu'Ola a pas mal de choses à te dire.

— Bien, répondit Henrik. Dis-lui de me rappeler.

31

Lina Engström se réveilla. La panique la tétanisa quand elle sentit l'adhésif sur sa bouche.

Elle se mit à respirer lourdement par le nez en comprenant qu'elle était sur la banquette arrière d'une voiture. Doucement, elle bougea les doigts, voulut se servir de ses mains pour ôter l'adhésif, mais réalisa alors que ses bras étaient attachés dans le dos avec des menottes en plastique.

Les yeux exorbités, elle lança un regard vers le siège du conducteur et vit Sandra au volant.

Où allaient-elles ? Depuis combien de temps roulaient-elles ?

Elle tenta de comprendre où elles se trouvaient, mais comment l'aurait-elle pu ? Étaient-elles parties vers le nord, ou le sud ? Elle n'en avait pas la moindre idée. Tout ce qu'elle savait était qu'elles avançaient maintenant sur un chemin inégal, sur du gravier. Aucun doute, c'était un chemin forestier isolé. Elle n'entendait plus d'autres voitures depuis un moment.

Elle regarda à nouveau Sandra et tenta de dire quelque chose mais, à travers l'adhésif, elle ne produisit que de faibles gémissements.

Henrik Levin posa le regard sur le banc public où était assis l'homme à la poussette. Celui-ci s'était à présent levé pour parler avec Mia. Là où il était assis, quelqu'un avait écrit à l'encre « J'étais ici ».

Henrik regardait le graffiti tout en écoutant la voix d'Ola Söderström dans le haut-parleur du portable.

— Sandra Gustafsson a vingt-cinq ans, et n'a pas eu une enfance facile. Sa mère est morte quand elle avait deux ans. Son père avait seul sa garde et souffrait d'alcoolisme sévère. Deux signalements aux services sociaux quand Sandra avait trois ans. Le premier après qu'elle avait été trouvée en culotte devant chez elle à 3 heures du matin un samedi matin. Son père avait été découvert dans l'appartement, endormi sur le sol de la cuisine. L'autre signalement concernait une blessure. C'est à la maternelle qu'une plaie avait été remarquée derrière son oreille, et elle aurait dit « Aïe, papa », à propos de cette blessure. Mais ces deux signalements ont été classés.

— Donc, Sandra a grandi avec seulement son père ? demanda Henrik.

— Oui, en partie, dit Ola.

Henrik regarda à nouveau le banc dans le parc en se disant que son enfance l'avait forcément marquée.

— Mais comment Erika entre-t-elle dans le tableau ?

— Erika Sandell, précisa Ola. Elle a grandi en proche banlieue de Söderköping. Elle a quitté l'école avec de mauvaises notes. Il semble qu'elle ait souffert d'obésité grave et qu'elle ait cherché à se faire aider.

— Mais pas d'autres problèmes familiaux ? demanda Henrik.

— Non. Apparemment pas. Elle a habité plusieurs adresses à Norrköping et a acheté cette maison sur Leonardsbergsvägen il y a plus de vingt ans. Mais tiens-toi bien, cette adresse est mentionnée dans un des journaux intimes de Sandra.

— On peut donc penser que son père et elle ont vécu chez Erika ?

— Oui. Mais il n'y a pas trace d'une adoption de Sandra par Erika ou quoi que ce soit de ce genre.

— Mais il est quand même possible que Sandra l'ait considérée comme sa mère, une sorte de maman en bonus.

— Oui, dit Ola, son père ayant sombré dans l'alcool, à la fin, elle n'a plus eu qu'Erika. Puis il y a eu cette opération, quand Sandra était ado.

Un bref silence.

— Sandra est domiciliée à une adresse à Karlstad, reprit Ola. Mais, comme elle travaille à Norrköping, il est peu vraisemblable qu'elle y habite.

— Demande à nos collègues de vérifier quand même cette adresse, dit-il. Pas d'autre résidence ?

— J'ai vérifié dans tous les fichiers, dit Ola. Elle ne possède rien, pas de terrain ni de maison de vacances. Tout ce que j'ai trouvé, c'est une boîte postale ici, à Norrköping.

Henrik soupira en tournant la tête. Les ombres des maisons avaient commencé à s'étendre en rampant sur la rue, où on n'entendait que le rebond monotone d'un ballon de foot contre un mur de brique.

Jana Berzelius avait arrêté sa voiture. Le chemin bifurquait, et elle essayait de voir si des traces de pneus fraîches pouvaient indiquer de quel côté était partie Sandra. Mais le sol était trop sec.

C'était à cinquante-cinquante.

Le chemin de droite était un peu plus large, se dit-elle en finissant par décider de s'y engager.

— Je n'ai aucune idée de ce que tu t'apprêtes à faire, dit Danilo en se redressant sur la banquette arrière, mais ça a l'air d'une grosse erreur.

Jana le regarda. Juste un instant. Mais assez pour comprendre qu'il avait raison. Elle s'était lancée dans une mission qui mettait tout en jeu. Mais, pour l'heure, il n'y avait pas d'autre issue que d'achever ce qu'elle avait engagé. Elle appuya sur l'accélérateur et s'enfonça plus profondément dans la forêt.

*
* *

Le soleil s'était presque couché. Son portable à la main, Henrik Levin était toujours dans sa voiture à Skarphagen, balayant du regard les maisons avoisinantes. Tout était calme, des lumières s'étaient allumées à plusieurs fenêtres.

Il se répéta que Sandra était très vraisemblablement en ce moment même en route vers un lieu déterminé à l'avance – et qu'il fallait qu'ils l'identifient rapidement, avant qu'il ne soit trop tard.

Henrik frissonna en songeant combien tout avait été étudié. Comment, avec des moyens réduits mais efficaces, elle avait orienté leurs soupçons vers Philip, leur faisant croire qu'il était le coupable. Comment elle avait placé son alliance chez Katarina Vinston pour l'accabler. Ses mouvements lents et méthodiques étaient presque passés inaperçus. Elle s'était lentement rapprochée de Philip, avait cherché un poste d'ambulancière, était devenue sa collègue, l'amie de sa femme. Elle s'était même rendue avec lui sur les lieux des meurtres, du moins deux d'entre eux. Extrême froideur, ou insensibilité ?

Mia frappa à la vitre en lui faisant signe d'ouvrir sa portière. Sans attendre sa réponse, elle l'ouvrit.

— Ne quitte pas, Ola, dit Henrik en baissant son portable contre sa poitrine.

— J'ai parlé au type, là-bas, dit Mia en indiquant l'homme à la poussette. Il s'appelle Jonas Ekberg, habite au n° 207. Il affirme avoir vu il y a peu une Volvo blanche repartir de devant chez les Engström. Une jeune fille la conduisait et…

— De quel côté ?

— Vers l'entrée de l'E22.

Henrik reprit son portable.

— Ola ? Tu as entendu ça ?

— Ouais, fit-il dans le haut-parleur. Mais elle n'a pas l'air de posséder de voiture. Erika, en revanche, oui, une Volvo.

— Cherche-la, dit Henrik.

Henrik regarda Mia en songeant que l'E22 menait d'un côté vers l'E4, qui elle-même conduisait à Stockholm ou Helsingborg. Et de l'autre, l'E22 partait vers Söderköping puis Kalmar.

La pensée qui l'avait effleuré lui revint.

— Tu es toujours là, Ola ?

— Ouais.

— Tu as bien dit qu'Erika Sandell avait grandi en proche banlieue de Söderköping ?

— C'est ça.

— Tu aurais une adresse ?

— Tu crois que…

— Je vérifie, je vérifie.

Henrik gigota avec impatience sur son siège en cherchant ses clés dans sa poche.

— J'ai peut-être trouvé une maison, mais on dirait que…

— L'adresse, Ola !

— Lilla Ladumossen.

Elle sentit une forte odeur de moisi. Lina Engström respirait vite par le nez, les yeux exorbités, tandis qu'elle essayait de sonder l'endroit où Sandra l'avait traînée.

Une maison. Deux pièces, les fenêtres condamnées. Une chaise était placée au milieu d'une des pièces. Une ampoule nue au plafond, entourée d'un petit abat-jour en fil de fer, éclairait la pièce et la chaise d'une lumière crue, jaune. Les cloisons et le plafond étaient de simples planches de pin et, par terre, un certain nombre de lattes du plancher s'étaient soulevées.

Dans l'autre pièce, un lit. Un lit en fer rouillé, qui ressemblait à un lit de camp ou à une couchette de prison. Le papier peint détaché du mur en pendait comme des pétales fanés.

Lina tourna la tête de l'autre côté, vit une cuisine, des mouches qui bourdonnaient au-dessus d'une table en bois et un escalier étroit qui montait à l'étage.

Les yeux de Sandra brillaient, son regard à la fois amusé et innocent.

— Vas-y, dit-elle.

Mais Lina était incapable de bouger. Ses muscles étaient mous et las, probablement à cause de ce que contenait la piqûre. Elle luttait pour inspirer assez d'oxygène. Luttait contre l'odeur écœurante de moisi, contre son mal de crâne.

Sandra la prit sous les bras et la tira vers la chaise. Lina se sentait totalement sans forces, ses pieds traînaient par terre.

Elle réagit à peine quand Sandra coupa avec un couteau les liens autour de ses poignets.

— Assieds-toi, dit-elle.

Lina s'affala sur la chaise, pensant qu'il valait mieux obéir.

— Les bras sur les accoudoirs.

Lina obéit et regarda Sandra les y attacher avec de nouvelles menottes. Elle crut deviner un sourire au coin des lèvres de Sandra.

Elle se souvint soudain de leur première rencontre. C'était une fête, la fête annuelle du personnel des urgences. Philip et elle s'étaient disputés : fatiguée et secouée, elle était restée plus d'une heure enfermée aux toilettes.

Philip la cherchait, et Sandra avait proposé de l'aider. Elle était entrée dans les toilettes réservées aux femmes, était parvenue à lui faire ouvrir la porte, et elles avaient longuement parlé.

Sandra s'était montrée drôle et compréhensive. Elle avait écouté et posé des questions. Ses yeux rayonnaient alors de joie et d'énergie.

Elle avait à présent une expression du visage difficile à interpréter – ce n'était pas la même personne.

Sandra se pencha sur elle et remonta son T-shirt, dénudant son ventre.

Lina secoua la tête et se mit à agiter les jambes, tentant de faire du bruit, de convaincre Sandra de renoncer, mais Sandra ne lui accorda pas un regard. C'était comme si elle ne l'entendait pas. Comme si elle était sourde. Ou enfermée dans son monde.

Ce n'est que lorsqu'elle se mit à pleurer que Sandra baissa le regard sur elle.

— Du calme, dit-elle. Je n'ai même pas encore commencé.

Elle tourna à droite en haut d'une petite côte, continua sur un chemin rectiligne et effectua un dernier virage sur la gauche. Puis s'arrêta net.

Jana Berzelius apercevait la Volvo blanche à travers les arbres. Elle était à l'arrêt dans une clairière, garée devant une maison de bois délabrée de deux étages.

Elle recula de quelques mètres, se rangea sur le bas-côté et coupa son moteur. Baissa sa vitre pour écouter, aux aguets, songeant qu'il y avait un risque qu'on les observe. Que Sandra ait entendu la voiture arriver.

Elle sursauta quand son portable vibra sur sa cuisse. C'était à nouveau Henrik Levin. Elle remonta la vitre et respira à fond avant de répondre. S'efforça d'avoir un ton calme et objectif.

— Sandra n'était pas chez Philip Engström, dit-il d'une voix stressée.

— Non ? fit-elle avec un étonnement feint.

— Non, mais nous craignons qu'elle n'ait enlevé Lina. Nous sommes en route pour Söderköping. Nous… qu'Erika… grandi à… Lilla…

Jana serra plus fort le volant.

— Où êtes-vous en ce moment ? Allô, Henrik ? Où êtes-vous ?

— Nous… avons… Norrköping, serons sur place dans… minutes.

— Je t'entends à peine, Henrik. Tu peux répéter ?

— Nous… sur place…

La communication coupa. Jana regarda son portable : pas de couverture réseau. Elle jura, ferma les yeux et cogna plusieurs fois le volant.

— Du calme maintenant, putain, du calme, dit Danilo. Avec qui tu parlais ? Qui est Henrik ?

— La police, dit Jana. Ils viennent probablement ici.

— Ici ? Ici, là où nous sommes ?

— Oui.

— Putain, qu'est-ce que tu leur as raconté ?

— Rien !

— Je n'ai pas le temps ! cria Danilo. Dis-moi juste ce que tu leur as raconté !

— Je n'ai rien dit…

— Tu veux me faire plonger, hein ? Putain, comment peux-tu être aussi…

Elle l'entendit bouger et réagit immédiatement en se penchant en avant, mais c'était malgré tout trop tard. Un bras puissant l'avait saisie par le cou et plaquée au dossier de son siège. Danilo serrait si fort que sa vue s'obscurcit presque.

— Putain, comment peux-tu être aussi conne ? cria-t-il à son oreille.

Suffoquant, elle fit une vigoureuse torsion pour tenter d'échapper à son étreinte.

Elle sentit alors son couteau lui frotter le bas des reins. Elle passa la main derrière son dos et s'étira au maximum, mais ne put qu'effleurer le manche du bout des doigts. C'était impossible, mais elle fit encore une tentative. Se vrilla sur le siège, se cambra et finit par saisir le couteau. Vite, elle le brandit et dirigea la lame tranchante vers le bras de Danilo. Mais il réagit instinctivement. *Trop* instinctivement. Repoussa le couteau bien trop fort et trop vite.

Il se planta dans la cuisse de Jana.

Elle cria de douleur et sentit aussitôt Danilo lâcher prise.

Durant une fraction de seconde, elle essaya de comprendre ce qui s'était passé. Les mains tremblantes, elle retira le couteau et le lâcha sur le siège passager. Elle pressa les paumes de ses mains sur son pantalon et vit le sang couler entre ses doigts.

— Qu'est-ce qui te prend, merde ? lâcha-t-elle en croisant à nouveau son regard dans le rétroviseur.

Elle le regarda, ses cheveux noirs, la couleur de son visage, sa respiration haletante…

— Démarre, lança-t-il.

— Non, fit-elle en secouant la tête. Je dois d'abord rencontrer quelqu'un.

Elle leva une main et jura en comprenant que le couteau s'était enfoncé profondément dans sa cuisse.

Elle reprit le couteau. Découpa une manche de son T-shirt et en fit un garrot qu'elle serra en grimaçant au-dessus de la plaie ouverte.

Elle replaça le couteau au creux de ses reins.

— Qui ? demanda-t-il. Pour qui prends-tu des risques pareils, putain ?

Lentement, elle ôta la clé du contact, la mit dans sa poche et déclara :

— Pour la femme qui a assassiné ma mère.

Puis elle fit un compte à rebours, tourna les yeux vers la maison délabrée et sortit de voiture.

Les larmes roulaient sur ses joues. Lina Engström pleurait en silence, seule sur sa chaise dans la pièce vide. Quand elle ouvrit les yeux, elle avait perdu la notion du temps. Elle ne savait pas s'il s'était écoulé une seconde ou une minute.

Elle tourna la tête de tous les côtés. Sentit ses cheveux collés à son visage. Essaya de bouger les mains et gémit quand les menottes lui entaillèrent la peau. Elle pencha la tête de côté, tentant en vain d'enlever l'adhésif de sa bouche contre son épaule. Il la serrait fort, mais se décolla légèrement. Elle inclina à nouveau la tête, vers l'autre épaule cette fois, et frotta aussi fort qu'elle put. La moitié de sa bouche était libre à présent. Un bout d'adhésif voleta quand elle inspira à fond.

Derrière elle, elle entendit des pas, une porte qui s'ouvrait, puis une respiration calme et régulière. Sandra était revenue, avec son sac à dos qu'elle posa par terre devant elle.

— Tu as enlevé l'adhésif ? dit-elle en fouillant dans son sac pour y prendre un ustensile tranchant, un scalpel.

Lina écarquilla les yeux, se remit à sangloter.

— Non, non, non, gémit-elle.

— Autant te détendre, Lina. Tu ne ressortiras jamais de cette maison.

— Que… que… qu'est-ce que tu vas faire ?

Les lèvres de Sandra se fendirent d'un grand sourire en montrant ses dents.

— Tu as de jolies veines bien visibles, dit-elle en retroussant les manches de son T-shirt.

Lina secoua la tête.

— Oh si. Mais on va remonter un peu plus vers le ventre.

— Non !

Quelque chose dans son cri désespéré arrêta Sandra. Elle regarda Lina au fond des yeux, approcha le scalpel de son ventre nu et la vit se tordre.

— Pas le ventre, pitié, pas le ventre.

— Non ? dit Sandra en portant à nouveau le scalpel vers le ventre.

— Non ! Arrête s'il te plaît, Sandra, arrête, sanglota-t-elle. Je suis enceinte.

— Quoi ? Enceinte ?

Sandra éclata de rire.

— Je vois ça, tu es différente. Tu en es à combien de semaines ?

Elle posa sa paume froide sur le ventre de Lina. Lina se tortilla comme un ver sur la chaise, tentant de se dérober.

— Mais ce n'est pas une excuse, dit-elle. Tu vas quand même mourir, mais pas avec l'enfant de Philip en toi.

Sandra s'accroupit devant elle.

— Tu sais, lança-t-elle en pouffant. Je hais vraiment Philip. Je ne comprends pas comment tu as pu supporter une ordure pareille, ce minable, ce lâche. Tu peux me remercier aujourd'hui de te libérer de cette vie de merde.

Puis elle se leva, ouvrit la porte et quitta la pièce.

Lina se mit à hyperventiler. La dernière chose qu'elle vit fut le sang qui coulait de son ventre sur ses cuisses et, une seconde après, tout devint noir.

Elle avait boité cinquante mètres avant de s'arrêter. Elle était encore à cinquante mètres de la Volvo blanche, vide dans le noir.

Jana Berzelius contrôla que le morceau d'étoffe était bien placé sur sa cuisse avant de continuer à avancer lentement vers la maison délabrée. Elle parvint à une porte à l'arrière, s'adossa aux planches inégales et vermoulues. Elle colla l'oreille contre le battant et écouta, tendue.

Elle s'accroupit, car elle venait d'apercevoir du coin de l'œil une lueur dans ce qui pouvait être la cuisine. Une lampe avait été allumée, peut-être un abat-jour. Elle vit une ombre papillonner sur la vitre.

Sandra.

Elle jeta un œil à la porte, manœuvra la poignée et constata qu'elle était fermée à clé.

Toujours accroupie, elle fit le tour de la maison. L'herbe tendre étouffait le bruit de ses mouvements.

Elle se glissa le long de la façade et tendit à nouveau l'oreille, mais n'entendait rien.

Précautionneusement, elle posa la main sur la poignée, prit le couteau dans son dos et ouvrit la porte. Dans le hall, elle vit un abat-jour poussiéreux éclairer dans un coin, et l'odeur de bois humide et de moisissure la prit à la gorge.

À part la cuisine, il semblait y avoir deux pièces au rez-de-chaussée. L'une d'elles était ouverte. Elle glissa un œil, mais il n'y avait absolument rien.

Elle boita ensuite jusqu'à l'autre, écouta avant de saisir la poignée et d'ouvrir la porte. Au milieu de la pièce, elle vit une femme assise, tête pendante, un adhésif à moitié arraché sur la bouche. Le sang coulait de son ventre, le long de la chaise et jusqu'au sol. La scène lui rappela les photos qu'elle avait vues dans l'enquête en cours. Des personnes attachées au milieu d'une mare de sang.

Elle supposa que la femme était Lina Engström. Mais elle ne pensa pas plus loin, car du bruit retentit à l'étage.

Elle se retourna pour refermer doucement la porte, la laissant légèrement entrebâillée pour avoir une vue sur le hall et la porte d'entrée.

Puis elle recula d'un pas et attendit Sandra Gustafsson.

32

Henrik Levin et Mia Bolander avaient quitté l'E22 et se trouvaient à présent au cœur de la forêt sombre. Ils avaient parcouru plusieurs kilomètres sur la route de gravier. Henrik, serrant fort le volant, sortit d'une courbe et accéléra dans une ligne droite.

Le sol était dur, pierreux et sec.

La voiture bringuebalait.

Dans la lumière des phares, il voyait arriver les bosses et les nids-de-poule, mais ne faisait rien pour les éviter, uniquement attentif à rouler le plus vite possible.

Un kilomètre plus loin, il n'eut pas d'autre choix que de s'arrêter, car la route bifurquait.

— D'après le GPS, peu importe la route qu'on prend, déclara Mia. Elles sont toutes les deux censées mener à Lilla Ladumossen.

— Tu es sûre ? demanda Henrik.

— Oui, dit Mia. Alors, on prend laquelle ?

— Celle-ci, répondit-il en tournant le volant vers la gauche pour s'engager sur la plus petite des deux routes.

Elle entendit ses pas. D'abord dans l'escalier, puis dans l'entrée, et enfin se dirigeant vers la pièce où elle se trouvait, auprès de la femme sans connaissance.

Jana Berzelius baissa la tête, vit la porte s'ouvrir lentement.

Sandra la fixa un bref instant. Sa lèvre supérieure tressauta.

— Qui êtes-vous ?

— Je voulais vous parler, dit Jana en se maîtrisant.

Elle sentait la colère gronder en elle, il était presque impossible de la retenir.

— Me parler de quoi ? dit Sandra.

— Je veux vous parler de cette ambulance que vous avez conduite…

— Alors c'est vous, la procureure, hein ? lança Sandra avec un sourire. Je croyais que nous avions fait le tour de la question. Vous êtes très naïve de venir ici.

— Qui est naïve ? dit Jana. Vous avez tué ma mère. Vous pensiez vous en tirer comme ça ?

— Elle est morte d'un infarctus.

— Non, elle n'est pas morte d'un infarctus, mais étouffée par quelqu'un…

Sandra la dévisagea et sourit à nouveau.

— Vous en savez, des choses. Et je suis vraiment désolée, je sais moi aussi ce que c'est que de perdre une mère. Mais je n'avais pas le choix, elle en avait trop vu…

— Comment ça, trop vu ?

— Eh bien, que dire ? Elle s'est réveillée juste au moment où j'enlevais l'alliance de Philip. Je suppose que vous savez de qui il s'agit. Elle allait gâcher mon plan, elle aurait pu le faire capoter avec ses sales petits yeux curieux… elle aurait mieux fait de les garder fermés…

— Vous êtes malade, dit Jana.

— … mais elle m'a fixée, poursuivit Sandra en souriant. J'ai vu sa panique quand elle n'a plus eu d'air. Elle a essayé de se dégager, mais n'y est pas arrivée.

Jana ne pouvait plus retenir sa colère. Elle changea d'appui, ignora la douleur de sa cuisse et se jeta sur Sandra de tout son poids, parvenant à la renverser.

Elles tombèrent à terre, Sandra se tourna de côté, roula et se releva. Elle attrapa Jana, lui donna un coup de pied dans sa cuisse blessée. Jana hurla de douleur, mais répliqua, la touchant au ventre. Sandra haleta, le souffle coupé, recula de plusieurs pas et disparut de la pièce, traversant l'entrée et grimpant à l'étage.

Jana se leva pour lui courir après, mais sa cuisse abîmée l'en empêcha. Elle boita jusqu'à l'entrée et leva les yeux vers le haut de l'escalier.

À l'étage, tout était calme et silencieux.

Elle prit appui sur la rampe, sauta sur une jambe, mais continua pourtant à monter.

Comme elle arrivait sur la dernière marche, Sandra surgit et lui décocha un violent coup de pied.

Jana tomba à la renverse dans l'escalier, se cogna durement la tête, les bras, le dos. Atterrit sur sa mauvaise cuisse et demeura à terre, pantelante.

Quand elle leva la tête, Sandra descendait l'escalier vers elle, l'air arrogant.

Jana chercha son couteau dans son dos, mais ne le trouva pas. En tournant la tête, elle le vit par terre, à deux mètres de la porte d'entrée.

— C'est ça que tu veux ? dit Sandra en montrant le couteau. Tu le veux où ? Dans le cou ? Entre deux côtes ?

Elle le ramassa, le soupesa, mais, au moment où elle semblait vouloir le brandir, quelque chose la fit se retourner.

Au même instant, la porte d'entrée parut exploser. Danilo s'était jeté dessus de tout son poids, cent kilos de rage contre la porte. Les éclats de bois volèrent, les vieilles planches se fendirent.

La porte heurta Sandra, qui hurla en tombant à la renverse. Le couteau lui échappa et vola plus loin par terre. Comme elle ne se relevait pas, il marcha vers elle.

— Lève-toi, dit-il. J'aime qu'on me résiste. Ça rend les choses plus intéressantes pour moi.

Sandra se redressa en titubant, et il la laissa s'approcher de lui.

— Allez, dit-il. Fais quelque chose. Donne-moi juste une putain d'excuse.

Elle écuma de rage, lui décocha un coup de poing, qu'il para. Elle le frappa à nouveau, cette fois à l'entrejambe, et sa réaction ne se fit pas attendre. Il la saisit, bloqua le bras gauche autour de son cou, sortit son pistolet de la ceinture de son pantalon, appuya le canon contre sa tempe et tira.

Elle était morte avant même de s'écrouler sur le plancher.

Danilo essuya le pistolet sur son T-shirt, le plaça dans la main de Sandra et lui appuya les doigts plusieurs fois sur l'acier. Puis il posa le pistolet à côté de son corps.

— Avons-nous fini ? dit-il en se tournant vers Jana.

Les mains tremblantes, elle toucha sa cuisse. Elle essaya de se lever, mais la douleur l'en empêcha. Au même instant, elle entendit un bruit de moteur sur le chemin de gravier.

— Il faut partir, dit-elle, voyant que Danilo comprenait ce qui se passait.

Elle fit une nouvelle tentative pour se lever, mais la douleur de sa cuisse était insoutenable. Elle vacilla et sentit les mains de Danilo autour de sa taille. Se sentit soulevée.

Elle pensa d'abord l'en empêcher, lui dire qu'elle pouvait y arriver seule, mais savait qu'elle mettrait trop de temps à regagner la voiture. Tandis qu'il la portait, elle respira, la bouche contre son T-shirt.

Doucement, il l'installa au volant. Ils se lâchèrent et il alla s'asseoir sur le siège arrière. Puis ils restèrent là à scruter la nuit en silence.

Moins de trente secondes plus tard, ils virent les phares des voitures danser entre les arbres.

Elle leva le regard, le fixa dans le rétroviseur et le vit hocher la tête. Presque imperceptiblement.

Elle hocha à son tour la tête, aussi imperceptiblement.

Puis elle démarra, tourna le volant et rebroussa chemin.

*
* *

Henrik Levin sortit ses jumelles et les dirigea vers la Volvo blanche et la maison délabrée. Les coordonnées GPS les avaient conduits là, et ils étaient à présent trois unités sur place. Deux hommes derrière la maison, à l'est. Deux devant, au nord-ouest.

— Qu'est-ce qui se passe, bordel ? s'écria Mia, sur le siège passager.

— On attend le feu vert, dit Henrik.

— Mais la voiture est là, s'impatienta Mia. Qu'est-ce qu'ils attendent ?

— Tout le monde doit être en position.

— Donne-moi les jumelles, lança-t-elle en tendant la main. Donne.

Henrik les lui passa.

— Dur de distinguer les mouvements dans cette foutue obscurité, dit-elle.

— Oui, fit Henrik.

— Mais dis-moi, et la porte ? ajouta-t-elle en le fixant.

Il reprit les jumelles et zooma au maximum.

— On dirait qu'il n'y en a pas, déclara Henrik.

Mia croisa les bras sur la poitrine en soupirant.

— Marre, fit-elle alors. Qu'est-ce qu'on attend ?

— Calme-toi, fit-il en jetant un coup d'œil le long de la route.

Mia sortit son arme de service et contrôla le chargeur.

— Elle est là-dedans, confia-t-elle. Sandra Gustafsson. Je le sens.

— Nous devons avoir une vue d'ensemble de la situation.

— Mais est-ce qu'il faut un siècle pour ça ?

Henrik lui lança un regard noir.

— Tu peux arrêter de t'exciter ?

— Mais enfin elle est là, sûrement avec la femme de Philip, en plus, et qui sait ce qu'elle est en train de lui faire en ce moment même ?

Henrik ne répondit pas, il remit les jumelles devant ses yeux et les dirigea vers la voiture.

— Et merde, dit Mia.

Elle ouvrit la portière et sortit.

Elle courut rapidement dans l'herbe. Il faisait nettement plus froid dans la clairière et de la buée se formait à chacune de ses brèves respirations.

Elle vit les hommes se faire des signes. Ils vérifièrent prestement leurs armes, la suivirent jusqu'à la maison et se placèrent devant l'ouverture de la porte.

L'un d'eux, celui qui avait des cheveux longs sous son casque, leva la main. Et, au signal, ils entrèrent.

Mia attendit impatiemment qu'ils l'appellent. Elle entra, Henrik sur ses talons. Ils virent d'abord une femme à terre, la bouche ouverte et le regard vide. À côté d'elle, un pistolet. Henrik chercha son pouls et regarda Mia.

— C'est Sandra, lança-t-il. Elle est morte.

Le chef de l'unité d'intervention s'approcha.

— L'étage est sécurisé, mais nous avons trouvé ça, dit-il en dirigeant une lampe torche vers l'une des pièces.

Mia et Henrik laissèrent le corps de Sandra et entrèrent dans la pièce voisine.

Mia sentit son cœur se serrer en voyant la femme sur la chaise. Son ventre était noir de sang et sa tête pendait sur sa poitrine.

Dans la lueur sourde de la lampe torche, elle vit les traces de violence. Sous Lina, le sol était couvert de sang. Mia avança d'un pas, tendit les doigts et chercha son pouls.

— Lina ? fit-elle sans obtenir de réponse.

Elle retint son souffle, appuya à nouveau sur le cou de Lina.

— Elle vit ! s'écria-t-elle. Détachez-la !

Ils sectionnèrent les menottes et la placèrent doucement par terre. Henrik ôta son blouson et le pressa contre son ventre.

Mia sortit son portable de sa poche et appela les secours tandis que Henrik continuait à parler avec Lina. Mia l'entendait répéter les mêmes paroles, encore et encore :

— Tout va bien se passer, disait-il. C'est promis. Tout va bien se passer.

Un silence particulier régnait dans la voiture. Jana Berzelius et Danilo Peña regardaient fixement par les vitres, concentrés pour repérer le moindre mouvement. Le moteur tournait au point mort, et les pleins phares jetaient de grandes ombres entre les bâtiments sombres et les hautes clôtures. Au-delà de la zone industrielle, Södertälje ronronnait.

Les secondes s'écoulaient, mais rien ne se passait.

Elle allait consulter sa montre quand elle aperçut une Mercedes noire qui roulait lentement vers eux. Elle plissa les yeux dans la lumière des phares et distingua la silhouette floue d'un chauffeur seul, tête baissée au ras du tableau de bord.

La voiture se gara à une cinquantaine de mètres.

C'étaient les deux seules voitures dans la zone et elles se faisaient à présent face, avec leurs pleins phares aveuglants.

— Et les cartons ? dit-elle. Je les récupère quand ?

Elle ne reçut pas de réponse, entendit juste la portière derrière elle s'ouvrir et se refermer : il était descendu. En tournant la tête, elle le vit. Il s'était mis au niveau de sa portière. Le vent jouait dans ses cheveux. Il la regarda longtemps, esquissant un petit sourire.

Puis il se mit en marche.

Elle le suivit du regard, faisant abstraction du reste du monde, abstraction de la sombre zone industrielle et de ses hautes palissades, abstraction du ronron des moteurs, abstraction de la douleur dans sa cuisse, abstraction de tout ce qui n'était pas lui dans la lumière aveuglante.

À présent, elle ne le voyait plus. Elle entendit le claquement d'une portière et le crissement du gravier quand la voiture recula.

Elle sentit son cœur battre en la regardant s'éloigner.

Lentement, elle regarda à nouveau dans le rétroviseur. La banquette arrière était vide. Il n'était plus là, il avait disparu.

Enfin.

VENDREDI

33

Assise sur le lit, les mains derrière le dos, elle attacha le bouton supérieur de sa robe noire. Jana Berzelius laissa sa main glisser vers le suivant et les boutonna tous, l'un après l'autre, lentement et méthodiquement.

Puis elle observa la poussière qui jouait dans la lumière du soleil.

La porte de sa chambre était ouverte. L'appartement, silencieux. Pas de pas, pas de mouvements.

Elle regarda l'heure et se dit qu'il fallait y aller. Péniblement, elle se leva. Le bandage était serré autour de sa jambe, caché sous la robe.

Elle s'appuya au bord d'une commode et resta un peu là avant d'avancer en boitant. La douleur palpitait dans sa cuisse, mais elle l'ignora, il fallait qu'elle se déplace sans gêne, elle voulait absolument éviter d'attirer l'attention, les questions.

Le chapeau noir était à gauche, sur l'étagère de l'entrée. Elle le plaça délicatement sur ses cheveux. Puis elle prit contre sa poitrine la fleur emballée dans le papier et la serra légèrement.

— Où je pose ce carton ? demanda Mia Bolander en débarquant en tennis et blouson dans la villa jaune de Smedby.

— Il y a quelque chose écrit dessus ? répondit Henrik d'une des autres pièces.

— Rien.

— Alors, mets-le là où il y a de la place.

Mia regarda autour d'elle, l'imposant escalier, la cuisine lumineuse. Elle traversa un vestibule, un séjour qui menait jusqu'à une véranda.

De hautes fenêtres chantournées donnaient sur le jardin, où Emma promenait une poussette. Felix tapait dans un ballon de foot.

Le séjour était vaste. Il y avait un lit d'enfant et un lit à l'ancienne, à hauts montants. Et une table de nuit blanche, un secrétaire, un fauteuil pivotant, un tapis roulé et quantité de cartons de déménagement.

Parquet et poêles en faïence.

Mazette !

Henrik entra dans la pièce, Vilma dans une main et une lampe à abat-jour dans l'autre. Ses cheveux étaient décoiffés et son front en sueur.

— Ça fait quoi, de déménager à cinq cent mètres de distance ? demanda Mia en posant le carton par terre.

— Nous n'avons pas trouvé de meilleure solution.

— C'est une sacrée baraque.

— Tu sais qu'elle est à ma belle-mère, dit-il.

— Alors, vous l'avez mise à la porte ?

— On a mis grand-mère à la porte ? demanda Vilma avec de grands yeux.

— Non, dit Henrik en lui ébouriffant les cheveux. Nous n'avons pas mis grand-mère à la porte. Elle habite dans un appartement maintenant, tu as oublié ?

Vilma rougit.

— Un appartement, c'est pas mal, déclara Mia en lui souriant. Moins de pièces à ranger.

— Dis, Mia, lança Henrik. Encore une fois, merci de ton aide pour ce déménagement.

— Pas de problème, tu as bien promis une bière, non ?

— Oui, mais ça a été chargé, ces derniers temps, au boulot,

tout ça, et je voulais juste dire que c'était gentil de ta part d'avoir pris le temps.

— Mais on a réussi, dit Mia.

— Le déménagement ?

— Aussi, mais je pensais au boulot. Enfin, on a au moins réussi à sauver Lina.

Elle hésita à dire aussi quelque chose au sujet de Sandra Gustafsson, mais elle n'avait vraiment pas le courage.

Toute une journée durant, ils avaient discuté d'arrache-pied pour savoir si elle s'était vraiment donné la mort, et ce qui s'était passé sinon dans cette maison délabrée une demi-heure avant leur arrivée. Anneli était catégorique : aucun doute, Sandra avait été abattue par quelqu'un. Oui, d'accord, mais la forêt ne grouillait pas vraiment de monde. Mais ça attendrait lundi, une autre semaine, une autre vie.

— Oui, répondit Henrik, mais c'est dur à digérer de ne pas encore avoir arrêté Danilo Peña.

— Stop, on arrête de parler boulot, dit Mia en ouvrant la poche de son blouson. J'ai un cadeau de déménagement.

Elle lui tendit un sac en plastique.

— Mais il ne fallait pas…

— Je sais.

Henrik regarda dans le sac.

— Une matriochka ?

— Hein ? Et il y a plein de petites poupées les unes dans les autres. Je me suis dit que ce serait rigolo pour les enfants. Pas vrai, Vilma ? Hein, que c'est rigolo ?

Vilma hocha la tête, la prit des mains de Henrik et entreprit aussitôt de la démonter.

— Tu vois, c'est drôlement cool comme cadeau, reprit Mia.

— Merci, fit Henrik.

— De rien, rétorqua-t-elle en soulevant à nouveau le carton avec un ahan exagéré. C'est lourd, où est-ce que je…

— Laisse-moi le prendre, dit-il en tendant les mains.

Elle lâcha le carton alors qu'il ne s'y attendait pas. Il tenta de le récupérer sur la droite, mais n'y arriva pas. Le carton lui échappa et lui atterrit sur le pied.

Son visage devint rouge, et il sembla sur le point de hurler.

Vilma le regarda.

— Papa ?

— Mmm ?

— C'est maintenant que tu vas dire le gros mot ?

Le ciel était bleu clair et l'air frais quand elle arriva à la maison de vacances d'Arkösund. Le vent agita la pivoine qu'elle tenait à la main tandis qu'elle rejoignait le cortège de l'enterrement.

Elle vit qu'ils patientaient. Il n'y avait pas grand-monde. Mais tous attendaient.

Après avoir échangé quelques regards avec les invités, elle vit son père en costume et cravate sombres. Elin brossa le revers de sa veste. Non qu'il y ait là quoi que ce soit, juste un geste. Un geste d'attention. Et il y avait enfin l'officiant, longue barbe, mains jointes, regard absent.

Père remonta la manche de sa chemise sur sa montre.

Allaient-ils commencer ? se demanda-t-elle. Qu'est-ce qu'ils attendaient ?

Elin acheva son brossage et Père toussa. Deux quintes rapides, suivies d'un tremblement du menton.

Jana se demanda si elle le reverrait jamais ému, en train de pleurer.

Elle avança sur la pelouse, regarda l'urne placée devant sur une table, les couronnes de fleurs tout autour, et s'assit à côté de son père.

La chaise était froide.

Elle grelottait et se dit, au moment où l'officiant se raclait la gorge, qu'elle aurait dû mieux se couvrir.

Mère allait à présent rejoindre sa dernière demeure. Le temps était venu de lui dire adieu.

— Quand un parent s'en va, nous essayons souvent de faire des comparaisons avec la nature, où tout passe. Nous prenons conscience que la mort est un moment naturel dans le cycle éternel de la vie. Voilà pourquoi j'aimerais vous dire à tous, ici rassemblés aujourd'hui, n'ayez pas peur…

Elle ferma les yeux en se disant qu'elle n'avait jamais eu peur de la mort. La mort était le terme extrême et la dissolution de l'existence. Ce n'était rien. Juste la fin.

Elle avait si souvent rencontré la mort. Elle avait réussi à l'éviter, et l'avait provoquée.

Quand le violoniste commença à jouer, elle ouvrit les yeux, se leva et saisit l'urne.

34

Il était l'heure de monter à bord du ferry reliant Nynäshamn à Gdańsk. Le psychologue Christoffer Bohm, de Mjölby, remonta la vitre de sa portière et regarda l'homme barbu qui faisait signe aux voitures d'avancer. Il portait un pantalon bleu et un blouson jaune. Christoffer fut dirigé vers une place dans la rangée de droite, derrière un minibus Volkswagen. Il enleva le frein et laissa sa Volvo rouler jusqu'à la place indiquée.

— On se retrouve au restaurant dans un moment ? lança-t-il à sa compagne, Sanna, en coupant le moteur. Je veux juste vérifier que la voiture est correctement arrimée.

— Dis-le franchement, mon cœur, fit-elle en lui adressant un regard amusé. Tu veux te reposer un peu ?

— Oui, c'est vrai, rouler trois heures d'affilée, ça fatigue, répondit-il en bâillant.

— Si tu veux, je peux prendre le volant tout à l'heure ?

— Non, je conduis. Mais je préfère dormir plutôt que de faire du lèche-vitrine au duty-free.

Elle lui sourit et lui caressa la joue avant de prendre son sac à main et de descendre de voiture.

— À tout à l'heure là-haut, dit-elle en fermant la portière.

Quand elle eut disparu, Christoffer inclina son siège en arrière. Il ferma les yeux, sentit le bateau tanguer à l'entrée de gros poids lourds et entendit le bruit métallique de la passerelle au passage des voitures individuelles. Des portières claquaient, des voix et des appels des passagers qui quittaient leurs véhicules. Les bruits et les mouvements s'espacèrent, pour bientôt cesser complètement. Il se redressa en entendant un lourd bruit sourd, et comprit que la grande porte du pont inférieur venait d'être fermée. Avec un soupir, il se recoucha et ferma les yeux.

— Hé ho !

Il se réveilla quand on frappa à sa vitre. En levant les yeux, il vit l'homme barbu devant sa portière.

— Il est interdit de rester sur le pont des voitures pendant la traversée, cria-t-il à travers la vitre en montrant un panneau. Vous devez quitter votre voiture.

— Oui, oui.

Christoffer hocha la tête et s'étira avec un grognement sur son siège.

Le navire tanguait quand il sortit de la voiture et se dirigea vers la coque d'acier, vers ce qui ressemblait à la porte d'un escalier. Il y avait des quantités de voitures autour de lui. Il ne pouvait pas les voir toutes dans la pénombre, encore moins les compter, elles devaient être des centaines.

Tout près de la porte menant aux escaliers, il remarqua un mouvement dans une Mercedes. Il s'arrêta, regarda dans la voiture et vit quelque chose bouger sous une couverture. Soudain, il vit un visage, un homme aux yeux sombres et au regard dur.

Christoffer l'observa. Non parce que cet homme était couché sur la banquette arrière d'une voiture alors que le ferry était en route, mais parce que sa tête lui disait quelque chose.

Il se remit à marcher, plus vite à présent. Arrivé à l'ouverture de la porte, il sentit que son pouls avait augmenté. Il gravit l'escalier quatre à quatre en regardant sans cesse derrière lui, craignant que l'homme ne l'ait suivi.

Essoufflé, il parvint au pont supérieur et se fraya un passage dans la foule. Certains riaient, d'autres s'ennuyaient déjà. Certains en colère, d'autres excités, ou visiblement amoureux. Toute une gamme d'émotions.

La main légèrement tremblante, il sortit son portable de sa poche. La couverture était mauvaise, mais il composa pourtant le numéro de la police.

— Bonjour, mon nom est Christoffer Bohm, j'appelle à propos d'une personne recherchée, je crois qu'il s'agit de Danilo…

Les portes de l'ascenseur s'ouvrirent avec fracas. Elle n'avait jamais prêté attention à ce bruit, mais n'utilisait pas souvent l'ascenseur non plus. Elle ôta son chapeau noir, passa une main dans ses cheveux pour les arranger et sortit de l'ascenseur, raide.

Elle parvint lentement à sa porte.

Elle resta là un moment à souffler et écouter, avant de sortir les clés de son sac et d'ouvrir.

Un pas dans l'entrée, et la porte se referma doucement derrière elle. Elle s'immobilisa et savoura le silence. Étrange sensation d'être à nouveau seule.

Elle posa son sac, son chapeau et ses clés, gagna la cuisine, l'inspecta, puis se rendit dans le séjour.

Elle s'appuya au mur, sentit ses épaules retomber et son corps se détendre.

À ce moment, la sonnette de sa porte retentit. Le son strident se répandit dans l'appartement.

Elle n'attendait personne, mais sa première pensée fut que Danilo était revenu – pour une raison ou une autre. Qu'elle allait l'avoir à nouveau dans l'appartement.

Elle boita jusqu'à la porte. Une jeune femme aux boucles blondes et aux joues roses se tenait sur le seuil.

— Jana Berzelius ?

— Oui ?

— J'ai des paquets pour vous.

Sept gros cartons s'alignaient devant la porte, tous adressés à son nom. Sans autre indication.

— Signez ici, s'il vous plaît.

Elle lui tendit une tablette, où Jana écrivit son nom.

— Voilà.

— Je vous les pose où ?

— Laissez-les là, dans l'entrée.

— OK.

La femme les porta à l'intérieur, un par un, et les plaça tout contre la porte.

— Et voilà le dernier, dit-elle.

— Merci, dit Jana en refermant derrière la livreuse.

Elle alla chercher un couteau dans la cuisine et se mit à découper lentement l'adhésif brun. Son cœur battait fort la chamade quand elle ouvrit le couvercle du premier carton. Il contenait exactement ce qu'elle espérait. Ses journaux, ses notes – tout ce qui révélait l'enfant qu'elle avait été.

Ce qu'elle avait été.

Danilo avait tenu parole.

Dans le dernier carton, un petit mot. Écrit à l'encre.

Elle resta immobile à le regarder, avec ses cinq mots :

Tu auras de mes nouvelles.

En lisant cela, il lui sembla que toutes ses forces l'abandonnaient. Elle se laissa lentement glisser sur le parquet, le visage dans les mains. Le soleil brillait d'un éclat cristallin à la fenêtre, entrant dans le séjour. Tout était calme et silencieux.

Ce silence fut à nouveau brisé par la sonnerie aigre de la porte. Puis on frappa. Et on frappa encore, comme quelqu'un pressé d'entrer.

Elle referma le couvercle du carton, se leva et se retrouva face aux yeux vairons de Per.

— Salut..., fit-il en regardant par terre. Je voulais juste te dire...

je suis désolé. Pour ta maman. Qu'elle soit morte. Je l'ai appris l'autre jour, je ne savais pas que…

— Ce sont des choses qui arrivent dans la vie…

— Attends, je n'ai pas encore fini.

— Mais je ne veux pas en parler, fit-elle.

— Laisse-moi dire ce que je dois, insista-t-il.

— Mais vas-y, alors.

— Jana… si seulement tu avais dit quelque chose, j'aurais compris.

— Je ne sais pas quoi répondre.

— Pas besoin de répondre. Je vais te laisser tranquille, mais est-ce que ça va si je continue à bien t'aimer ?

Elle resta silencieuse.

Per dansa d'un pied sur l'autre. Hocha lentement la tête, comme si le silence était une réponse suffisante, en regardant alentour, comme s'il cherchait un autre endroit où aller. Il allait partir. Elle le voyait.

Mais, au lieu de reculer, il avança d'un pas, tendit la main et la posa sur sa joue, l'y laissa un instant avant de baisser le bras, de tourner les talons et de s'en aller.

— Attends…, lança-t-elle.

Il s'arrêta et se retourna. Mais elle ne croisa pas son regard.

— Tu voulais quelque chose ? fit-il.

— Oui.

— Dis.

Elle leva les yeux, le regarda et demanda :

— Tu veux entrer ?

Remerciements

Tout d'abord, je veux remercier mon correcteur Jacob Sweberg pour son expertise critique et sa collaboration inestimable, ses encouragements et sa confiance. Merci aussi à mon éditrice Helene Atterling et à toute l'équipe de Wahlström & Wikstrand, qui travaillent dur pour que mes livres soient lus. J'apprécie vraiment tous vous efforts.

Je veux aussi remercier tous ceux qui m'ont aidée avec ce récit. Qui ont lu et donné leur avis. Qui ont répondu à mes questions et fourni des informations factuelles. Qui m'ont offert leur engagement et, surtout, leur temps. Avant tout, je veux remercier mes merveilleuses amies Elin Carlsson Malm, Lotta Fornander et Sofie Mikaelsson, qui ont consacré de nombreuses heures à discuter ce qui était plausible, possible ou vraisemblable. Vos connaissances professionnelles et vos avis ont beaucoup compté pour moi.

Je veux adresser un merci particulièrement chaleureux à ma sœur et à mes parents. Papa, ton humour et ta bonne humeur m'ont toujours inspirée. Maman, il n'y a personne qui encourage et soutienne comme toi. Merci de toujours me dire que vous êtes fiers de moi. Je vous aime. Énormément.

Un grand merci à mon agente Lena Stjernström de Grand Agency, et à mes éditeurs étrangers qui s'engagent pour que la série « Jana Berzelius » trouve de nouveaux lecteurs tout autour du monde. Et merci à mes lecteurs pour de sympathiques rencontres, de belles conversations et beaucoup de rires. C'est vous qui me donnez la joie et l'inspiration pour écrire.

Je précise bien entendu que cette histoire est inventée. Toute ressemblance entre des personnages du livre et des personnes réelles est fortuite. Les éventuelles erreurs qui se seraient glissées dans le livre me sont imputables. J'ai pu oublier de poser une question, mal comprendre, ou inventer pour les besoins de l'histoire.

Enfin, je veux remercier mon mari, Henrik Schepp. Sans toi et ta conviction, ça n'aurait jamais marché. Ni le premier livre, ni le second, ni le troisième non plus. Nous formons un duo imbattable, tout-terrain, pour le meilleur et pour le pire. L'auteure Emelie Schepp lui doit tout. Tu es ce que j'ai de meilleur.

Merci.

Composé et édité par HarperCollins France.

Achevé d'imprimer en février 2019.

CPI FIRMIN-DIDOT

à Mesnil-sur-l'Estrée (Eure)

Dépôt légal : mars 2019.

Pour limiter l'empreinte environnementale de ses livres, HarperCollins France s'engage à n'utiliser que du papier fabriqué à partir de bois provenant de forêts gérées durablement et de manière responsable.

Imprimé en France